U0048690

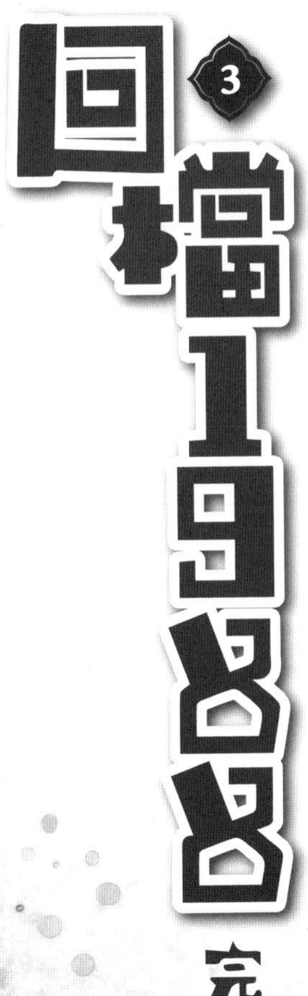
回檔1988
3
完

目錄頁
CONTENT

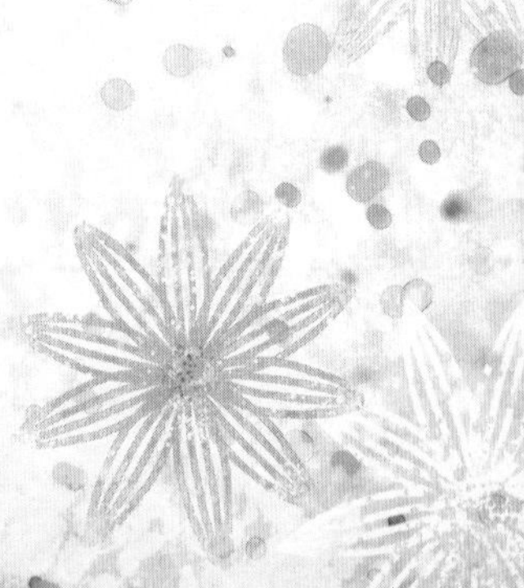

第一章 白少爺吃飛醋，耍賴斬桃花

端午節的那天，兩個班湊在一起熱熱鬧鬧搞了一個聯誼。

白洛川和米陽考了文理雙狀元，學校裡特意給了一份豐厚的獎學金，有他們兩個贊助，同學們毫不客氣地買了許多糖果和瓜子一類的零食。老戴自己也買了兩袋蜜橘提著高高興興地回了班級，剛進一門就瞧見自己班裡別說人了，桌椅都少了一半。

老戴倒吸一口氣，「咱們班……班長怎麼又跑隔壁去了啊？」

旁邊的幾個學生笑嘻嘻道：「戴老師，班長今天特意趕過來的，桌子和椅子也是他帶頭搬過去，咱們都準備好啦，就差您了！」

老戴一邊被推著走，一邊回頭看自己班的教室，問道：「我桌上的那個獎盃呢？」

學生們推著他加快步伐，歡快回道：「拿到隔壁班去啦！」

老戴心痛道：「我就那一個了，等一下記得拿回來啊！」

同學道：「戴老師，您怎麼這麼小氣？咱們是兄弟班，那是文老師的班耶！」

老戴嘴角抖了抖，一臉糾結地也不說要回獎盃的事了。

聯誼活動很熱鬧，抽獎也有趣，雖然獎品不是讓人非常期待，但大家還是很積極參與，尤其是一班的白班長，抓住了每個抽獎的機會，硬是用體力和智商全方面輾壓，把一個遊戲玩得火星四濺，恨不得一個打十個，跟他打對家的學生憤憤道：「狀元就能欺負人嗎？」

白洛川在講臺上的黑板前飛快用粉筆寫完了三個題目，最後一個甚至是推開一位同學，仗著身高優勢，在人家寫了一半的答案上面迅速寫了自己的，用事實告訴所有的同學，他還真是可以欺負人。最後一個抽獎的名額果然被他握在手心裡，拉了一晚的仇恨值，他終於如願以償地抽到了二班米陽的隨堂筆記。

兩班的學生被白班長吸引了火力，老戴和文老師坐在旁邊笑呵呵地看著，文老師手上有個剝開的蜜橘，老戴還在幫她剝紙皮核桃，笑容憨厚，一點都不像教出這種狼崽子的人。

端午節的聯誼活動相當成功，文老師吃了五個蜜橘，笑得很甜蜜。老戴照顧得周到，學生們唱歌跳舞的時候，他也高興得手舞足蹈，跟文老師說什麼都高興。

聯誼結束後，一班的白班長就被老戴趕了回去，老戴提前給他放假了，留著這個人在教室裡刺激同學不太好，尤其是還不懂得客氣。人家二班的米陽好歹每堂課都聽講，只偶爾走神，白洛川倒好，來一趟參加聯誼還「欺壓」同學，都快成為全班公敵了。

白洛川家裡剛好有事，就先回去了。

米陽一個人住在宿舍，程青覺得他讀書很辛苦，對他道：「洛川已經回來，你問問你們老師你還要再去學校嗎？不用的話，就留在家裡休息幾天，別那麼累，該放鬆一下了。」

米陽打電話問校方，現在學校對他和白洛川是一聽名字立刻熱情得不得了，迅速批准他可以放假一段時間。白洛川可能還要選主修的科系，米陽則是跟導師預定好了，直接在家等大學錄取通知書就可以了。

白洛川的志願很快填好，他跟米陽同一個學校，米陽選考古文博院，白洛川選了金融。兩家人都很高興，特意聚在一起吃了飯。程青分別送了他們一人一臺時下最流行的筆記型電腦，又買了運動鞋給他們，笑道：「收著吧，除了鞋碼洛川的大一點，其他都一樣，以後你們上大學參加個籃球隊什麼的，還能一起打球呢！」

白洛川自然地接過來，道：「謝謝程阿姨。」

他的手機響了，站起來出去接聽，駱江璟看著他的背影，嘆了口氣道：「現在大了，都有自己的祕密了。他和他那個堂哥每天不知道在搗鼓什麼，一個字都不跟我透露。」

程青道：「孩子們長大了嘛，洛川個子夠高了，陽陽也加把勁兒，爭取再長高一點。」

駱江璟也是看著米陽長大的，下意識護住了道：「小乖這樣就很好，他們還小呢，還有長高的空間。」她伸手摸了摸米陽的頭，笑道：「我也不知道送你們什麼好，包個紅包給你們，有什麼想買的自己去買吧。」

駱江璟給的紅包很薄，裡面只放了一張卡。米陽不用想都知道這裡面的金額有多大，推拒了幾聲，白洛川正好從外面回來，一邊把手機收起來，一邊坐下對他道：「收著吧，我媽給咱們的，你拿著就行。」

米陽想了一下，收了下來。

白洛川又伸手跟駱江璟討要：「媽，您可不能厚此薄彼，我的呢？」

駱江璟也給了他一個一樣的紅包，點他額頭兩下道：「什麼時候少過你的呀？」話雖這麼說著，眼裡帶著笑意，提議道：「洛川，你這段時間在公司表現得不錯，媽媽給你放假，幫你們買機票，你們挑個地方出去玩幾天吧？」

白洛川卻搖了搖頭，道：「我和小乖說好了，今年暑假還是回爺爺那邊。」

駱江璟知道這兩年白老爺子身體不太好，她特意送了醫生和看護過去精心照料，當下寬慰道：「媽媽知道你跟爺爺感情好，但是也不急在這一時。家裡有我和你爸照顧，你呢，該考的考完了，就放心去玩，好不好？」

白洛川堅持道：「下次吧，前幾天我打電話過去還聽見他咳嗽了，我不放心。」

駱江璟點點頭道：「那也行，我讓人送你們回去。」

她轉頭看米陽，米陽正在剝蝦餵妹妹，小丫頭張著嘴等，兄妹倆感情相當好，旁邊的米澤海也是這樣照顧程青的，剝蝦殼的手法一看就是他教米陽的。米澤海剝得熟練，很快剝了一小盤，都給老婆吃，自己則露出自豪的笑容。

駱江璟看了一眼身邊的空位，笑著搖搖頭。當初她選了白敬榮這個人，嫁入白家那一刻就知道以後自己要面對怎樣的生活，羨慕別人是有的，但是她不後悔。

白敬榮對她的愛隱晦，並不比任何人少一分，她和丈夫為彼此付出，並甘之如飴。

喝了半杯紅酒，再轉頭看過去的時候，駱江璟就看到自家那位驕縱的大少爺已經把自己的盤子推到米陽手邊，盯著人家給自己剝蝦，直到剝好的蝦肉堆得快滿了，白少爺這才拿過去幾口吃光，吃完還並不滿足，盤子又推了過去。

駱江璟哭笑不得，其他人卻不覺得哪裡不對勁，米澤海還幫著米陽挑了兩隻海蝦，對他道：「剝這個給洛川吃吧，這個好吃。蝦線要去得再乾淨些，來，爸示範給你看……」

米陽認真學著，學會就剝好了一隻蝦遞給白洛川。白少爺吃得自然，像是習慣了。

駱江璟想了一下，這還真是從小到大慣出來的壞毛病，小時候就讓米陽幫他剝橘子，還非得橘絡都剝乾淨才肯吃，長大了也沒少使喚人家。他只比米陽大了兩個月，生活上倒是人家米陽照顧著他大少爺。

兩家大人還有話要說，米陽和白洛川被同學約了要繼續去慶祝，同學們還奮鬥在高二的苦海裡，難得抽了一個禮拜天要他們一起出去唱歌。他們倆過幾天就要回山海鎮，留在滬市的時間短，吃飽就先走了。到了樓下的時候，白洛川特意去查紅包給了多少，兩張卡給的一樣，密碼是他們的生日，帳戶裡同樣都是十萬塊錢。

白洛川道：「還不錯，難怪不用紅包裝，那麼厚也太難看了。」

米陽把自己那張卡給了白洛川，對他道：「你拿去用唄，我放著沒什麼用。」

這兩年白洛川都在搗鼓自己的事，賺了些小錢，也跟米陽分享過幾次，不過投入的慢慢多起來，手上流動資金多些總沒錯。

白洛川不跟他客氣，「好，最近還真的缺錢。堂哥和他那邊幾個人都看中一個資產包，說要合夥湊錢買下來，我覺得不錯，那我幫你投進去了，你要是缺錢就跟我說。」他伸手捏了米陽的臉一下，笑道：「錢什麼時候都賺不完，別耽誤我家小乖用錢才好。」

米陽道：「我不用什麼錢，你看著辦吧。」

白洛川帶著他一路走出去，順便跟他講了些和堂哥白斌要做的事。先前他們有認識海關的人，做了一單生意，賺了不少。白洛川投的錢少，也翻了兩三倍回來，這次搞得更大，那份不良資產包白斌盯了很久，資產相對優質，抵押物較多，做起來利潤也大。

這一單成了，白洛川計畫在京城買的小房子能翻一倍的面積。他想和米陽在讀書的時候住得舒坦點，尤其是要住四年，那裡將會是他們第一個小家。

米陽不太懂生意上的門道，有些擔心道：「安全嗎？」

白洛川彈了他腦門一下，樂道：「想什麼呢，正常管道。」

請米陽他們出來唱歌的是平時玩得比較好的幾個同學，周通組的局，來的人不少，兩個班加起來十幾個，從來的人裡就能明顯看出來，一班的白班長在男生裡人緣不錯，二班的團支書米陽則簡直是女性之友。二班來的大多是女生，連校花甯寧都來了，正在那唱歌，瞧見他們倆進來，門口站著的兩個男生拉開小禮炮「啪啪」兩聲散了不少金粉和彩紙下來，甯寧也和幾個女生笑著道：「恭喜恭喜！」

白洛川下意識用手掌撐在米陽頭上相護，等看清後才好笑道：「你們這是幹什麼？」

周通拿了一個麥克風，喜氣洋洋道：「來提前慶祝一下，順便採訪兩位狀元，你們接下來打算去哪玩，家裡給了多少天的假期？」

白洛川道：「不去哪，就在家裡。」

周通怪叫道：「白哥不道地，怎麼也應該帶我們團支書去馬爾地夫吧，怎麼就在家？」

白洛川道：「是回老家。」

周通跟他們初中起就是同學，知道他們倆的老家都在山海鎮，也有這個習慣，寒暑假雷打不動要回去探望老人家，當即眉開眼笑道：「哦，我知道了，回老家啊！」

旁邊的同學立刻道：「考試結束後，我就要回老家結婚了！」

「已經沒有什麼好怕的了，考完試我們就回老家！」

「我才不要去馬爾地夫，我們要一起回老家了！」

「陽桑，你要不要和我一起回老家度蜜月？」

……

白洛川踹了周通一腳，表情沒繃住，笑罵道：「滾蛋！討打是不是？」

周通一點都不在意，笑咪咪地把他們請進去，桌上擺了十幾瓶啤酒，杯子裡還有一些果汁什麼的。他們自己喝果汁，但是對兩個學霸下了狠手，圍著頻頻勸酒。

一個說：「你倆考這麼好，就乾了吧！」

另一個起鬨：「不能光這麼喝，得喝交杯酒！」

白洛川把兩杯啤酒拿到自己跟前，仰頭喝下去，杯子「啪」一聲放回桌面，笑道：「我一個人喝就成，別鬧米陽，他酒量淺，兩口就醉了。」

周通身為二班的人，眼珠一轉就同意了：「行啊，白班長喝吧！」

一班的人自然是不肯的，毛岳那幾個高個子站出來也要給米陽倒滿，「酒量這東西，練練就有了！都快上大學了，提前適應一下唄！」

白洛川不肯，自己全接了過來，來多少擋多少。

毛岳他們是一心幫著自家班長，那邊周通也不敢玩得太過，意思喝了兩瓶就算了。

二班的女生們比男生細心多了，她們提前準備了蛋糕，甯寧那幾個女孩把蠟燭點上，將蛋糕捧到米陽面前道：「恭喜你提前一年上大學，我們沒辦法幫你過今年的生日啦。去年是你請我們吃蛋糕，今年我們準備了一個。」

甯寧眼眶微紅，看起來是真的難過，她努力擠出笑容道：「蛋糕是我挑的，水果口味的，也不知道你喜不喜歡吃……」

米陽點點頭，跟她們道謝：「喜歡，謝謝大家了。」

甯寧她們就又開心起來，拿了一頂生日帽給他戴上，讓他吹蠟燭。

米陽認真地許了願望，吹滅蠟燭的時候，好幾個女生都掉淚了。

米陽笑道：「我許了願望希望大家開心，妳們幫幫忙，讓我第一個願望成真好不好？」

幾個女生破涕為笑，圍著他分吃蛋糕。甯寧站在最前面，米陽切好的第一塊蛋糕卻是給了白洛川，其餘的才分給眾人，自己則拿了最後一塊去沙發上坐著，邊吃邊聽大家唱歌。

白洛川只隨意吃了兩口就放在旁邊，他的額頭搭在米陽肩上，小聲跟他說話。

米陽低頭聽著，時不時笑一下，回他道：「不了吧，這個都吃不完了，別再買了……當早餐也不行，哪有一大早就吃蛋糕的？」

白洛川不依不饒，甯寧走過來，鼓起勇氣道：「團支書，能不能陪我唱一首歌？」

帶著幾分醉意趴在米陽肩膀上的白洛川抬起頭來，身子依舊歪在米陽身上，沒有半點起來的意思，就這麼挑眉看著眼前的女孩，眼睛瞇了起來。

米陽笑著拒絕：「不了，我唱歌走音，妳和周通唱吧，他是文藝委員，歌唱得好。」

甯寧鼓著臉道：「又不是他今年提前上大學……」

周通就在旁邊，恰好聽到了，一臉痛心道：「甯寧同學，妳以為我自己不想去嗎？我要是考得好，我早考上了！」

米陽沒有合唱的意思，甯寧再看過去的時候，對方眼裡都是歉意，她心裡又酸又甜，覺得團支書是為了女朋友守身如玉，連一點機會都不給其他人，又覺得那個「女朋友」竟然不是她自己，心裡酸澀，像是咬了一口青蘋果，只能垮下肩膀去了臺上，清了清喉嚨道：「我代表二班來唱一首歌送別我們團支書，二班的文藝委員在不在？」

周通迅速竄了上去，得意道：「在在在！事關班級榮譽，我永遠和二班同在！」

甯寧的聲音很好聽，人美歌也甜，周通配合得很好，兩個人合唱贏得了許多掌聲。

甯寧站在上面往下面看的時候，安靜坐在角落的米陽正好站了起來，她剛有點心熱，就看到他小心扶著白洛川出去了。大概是喝了些酒，白洛川大半個身體都靠在對方身上。

周通道：「二班唱完了，一班的兄弟們敢不敢接？」

一班的男生們喊道：「敢！」

甯寧被他們這麼一鬧，注意力拉了回來，很快投入到兩個班級的鬥歌擂臺上去。

米陽扶著白洛川去了廁所，看著這人慢吞吞地洗手，忍不住問道：「真不舒服了？」

白洛川道：「騙你幹什麼？」

米陽還是不太相信，上一世白洛川可是千杯不醉，兩斤白酒喝下去，絲毫看不出醉態，頂多是臉頰微紅，幹翻了一桌人，還能出言譏諷對方，半點虧也不吃。這一世雖然沒怎麼看到白少爺喝酒，但按理說酒量是天生的，不應該喝一點啤酒就醉了。

米陽打量他，忽然聽見白洛川開口道：「你差點就和她合唱了。」

米陽連忙道：「沒有。」

白洛川從鏡子裡看著他，帶著酸意道：「就因為她買了蛋糕給你？」

米陽哭笑不得，「才不是。」

白洛川盯著鏡子裡的米陽，米陽覺得他可能真是醉了，扶了他一把，問道：「真醉啊？不然我們回去吧，我怕你等一下會更難受，回去睡一覺就好了。」

白洛川沒有堅持，手臂搭在米陽肩上，跟他一起回包廂跟同學們道別。

回去的時候正好聽到毛岳在吼軍歌，所有歌詞全部一個調，除了氣勢足什麼都沒有。周通一副聽傻了的樣子，人家是五音不全，這位就一個音啊！

周通誇他：「你可真敢唱。」

毛岳笑呵呵道：「我是為將來念軍校做準備，氣勢夠就成了！」

米陽跟他們說了一聲，大家紛紛表示玩得差不多了，都是高二的學生，假期裡都帶著作業回來的，熱熱鬧鬧慶祝完過了癮，就跟他們一起離開。

白洛川買單，周通他們一幫人各自送了禮物，有送籃球的，有送鋼筆的，基本都是學生用的都是，甯寧送了一個愛馬仕的筆記本，惹得白洛川多看了一眼。

大家在門口打車，白家的司機最先到。白洛川還賴在米陽身上，幾個女同學有想跟米陽擁抱道別的意思，奈何白班長不鬆手，她們也不好意思一次抱兩個，只好紅著臉跟米陽握了握手算是最後的告別。

米陽看著白洛川，這人半閉著眼睛做出「我喝醉了」的樣子，像小孩似的爭寵。

白家的司機過來接人，周通幫忙把白洛川扶過去，「平叔，路上慢點，他喝多了。」

司機點點頭，問他：「要不要一起？我記得你家也順路。」

周通擺擺手道：「您送他們回家吧，我這邊還有好些同學呢，得先送女生回家。」他又看向米陽，「沒想到白哥酒量這樣差，他還說你酒量不好呢。那你受累多照顧他，等明年我們畢業，你們倆一定要回來啊，你們還欠大家一張團體照，畢業合影可少不了你們。」

米陽笑著點頭，「好，一定回來。」

周通送走兩人，招手攔車準備送女生們走，他和男生留在後面，照顧得非常妥貼。

有人小聲問道：「周通，那是白班長家的車子嗎？真好，家裡人還來接啊！」

周通笑道：「那是他家的司機，初中我認識他們的時候就一直都是司機接送了。」

大家都很驚訝，有人咋舌道：「白班長是富二代啊？以前都沒看出來。」

其實班上有錢的學生不少，像是周通和毛岳他們都偷偷開過家裡的車。周通他哥是賣車的，經手的豪車價值過億，周通暗地裡開過幾回，但不敢開到外面顯擺，只找空地自己過過癮，那還是要他哥心情好的時候，像是白洛川家中雇請司機接送的還真是少數。

幾個女生倒是神色平靜，她們之中大部分人還是比較喜歡米陽這樣的溫潤少年。米陽的家境從一開始就沒有隱瞞，甚至有個住在同社區的同學摔傷了，就在米陽家的藥房換了半個月的藥，米陽始終耐心照顧，下雨了還會專門送他回家。那位同學回學校吹了好幾天，連聲誇自己班的團支書妙手仁心，將來是當醫生的好苗子。

然而，與大家的期待不同的是，他們團支書沒有選醫，而是選了文物和古籍修復，一看就是要踏踏實實做上幾十年才有所得。有些遺憾，卻也覺得理所應當。

米陽這個人給人最大的印象就是溫和踏實，他做這種遠離浮躁的工作再正常不過。

甯寧和一個女孩手挽手地還在看遠去的車影，過了一會兒才問道：「周通，你和我們團支書也是初中同學嗎？」

周通道：「可不是？」他報了學校的名字，又道：「你去打聽打聽，誰不認識米陽。」

甯寧好奇道：「我們團支書這麼有名？」

周通摸了摸鼻尖，笑道：「其實也還行，主要是白哥太牛了，他初中的時候拿了大大小小好些獎，像玩似的都拿遍了。米陽初一時也跟著參加比賽，那時不是他第一就是白哥第一，後來不知道怎麼的米陽就不來了，好像喜歡上航模了，去北京比賽過，還得了獎。」

甯寧很感興趣，追著他問了許多。

周通道：「這話說起來就長了，提起一個，另一個肯定少不了。打從初中開始這兩人就形影不離，有段時間學校裡甚至謠傳說他倆是有血緣的兄弟。」

甯寧道：「真的是嗎？」

周通道：「怎麼可能？不過聽說他們兩家關係特別好，白哥和米陽從小就同吃同住，就沒見他們分開過，親兄弟也不過這樣了。」

初中的時候白洛川已經有些小霸王的趨勢，性格張揚，要不是米陽喜歡安靜讀書，周通毫不意外這位大少爺能搞出不少事情來。那時候說他們兩個是「兄弟」的傳言很多，白洛川懶得解釋，有人問到了米陽那邊，米陽脾氣好，解釋了兩句，再有來問的，就都讓白洛川給攔住了，白少爺時刻防備著，生怕他們這幫人欺負米陽——周通他們哪敢，要說他們初中那會兒最大的勢力也就是白洛川自己，白少爺自己沒察覺到，但他們可都圍著他轉呢，巴結都來不及，怎麼敢去惹他「弟弟」？

周通感慨道：「其實我都沒猜到白哥和米陽不在一個班，妳不知道，以前初中不是同桌他都能翻臉，現在脾氣好多了。」

甯寧嘀咕道：「要是團支書也對我這麼好，我也願意比現在好十倍。」

周通沒聽清，問她道：「什麼十倍？」

甯寧笑著搖搖頭，正好車來了，她和身邊的女孩挽手一起上去走了。

另一邊，車裡的白洛川伸手在一堆禮物裡翻找，很快就找到了甯寧送的那個盒子，拿在手裡問道：「我能看看嗎？」

他現在說話口齒清晰，神色認真，米陽笑道：「不裝了？」

白洛川見他接過盒子動手打開包裝，就知道還是肯給自己看的，依靠著米陽的肩膀，又開始裝醉，含糊道：「還有點難受，你多陪陪我。」

米陽把盒子拆開，拿出筆記本給他，小聲道：「今天就沒離開過，還要陪多久？」

白洛川翻看筆記本，確認都是空白頁沒寫什麼才還給米陽，打個哈欠道：「我睏了。」

他把頭埋在米陽肩窩蹭了兩下，米陽幫他揉著太陽穴，還是沒按他的意願留下。

「還得回去收拾行李，過兩天要回山海鎮，我媽要給家裡帶不少東西。這次就我一個人回去，要準備的特別多。」米陽道。

白洛川閉著眼睛半趴在他腿上，開口道：「那就都帶上，又不是放不下，別回去了。」

米陽笑了一聲，還是沒答應。

白洛川冷哼道：「你不說我都知道，又是米雪吧？她讓你臨走的時候說故事對不對？多大了晚上還要聽人說故事，改天我要打電話問問她老師，她在學校成績怎麼樣。」

米陽道：「她跟你一樣啊！」

白洛川皺眉，「什麼？」

米陽捂著他的眼睛，彎下身貼在他耳邊低聲道：「跟我撒嬌呢！」

他的話說得很輕，如氣音般，每個字都像從毛孔滲入細小電流似的勾到人心裡最癢的地方。白洛川能聽出他話語裡帶著的笑意，不用睜眼就能在腦海裡勾勒這人溫潤無辜的模樣，以及彎起來的笑眼和翹起來的唇角……他喉結滾動兩下，把米陽拽低了一點，兩個人摸索著在後座狹小的空間中接了一個吻。像是蜻蜓點水，很快就分開了。

白洛川克制著自己，坐起身略微和米陽分開些，讓自己平復一下，又用眼角餘光去打量對方，努力看清對方一絲一毫的動作。米陽轉頭看著窗外，裝作若無其事的樣子，即便這樣，臉也紅到了脖頸，白玉似的耳垂更是變紅了。

白洛川伸手過去握住他的手，輕聲一笑。米陽的手動了動，變成了十指交握。

米陽家很快就到了，等他一下車，白洛川徹底清醒過來，眼神清亮沒有一絲醉意。

等白洛川回到家時，駱江璟已經在了，瞧著回來有一會兒，換了身衣服正披散著半濕的頭髮在講電話，表情難得的溫柔，唇邊帶著笑意，瞧見兒子就對他招招手道：「洛川，過來一下，你爸打電話來恭喜你呢！」

白洛川走過去接電話，跟白敬榮簡單交談兩句。父子倆隔著手機還好，都比較客氣。

駱江璟一直笑著看他，白洛川見她頭髮還濕著，就去拿了一條毛巾來幫她一邊擦一邊繼續道：「是，我會照顧好媽媽，也會照顧好自己，您放心……嗯，明後天就去山海鎮，假期時間長，打算多住兩天陪陪爺爺。」

白敬榮那邊也有事要忙，叮囑完畢之後就掛了電話。

白洛川拿著毛巾擦了兩下，皺眉道：「怎麼頭髮不吹乾就接電話？男人就這麼重要？」

駱江璟拍了他手臂一下，笑道：「什麼男人？那是你爸！」

白洛川又去拿了吹風機，冷著臉道：「我爸也沒您自己的身體重要。」

他幫駱江璟吹乾頭髮，語氣不耐煩，但手上的動作是輕柔的，可以說他從小到大都是駱江璟一手帶起來。駱江璟為了照顧年幼的他，先是捨棄了自己幾年的抱負，等到兒子長大才出來打拚。有她全心全意的付出，白洛川對邊城，對童年的記憶都是非常愉快的，有時候母子兩個人聊起來，都很懷念那段時光。只是和父親分開太久，父子關係終究是疏遠了些。

駱江璟嘆了口氣道：「你要是這麼伺候一回你爸，他肯定心裡樂開了花。」

白洛川嗤道：「算了吧，他才不會讓我幫他吹頭髮，多半會板著臉要我滾。」

駱江璟不提丈夫了，溫和道：「媽媽原本是打算送你一輛車，你和小乖出入也方便，只是你們還不到考駕照的年紀，去了那邊就還是讓司機接送好了。」她從旁邊的茶几上拿起兩把鑰匙給白洛川道：「這個給你，前兩年你們在京城遇到SARS那回買的房子，裝潢好了一直沒去住過，我讓人收拾好，置辦了點家具電器，位置離你們學校不算遠，你和小乖到了那邊一起住吧，都是同一個學校，兩個人一起我也放心。」

白洛川收了鑰匙，坐在她身邊的椅子上道：「媽，大學了就別讓司機接送吧，太顯眼了，您不如把那輛車折算成錢給我。」

駱江璟問他：「你要這麼多錢做什麼？」

白洛川不告訴她，站起身道：「不給就算了。」

駱江璟氣笑了，「你回來，坐下，媽媽跟你說話呢！」

白洛川又坐下來，兩條大長腿伸直了，懶洋洋道：「我沒亂來，就是跟白斌哥學東西了，另外也想自己存些錢做點小生意。」

駱江璟道：「你要是真想，媽媽就在京城開個分公司，讓人過去幫襯你。」

白洛川眼珠轉了一下，道：「這個再說吧，您給我幾年自由時間，我想自己試試。」

駱江璟搖頭道：「沒那麼多時間給你，我還盼著你接班，我好去你爸爸身邊陪他。」

白洛川道：「您幹麼啊？兒子重要還是老公重要？」

駱江璟喜孜孜道：「當然是老公呀！」
白洛川：「……」
他認真想了想，他媽要是把這個問題問回來，他多半也會選小乖，心裡就釋然了。
駱江璟問道：「你打算在山海鎮待上多久？」
白洛川道：「怎麼也要十天半個月吧，看爺爺的身體情況。」
駱江璟點點頭道：「好，多待幾天也沒事。這樣吧，等你回來還是先在滬市，讓你米叔帶著你跑一跑，熟悉專案流程，最近正好有個大案子。」
白洛川道：「媽，我想去新疆看看，那個專案還要多久？」
「那邊啊，至少還要三年。」駱江璟嗔道：「你真是的，一會兒要留在滬市，一會兒又要去新疆的，你到底想做什麼呀？上次也是，招呼都不打就跑去新疆了，要不是那邊的人跟我說，我差點被你嚇死。」
白洛川笑了一聲，歪頭在駱江璟膝蓋上趴著沒吭聲。
駱江璟戳了戳他額頭道：「別想糊弄過去，這套對我沒用。哦，我知道了，你是不是見小乖有事做，自己還沒『工作』就著急了？」
白洛川道：「對。」
駱江璟就笑了，安撫他幾句，最後還是鬆了口允許他去新疆：「先說好了，去了之後不許亂跑，要時常打電話給媽媽報平安，知不知道？」
白洛川起身親了她臉頰一下，笑道：「知道了，駱女士。」
兩天後，白洛川和米陽一起回了山海鎮。
山海鎮現在變了樣子，上次來的時候還有些路段在施工，這次全都修好了，風景區大門

已經豎起來，很是氣派漂亮。當地人可以憑身分證免票進入，週末爬山的人比之前更多，旺季的時候周圍攤販多，淡季也有三三兩兩的攤位開著，比以前熱鬧許多。

米陽先和白洛川去探望白老爺子，白老爺子這兩天咳嗽加重，看起來更憔悴些，但是眼睛裡帶著往日的神采，見了白洛川他們，笑著道：「我今天還想問你們什麼時候來，洛川啊，來來來，爺爺有禮物送你們！」

白洛川連忙去扶著他的手臂，米陽要攙扶另一邊，白老爺子推拒了，他拄著拐杖道：「我又不是七老八十，這麼伺候著幹什麼，不需要！」

白洛川道：「您今年七十三了，是不是自己都忘了？」

白老爺子覺得這小子太煩了，揮開他只讓米陽扶著，自己另一隻手拄著拐杖帶他們去書房，不過幾步路的功夫又忍不住得意洋洋地誇獎起孫子來：「你們這次考得很好，你媽都打電話跟我說了，兩個狀元，兩家都教得好啊！」

老爺子說完就等著他們回話，米陽對白洛川使了下眼色。

白洛川只得道：「哪裡，我們平時在爺爺這裡學的多，您教得也好。」

白老爺子高興起來，推開書房的門道：「喏，我特意找了一位老朋友寫的。」

牆上掛了一幅字，是白老爺子請書法家朋友題的，字體蒼勁有力，筆畫崢嶸，寫了「雙桂聯芳」四個字裱起來掛在最醒目的地方。

白老爺子道：「這是岱山先生的字，我跟他說了你們的事，他也很高興，題了這個還特意講了典故，說是古代有兩兄弟進京趕考，雙雙金榜提名。」他拍了拍米陽的手，又抬頭看著孫子，慈愛道：「爺爺希望你們以後能跟今天一樣互相照顧，能做到吧？」

白洛川點了點頭，米陽笑道：「能，白爺爺您放心。」

白老爺子前陣子住院，最近才回到老宅休養，雖有家庭醫生照顧著，但仍是一直咳嗽，斷斷續續的總是不見好轉。有時候憋悶得厲害，整夜都得坐著才舒服些，白洛川不放心他，半夜聽見咳嗽聲去樓下看，見老爺子披著外衣坐在那裡，立刻就回樓上去搬了自己的被子過來，睡在小沙發上，哪裡也不肯去。

白老爺子趕他上樓：「家裡是沒地方睡嗎？這麼多空房間，你非在我這，快走快走！」

白洛川不肯，幫他蓋了蓋毯子道：「您都這樣了，還要我去哪裡？是不是之前的醫院不夠好，爺爺，您去滬市或者跟我去京城吧，哪有生病一直拖著的？」

白老爺子哼唧兩聲，假裝沒聽到。

白洛川拖長了尾音瞇著眼睛喊他：「爺爺……」

白老爺子被催了幾次，瞪起眼睛來道：「去那裡幹麼，家裡這不是有醫生在？吃藥打針，在家裡就可以了，我懶得去人多的地方擠。」

換成白敬榮或許就不敢再多說了，但是白洛川自幼被他寵著長大，絲毫不怕老爺子這副外強中乾的樣子，還是堅持要他去醫院。

白老爺子不肯，白洛川就看看旁邊的家庭醫生，對方跟了白老爺子很多年，開口道：「已經去大醫院看過了，現在這種情況只能吃吃藥、打打針。年紀大了身體總是要修修補補，這也是沒辦法的事。」

白洛川問道：「那會不會有什麼炎症之類的？我聽到他晚上一直咳嗽。」

醫生道：「還是中藥溫和調養為主，年紀大了，抗生素之類的少用比較好。」

白洛川點點頭，堅持留下照顧老爺子。

白老爺子沒辦法，又是生氣又是心疼，到底還是妥協了，讓人搬了一張小床過來放在外面的小客廳裡，讓孫子睡在那裡。

白洛川睡得警覺，老爺子一有什麼動靜就迅速起身去照顧，幾天下來白老爺子倒是能睡一些了。晚上能睡著，白天的精神就好了許多。

白天的時候，爺孫兩個有時一起下軍旗。這副棋的棋子少些，白老爺子想賴皮都難，好不容易讓一個參謀進了營地，白洛川就道：「爺爺，您進錯了，藍方是我的陣地。」

白老爺子含糊道：「哦？是嗎，我年紀大了，眼睛看不太清楚啊！」

白洛川推了旁邊的水晶石老花鏡給他，白老爺子惱羞成怒，趁機推翻棋盤，「你這個小混蛋，一點都不讓著爺爺，不玩了！你這棋還是我教你的，真是教會了徒弟忘了師傅！」

白洛川道：「您不下棋了？」

白老爺子起身道：「對，不陪你玩了，我去看烏樂，烏樂比你聽話，牠從來不氣我！」

老爺子拄著拐杖去了後院，白洛川跟著一起過去了。

烏樂在後院的馬廄裡，也沒乖到哪裡去，正伸出脖子去咬掛在一邊的馬籠頭。馬廄的木欄矮門原本就低，很容易得逞，照顧牠的人已經撿回來幾次，白老爺子來的時候，烏樂正準確地咬住了第三次，長脖子一伸就把馬籠頭甩到外面的地上，馬蹄來回踩著要出去。

照顧牠的人把馬籠頭撿回來，瞧見白老爺子過來，告狀道：「老爺子，您看烏樂，一個上午沒幹別的事，就是咬著扔它。」

烏樂瞧見老爺子過來，圓而亮的眼睛裡帶著殷切期盼，馬蹄踩得更急了。

白老爺子笑道：「這是催我帶牠出去遛一圈。」他讓人把烏樂放出來，自己體力不行了就吩咐白洛川道：「你帶烏樂出去跑一跑，這段時間我沒出去，一直關著牠都憋壞了。」

烏樂還認得小主人，因此比較溫順，只是白洛川牽著牠走的時候大眼睛裡露出困惑不解的神情，一直回頭看著白老爺子。等到白洛川騎上去催著牠跑起來，黑馬也確實跑了幾步，但是很快又不顧白洛川的指揮，調轉方向朝著白老爺子這邊跑回來，邁著小碎步繞著老爺子轉了兩圈，輕輕嘶鳴一聲，張嘴咬他衣服。

白老爺子摸摸烏樂，笑著道：「爺爺生病啦，騎不了，烏樂自己去玩。」

黑馬不肯，跟小時候一樣，咬著老爺子的衣襬往前輕拽，撒嬌似的蹭蹭他。

白老爺子摸摸牠，怎麼趕都趕不走，拿了糖塊給牠又好聲勸道：「吃吧，吃了自己去跑一跑，老跟我悶在這宅子裡也要悶得病了……聽話啊，去吧！」

烏樂吃了糖，耍賴地不肯走。

白洛川騎在馬上，開口道：「爺爺，我瞧著牠就想留下來跟您玩。」

白老爺子看看他，又看看烏樂，怎麼瞧著烏樂都跟牠背上的白洛川一個德行，又騙糖吃又不聽話，簡直就是兩個小混蛋。

白洛川拽著韁繩晃了兩下穩住身體，問道：「您是不是在心裡罵我們呢？」

白老爺子：「……」

白洛川建議道：「您罵我也沒用，這回是烏樂不聽話，您應該只罵牠一個。」

白老爺子拿拐杖輕輕敲了他一下，笑罵道：「你快走吧，快回你家去！」

另一邊，米陽提前放假回來，讓程老太太很是驚喜。她之前就聽程青提過了，但是瞧見米陽在面前，還是忍不住抱了抱他，又捏捏他的小臉誇獎道：「我的小乖乖長大了，拿了一個狀元呀，真是給姥姥爭氣！想吃什麼跟姥姥說，要什麼，給你做什麼啊！」

米陽笑道：「姥姥，我想吃您做的琥珀核桃仁。」

程老太太做各種點心是一絕，除了有些時候邊角容易焦，味道真是沒得說。難得外孫要吃個什麼，老太太立刻挽起袖子來去準備了。

離著吃飯時間還早，她先炒芝麻，米陽拿了小板凳坐在一邊幫她砸核桃。核桃是去年收起來的，老太太嫌內皮有苦味，要米陽去皮，一邊照看鍋裡一邊念叨：「往年洛川生日那會兒吃核桃正好，新下來的呢。七月底打了些青皮核桃回家，怎麼都好吃，新核桃脆，內皮也是淺的，吃起來不苦。別說做琥珀核桃了，隨便撿一個扔火裡燒燒吃也香。」

米陽聽著就想起燒核桃的滋味，還真有點想吃，不知道這回能不能住到七月，或許還能打下一些來吃個新鮮。程老太太看他一直在砸核桃，忙道：「差不多夠了，你要吃，姥姥過幾天再做，新鮮的才好吃。」

米陽笑著道：「多做一點吧，我送去給白洛川，他也愛吃這個。」

程老太太笑了，點點頭道：「對，差點把他給忘了。」

程老太太做核桃的時候先煮後炒，又用蜂蜜混了糖熬糖色，見焦糖差不多好了，加了炒過的核桃翻炒到掛漿。出鍋前加熟芝麻滾一遍，撲鼻的香氣襲來，光聞就讓人口水直流。

程老太太道：「剛出鍋的好吃，你嘗嘗！」

和炸過的不同，核桃仁本來就用大火炒熟，酥脆可口，掛了層糖漿捏起來時還拔絲，咬在嘴裡先吃到芝麻的香味，緊跟著是爆在口中的核桃和蜜糖，又脆又不黏牙，特別好吃。

米陽吃了半盤，程老太太怕他吃多了晚上不吃飯，哄他道：「去拿兩個盒子來，裝些送去你爺爺那邊，等回來再接著吃啊！」

程老太太家裡孩子多，逢年過節來得齊全，家裡提前準備了不少放糖的鐵盒，這會兒派上了用場，米陽拿兩個出來裝了滿滿的琥珀核桃仁，程老太太還在旁邊道：「拿大些的，選好的送人，碎的咱們自己留著吃。」

米陽點點頭，老太太這習慣這麼多年都沒變，他小時候在部隊大院裡吃炸糕，老太太也是挑著形狀不太好看又焦了邊角的自己吃，剩下挑出好的讓米陽分送給其他小朋友。

剛裝好一盒，就聽見門口有車聲，接著大門被敲響，傳來了程如的聲音。

程如是回來送東西的，喊了老太太來開門，指揮著兩個工人搬了一套沙發下來。她公公是做多年家具生意的，家中只有一個兒子，程如結婚後就和丈夫開了一個家具廠，把規模做大了不少，程老太太這邊不少家具都是她廠裡自己打的，有些時候廠裡做了樣品，只展示了一下東西都還是新的，展覽完就弄回來給老太太放在自家用。

這兩年流行韓劇，韓式小碎花的窗簾和布藝沙發特別流行，程如這次就送了一套這樣的沙發，僅沙發腳磕碰掉了點漆，其餘都是好的。

米陽問道：「姥姥，又換沙發了？」

程老太太道：「哪兒呀，還是以前那個，結實著。這是拿過去讓你三姨給重新刷了刷漆，換了個海綿墊子，沙發套也換了，還能用好幾年。」

米陽笑道：「這個挺好看的，現在正流行。」

程如讓工人搬沙發進客廳放好，出來剛好聽見，就對米陽訴苦道：「陽陽，你不知道，我把舊沙發拿去跟廠子裡的師傅們一說，他們都說重新做也就這麼個功夫了，不如再做一套，可你姥姥不聽，我可是求著廠裡大師傅硬給修補了回來，湊合著用吧。」

程老太太道：「我是幫妳省錢，妳拿婆家的東西做什麼？咱們家都有，不用妳貼補。」

程如道：「您拿著用就是了，就一套沙發，跟我分這麼清楚幹什麼呀？」

程老太太堅持道：「妳公婆人好，不能這樣。」她又摸摸老三的頭髮，笑道：「難得遇到脾氣這麼好的人家，由著妳擺弄，妳得惜福。」

程如嗔道：「知道了，我對他們也好著呢！」

程如讓工人先回去，自己留下來打算吃完飯再走。程老太太很高興，繫了圍裙去廚房要給他們做幾道拿手好菜，程如和米陽想去幫忙都被她趕了出來，老太太道：「這麼大的房子，你們跟著我擠在廚房做什麼？難得有時間，快去坐著歇一會兒，我很快就做好菜了。」

程如和米陽坐在客廳，一起吃著琥珀核桃仁，一邊問道：「滬市流行什麼樣的沙發？」

米陽平時沒怎麼去過家具店，但是多少知道這兩年的流行趨勢，對她道：「皮布結合的那種沙發吧，最好再有點別的作用。」

程如道：「支起來，箱體裡面可以放東西的那種？」

米陽搖搖頭笑道：「以前老式的也能放，我在我同學家裡見過一個挺有意思的，沙發下層抽出來就是一張小床，特別舒服。房間小了，家裡又來客人，挺方便的。」

程如來了興趣，讓他描述給自己聽，還拿了筆來讓他畫出來。

米陽簡單畫了一下，他構圖能力不錯，雖然不會製作沙發但畢竟上一世用過，解釋得頗為清楚：「就是這樣，可以平著抽出來，也有可以把椅背推翻過去直接變成床的，還有這種懶人沙發，價格便宜些。」

他把自己記得的都說了一遍，程如收了圖紙，美滋滋道：「要是做成了，回頭給你抽成。我先做兩三個拿去展示，網路上也發點照片。」

米陽問道：「三姨，最近網店怎麼樣了？」

程如道：「生意不錯，當初多虧了你的建議，咱們開得早，回頭客不少。」

米陽道：「能不能發視頻？新功能的沙發一下子看不出來，發視頻說明最好了。」

程如搖頭道：「還不行，沒有這個功能，放點照片可以。」

米陽想了想，視頻這個功能好像是幾年後才推出的，就對她道：「那就多放幾張照片，詳細解說一下。照片請專業的攝影師來拍，效果會更好。」

網店現在開始火起來，網銀支付的人越來越多，這半年來又出了一個聊天的小程式，可以跟顧客即時交流溝通。程如生意做得不錯，除了固定客戶，還有不斷新來的客戶，她乾脆雇了幾個人單開了一間辦公室來處理網店的業務。

米陽記不清什麼時候有區分認證，只提醒道：「三姨，如果以後有企業店鋪的認證，就早些認證一個，有什麼活動也不會漏掉。」

程如道：「好，我讓他們注意著點。」她把提來的兩盒野生海參指給米陽看，「這些你拿去，你這次是坐白家的車回來的吧？送一盒去給白老爺子，咱們不欠人情。另外一盒你拿給你爺爺吃，滋補著呢。」

米陽道：「不用，您不說我都忘了，我媽還讓我給您和其他姨帶了衣服。其他的我媽都準備好了，專門給我爺爺帶了東西，這個留給姥姥吃吧。」

程如道：「你姥姥有啊，我準備了的，雖然沒禮盒包裝，但都是一樣的東西。她每天吃一碗小米海參粥，你瞧氣色多好。」

米陽就收下道：「謝謝三姨。」

程如擺擺手，「跟我客氣什麼？」

即便沒有米陽那份圖紙，她也早準備好了禮物。她拿米陽當成自己親兒子一樣照顧，打點得周全。她們幾個姊妹感情很好，尤其是對大姊程青，程如心裡拿她當程老太太般敬重，她可是大姊背著長大的呢！

程老太太做好了飯菜，三菜一湯，青椒馬鈴薯絲、香菇拌菜心和番茄牛肉煲，湯是冬瓜雞肉丸湯。自家做的雞肉丸子，咬起來彈牙，特別好吃。

飯後程如廠子裡還有事，臨走的時候程老太太讓她帶了點吃的，幸虧琥珀核桃仁做的不少，多分了一份，裝了一盒給程如。

程如故意道：「居然還有我的？要是陽陽不來，我都沒這口福。」

程老太太笑著趕她：「拿著快走吧，有吃的都堵不上妳的嘴！」

程如笑著走了，她住鎮上離家最近，時常回來娘倆鬥鬥嘴說說話。

米陽拿了裝好的琥珀核桃仁騎車出去，他先去了香樟林，想送去給米鴻。

小木屋沒人，米陽沒留下來等，騎車去樟樹林裡面找人。

樹林裡面規劃出一條小徑，鋪了石子，騎車倒是方便。米陽找到人的時候，米鴻正在樹林深處埋頭幹活，手邊放著新送來的小樹苗，旁邊還有兩棵大的，是修路的時候挖出來重新挪過去的香樟樹。老人家固執，守著這片林子就只多不少，不讓人隨便碰這片林地。

米陽過去幫他一起種樹，米鴻看他一眼，沒有攔著。

米陽長高了些，已經是大男孩的模樣，長年在教室裡捂得皮膚白皙帶出幾分書卷氣，悶不吭聲地幹活都能瞧出安靜內斂的性子。米鴻看了一會兒，誇道：「做得不錯。」

米陽笑道：「爺爺，我們學校裡每年有植樹節，我們不是光讀書，多少也做點活。」

米鴻點點頭，又誇他：「你爸打電話跟我說了，考得不錯。」

米陽道：「是爺爺教得好。」他把之前去新疆和章教授的事說了，「之前去京城做加分題也是章教授的意思，您教我的那些都用上了，加了十分呢，特別重要。」

米鴻有些驚訝，問道：「姓章？叫章什麼？」

米陽想了一會兒，道：「這我還真沒問過，一般都喊老師或者章教授。」

米鴻又問：「多大年紀？大概什麼樣子？」

米陽道：「六十多將近七十的年紀吧。」他想起手機裡有張合照，是陳白微發給大家的，當時在新疆臨走前照的，他就拿出來給米鴻看。

手機上看不真切，米鴻看了半天才勉強分辨出來，笑道：「原來是他。」

米陽問道：「爺爺，您認識章教授嗎？」

米鴻道：「不算認識，很久以前見過。這樣也好，我正好有一份東西託你轉交給他。」

米陽還想問，米鴻卻是不說了，把樹苗都種好，兩人一起回了小木屋。

米陽帶來的琥珀核桃仁香酥可口，米鴻洗乾淨手略微嘗了兩個，誇讚了一句，又讓他坐著等，自己去隔間拿了一個木盒過來，裡面放了樟腦球，氣味倒比普通的淡。木盒裡放了幾本書，似乎是醫書，最上面一本寫著《醫階辯藥》，已經修復好了邊角。

米鴻道：「都是三十多年前的事了，票據丟了，只剩下他親筆簽的這麼一個名字。既然是你老師，你就拿去問問，就說當年留在肆三堂的書修好了，這麼多年所幸不負所託。」

米陽愣了一下，這才想起米鴻幾十年前留在京城過，當初會來山海鎮，也是因為七幾年那會兒文化運動亂得厲害，他就和米陽的奶奶回了小鎮上，一過就是幾十年。

這幾本書不用多提，那時候毀掉的老物件太多，恐怕是混亂中帶出來的。米陽摸了摸那幾本書，想的卻是米鴻這幾十年的不易。修書的鋪子都被砸了，那戲院就更不必多說了，老人家當年倉皇逃離又是受了多大的委屈，經歷了多少艱辛？這麼想著，心裡頗不是滋味。

米鴻卻神色平靜，像是放下了一樁心事，眉眼裡淨是平淡。

米鴻又道：「先前白家送來的那些舊書，我整理好了，有一半破損太厲害，再加上價值不大，我就沒留下，其餘的修補得差不多，我拿去給白老爺子看過。他那邊填補了些新書，

這些就不要了，他說睹物思人，瞧著沒什麼意思，讓我找個愛書的人送了。」

這個米陽沒想到，前兩年的時候白老爺子還很喜愛這些，搬了家特意把那個書房原樣搬了過去，一塊木頭都沒少，沒有料到老爺子會不要這些書了。

桌上放著核桃糖和熱茶，熱氣騰起，房間裡難得不再是冷冷清清的，米鴻緩緩道：「我思來想去，沒有其他什麼人，就還是挑揀了一些好的自己收起來，回頭你要是有了地方，我郵寄過去給你。」

米陽點點頭道：「好。」

兩人聊起章教授幾十年前送來的這套書，米鴻道：「這套叫《聊復集》，一共分五卷，難得的五本都齊全，當時那位章先生送來的時候叮囑過，也看得出他是真心喜愛，那會兒他好像就是京師大學的老師，沒想到這麼多年還在。」

米陽笑道：「是，他前幾年返聘，雖然只掛了教授的名頭，大家還是喊他老院長。」

米鴻難得笑了一聲，「一輩子做一件事也挺好。」

米陽眼角餘光看到三弦琴，哽咽了一下，連忙移開視線，擠出笑來，「爺爺，這醫書是不是比較值錢，收藏價值更大吧？我在滬市的時候有時候去老字號的字畫店，見過幾次有人送醫書來修。」

換了別人，可能會從對書的感情切入，但米鴻是個手藝人，做的就是修書吃飯的行當，聽了就道：「對，清代的話，最好的是線裝小說，其次是算命相面的，再次就是醫書。」

米陽裝作很感興趣的樣子，低頭看著木盒裡的那幾本老書。

米鴻拿起一本小心翻開給他看，「以這本為例，你看這裡的版面，再瞧書頁，如果遇到有藏家印章的，價格還會翻倍。現在不知道要價多少，換做以前，總要幾個銀元一本了。」

米陽用心學著，又看了米鴻修補的痕跡，主動開口道：「爺爺，我想這幾天過來跟您接著學。這次放假時間多，我能多住一段時間……」

米鴻把書收起來，打斷他道：「以後不用再留下，我能教的已經都傳給你了。」

米陽看著他，不肯走。

米鴻勾勾唇角，大手在他頭頂揉了一把，「別亂想，我既然答應了，就一定能做到。」

他說的是當初對老伴的允諾。他既然活到了現在，就不會再輕生。

這把老骨頭能撐多久，便撐到多久。

米鴻關門謝客，米陽被請了出去。老人家一個人住慣了，並不覺得苦，反倒是米陽被他趕出來的時候心裡澀澀的。回家跟程老太太談起來，程老太太倒是覺得他這樣很正常。

程老太太笑道：「他啊，年輕時脾氣就這樣，倔了一輩子，由他去吧。」

傍晚米陽送零食去給白洛川，琥珀核桃仁很受歡迎，白洛川和白老爺子都愛吃。

自從白老爺子搬回山海鎮住，米陽瞧著有什麼新鮮玩意兒，都會送一份給白老爺子。不見得多貴重，都是些小東西。白老爺子對米陽喜愛非常，畢竟是從小看著長大的孩子。

白老爺子吃了幾個，看到米陽提了一個盒子去廚房，問道：「陽陽，你提著什麼？」

米陽道：「就是一些海參，讓廚師泡發煮粥剛好。」

白老爺子坐在客廳美滋滋地吃核桃糖，對他道：「我不愛吃海參。」

白洛川把那盒琥珀核桃仁收起來大半，就留一小把給老爺子，對他道：「我小時候您可不是這麼教我的，您都是說要營養均衡，少吃糖多吃飯。」

白老爺子反駁道：「你那是長身體，我這把年紀了還長什麼，你把糖再給我留一些！」

白洛川沒聽他的，去了廚房吩咐晚上做小米海參粥。

米陽靠近白洛川身邊，小聲喊他：「白洛川。」

白少爺看著他的視線變得溫和起來，配合著放低聲音道：「嗯？」

米陽給他看自己口袋裡，裡面放著一條手帕，包著一團鼓鼓囊囊的東西，他樂道：「我還藏著一小把核桃糖，等一下咱們去餵烏樂吧。」

白洛川眼睛眯起來，摸了他口袋一把，要親自檢查，「我看看。」

米陽道：「不用看啊，都一樣的。」

白洛川道：「我看看哪個核桃大。」

米陽哭笑不得，「你別搶，真的一樣啊，跟你那盒是同一鍋出來的。」

白洛川還是不放心，對比了之後道：「這個看起來糖更多。」

米陽解釋道：「是特意用最後的蜂蜜和冰糖熬的，糖多核桃少，烏樂喜歡吃甜。」他看了看白少爺，彎著眼睛笑，「反正你又不愛吃甜，那個喜歡吃甜食的是『我』，對吧？」

白洛川看了他一眼，伸手在他屁股上輕輕拍了一下，很輕但聲音響亮。

米陽耳尖頓時紅透，左右看了沒人才去瞪他，「你別鬧！」

白少爺覺得他睜大了眼睛看人的樣子顯得更好欺負了，低頭湊近，米陽趕緊後退。他笑了一聲，在米陽的額頭上彈了一記，哼道：「你別鬧我才對，我可是一直壓著火。」

離晚餐還有一段時間，兩個人先去找烏樂。

黑馬已經長得相當健碩，身體線條流暢，皮毛油亮光滑，馬鬃長而厚實，米陽餵牠核桃糖的時候，牠一邊吃一邊時不時抖一下耳朵，看著非常愜意。

米陽視線落在牠甩動的馬鬃上，心裡癢得厲害，他把核桃糖給白洛川，對他道：「你來餵吧，我想摸摸烏樂。」

白洛川把一塊糖分成幾小塊，比米陽小氣多了。

米陽伸手摸兩下，比他預想的軟些也更順滑，忍不住動了動手指，給牠編了小辮子。

白洛川遲疑道：「麻花辮是不是都要兩條？要對稱的吧？」

米陽就又去另一邊編了條小辮子，米雪小時候愛漂亮，小丫頭的辮子都是他紮的。

烏樂相當配合，等到米陽停手才甩甩脖子，黑亮的鬃毛晃動幾下，小辮子若隱若現像是裝飾品，牠已經得意起來了。

白洛川問他：「不再多紮點？」

米陽道：「不了，這幾根就夠了。我就是覺得好玩，明天我再幫烏樂拆了梳好。」

白洛川道：「不用，明天有人照顧牠，要幫牠洗澡，光刷就要一個多小時了。」他看著米陽，又問道：「今天晚上住下吧？」

米陽點點頭，笑道：「你不知道，我一說來你這裡，我姥姥就問我明天中午想吃什麼，老太太都習慣我在外留宿了。」

白洛川跟著笑了一聲。天色慢慢暗下來，馬廄這邊種了大樹，樹蔭落下先遮住了大半，看不清這邊的情形，白洛川在角落低頭親了米陽一下，跟他說了一句不要臉的話，被米陽用手臂抵著要推開。看著米陽窘迫的樣子，白洛川忍不住低聲笑起來。

白家老宅的廚師技術不錯，晚上做的小米海參粥細嫩，又加了點瑤柱提鮮，清淡爽口。

白老爺子只吃了兩口就放下了，連聲說胃口不好吃不下。

白洛川懷疑他是下午吃多了核桃糖，但老爺子不愛吃他也不能說什麼，只好讓廚房熱著粥和幾樣爽口小菜，等他想吃的時候再端出來。

白老爺子擺擺手，對他道：「老啦，胃口就這麼大，你們吃你們的，甭管我。」他拄著拐杖慢慢站起來，讓人扶著自己去後院看烏欒，口袋鼓鼓的，像是藏了糖要帶過去。

晚上白洛川還要守在一樓，被白老爺子趕了出來，對他道：「我都不咳嗽了，你怎麼還睡我這裡？快走，我這客廳好好地擺了喝茶的一套東西，都被你的床占了。陽陽不是來了嗎？你們上去玩遊戲機吧，別煩我了。」

白洛川沒辦法，只能搬回樓上。

米陽正趴在床上跟米雪講電話。米陽一邊擦頭髮，一邊開著擴音，隔著手機都能聽到小丫頭軟軟的聲音，撒嬌似的道：「哥哥，你什麼時候回來，我想你啦！」

白洛川冷著臉壓在米陽身上，米陽猝不及防悶哼了一聲，緊接著就聽到白洛川開口替他回答道：「才剛出來一天，等著吧，至少半個月才回去。」

米雪還沒聽出來，嬌憨道：「哥哥不想我了嗎？我這次考了全班第一呢！」

全市第一的白洛川還趴在米陽身上沒下來，聽見後嗤笑了一聲。

米陽用手臂輕輕撞他，小聲道：「下來，你太沉了。」

米雪察覺出不對勁，疑惑地又喊了一聲：「哥哥？」

米陽對她笑道：「剛才是白哥哥在跟妳說話。」

米雪問道：「哥哥怎麼啦？」

米陽臉上發燙，強撐著回她：「沒事，跟……鬧著玩。」

米雪問：「跟誰呀？」

米陽耳尖都紅了，「跟妳白哥哥。」

白洛川親米陽一下又一下，嘴裡發出笑聲，貼著他不放。

米陽電話講不下去了，匆匆跟米雪又說了兩句就掛了電話。

白洛川抱著他不鬆開，笑著親他，「怎麼不說了？」

米陽被他壓著翻不過來，力氣都使不上，「你下來。」

「不要。」白少爺貼在米陽耳邊啞聲道：「我傍晚那時就跟你說了吧，我憋著火呢。」

米陽被咬著耳朵，身體細微抖了抖。

白洛川捨不得咬下去，輕輕咬兩下就換成細密的輕吻，含糊道：「別怕，我不動你。」

米陽頭髮還有點濕，但是衣服完整地穿著，白少爺下手有分寸。

兩人纏綿了一陣，白洛川有些失態，米陽也沒好到哪去。米陽沒想過自己的後背會這樣敏感，他趴著顫抖，臉紅得抬不起來。哪怕白洛川放開他了，只是面對面被抱在懷裡，米陽也埋在他肩上抖著抬不起頭來。他咬著白洛川的衣服，口水浸濕一小塊，又黏黏糊糊地隔著濕了的衣服咬他肩上那塊皮肉，反覆磨著，像是要把他加在自己身上的感受還回去。

白洛川將米陽抱在懷裡，垂著眼睛親吻他。

米陽被他激得眼眶都發紅了，身體抖得不像話。

白洛川一下一下親他的唇，哄他道：「好了好了，不摸了，你乖一點，不哭了啊！」他吻了米陽的眼角，把那點被激出來的眼淚舔著吃進去，聲音低沉得厲害。

他抱著米陽入睡，沒有去浴室，像是故意要彼此適應一樣，就這樣並肩躺在一起，讓自己一點一點重新冷靜下來。

米陽被他抱得緊，因為從未經歷過這樣的事，反應有些生澀。雖然之前他就有了心理準備，但是白洛川的攻擊性還是太強，他剛才臉紅心跳，反而無法好好配合，現在反手抱著白洛川，手指動了兩下，但也不知道接下來該做什麼好。

白洛川只當他是膽怯，對他更疼愛了幾分，抱著哄他：「小乖不怕啊！」

懷裡的人摳著他的衣服，抓皺了一塊，低聲道：「沒有。」

白洛川沒聽清，低頭看他，懷裡的人身體一邊發抖，又一定要抱著他不放，伸了手去捏他衣領上的布料搓動幾下，努力想要回應。

笨拙得可愛，白洛川看得眼神都暗了，身體簡直要再燥熱起來。

他的小乖太配合了，他反而捨不得亂來。

白洛川親了米陽一下，手指放在他掌心讓他握著，「不急，等你再長大一點。」

米陽嘀咕了一句，白洛川沒聽清，湊近讓他再說一遍，就見米陽紅著耳尖小聲道：「你別再大了，我怕疼。」

白洛川笑了，親他道：「我哪裡控制得了，以後就交給你，全都給你。」

放假的這幾天，米陽經常往白家老宅跑，但大部分的時間還是陪著程老太太，偶爾也跟著老太太出去走動。鎮上的人搬家後依舊還是以前的老街坊鄰居，程老太太跟他們處得好，小院子雖然沒有以前的大，卻也種了些瓜果蔬菜，她經常拿去送給其他人家吃。

王兵家離得最近，程老太太送了番茄和嫩茄子給他家，王兵他媽立刻回送一籃草莓。品相沒有外面那麼好看，倒也紅豔豔的特別甜。

米陽拎著，路上聽老太太念叨：「咱們家也種了，這草莓還是海生家裡移栽過來的。」

米陽好奇道：「我怎麼沒在院子裡看見草莓？」

程老太太道：「還不是你三姨，非說種草莓要澆足水，來了就幫忙澆水，她恨不得一天跑回家三趟，結果把我的草莓給澆死啦！」

米陽樂了，哄她道：「沒事，咱們以後吃王兵家的。」

程老太太覺得不太一樣，還是耿耿於懷，但是下午趙海生家送來一小筐草莓時，她就不怎麼生氣了，還跟米陽說：「咱們家沒種也好，草莓結果子這麼多，還一撥一撥地長。」

米陽跟著點頭，老太太人緣好，左鄰右舍都愛往她這裡跑動，頭撥草莓好的都在這了。

程老太太拿了一袋先前程如送來的新疆大棗，讓米陽送去趙海生家。

米陽去了，發現趙海生家裡沒人。符旗生一直住在他家，兄弟兩個都不在，真是有些奇怪。趙家的長輩聽說過米陽提前考上了京師大學，還是文科狀元，對他很熱情，對他道：「海生兄弟倆去白家了，你去那邊找他們吧。對了，你可以給我們家孩子寫句鼓勵的話嗎？」

米陽被拽到桌前，拿起筆問道：「寫給海生嗎？」

趙家人道：「不是，給家裡準備中考的小侄子。海生都留級兩年了，沒什麼心思學下去，聽著他意思也不想讀了。旗生聽他哥的，也要一起去工作。海生有一把力氣倒是不差什麼，就是旗生有點可惜，他成績還能在班裡排前十了。」

米陽一邊寫一邊聽對方說，他記得趙海生是比他們大上兩歲，其他就不清楚了。趙海生當年出了那件事後，全家都搬走了，並沒有再來往。

米陽勸解道：「考試不是唯一的出路，說不定海生是我們當中第一個賺大錢的。」

趙家人笑呵呵地道：「他們兄弟倆能活著從山上下來，我們就燒高香了。由著他們去吧，孩子長大了總要自己出去闖一闖。」

鎮上年輕人結婚得早，有些高中畢業隨便再度兩年，找個女孩結婚，便是匆匆一生，反倒是米陽這樣的學生稀罕，讓人羨慕。自家孩子走不到這條路上，他們還是遺憾的。

米陽又去了白家，他還是覺得好奇，找到後院才見白洛川等人。來的不止是趙海生兄弟倆，王兵他們也在，他們身邊搭了一個半截的東西，懸掛著木板晃來晃去，旁邊還有個竹籐椅。幾個人正在計算著什麼，時不時低聲爭吵著。

「我來算算，套用這個公式後應該用的繩子長度是……」

「算個球，我爸在工地上幹一輩子的活，也沒這樣弄、弄過！閃開，我來！」

「趙海生，你怎麼能用蠻力明搶啊？萬一繩子長度割錯怎麼辦？符旗生，你放開我！」

「讓我哥來。」

「你哥每回數學考試都抄我的，他懂個啥？你放開我！」

……

王兵被符旗生按住不能動，那邊趙海生已經手腳俐落地把木籐椅用繩子吊上去，還打了兩個活結，大概比劃了一下，就將繩子割斷，重新捆了一遍。

王兵問他：「你這樣成嗎？」

趙海生笑了一聲，他嘴不利索，就對表弟道：「旗生，說。」

符旗生話少，但他哥讓他開口，他就點頭道：「我舅以前捆枕木的時候就用這繩結，特別結實，除非繩子斷了，越拉只會越緊。」

王兵不吭聲了，枕木那種大物件都是用吊車運的，幾百上千斤的都有，比起來這麼一個竹籐椅輕飄飄的不算啥。

白洛川在旁邊看圖紙，沒過去上手，但是他們組裝的時候他抬頭看了一眼。

米陽過去問道：「你們這是在弄什麼？」

白洛川把圖紙遞給他，笑道：「弄個鞦韆玩。」

米陽看看圖紙，又看看眾人，覺得這幫人都過了玩鞦韆的年紀，好笑道：「給誰？這裡年紀最小的就是烏樂，我覺得這鞦韆還是小了，一個籐椅不夠？得再加大一倍才能放下牠。」

白洛川道：「誰說給牠玩了，我自己留著玩。」

白洛川瞧著其他搭得差不多了，還真上去試了試，又讓趙海生調整了一下高度，這才點頭道：「這樣就可以了，辛苦你們了。」

趙海生憨厚笑道：「小事。」

王兵瞧著白洛川試過，覺得像是驗工一樣，搓著手問他道：「白洛川，你之前不是說有從滬市帶來的最新遊戲嗎？借我兩天唄。」

白洛川道：「不用，直接送給你們。」

他對這個鞦韆很喜歡，並不想離開，就讓人去拿來。那人提著滿滿一袋子的東西過來，袋子勒出的稜角是四四方方的，像是盒子什麼的。符旗生悶著不說話，但是他媽平時在白家老宅工作，他也經常來幫忙，立刻就上前把東西接過來。

符旗生掂了掂又低頭看了一眼，露出略微古怪的神色。

王兵摩拳擦掌地等著，符旗生轉交給他，對他道：「你自己玩吧，我和我哥都不要。」

王兵笑呵呵道：「那怎麼好意思？這是大家一起的勞動成果……」袋子重得他的手一沉，當下怪叫道：「這什麼東西？《黃岡題庫》？說好的遊戲呢？」

白洛川看他一眼，挑眉道：「我們平時都玩這個，這些還是上次我在班上的聯誼活動抽獎贏回來的。現在用不到了，都送你吧。」

米陽笑得不行，拍拍王兵的肩膀鼓勵道：「好好玩，這個適合你，提前準備高考啊！」

王兵欲哭無淚，「我不想要這個啊！」

趙海故意唬他道：「好好念書有、有什麼錯？快收著！」

王兵惱道：「你一個退學的逃兵竟敢說我？」

趙海生嘆口氣，擰著螺絲道：「我、我這是把機會留給更需要的人，我工作養我弟。」

王兵道：「你弟都要跟你一起去浪跡天涯了，當我不知道呢！」

趙海生道：「我讓他讀書，他、他就得聽。」

符旗生不吭聲，趙海生要扳手的時候，他就遞過去。

鞦韆很快就做好了，白洛川用手試了試，又讓米陽坐上去，「你看看行不行。」

米陽的個子在眾人裡最矮，白洛川一雙長腿能碰到地面，他只勉強腳尖碰到一點，不過想著過幾年又長高了，便點頭道：「可以，就這樣吧。」

白洛川對趙海生道：「這樣就行了。」

趙海生兄弟倆動作俐落又快，趙海生不但收拾乾淨周圍的木料和多餘的繩子，還把草皮也修整一下，笑呵呵道：「這樣長兩天就好了，這草耐活，踩、踩不壞，就怕鏟。」

白洛川問道：「你還懂這個？」

趙海生道：「我爸這兩年包工程，什麼活都、都接，幫市裡蓋樓、鋪草坪都做過。」

搭好了鞦韆，幾個人都走了，趙海生兄弟還專門幫王兵提那些參考書送他回家。趙海生嘴不利索，但是嗓門大，一邊走一邊笑道：「兵子，夠你看、看兩年了，好好念書啊！」

王兵：「……」

王兵想扔也扔不了，趙海生比他還積極，幫他提回家裡。這人瞧著憨厚，心思轉起來不見得就是個老實人。王兵悶悶不樂地跟在後面，看著一言不發拎著東西的符旗生，覺得這不是自己的兄弟了，這陰沉的小白臉簡直就是幫凶。

白洛川只是試了一次鞦韆，自己沒有坐，見米陽沒有玩的意思，就帶他去了書房，一邊

走一邊笑道：「爺爺今天還讓人又買了些書回來，我列了張單子，把咱們小時候看過的那些也買了一份，就是不知道版本對不對，一起去看看。」

米陽對書感興趣，就跟著他過去了。還是以前的老書房，翻新後上了一層油，還做了新的玻璃窗，挑高分隔成了上下兩層，樓梯旋轉上去，很是敞亮，尤其是二樓的閣樓，採光最好，陽光照進來時，地面都帶著溫度似的，暖洋洋的相當舒服。

米陽看見一樓放了很多新書，還真有些是小時候看的故事書，不過版本不同了，新版的都是彩頁，跟十幾年前不太一樣。

好多白洛川能背出來，他指著其中一本說道：「這句話原本沒有，一看就是新加的。」

米陽湊過去看了一眼，他記不那麼清楚了，但是看著故事就覺得眼熟，「你以前好像特別喜歡這個，老是讓駱阿姨講。」

白洛川笑了一聲，「海底兩萬里，鸚鵡螺號，多浪漫啊，那時我還想去當探險家呢。」

米陽問他：「現在呢？」

白洛川撓撓他的下巴，笑道：「想成家立業。」他說完就走上樓，還招呼米陽：「走吧，去樓上看看，給你準備了點東西。」

米陽覺得天氣有些熱了，臉上燙得厲害。

他跟著白洛川上去，二樓說是閣樓，其實和一樓差不多大小，非常寬敞，周邊一圈的書櫃繞牆鑲嵌著，零散擺放了些書。中間單放了一張寬大的桌子，足夠三四個人使用，靠著窗戶那側還有一個可以推動的小櫃子，放著不少修書的工具。小櫃子跟他在滬市用慣了的那種一樣，上面擺放的工具也分毫不差，一看就知道是誰用心打點出來的。

米陽隨手拿起兩樣物件，上面果然還刻了他名字的字母縮寫。

白洛川問他：「怎麼樣，還合用嗎？」

米陽笑道：「特別好。」

白洛川唇角揚起來，把書房的鑰匙給了米陽一把，讓他坐在那適應那些工具，自己去找了感興趣的書過來看，翻了兩下又去樓下拿了本相冊過來，對米陽道：「給你看這個。」

米陽看到相冊裡的老照片，大概是十幾年前的，拍的是他和白洛川才兩三歲的樣子。他們站在營地門口額頭上被戳了大紅點，一個個坐著小凳子老老實實地拍照。兩個小團子穿著厚厚的棉衣，小米陽還努力微笑，小白洛川已經惱了，歪著腦袋相當不配合。

米陽笑了，「這是你被說是小丫頭的那次吧？我……我媽跟我說過，因為點了這個，又帶著白花邊的圍兜，有小男孩說你漂亮，還想親你來著。」他比劃了一下，「那麼厚的雪，你一巴掌就把人按到雪裡去了。」

白洛川記性再好，也記不得那麼小的事，聽米陽說著也只模糊記起確實打過架，但白司令小時候打過的架太多了，揍的人也多，就懶洋洋不去想了。他翻了幾頁，和米陽津津有味地看完這些老照片，然後把相冊塞到米陽手裡道：「這是我加洗的，這本送你。我瞧著姥姥那邊還有一本，你也加洗一套送我唄。」

米陽道：「哪個？」

白洛川這次說得非常清楚了，「客廳電視櫃下面，左邊玻璃格上放著的紅皮相冊。」

米陽每年回姥姥家，程老太太都非常高興地給他拍幾張照片，洗出來單獨放進一本小相冊，白洛川不知道什麼時候就惦記上了。

米陽點頭道：「好，我回去問問我姥姥。」

白少爺很高興，下巴擱在他肩上小聲跟他說話：「我上回去的時候，姥姥給我看過一張照片，你坐在一個鞦韆上拍照。」

米陽道：「你還記得啊？確實有，不過是很早之前了。那是用輪胎做的，不是木板。」

白洛川握著他的手親了一下，道：「我給你一個更好的。」

程老太太家做的小鞦韆是掛在家裡老榆樹上的，只能小孩玩，後來家裡孩子多了，老人家捨不得榆樹被折騰就拆下來了。準確來說，坐過小鞦韆並拍過照的只有米陽。

白洛川在白家老宅後院裡做的那個鞦韆，也只想給一個人坐。

搬遷之後，兩家離得近，加上白家這書房實在吸引人，米陽經常過來做些手工。

米陽沉浸在自己的天地裡面，這對他來說就跟放鬆一樣，慢慢看著破碎的書重新整合，書頁上的皺損逐漸撫平，感覺心裡都舒坦起來。

他在書房的閣樓上忙活自己的，白洛川就坐在旁邊看書，有時候出去打電話，小聲跟人交談，似乎是京城的那位堂兄，跟對方低聲商量著工作的事情。

兩個人都在一處，各自忙各自的，互相依偎，又互相不打擾。

住了幾天，白洛川就發現一個問題。

白老爺子挑食得厲害，除了海參，魚蝦牛羊肉都不吃了，飲食清淡到有些奇怪。

白洛川見他又把海參粥推開，只吃了兩口清粥，忍不住皺起眉頭道：「爺爺，您說海參沒滋味，怎麼魚湯也不吃？」

白老爺子道：「腥，不愛吃。」

白洛川道：「明天我去買些別的，光吃白粥怎麼行。」

白老爺子擺擺手道：「不用，我吃不下那麼多，隨便吃一口就成了。」

白洛川看著老爺子清瘦了不少，又一副什麼都不肯吃的樣子，心裡著急，站起來就要出去買他喜歡吃的東西。白老爺子被他氣樂了，喊道：「回來，我吃就是了。」

他把小米海參粥端回來，捧著慢慢喝光，還給孫子看了看碗底，笑呵呵道：「行了吧？你這監工可真夠嚴格，我都七十多了，挑食幾天都不行？」

白洛川點頭道：「行，但是不能老挑食，一個禮拜允許您挑食一回。」

白老爺子在餐桌上就恨不得趕他走，等著他吃完了，就對他道：「你快走吧，別在家裡氣我，今天給你放假，去跟那些小朋友玩去。」這兩天趙海生兄弟兩個經常過來，白洛川跟他們聊得還不錯，白老爺子見過兩次，也不愛拘著孫子在跟前，打發他出去。

白洛川想了一下，道：「好吧，那我晚點回來。」

白老爺子笑道：「不回來也成，就住陽陽家吧，不是說家裡下了幾隻貓崽子嗎？」

提起米陽，白少爺臉色緩和不少，點頭道：「好。」

白老爺子等他走遠了，這才臉色一變，拄著拐杖站起身去了洗手間，緊緊關閉的木門隔音很好，但也能隱約聽到嘔吐的聲音。

家庭醫生立刻被請來，他在外面拍了兩下門板，顫著聲音喊：「老爺子？老爺子，您開開門，讓我進去看看。」

過了好一會兒，門才被打開。

白老爺子已經收拾好了，洗手間裡不見一絲髒汙。他活了一輩子，要強了一輩子，只要站著就是挺拔如蒼松，體面如故，奈何白了的臉和微微顫抖的手洩露了他的虛弱。

醫生扶著老爺子出來，拿了藥給他吃，輕聲道：「您這是何苦，不吃就是了。」

白老爺子搖搖頭道：「不礙事，就兩口而已，我這身體能撐到現在就知足了。」

白老爺子閉著眼睛休息了一會兒，又開口問：「律師找到了嗎？」

醫生道：「找了。您其實不用這麼早就找律師，如果接受治療的話……」

白老爺子依舊閉著眼睛，搖搖頭笑道：「不去啦，老了，不想再受那份罪。」

醫生張嘴還想勸兩句，話到嘴邊滾動幾次又收了回去，變成了一聲輕嘆。

白洛川被趕出去，沒去其他地方，直接去找米陽。他和山海鎮上這些少年並不熟悉，認識的幾個裡，都是因為米陽和他們交好才玩到一處。比起王兵，趙海生兄弟兩個倒是待他更真心，也捨得賣力氣。

晚上白洛川留在程家，在米陽的房間裡跟他聊天。米陽做小手工，為他摺紙鶴。

先前白洛川腿受傷的時候，米陽摺了一玻璃罐的紙鶴給他，每一隻打開都能看到一個愛心，告白時也是這麼一隻小紙鶴，白洛川很喜歡，但是他回去認真數了一遍，米陽給的只有幾百隻，遠遠不到一千隻。

白洛川道：「之前功課忙，一直沒說，現在放假了沒什麼事，你得給我補上。」

米陽抬頭看著他，白少爺認真豎起一根手指，「一千隻，一隻都不能少。」

米陽只好開始補小手工，白洛川坐在旁邊托著下巴看他摺紙鶴，程姥姥來送草莓時，還看見白洛川在那挑挑揀揀，非要米陽拆開重摺一隻，說那隻翅膀不對稱。難得脾氣好的外孫也不樂意，但抗議的態度很溫和就是，程老太太被他們逗樂了，笑道：「先吃水果吧，吃完了再摺紙鶴，怎麼突然想起做這個啦？」

米陽還沒開口，白洛川就笑道：「姥姥，沒事，我倆之前有個約定來著。」

程老太太點頭道：「那還是守約的好，陽陽聽話，按洛川說的重新摺啊！」

米陽無奈道：「知道了。」

白洛川在長輩面前的形象太好，程老太太不疑有他，簡直是說什麼就信什麼。

米陽摺著紙鶴手就沒空了，白洛川自己吃一顆草莓，然後餵他一顆，還道：「爺爺這兩天胃口不好，什麼都吃不下，真讓人著急。」

米陽道：「我姥姥有時夏天也不愛吃飯，不然你拿點草莓回去？吃點清淡的就好。」

白洛川嘆了口氣：「已經夠清淡了，每天只吃兩口清粥，水果也不怎麼愛吃。」他難得發愁，擰著眉頭好一會兒才鬆開，「明天一早我就回去盯著，我總覺得爺爺有事瞞著我。」

米陽道：「問醫生了嗎？」

白洛川點點頭，「問過了，家裡的醫生說沒事，體檢報告也看過，說是年紀大了。」

米陽不知道該怎麼安慰他，只能湊過去輕輕碰了他額頭一下，抵著他鼻尖道：「沒事的，明天我們過去陪白爺爺，說不定他心情好了，就能多吃一點飯。」

白洛川笑了笑，親親他唇角，「好。」

米陽看著他精神好了點，便繼續摺紙鶴。白洛川雖然要求他補足一千隻，但是沒等米陽摺上多久，就湊過來黏著他。米陽想起身去拿些色紙，白少爺都不肯鬆手，撒嬌道：「你別摺那些了，你看看我，跟我說說話。」

米陽脾氣好，當真坐下來看他，「說什麼？」

白洛川想了一下，笑道：「我昨天去看了趙海生他們兄弟兩個，趙海生就這麼去工地上幹活有點可惜了。這人不錯，性子憨厚，腦筋靈活著，沒那麼死板。至於符旗生，他變化有點大，之前我以為他在學校會被人欺負，但是昨天看見他們搬枕木，那麼大一根，他自己就能撬起來，力氣很大。光憑這力氣，一般人就動不了他。」

米陽道：「我以前就聽說過旗生力氣大，不過，你確定海生腦筋靈活？」他對趙海生唯一的印象就是護短和憨厚，小時候他和王兵都喜歡找他一起玩。

白洛川道：「他們兄弟兩個挺有意思的，留在這邊可惜了。」

米陽問他：「你想帶他們去滬市？」

白洛川道：「我再觀察一下，可以的話讓他們去京城也不錯，我和堂哥缺人手。」

白洛川這段時間對去京城的事很積極，人還未到，「糧草」先行，已經賺了些錢夠他再折騰一陣子，但還是不夠，他拿起一隻紙鶴看了一會兒，像是想隔著色紙看裡面畫著的愛心。自己看著先笑了，這麼好的小乖，得用最好的東西才配得上他。

晚上下起了雨，起初是小雨，宛如樹葉被風掃過，緊跟著響起隱約的雷聲，雨滴敲在窗戶上的聲響大了起來。

米陽被雨聲驚擾，雖然沒醒，但是做了一個不太好的夢。

他夢到了當年送別米鴻的時候，那時他已經大學畢業，他和米澤海一同從市裡回來，周圍的人還向他們道喜，說老人家是高壽去世的，是喜喪。

米陽笑不出來，有些麻木地跟在米澤海身後，手臂上別著黑紗。米澤海額頭和腰間都繫著麻布，跟周圍的老街坊說說笑笑，謝謝他們過來，擺了十幾桌的流水席，還笑著問大家有沒有吃好。三天宴席後，大家都散了，只有他們爺倆跪在靈堂。

米澤海讓他去拿些紙錢，叮囑道：「每一張都印一下錢，記得啊！」

米陽答應了，他剛轉身出去，就聽到米澤海壓抑不住的哭聲，米陽聽得眼眶微酸，只能加快腳步去拿紙錢，不忍去看他爸跪在靈堂失聲痛哭的樣子。

外面閃電劃過，照亮半邊天空，緊跟著就是轟鳴的雷聲。

米陽手指動了動，努力從惡夢中清醒過來，眼睛裡還蒙著一層淚似的看不真切眼前的事物，但能模糊看見白洛川已經坐起來在那穿鞋。

米陽揉了揉眼睛，啞聲道：「怎麼了？身體不舒服？」

白洛川搖搖頭，眉頭沒鬆開，「沒事，就是覺得哪裡不太對勁，我回家看看。」

米陽恍惚間忽然想起一件事。

是了，當初白洛川轉學來山海鎮，就是為了白老爺子的身體。他和老爺子感情深厚，陪伴了兩年多才和老爺子一起去京城治療，現在好像就是白洛川轉學來的時候？

米陽立刻起身道：「我跟你一起過去。」

雷雨不斷，五分鐘的路走過去，渾身上下被淋濕得差不多。白洛川心急，走得快。快到白老爺子住的小樓時，聽到後院馬廄那邊傳來嘶鳴聲，烏樂引頸叫了兩聲，焦躁不安。

白洛川手裡的傘已經被吹開，他索性扔了，走到後面去看情況。烏樂很暴躁，已經開始撞馬廄的門，照顧牠的人試圖安撫，但是沒什麼效果。

對方急了，大聲喝斥，但烏樂脾氣更大，直接上了蹄子，踹得木板門都快裂開了。

白洛川冒雨過去，沉著臉道：「讓牠走，我看牠想幹什麼！」

烏樂不想幹什麼，馬廄一打開，牠就直奔白老爺子住的那棟小樓去了，站在外面廊下用腦袋蹭著大門，嘴裡發出嘶鳴聲。白洛川過來推開門，牠就抖了抖身上的水走進去。

白洛川被牠甩了一身水，旁邊的人忙拿了毛巾給他。白洛川全身剛才都被雨水淋濕也不差這一點，拿了一條遞給米陽，自己隨便抓著那條毛巾沉著臉跟著烏樂進去。

這邊動靜太大，家裡的司機趕了過來，他小聲解釋道：「烏樂不是故意的，上回老爺子出門，沒看住，牠跟著一起出去，在車後面追，我們都沒發現，牠踩著河水就追過來，還是老爺子聽見了說好像後面有馬蹄聲，我們這才看見。那會兒天氣還冷著，烏樂渾身冒汗，腿腳上都是冰屑，老爺子怕牠病了，就讓他進來洗熱水澡，又拿了毯子讓牠趴在小客廳門口那

裡睡了一夜，這才沒生病。」

司機嘆了口氣，看著烏樂神情複雜，可能是想起那天的事了，聲音帶了點哽咽：「牠可能就是想……進來看看老爺子吧。」

白洛川看到烏樂在小客廳門口來回跺著腳踟躕不敢上前，但是聽著裡面老爺子咳嗽，就耐不住似的不停用頭和身體在門口蹭著。那邊地方小，不夠牠挪騰地方，很快就碰撞得沙發發出摩擦地面的嘎吱聲響。

白老爺子咳了一聲，問道：「誰啊？」大概是坐起來看了一眼，立刻笑罵道：「烏樂，你這小混蛋怎麼過來了？外面打雷了吧？進來，這邊已經放了張床，不多你一個了。」

烏樂打了一個響鼻，很快進去了。

牠蜷縮在老爺子身邊的地毯上，引頸向前趴伏著，哪裡也不肯去。

白老爺子坐在床上，拿拐杖勾了一條毯子來給牠隨意搭在身上，也不在意牠把地毯弄得濕乎乎的，搖搖頭滿是無奈。等看見白洛川的時候，眼裡的無奈之色更重，笑著問道：「你怎麼也淋這麼一身水？快去樓上洗個熱水澡，夏天也要愛惜身體啊！」

白洛川站在門口應了一聲，卻是一直不肯挪開腳步。

烏樂是軍馬，又是千里挑一的好馬，牠血脈裡秉承了草原上野馬的習性，戒心非常高，夜裡無論什麼時候去看牠，牠始終都是站立著閉著眼睡覺。

這樣的軍馬，只有生病了才會趴下休息。

白洛川內心不安，他總覺得像是有什麼事要發生。

白老爺子催促道：「傻愣著幹什麼？快去換衣服，小心感冒了。」他看到後面跟過來的米陽，心疼道：「多大點事，不就是烏樂鬧脾氣嗎？讓牠留在這就是了，你們兩個都去樓上洗個熱水澡，趕緊睡吧。」

白洛川點點頭道：「我等一下再過來。」

白老爺子擺擺手，叮囑道：「別來了，你們睡你們的去。」

白洛川看著他又喊了一聲爺爺，不是很想走，白老爺子都樂了，對他道：「我什麼事都沒有，別瞎操心，快上去吧。」

白洛川這才去了樓上，他和米陽沖了熱水澡，留在老宅這邊睡了。

白洛川睡得不安穩，沒過多久又去樓下。老爺子夜裡倒是睡得很好，沒有再咳嗽。

白洛川淋了雨沒什麼，米陽卻是輕微感冒，讓白家的醫生看過，開了點藥拿回去吃。

白洛川要他留下來，想自己照顧他，被米陽笑著拒絕道：「別了，我怕會傳染。你先照顧好白爺爺，我吃兩天藥身體好了就過來。」

白洛川想了一下，只能點頭答應。他留在老宅幾天，一直在觀察著白老爺子的飲食，但是這次他一個字還未說，守在旁邊的家庭醫生就站出來解釋道：「老爺子吃著中藥，有些互相衝撞，吃多了反而不太好，就這樣吃清淡些就行了。」

白洛川點點頭，沒再強求。

白老爺子吃東西少，尤其是晚上更是難得嚥下去幾口飯，白洛川看他吃得勉強，就自己找了藉口出去找山海鎮上的其他孩子們玩，留了空間給老人家。

他這話說的也不算假，他去找了趙家兄弟。趙家兄弟兩個在當地住了多年，尤其是趙海生，家裡的親戚都在這裡，基本上有什麼消息都打聽得到。

白洛川來問的時候，他想了想才道：「加油站？鎮上就、就兩個加油站，我去問問。」

趙海生打電話去，旁邊的符旗生穿了一身舊工裝，褲子上沾了點白石灰，但站得筆直。

他平時話少，觀察卻細，就對白洛川道：「你家那輛車只能去府前路口那個加油站，那邊的油好，不傷引擎。至於什麼時候加油，得等我哥打電話問問。我們之前寒假去那邊打工過，這段時間的都能問出來。」

白洛川點頭道：「謝了。」

符旗生道：「你怎麼不問家裡的司機？他應該更清楚。」

白洛川看了他一眼，開口道：「別擔心，不是司機的問題，只是家裡的長輩有事不想說，我總不好當面去問。」

符旗生愣了一下，小聲跟他說了句抱歉。他媽媽在那邊工作，因此他跟老宅工作的人也都熟悉，這才試探著多問一句。

白洛川擺擺手道：「沒什麼，只是這事別告訴其他人，我就是想查他們去過哪裡。」

沒一會兒趙海生那邊打聽出來了，鎮上人少，好車就這麼幾輛，白家老宅的車和司機都用了多年，大家都認得，很快就問出來了。其實沒去特別的地方，和白老爺子說的一樣，去了省會醫院，唯一奇怪的是，每隔一個月就去一次，不像是看病，倒像是治療。

趙海生道：「今天正、正好是應該去加油的日子，按往常，已經去省城了。」

白洛川眉頭皺起來，想了一會兒，對他們道：「我知道了，麻煩你們再幫我接著打聽，有什麼其他消息告訴我一聲。」

白洛川放心不下，又打電話去給駱江璟公司的祕書。白敬榮在部隊，家裡大大小小的事都是駱江璟在照料，白老爺子的體檢報告每年都會給她一份。祕書聽說他要找，很快就找到了，按他說的還拍了照片發過來，但是看不出有什麼奇怪的地方。

祕書道：「老爺子的身體我們一直都注意著，沒什麼異常，報告和往年一樣。」

白洛川暫時沒有查出什麼問題，略微把提起來的心放回去一點。

米陽感冒還沒好，但不是特別嚴重，只是喉嚨有些疼。程老太太摘了院子裡的苦苦菜給他吃，當地是這個叫法，其實就是蒲公英。這東西吃了清熱降火，還有點解毒的功效，一般生病喉嚨疼的時候，長輩都會摘一些給孩子吃，或者夏天時蘸醬吃。

米陽拿了根苦菜葉乾嚼，看書時臉頰也在嚼動，白洛川進來就看到他像兔子吃草似的腮幫子鼓動，眼睛裡不由帶點溫暖的笑意，走過去扯扯他嘴邊的菜葉問道：「怎麼吃這個？」

米陽一邊吃一邊道：「我姥姥給的，吃著玩呢，反正沒壞處。」

白洛川伸手摸摸他的額頭，覺得略燙，不禁皺眉道：「還沒好。」

米陽笑道：「過兩天就好了。」

白洛川對他這話並不是很信，「體溫計拿來我看看。」

米陽道：「真沒事，低燒都算不上……」白洛川堅持，他只能去拿了體溫計過來量好了給他看，倒是跟他說的一樣，三十七度多，有點熱。

白洛川道：「再給你一天，明天早上你要是沒好，就過來打針，我讓醫生提前準備。」

米陽張張嘴想說話，拿了水果端來的程老太太幫腔道：「洛川說的對，就該打一針。」

白洛川點頭道：「姥姥，我明天早上打電話給您，您告訴我溫度，我不信他。」

程老太太深以為然，爽快地接下了這個任務。

白洛川在米陽家裡待到晚上九點多，米陽送他到門口，問道：「白爺爺怎麼樣了？」

白洛川不答反問：「你也覺得他有事瞞著對不對？」

米陽點點頭，他只知道白老爺子身體這兩年有些不好，具體什麼病症不清楚。他當年在學校裡和白洛川交情不多麼深厚，等畢業後再次遇到對方，白老爺子已經去世，聽說在京城治療了一年多還是沒撐住，骨灰留在八寶山公墓。

現在比之前提早了兩年，有這個機會自然不能錯過，米陽提醒他道：「你問問駱阿姨，白爺爺這個年紀生病不是小事，或許駱阿姨那邊能查到什麼。」

白洛川點點頭道：「我知道。」

天色晚了，外面的路燈昏暗，看不清什麼，他想湊過來親米陽，親到的卻是手背。米陽捂著自己的嘴搖頭，小聲道：「我感冒了，別傳染給你。」

白洛川貼著他的手背親了兩下，「快點好起來。」

米陽這邊還是沒能好起來，白洛川早上和程老太太通電話時，老太太毫不猶豫地出賣了米陽，「早上體溫還高了一點，晚上也咳嗽了。」

白洛川就在電話裡帶著點剛醒的沙啞喊他：「小乖……」

警告的意味太重，米陽只好舉手投降：「知道了，我現在就過去。」

那邊白洛川還在跟程老太太詢問他昨晚咳嗽的事情，難得早起還沒什麼脾氣，對待長輩的態度溫和有禮，跟平日裡那個大少爺一點都不同。

米陽穿戴好了，自己去了白家老宅。他到了的時候，醫生帶他去一樓一個房間改成的簡單醫務室。醫生手腳俐落，一邊拿出針藥，一邊對他道：「把褲子脫了，躺在小床上。」

米陽愣了一下，「打小針嗎？」

醫生點點頭，笑道：「對。你不會還跟小時候一樣怕疼吧？你小時候可沒少哭。」

醫生一直跟著白老爺子，幾乎是看著米陽和白洛川長大的，對他們的性格都了解。白洛川是打之前哭，兩個大人按著都能鬧起來，真打的時候反而沒什麼事，再大點就沒哭過，好像那點痛楚沒什麼大礙。米陽不同，從小就乖巧懂事，打針從來不用按著，自己脫了褲子趴著哆哆嗦嗦地打完，眼睛裡含著兩包淚還哽咽地跟醫生道謝，大些時候好點，但是依舊會被逼出一點生理性淚水。不能算哭，頂多就是睫毛濕潤些。

白洛川正好進來，站在旁邊沒走。

醫生的動作很快，幫著打完針就出去拿藥了。

米陽想要起來，白洛川走過去，伸手幫他按著酒精棉球道：「別動，出血了。」

米陽「嘶」了一聲，「不用，你放開吧。」

白洛川沒放，米陽只好繼續趴著。

醫生拿了藥進來，白洛川單手把褲子給米陽拉上，手還卻還按著。幸虧穿的是運動褲，倒也寬鬆，撐在那就是鼓起來些。

醫生笑道：「挺疼的吧？這個一般成年人打都疼得齜牙咧嘴，陽陽做得已經很好了。」

白洛川點點頭，看了一下他手裡的藥，問道：「好像比之前的少一盒。」

「對，穿心蓮太苦了，正好有針劑，我就給他加在藥裡打了一針。」醫生在藥盒上寫了每天吃的次數，又對米陽道：「回去熱敷一下打針的地方，讓藥物吸收，這樣好得快。」

米陽點點頭，等醫生出去還趴著沒起來。白洛川一隻手按在褲子裡，另一隻手去碰了碰他額頭，摸到一層細密的汗水，問他道：「還疼？」

米陽小聲道：「有點，趴一會兒就好了。」

白洛川摸了一下，藥物沒散開，摸著像有個硬塊一樣，略微用力米陽就疼得發抖，他就去拿了條熱毛巾過來給他熱敷。

米陽抗議不了，只能趴在那等著慢慢消腫，小聲道：「其實我自己去醫院也行。」

白洛川坐在旁邊道：「家裡方便些。」

米陽想了想，又道：「我怕傳染給白爺爺。」

白洛川笑了一聲，彎腰親他，「不會，爺爺搬到旁邊小樓住了。他說過兩天有個老朋友過來，那邊高些，賞荷剛好。」

儘管這麼說，米陽還是沒有留下，白洛川送他出去，叮囑道：「明天再來打一針。」

米陽騎車離開，白洛川還站在門口看著，但沒有追上去，獨自留在了白家老宅。

過了幾天，白老爺子的客人到了。

來了幾輛黑色轎車，在門口停下，有人扶著一位老人下來，他身後跟著的兩三個人約莫三四十歲，都是西裝革履，言行謹慎，手裡還提著公事包，步履匆匆去了白老爺子的小樓。

白洛川站在窗邊看了一眼，然後回自己的房間去，並沒有多問。

那些人在白老爺子那邊待了一個下午，傍晚的時候，白洛川房裡的電話鈴聲響了。老宅裡接通了內線，方便老爺子打電話叫人，白洛川房裡也有。他接起來，果然傳來白老爺子的聲音：「洛川啊，你來一下，我有事要跟你說。」

兩邊小樓構造相仿，老爺子住著的房間還是在一樓，他正在小客廳裡跟那些人說話，手裡拿著一份厚厚的文件，看見白洛川就笑著讓他進來，接著屏退其他人，只留下一個四十來歲，穿著黑西裝的男人。

白洛川坐在斜對面，白老爺子看看他，招手讓他坐過去，「爺爺有份東西要給你。」

白洛川挪到白老爺子身邊，老爺子拍拍他的手道：「你今年十六了，考上了大學，也很出息，爺爺想來想去，正好今天律師在，還是把這些東西提前交給你比較好。」

白洛川眉頭擰起來，剛要開口，就又被白老爺子拍了一下。老爺子神情一貫的平和，拿了一疊文件給他看，「這是家裡的老宅和幾塊地，還有一些古董，都列在單子上面。我也說不清有多少，回頭讓律師跟你說說。當初你奶奶還在的時候，就念叨著要留給兒子、孫子娶媳婦，你爸這麼多年過得很好，我看他不需要這些，就都留給你吧。」

老爺子偏愛孫兒，從小到大都是寵著的，現在看著白洛川，目光裡也滿是慈愛。

白洛川喉結滾動兩下，道：「我還小。」

白老爺子笑罵道：「小個屁！你爺爺我像你這麼大的時候，都已經扛槍上戰場幾回了，過來把名字簽了。」

白洛川擰眉道：「爺爺，你現在分這麼清楚幹什麼？我不要，你收回去，自己留著。」

白老爺子依舊讓律師把筆遞給他，對他道：「我就你這麼一個孫子，不給你給誰？收好，小心你爸來跟你搶。」

白洛川手裡被塞了筆，遲遲無法寫上一個字，他喉頭哽咽得厲害，心裡更是一陣惱火，啪一聲把筆扣在桌上道：「您不是還好好的嗎？整這些幹什麼？」

白老爺子催促他：「我樂意，你管我呢，你只管簽名就成。」

白洛川心裡不安，始終不願妥協。白老爺子急了，咳了兩聲，律師立刻站起來小心照顧著，白洛川也伸手想幫老爺子順背，卻被老爺子揮開。

白老爺子脾氣也是大的，他看了白洛川又告訴他一遍：「東西我擱在這裡了，律師會留幾天，我再給你一點時間想清楚。你要是還不同意，就別來看我了。」

白洛川張嘴喊道：「爺爺……」

白老爺子有些累了，對他道：「你出去吧，我歇一會兒。真是要被你氣死，換了別人都是搶著要，就你這倔脾氣，白給都不要。」

白洛川被趕出了小樓，在外面站了好一會兒，見白老爺子沒有鬆口讓他進去的意思，只好回去自己的房間。他放在桌上的手機有兩通未接來電，還有一條簡訊，是符旗生發來的，說之前問到的事有眉目了。

白洛川打電話過去，那邊很快就接起來。

「白少爺，你問的事有消息了。為老爺子開車的那個司機之前車子壞了，去我一個表舅家的汽修廠維修，後面的保險桿擦撞到，他說是在省城的時候，被一個學生騎車碰的，白老爺子心善，讓那學生走了，這才自己回來修。」符旗生道：「那條路是一個地名，叫黃山路，我表舅剛好去黃山旅遊過，記得特別清楚，時間我問了，是四月十五號。」

白洛川聽見這個日期眉頭蹙了下。十五號？前幾天下雷雨的日子，也是烏樂鬧著非要進房間守著老爺子的那天。馬走過一遍的路記得清楚，對人的氣味也分辨得出，牠認準了月中的時間去鬧去守著，是怕老爺子在那天離開老宅。

白洛川問道：「加油站那邊問到時間了嗎？是不是每個月中都出去？這樣多久了？」

符旗生道：「問了，是月中，已經有半年多了。」

白洛川啞聲道：「我知道了。」

他帶著最後一點希望，掛了電話之後，又上網查了省城黃山路附近的建築。

黃山路只有一家醫院，但不是省立醫院，而是軍區醫院，那裡最有名的是治療腫瘤。

白洛川閉上眼睛，半天才睜開，然後打電話給駱江璟：「媽，我有事要跟您說……」

一向果斷的駱江璟聽完來龍去脈，沉默了片刻，接著開口道：「你在家裡陪著你爺爺，哪裡都別去，媽媽很快就回去。」

米陽晚上睡覺的時候，聽到窗戶外面有細微的聲響，像是有人在敲。他起初以為自己聽錯，過了一會兒又聽見，便起身過去看。他住在二樓，白洛川攀著他們家院子裡的老榆樹可以搆到他的窗邊，正伸著手又敲了兩下。

米陽連忙打開窗戶讓他進來，奇怪道：「你怎麼突然過來了？打電話給我我就下去開門，爬樹多危險啊！」

房間裡沒開燈，就一點月光的清輝照進來。白洛川抱住他，埋在米陽頸窩沒吭聲。

米陽覺得不對勁，推了他一下，問道：「白洛川，你怎麼了？」

白洛川這才道：「爺爺把老宅和手裡積攢的那些東西都給我了。」

米陽愣了一下，沒料到會有這樣的事。他記得離白老爺子去世至少還有幾年的時間，總不會是現在，而且上次去看，老爺子好端端的只是清瘦些，看不出什麼異樣。

白洛川難得露出脆弱的一面，米陽心裡難受起來，伸手抱著他，拍拍他肩膀安撫道：「沒事的，或許白爺爺就是想給你。他一直都疼你，你先別想那麼多，現在不是還沒去大醫院檢查嗎？我們一起勸勸他，去京城找大醫院檢查，總有法子的。」

白洛川抱著他的手臂緊了緊，啞聲道：「好。」

米陽又道：「白爺爺如果去京城治療，我們讀書的時候就能去陪他。我看了學校去年的課表，我的課少，可以經常過去陪白爺爺。大學寒暑假時間更多，白爺爺想回來，我們到時候就回來陪他一段時間。」

米陽又笑了一下，「你要是沒空，我就回來陪著他，咱們輪流啊，好不好？」

白洛川哽咽道：「好，我明天要出去一趟。」

米陽立刻道：「那我去陪著白爺爺，我的感冒好了，再戴個口罩吧，保險些。」

白洛川勉強笑笑，對他道：「爺爺今天把我趕出來了，他要是趕你走，你別難過，他年紀大了，又生病……」

米陽笑著點頭，「你放心，我是客人啊，白爺爺不會趕我走的。」

第二天一早，白洛川隻身離開，臨走前不太放心，又去看了白老爺子。米陽已經到了，正坐在小客廳裡和白老爺子下棋，一老一少看起來非常和睦，白老爺子還笑了好幾次，看著心情不錯。白洛川在窗外看了一會兒，確定沒事，這才放心離開。直到晚上，他才回到白家老宅。

白老爺子雖然和他分開住，但依舊讓廚師照料他的三餐，晚上還給他留了飯。

白洛川吃不下，幾次拿起勺子都抖得厲害，他道：「我在外面吃過了，先去睡了。」

他這幾天都在外面跑，照顧他的人不覺得有什麼，收起東西去跟白老爺子說了一聲。

白老爺子略微皺眉，揮揮手道：「算了，隨他去吧，他可能在外面吃過了。」

醫生拿藥過來，笑道：「您這麼擔心他，乾脆讓他過來吧，何必分兩邊住呢？」

白老爺子哼道：「他不聽話，這倔脾氣也不知道像誰。」

醫生端了杯熱水給他，「您以前可是都說他倔得有種，像您年輕的時候。」

白老爺子笑了笑，接過藥服下，看著外面嘆了一聲卻也沒再多說什麼。

第二章 老爺子下禁令，大少爺憋慾火

駱江璟很快就回到山海鎮，不但自己回來，還帶了兩位專家，就差把救護車領到白家老宅門口了。白老爺子早就料到會有這種情況，把她叫進去單獨談話。駱江璟出來時眼眶都紅了，但不敢再開口提這些，只叫來白洛川。

她對白洛川道：「你爺爺平時最喜歡你，你去跟他說說話吧，或許他會聽你的。」

白洛川點點頭，又問她：「我爸呢？」

駱江璟道：「在路上了，他也著急，今天晚上就能到。」

白洛川這才進去，這是白老爺子把他趕出來後，他第一次再被批准進入小樓。

白老爺子依舊坐在小客廳裡，穿戴整齊，即便不穿軍裝，骨子裡也透著剛硬的氣勢。

白洛川在他對面坐下來，對他道：「爺爺，那醫院我去了，醫生說不能告訴我，我不肯相信，又去問了院長。」

白老爺子看著他，白洛川緩緩道：「院長就是那天跟律師一起來的那位老人家，我一眼就認出來了。我一直問他，他就跟我說，他和您是老朋友，您瞞著家裡已經治療半年多了，每個月十五號都要去一趟，是……胃癌，對嗎？」

白老爺子動容，半晌才點頭道：「對。」

白洛川眼眶紅了，「您為什麼不告訴我？」

白老爺子嘆道：「我自己的身體自己知道，老話不是說了，『七十三八十四，閻王不叫自己去』。我都這把年紀了，從一開始就沒想到會活這麼久，已經知足了。你奶奶生病那會兒，我硬逼著她去醫院，什麼儀器都用了，藥也是大把的吃著，胸口切開那麼大一道口子，她臨到最後的時候求我，說不想輸氧了，讓我把氧氣管拿掉。」

白老爺子看著窗外，夏日午後的陽光透過窗戶照進來，他一半身子坐在陽光下，另一半在房間的陰影裡，臉上帶著些遙想和落寞。

「我那個時候捨不得她，不肯聽，我知道她一直怨我……」

「我就想，活著有什麼不好？多看看這個世界，好不容易國泰民安了，大家都能吃飽飯了，活著有什麼不好啊？」

「我能看的該看的都看夠啦，去年做治療那時，我就想著我怎麼也要撐到我孫子考上大學，以後見了老伴也好跟她吹吹牛，讓她別再那麼怨我，起碼我把你照顧得還不錯。」

「現在你考上大學了，我特別知足，也不想再治療下去。半年掉了二十多斤呢，再治我這把老骨頭也撐不住啦，等那個時候太難看，我怕嚇到你們。」

老爺子一雙粗糙的手放在白洛川臉上，幫他胡亂擦了兩下，毫不客氣地嗤笑道：「都幾歲了還哭？還要不要面子了？」

白洛川點點頭，緊跟著又搖搖頭。

白老爺子被他氣樂了，對他道：「你聽話啊，爺爺這些東西都留給你，改天你要是過得有什麼不如意了，你爸媽看你不順眼，你就走，甭受他們的氣。」

白洛川看著老爺子，白老爺子神情一如既往的慈愛，眼睛裡帶著些微的渾濁，卻又像大地一樣給人力量，這是他最堅實的後盾。

白洛川道：「爺爺，您……您想不想看我成家立業？」

白老爺子還未回話，白洛川就抓住他的手，看著他道：「您想看吧？我保證，我三年……不，兩年就行。您給我兩年的時間，我能提前完成學業，然後我自己打拚出一份事業。您要是給我的時間再多上幾年，我保證讓您抱上曾孫。」

白老爺子瞪著眼睛道：「胡說八道，他……」他惱怒道：「怎麼生？」

白洛川肯定道：「能！」

白老爺子吹鬍子瞪眼，看著他沒吭聲。

白洛川眼睛裡帶著光芒，對他道：「真的，您相信科學的力量，報紙上不是都寫了嗎？試管技術多發達，對了，您留給我這麼多錢，就不怕我大手大腳花了？尤其是那些古董，我手笨，萬一不小心一天砸一個，那可怎麼辦？」

白老爺子喝道：「你敢？」

白洛川又道：「而且我最近還喜歡上跑車了，您不看著我，我就亂買東西，一個月買四五輛跑車，全放在家裡落灰。」

白老爺子看著他，氣得現在就想吃藥。

白洛川蹲過去，頭擱在老爺子的膝蓋上，「您給我再多錢都沒用，您得看著我。」

白老爺子抬手把掌心放在他腦袋上順著撫摸幾下，嘆了口氣道：「知道了。」

白洛川趴著不起來，白老爺子就笑著拿拐杖輕輕打他一下，「去，趁著你爸還沒回來，把那份合約簽了。他來了又要講一堆大道理，老子懶得聽他說話。」

白洛川試探道：「我簽了您就跟我去京城治療？」

白老爺子又拿拐杖給了他一下，「去！真是上輩子欠你的，我跟你去成了吧？」

白敬榮回來的時候已經是半夜，他沒有敢去打擾老爺子，只是把跟在老爺子身邊的醫生請到書房認真詢問了一些狀況。等從書房出來時，已是紅了眼眶。

醫生道：「洛川白天勸過了，我聽老爺子的意思是有鬆動，明天你們再勸勸。我半年前就一直勸，老爺子不聽，也不讓我告訴你們，我是沒有辦法……」

白敬榮點頭道：「不怪您，您照顧父親多年，我應當說聲謝謝。」

醫生擺擺手，他跟了白老爺子多年，感情很深了。

白敬榮一夜未眠，根本沒有睡意，駱江璟勸他到天色泛白。她白天也坐了很久的飛機，又轉車請了專家醫生，實在疲憊得厲害，慢慢睡了過去。白敬榮躺在那心裡煩亂，乾脆起身出去，在老宅轉了一下。

他原本想轉上兩圈，等天色大亮，就喊上兒子去老爺子那邊問問父親治療的意思，但是剛走到庭院，就看到白洛川從外面翻牆進來。

白敬榮擰眉道：「你去哪兒了？一晚沒回來嗎？」

白洛川看他一眼，臉上原本的一絲笑意收攏了，沒吭聲就往裡面走。

白敬榮喝斥道：「你給我站住，還有沒有規矩，長輩跟你說話聽不到嗎？」他原本就因為父親的病情心裡著急，之前還想等兒子起床去喊他，現在老爺子病重，兒子依舊半夜出去玩樂，一時怒火就湧上來，「白洛川，現在是什麼時候，你就出去一晚不回家？你在學校考試，考的那些分數是考給誰看的？成績好就可以亂來是不是？」

白洛川看著他，眼底還有些青黑，但比起父親的焦急神色要好上不少，他抿抿唇道：「您覺得我去哪了就去哪了。」

白敬榮道：「你這是什麼態度？」

白洛川轉頭就走，白敬榮跟在他身後，父子兩個推搡兩下。白洛川個子已經和他差不多高，即便不如他壯實也不回手，但也不是白敬榮可以隨意能拽住的了。

白洛川繃著臉不多說一個字，白敬榮又急又怒，「你爺爺最疼你，他病了，你還……」

白洛川看著他，忽然笑了一下，問道：「那您呢？我一直都在這裡，您昨天晚上才回來，又有什麼理由怪我？」

他們這邊動靜大，爭執間很快就引來了其他人。

白老爺子早上起得早，沒想到這麼早就要幫著斷官司，讓人把他們父子兩個叫進來，聽了兩句就用拐杖打了兒子幾下，瞪著眼睛道：「胡鬧！你怎麼做父親的？也不問清楚？」

白敬榮挨了兩下沒有回話。

駱江璟也起來了，披著一件薄衫站在那有些心疼，小聲勸道：「爸，敬榮就是跟他吵了兩句，沒有動手。」

白老爺子看向她，「妳這是說我動手不對了？」

駱江璟道：「沒有，我就是想我們都坐下來好好談談。」

白老爺子拿拐杖點了點白敬榮，道：「你老子我當兵這麼多年，從來沒在家裡對你大呼小叫，你少把部隊那套帶到家裡來。你做對了我就賞，做錯了我就罰，我自認沒虧待你半點，你自己心裡不痛快也少拿我孫子出氣。洛川哪裡做得不好，還有我呢。在我這裡你都敢動手了，簡直是反了。」

白敬榮道：「爸，我不是那個意思，我就是著急……」

白老爺子又給了他一下，瞪眼道：「著急也急不到小輩身上去，你衝他發頓火，我就能好了？你自己說可笑不可笑？」

白敬榮抿了抿唇，沒再回嘴，只是點了點頭，不願意再讓老爺子動怒。

白老爺子有些頭疼，他這個兒子什麼都好，就是剛正古板。他偏愛孫子，也是喜歡孫子身上那股靈動狡黠的勁兒。一樣米養百樣人，實在強求不得。

駱江璟無奈看著，白家父子兩個都是吃軟不吃硬，白敬榮能對白老爺子服軟，對著兒子自然是不肯低頭的。白洛川的脾氣其實跟父親、祖父尤其相似，只是更肆意張揚一些，硬碰硬，撞在一起的時候半分也不退讓。

白老爺子招手讓白洛川過去，親手幫他整了整衣領，語氣緩和了問道：「怎麼回事？你一大早去哪裡了？」

白洛川道：「沒去哪，去找米陽了。」

旁邊的白敬榮皺起眉頭看他一眼，白洛川也看著他，繃著臉不願再說下去。

駱江璟揉了兩下眉心，她家這位少爺從小在長輩面前都乖順，唯獨對著父親白敬榮總是不服氣。大概是血緣天性，兩個人都想親近，但大的想教小的，小的不接受管教。

過了一會兒，米陽來了。敲門進來的時候，沒想到白老爺子這邊人這麼齊全，除了老爺子，白家父子都在。白老爺子身後的醫生對他使眼色，又看著白家父子兩個，眨眨眼睛。

米陽瞬間明白過來，這是又起衝突了。

白老爺子好面子，當著小輩的面不想再糾纏下去，揮揮手把白敬榮趕了出去，「今天這事就這麼算了，兩個人都有錯，一個不好好說，一個不認真聽，下次再這樣就都回去。我年紀大了，就想過兩天安生日子，你們都出去吧。」

白敬榮夫妻兩個依言離開，白洛川仗著受寵留著沒走。

米陽把帶來的兩個盒子，大盒的放桌上，解釋道：「我炒了一下，你和爺爺一起吃吧，小盒的我去拿給駱阿姨。」

白老爺子來了興趣，問道：「什麼東西？好香啊！」

白洛川道：「山核桃，您嘗嘗。」

他和白老爺子坐在那小聲說話，米陽拿了另一盒去找駱江璟。

駱江璟在一樓客廳正坐著喝咖啡，看見米陽過來，神情溫和道：「讓你看笑話了，他們爺倆真是的，見了就要鬥個半天，兩個人都是硬脾氣。」

米陽笑著搖搖頭，把小盒子遞給她，「您嘗嘗這個。」

駱江璟打開後就聞到撲鼻的香氣，剛炒過的山核桃還帶著熱度，咬在嘴裡有點奶油的細膩味道，又有堅果的香甜，嚼起來特別酥脆可口。

駱江璟用它配著咖啡喝，很快就吃了一小把，眼睛都亮了，「這是你做的？我以前就知道你媽會做牛肉乾，沒想你還還會做這些，很好吃呀！」

米陽笑道：「不是我，是我和白洛川一起做的。」

駱江璟忍不住又吃了一顆，一邊吃一邊等他說下去。

米陽道：「他昨天晚上來找我，說白爺爺答應去京城治療了，我們都很高興，睡不著覺，乾脆起來偷偷在我家的廚房砸了一晚的山核桃。白爺爺上次吃了一些還說好吃，白洛川就說山核桃或許也能吃。」他笑咪咪地接著說：「我早上用了我姥姥家那邊的爐灶，把這些山核桃炒熟了拿過來。我們剛開始控制不住力氣，砸壞了很多，這些都是大點的。」

駱江璟笑道：「你們可真是，也不怕吵醒你姥姥。」

米陽道：「不怕，我姥姥睡得沉，我們墊了報紙砸的。您看，我手指還是黑的……」

他對著駱江璟「賣慘」，換來的只是輕輕拍了拍腦袋。駱江璟眼睛帶著笑意，米陽也知道她一向偏愛自己，彎著眼睛樂了一陣，「白洛川的手比我還黑，我讓他戴手套他不肯，回頭您也笑話他去。」

他們正聊著，就看到白敬榮從樓上走了下來。

米陽坐正了身體，客氣道：「白叔叔好。」

白敬榮點點頭，米陽對他還是小心拘謹的，沒再多說什麼，東西送完就走了。

白敬榮轉頭對妻子問道：「陽陽跟你說什麼了？怎麼我一來就走了？」

駱江璟道：「還能說什麼，這孩子心細，來跟我解釋呢！你寶貝兒子沒出去玩，給老爺子砸核桃去了，整整砸了一晚。」

白敬榮愣道：「砸核桃？」

駱江璟幫他整理衣服，襯衫的釦子全部都扣上，「可不是？老爺子這段時間一直不愛吃東西，就那天多吃了點核桃，這兩個孩子就記在心裡了。」

白敬榮覺得有點緊，想伸手鬆開，被駱江璟攔住，她笑道：「你不是講規矩嗎？這才合規矩。你們部隊裡叫什麼『風紀釦』是吧？那就都扣著吧，一顆也別解開。」

她拍了拍他領口，自己轉身走了。

白敬榮：「……」

米陽回到白老爺子住的小樓那邊，剛進去沒走兩步，就聽到白洛川在跟白老爺子告狀。

「爺爺您看，您還在這裡，他就老是找我麻煩，您要是不在了，他肯定會搶我的錢。」

這是白老爺子當初讓他簽名的時候說的，現在被白洛川原封不動又還了回來。

白老爺子氣得敲了他一拐杖，笑罵道：「胡說八道！當老子的會搶兒子的錢？」

白洛川躲都不躲，「怎麼不會？電視上隔三差五就有這樣的新聞。」

白老爺子不想跟他說話，招手對米陽道：「陽陽過來，咱爺倆下棋去，不理他們。」

老爺子把白洛川趕了出去，中午只讓駱江璟和米陽陪著他吃飯，把白家父子晾在外面。

白老爺子答應去京城治療，白敬榮和駱江璟積極安排。在生病這件大事面前，白敬榮聽說了那份財產合約，只是略微擰了眉頭，很快就鬆開了，嘆了口氣道：「我知道了。」

駱江璟道：「那可是你親兒子，咱爸疼他，你怎麼還不高興？」

白敬榮搖搖頭道：「沒有不高興，這事爸以前就說過，他的東西想怎麼處理都可以，只是洛川年紀還小，我怕他走上歪路。可能這兩年見的多了，我就總有些擔心。」

他沒有堅持讓白洛川參軍，但是同期或者上峰總還是有些子弟進來，有些是好苗子，可惜少部分沒那麼好，沒少招惹是非，有個別的連累得整個家都敗落了。

駱江璟嗔道：「那是外面的孩子，我看你應該多回家看看自己的孩子。洛川的教育上，你是不信我，還是不信咱爸？洛川雖然一直跟著我，但每年有假期他都會過來。不是我要求，是孩子自己要來的。他孝順著呢，老爺子心裡明白，不白疼他。」

白敬榮眼裡帶了點愧疚，握著她的手道：「妳受累了。」

駱江璟笑笑，這是她的家人，亦是她的愛人，即便有小爭執感情依舊在。

白敬榮請了假，專門陪同老爺子去京城治療，駱江璟也跟著伺候，反倒是老爺子覺得不自在，在病房住下就趕人走：「我這邊有看護有醫生，這麼多人照顧，不缺你們兩個。都回去忙自己的工作，整天在醫院幹什麼？你們又不是主治大夫，我的病你們看著就能好啦？」

白敬榮還要說話，被駱江璟拽了一下衣袖，她笑道：「爸，您看要不要趁現在醫生還在診斷的時間，咱們出去走走？洛川也來了，他說他們學校離這裡不遠，咱們一起去看看？」

白老爺子果然高興起來，「好。洛川自己去看過沒有？沒有的話，咱們一塊去。」

駱江璟道：「沒呢，他說等著您一起。」

醫生還在會診，白老爺子這邊辦了住院只吃著藥，身體還好，駱江璟就幫他請了兩天的假，帶著他去了學校。

暑假期間有很多人來京城旅遊，京師大學前身是皇家園林的一部分，鍾靈毓秀，不少家長帶著孩子特意來逛逛，也是為了鼓勵孩子們考到最好的學府來。

白老爺子平時對這些地方不怎麼有興趣，這次不同，這是他孫子將來讀書的地方，走起路來不禁帶了幾分得意。旁邊的白洛川捧著手繪地圖，爺孫倆一邊走一邊小聲爭辯方向。白洛川讓了兩次，不幹了，小聲道：「您自己看，正南正北多好認，就應該往這邊走。」

白老爺子不聽，堅持帶路，果然帶著隊伍走錯了方向，到了一處沒有校舍的地方。雖然面前的湖水風景不錯，卻與經院離著還有一段距離。

白洛川看著他，白老爺子又帶著大家坐著校車繞回去。其他人不敢吭聲，只有白洛川嘀咕了一句：「錯了還不讓人說。」

白老爺子用拐杖給了他一下，紅著臉道：「怎麼不讓人說了？」

白洛川道：「那您道歉嗎？」

白老爺子雖然臉紅也認錯，但拒不道歉，含糊道：「多走幾步路對身體好。越大越偷懶，你爸像你這麼大的時候，每天早上跑五公里呢！」

駱江璟笑得不行，看看白老爺子，又看看身邊的丈夫和後排的兒子，覺得這三人不愧都姓白，連脾氣都是一脈相承的。

白老爺子身體不好，沒有多走動，大致看了一圈就回去了。

或許是有活動的關係，老爺子晚上吃飯的時候多吃了一點，白敬榮的眼神裡都是暖色，他轉頭看看兒子，等他照顧完老爺子，低聲對他道：「你跟我來。」

父子倆去走廊外面說話，白老爺子等了一會兒，有些耐不住，對駱江璟道：「妳去看看他是不是又罵洛川了？洛川白天是跟我開玩笑，別讓他罵孩子，都快被他罵得沒勁兒了。」

駱江璟笑道：「好，您別著急，我這就去看看。」

她出去也沒費勁找，白家父子兩個就站在走廊轉角處低聲說著什麼，能夠模糊聽到「醫

生」和「化療」什麼的，兩人臉色凝重，從側面看去，眉眼間的鋒利很相似。

駱江璟聽了兩句就回去覆命，只說是在談學業。

白老爺子知道父子倆沒吵架就放心了，他有些累，躺在病床上很快睡了。

駱江璟看著旁邊的醫護人員照顧他，視線又落在老爺子蒼老消瘦的臉上。雖然穿著病號服，只能露出臉和手，但能看出他的虛弱。她嘆了口氣，眼眶微紅，悄悄退了出去。

白家出了這樣的大事，米陽不放心，跟程青商量後決定提前去學校。

程青很能理解，支持道：「去吧，洛川一個人肯定不好受。當初你姥爺病重的時候，你那幾個姨還小，你三姨哭得厲害，眼睛腫了半個月沒消下去。她那時跟你們這會兒差不多大，哪裡受得住呢。」

她幫米陽收拾行李，叮囑他道：「你先帶一點東西過去，有什麼需要的再打電話回來，等快開學了我再送去給你。」

米陽驚訝道：「媽，您也要去京城嗎？」

程青笑道：「去呀，怎麼不去？我兒子上大學，我們全家都去送你，好不好？」

米陽想起上一世他超常發揮考上一個重點大學，當時全家非常高興，程青和米澤海特意請假送他去學校。他軍訓的時候爸媽都沒走，還專門跑來送吃的用的給他。

米陽輕裝出行，臨出發前打電話給白洛川，問清醫院地址，但下飛機時還是看見來接機的白洛川。白洛川精神還不錯，除了眼底有些熬夜的疲憊，比他預想的要好很多。

「走吧，我先帶你去住的地方。」白洛川接過他的包，習慣性背在自己的肩上。

米陽一邊跟著他走，一邊問道：「白爺爺身體怎麼樣了？這裡的醫生怎麼說？」

白洛川道：「跟之前的診斷差不多，晚期，積極治療吧。」

米陽看著他，白洛川瘦了些，說話時半垂著眼睛看不出情緒。他伸手過去，幾乎是立刻就被白洛川緊緊握住，白洛川小聲道：「去年發現的時候就是晚期了，爺爺一直沒說。」

米陽沉默下來。胃癌晚期常伴隨劇烈疼痛、進食困難，但是他們暑假回去的時候，白老爺子始終笑呵呵的，努力撐著，不讓他們看出分毫。

司機等在外面，白洛川帶著米陽上車，跟他說了住的地方就又沉默下來。

米陽不知道該說什麼安撫的話，還沒開口，白洛川看著窗外一棟棟閃過的房子忽然笑了一下，他低聲道：「原本打算在這裡買棟房子給爺爺，方便他住下治療，都挑得差不多了，爺爺不答應，誰提都生氣。我知道他是還想回家去，怕在這裡住下治療就不讓走了。他昨天還跟我說想山海鎮了，不知道池塘裡的荷花開全了沒，烏樂有沒有不聽話……」

米陽伸手把他按在自己肩上，用手捂著他的眼睛，白洛川嘴角邊勾起來的那點笑就一點一點收攏下去，唇抿成一直線，不再說下去了。

米陽掌心裡有了一點濕潤，他嘆了口氣，輕輕拍拍白洛川，給了他一個擁抱。

司機一路把車開到樓下，白洛川心情已經平復下來，帶著米陽去了住處。

這房子是幾年前爆發SARS時駱江璟買下來的，當時房價降了不少，駱江璟住慣了寬敞的房子，就把這一層的三間屋子都買下來打通。裝潢好了之後寬闊明亮，家具和家電齊全。

就這樣駱江璟還是嫌小，這一層加起來也就跟白老爺子那邊的一樓差不多大小，老爺子不肯再單獨買一棟房子，她們也不捨得讓老爺子一直住在醫院，只能想了一個折中的法子，跟白老爺子說好了，他出院的時候臨時也住在這裡。

白洛川道：「我問過學校，大一可以出來住，就是手續辦起來有些麻煩，我打算提前搬出來照顧爺爺。」他看著米陽，想聽聽他的意思。

米陽想了想，回道：「我想大一住校，如果白爺爺來的話，我就請假出來看他。」

白洛川又問他：「只陪爺爺嗎？我呢？」

米陽笑道：「我週末回來陪你吧。」

白洛川補充道：「節假日也要陪我。」

米陽點頭道：「好。」

米陽跟著白洛川去醫院探望白老爺子的時候，老爺子看到他很高興，「陽陽啊，你要是有時間就過來陪我下棋，洛川這臭小子棋下得太差了。」

白洛川正在旁邊削蘋果，聽了不服氣道：「那我也沒偷棋子啊！」

白老爺子惱羞成怒，「我都生病了，你還氣我！」

白洛川張張嘴，又低頭削蘋果去了。

米陽看得直樂，拿了棋盤來跟老爺子下棋，讓白洛川當後勤，伺候他們吃水果。白老爺子手上還吊著點滴，另一隻手忙著拿棋子，白洛川就把切好的水果丁餵到他嘴邊。

米陽的棋力沒有白洛川高，但是下棋能看出性格，至少米陽讓棋的技術比白少爺高明，一退一進，白老爺子都沒察覺，三局兩勝，老爺子贏了兩盤，美滋滋的還要再來一盤。

白洛川啃著剩下的半顆蘋果，站在一邊學習。

白老爺子道：「怎麼樣，知道什麼叫棋逢對手了吧？這才叫高手過招，好好學著點！」

白洛川看著收拾棋子的米陽，笑道：「知道了，學著呢！」

有米陽留在醫院陪伴老爺子，白洛川放心不少，他有時出去忙自己的，會帶些小吃來，挑著溫和滋補的哄著老爺子吃，多吃一口他都高興。

米陽跟他輪班似的來陪床，醫院裡專門請了看護，病房也是最好的，他們過來也就是陪著老爺子說話解悶。換了別人白老爺子也不樂意讓來，但是這兩個都是他看著長大的孩子，跟親手養大沒什麼區別，他們非要湊過來，他也只能睜隻眼閉隻眼讓他們來了。

米陽觀察了兩天，就開始自己做些老爺子想吃的家鄉菜帶過去。白老爺子開始治療，少食多餐，醫院裡的飯再怎麼吃都不是滋味，米陽就自己下功夫做飯。

白老爺子不能吃別的東西，詢問過醫生，米陽回去就燉雞湯之類的帶來。

有些要燉得久，白洛川晚上回來看到他在廚房忙活，站在門口看了一會兒才明白過來，對他道：「是我疏忽了，明天就把家裡的廚師接過來。」

米陽把火關小，「接過來也好，我會做的不多，爺爺吃慣了家裡的菜，可能吃到熟悉的就能多吃一點了。」

白洛川應了一聲，看著米陽，覺得這人真是太好了，就連站在那裡煮湯的背影也好看。他上前兩步從背後抱著米陽，像小時候抱著玩具熊的姿勢一樣，雙手環繞他胸前，身體貼得緊，下巴擱在他肩上，全然的依賴和信任。

米陽側過頭問他：「怎麼了？」

白洛川看著他煮湯，小聲道：「有我的嗎？我也餓了。」

米陽笑道：「有啊。」

白少爺的飯菜是單獨做的，米陽用煮好的雞湯給他做了一碗麵。麵條煮熟撈出後又撕了細細的雞絲在上面，撒了蔥花，湯汁澆上，頓時香氣撲鼻。

米陽拿了兩盤小菜過來，用手托著下巴，坐在桌邊看著他吃。

白洛川在外面跑了一天，真的餓了，直至吃到糖心蛋才恍然道：「今天是我的生日？」

米陽點點頭道：「對，我就想看看你什麼時候能想起來。冰箱還冰著蛋糕，想起來就給你吃，想不起來就明天早上給你吃。」

白洛川笑了。他吃了麵，又和米陽分著吃了小蛋糕。巴掌大的一個，甜度剛剛好，還有縫隙的胃被占滿了，又暖又舒坦。

他抱著米陽不鬆手，親了親他，「小乖，你真好。」米陽用鼻尖蹭了蹭他的，回應了他的吻。

白洛川白天送飯去給白老爺子的時候，米陽帶的多，他就拿了空碗過來想跟老爺子一起吃，希望自己陪著老爺子能吃的多些。

白老爺子笑著打他的手道：「這是病號飯，不許你偷吃。」

白洛川被打了兩下就不堅持了，他看看病房裡的東西，問道：「我去洗點草莓吧？」

白老爺子點頭。他很小心，自己吃的東西不跟他們摻和，醫生提醒過幽門桿菌的問題。

門外傳來敲門聲，白老爺子只當是孫子回來了，應了一聲，進來的卻是一個身材高大的年輕人，長相英俊，瞧著大約二十來歲，手裡提著果籃和鮮花。他恭敬地跟白老爺子問好，聲音富磁性，跟他的人一樣讓人印象深刻，「三爺爺好，我是白斌。」

白老爺子眨了眨眼睛，笑著道：「哦哦，是你啊，你爺爺好不好？上次我見到你的時候，你才幾歲，轉眼都長這麼大了。」

白斌笑了笑，走過去把花插在空瓶中，又放下果籃，坐在老爺子身邊陪他說話：「託您的福，家裡一切都好，我爺爺也常念叨您。您生病的事，洛川一直都不肯說，還是我那天在醫院偶然碰到問起來才知道的。」

白老爺子嘆道：「年紀大了，總是有這麼一天。」

白洛川不愛用病房裡的水，去樓下買了礦泉水沖洗草莓，正好碰到米陽過來，兩個人就一起進來。白斌正要起身，看到他便略微點了點頭。

白老爺子笑呵呵道：「洛川來得正好，去送送你堂哥。」

白洛川放下草莓，跟白斌一起出去。堂兄弟兩個都長得出挑，一個高大英俊，另一個看起來年紀略小，但也生得俊美。

米陽有些好奇，白老爺子就道：「他是洛川的遠房堂哥，我同宗大哥家的孫子。」

米陽常聽白洛川提起這位堂哥，今天匆匆見了一面也對他很有印象，人家大概就是那種家中長輩但凡要提及誰做表率，那第一位閃過的絕對就是白斌這樣的。高大英俊，又溫和有禮，正在最好的年華。光是看到就覺得如沐春風，但在他跟前又不敢造次的那種。

白老爺子誇了白斌幾句，還不忘也誇自己的孫子：「洛川也不錯，兩個孩子都很孝順。我那大哥家裡兒女多些，孫輩裡白斌最大。他跟洛川不一樣，打小就要求嚴格，我覺得那日子太苦，我就這麼一個孫子，可捨不得他受那些累。兒孫自有兒孫福，現在洛川也很好，什麼都沒落下不說，還考了個第一。」

米陽點點頭，去倒開水給他。

白老爺子又念叨了一句：「長得還好看，對吧？我看著洛川長得更好些。」

米陽笑道：「好看，都能去參加選美了，改天咱們幫他報名。」

白老爺子笑了一聲，接過杯子喝了一口水，「就他那脾氣，去了被人擺弄兩下就能掀桌。要沒得到名次，就只有一個原因，絕對是打評審了。」

米陽想像那個畫面，白洛川那脾氣還真幹得出來，不由搖頭笑了。

白老爺子留在京城的醫院動手術，手術那天，家裡的人都來了，白洛川那位堂哥也跟著坐在手術房外面等待。

白洛川心煩意亂，走道上人來人往，偶爾有護士快跑兩步來喊家屬的名字，他都會下意識跟著站起來。聽了兩遍聽清楚叫的不是自己，才又慢慢又坐回去。

米陽拍拍他的手臂，低聲安撫他兩句，見他神情恍惚聽不進去，伸手過去握著他的手，對他道：「沒事的，白爺爺會好起來的。」

白老爺子比前世發現的提前了兩年，來京城治療的時間也早了兩年，或許會有轉機，再怎麼樣也不會比前世的結果更差。上一世兩年後發現，還能再挽留白老爺子一年多的時間，這次手術後，老爺子的身體應該會恢復得更好些。

或許是米陽說得肯定，白洛川握緊他的手也像是得到一絲力量，當下啞聲道：「好。」

白老爺子當天的手術很成功，米陽跟著一起去了病房，聽到醫生說了一句「病人的求生意志很頑強」，心就放下了大半。

等到他們快要快學的時候，白老爺子也在醫院休養了月餘，恢復了些精氣神，已經可以鬧著要出院回家去了。

白洛川看他這樣，故意板著臉道：「不行，您再多住一個月，我讓醫生來跟您說說？」

白老爺子無奈，只能道：「那就再一個月，烏樂還在家等著，不知道會鬧成什麼樣。」

白洛川挑眉道：「牠重要還是您的身體重要？我看您是自己想回去，非要扯上烏樂。」

白老爺子被識破，臉紅了一陣，惱怒道：「你怎麼還不回學校？快走快走！考不好就讓你媽幫你找輔導老師，放學也補習！」

白洛川道：「您還不知道吧，大學不用補習。」

白老爺子：「……」

白洛川不著急回去，但堂哥喊他的時候，還是要去的。

白洛川和這位堂哥關係不錯，白斌比他大幾歲，在京城另一所大學讀書，對他很照顧。白斌這次也是提前過來，在京城有私事要辦，白洛川因為做生意，跟他在一起的時間長，有時候要參加應酬什麼的，白斌會帶上他。

白老爺子身體恢復得比預想的要好許多，連醫生也改了口，之前還說理想狀態只有八個月，現在不再多提，只讓家裡人照顧好飲食，等待複檢。白洛川吃了一顆定心丸似的，一邊往白老爺子這邊跑，一邊去忙自己的事。有時白斌覺得不好辦的，他也不怕，多難啃的骨頭都能硬拿下來。合約、手續、資產核對、報表分析……一項項工作繁重瑣碎，稍有不慎就會被鑽漏洞，其中三角債尤其麻煩，來回折騰得人精疲力竭。

離開滬市，沒有駱江璟的庇護，白洛川得從最基礎做起，人踏實了許多，能穩得住了。

白斌做生意只是玩票性質，想積累一些人脈，白洛川卻是不同，他的目的明確，他是一個商人，他要的是錢。

米陽在白洛川那邊住了一段時間，臨近開學就收拾好行李，打算要走了。

白洛川回來得晚，看見門邊放著的行李箱時愣了一下，走進臥室果然看到米陽在整理平時穿的衣服。他來的時候帶了一個背包，這會兒衣服洗過也一件件摺好重新放進包裡去。

白洛川皺眉道：「不是後天開學嗎？怎麼要那麼早去？」

米陽道：「明天我家人過來，我帶他們去學校看看。」

白洛川點點頭，又對他道：「明天我讓司機跟著你，你陪程阿姨好好逛一下。」

米陽道：「不用，我們自己玩更自在。我們不去別的地方，就在學校裡轉一下，他們都已經訂好飯店了。」

白洛川也不為難他，「好吧，有事打電話給我。」

第二天兩人起得都很早，白洛川要去醫院，米陽要出發去學校，走到門口的時候，白少爺按住了門，在玄關那裡跟米陽親吻了半天，這才放他走。

見到的時候會覺得黏人，見不到了，又總是會想起對方。

米陽坐在計程車上看著外面，恍惚間想起幾年前SARS肆虐的時候。那時他去找白洛川，也是留在那家飯店隔離了幾日，白少爺一直貼身照顧，晚上睡覺把他抱得很緊，像是稍微一鬆手他就會跑了一樣。最近一個月來，白洛川也是這樣，尤其是白老爺子手術前後的幾日，他晚上會做惡夢，得把他抱得很緊才能睡著。

米陽剛離開不到十分鐘，忽然有點擔心自己走了之後，白少爺能不能睡得安穩。

程青住的飯店離學校很近，她這次是帶著全家出動。米澤海手裡拿著一個像模像樣的高倍數數位相機，很有專業攝影師的風采。米雪更是把自己的校服穿來了，白色襯衫和西裝外套，加上裙子，棕色的小皮鞋也擦得乾淨，背著書包站在門口，看見他來，小丫頭眼睛瞬間亮了，揮手喊道：「哥哥，這裡！」

米陽過去抱著她掂了掂，笑道：「重了一點，長高了對吧？」

小丫頭咯咯笑道：「對！」

米陽把她放在自己的行李箱上，見了程青便道：「媽，怎麼讓小雪穿校服過來了？」

程青道：「哎呀，我勸了，但是小雪知道要來你們的學校參觀，非穿校服不可。」

米澤海心疼女兒，在旁邊幫腔道：「上次小雪他們去別的學校參觀的時候，老師讓他們穿過，孩子就記住了。這也挺好的，多正式呀！」他看著紮兩條麻花辮的小丫頭，得意道：「我閨女穿什麼都好看，真漂亮！」

程青看不下去了，把行李箱推給米澤海，讓他們爺倆跟著走，自己挽著米陽的手走在前面，笑道：「你爸一路都在拍照，見什麼都拍，光校門口就拍了十幾張，好丟臉啊！」

米澤海小聲抗議：「我拍我兒子的學校怎麼了？」

小丫頭脆聲道：「爸爸，小雪以後考軍校，讓你拍我們學校的大門！」她已經把夢想合併了，從要給哥哥治病的醫生，到實現爸爸夢想的軍裝，小丫頭現在的夢想是要當軍醫。

米澤海很感動，忍了忍還是沒有告訴小丫頭，軍校是不能拍的，連大門都不行。

學校有幾天的報到時間，米陽來得早，陪著家人一邊參觀學校一邊辦手續。

宿舍是學校隨機按院系分配的，檔次之間相差不是很大，米陽被分到貴一些的宿舍，比普通的四人房略大，盥洗室條件也好些。家具配備齊全，同樣是櫃子、書桌和上下床鋪。

米陽把行李放下，沒急著整理，只貼了自己名字的標籤，選了一個上鋪的床位。

程青想要找抹布來擦，米陽攔著道：「媽，不用，我自己收拾就好了。」

程青道：「那怎麼行？你晚上怎麼睡？」

米陽這幾天不打算住宿舍，一來想多陪陪家人，二來還想回去看看白洛川。他沒告訴程青，逗她道：「媽，您現在只要小雪陪，不要我這個兒子了？我不住這，多陪陪你們。」

程青笑了，「怪我，還有兩天呢。不急著住校，走，你帶媽媽出去看看，咱們拍些照片，中午讓你爸請客，去吃烤鴨。」

在學校轉了一圈，一行人主要去看了米陽的學院。

考古文博院以前是專門存放書籍和資料的一處院子，黛瓦白牆朱紅門，古色古香的，走進去裡面還有一方水池。教學樓也是飛簷翹角的小樓，老教授們騎著自行車來上班。

程青高興地和米陽在這裡合照，米雪也躍躍欲試。米澤海幫著拍完，想留一張全家的合影，這邊人少，很少有人特意跑來這裡拍照，正好路過的一個老人家，米澤海過去問道：

「老爺子，請問您能幫我們全家拍張照嗎？」

老人家接過相機，笑著問道：「你想怎麼拍？」

米陽看見了，走過來跟他問好，「章教授，您今天也上班嗎？」

章教授笑道：「帶著你幾個師兄忙活一個暑假了，大家都受累，我也心疼，就讓白微去給他們買了點吃的，等一下送過去。」

米澤海這才知道這人是米陽的老師，連忙問了聲好。

章教授道：「你們把孩子教得很好，在新疆時他幫了我不少忙，我們最近研究的這個新課題，也是米陽先發現的。這孩子心細，性子沉靜，在布片顏色相仿的情況下還能一點一點辨識。你們可不知道，我們回來用飛納掃描電鏡重新觀察了布片的組織結構。這個平紋組織經緯線密度……」他說起自己的專業就忍不住侃侃而談，忽然停頓下來，笑道：「不好意思，你看看我。咱們先拍照吧，我一說這些就停不下來了。」

米澤海也笑了，他不懂這些，知道米陽喜歡的這個專業教授誇他做得好，他就放心了。

章教授幫米家人拍了兩張照片，陳白微過來了。

他提著一大袋吃食，看到米陽時很高興，「小師弟來了？我還跟老爺子說呢，明後天你要是到了我就去接新生，順便把你直接帶回來。咱們院一年總共就這麼幾個新生，不用搞那麼麻煩，我直接帶你去宿舍就成了。」

米陽道：「謝謝師哥，我宿舍已經安頓好了。」

章教授要伸手自己提東西上去，讓陳白微帶他們逛逛，陳白微不肯，又對米陽道：「你和叔叔阿姨在這裡等等我，我送老爺子上去，馬上就下來。」

他說完就扶著章教授上樓。章教授帶著幾個研究生暑假一直忙碌沒有休息，陳白微和老爺子親近，自然是跟著伺候。

陳白微不多時就下來了，帶著米家人逛了一圈。他長得帥氣，說話又利索，說什麼都很有趣，逗得一行人路上都在笑個不停。

程青很高興的，她覺得有這麼個學長在，能把米陽照料得好些。

陳白微拎著米雪的小背包，絲毫不嫌棄小丫頭的背包是粉色的，笑道：「阿姨，我可不是白幫忙，之前就聽說您做的牛肉乾特別好吃，下回您再來的時候，一定要帶些給我們。」

程青道：「不用等下回，這次就帶了不少，多分一些給你。」

陳白微驚喜道：「哎喲，那我今天來可是賺到了，謝謝阿姨！」

程青還沒被人這麼恭維過，這個年輕人長得帥氣嘴巴又甜，很會來事，幾句話哄得程青和米雪都咯咯笑起來。米陽看著，不知怎麼就開始擔心妹妹長大後的交友狀況。萬一遇到一個這樣的男朋友，他可能要跟著他們一起約會，至少得監督半年。

陳白微對他眨眨眼，小聲邀功：「怎麼樣，我把阿姨和妹妹照顧得不錯吧？」

米陽：「……」

中午一家人要去吃飯，程青熱情邀請陳白微一起，陳白微搖頭笑著拒絕：「不了，我家老爺子還等著我回去呢。您不知道，人年紀大了就跟小孩一樣，做起研究來就忘了吃飯，其他人都不敢催他，也就我能把他哄到食堂去。」

程青聽他這樣說，也不多留，看著他走遠了還在誇：「真是個好孩子，陽陽要是女生，我還真想要這樣的女婿呢，小雪也喜歡吧？」

米雪剛點頭，米澤海道：「小雪不喜歡，小雪要找個高高壯壯，像爸爸這麼厲害的！」

米雪道：「那個哥哥也高，還帥，像電影明星呀！」

米澤海道：「明星有什麼好的，都是小白臉，靠不住！妳聽爸爸的，找個黑的，手臂至少得像爸爸的這麼粗，這樣的才能保護人。」

小丫頭看著親爹露出來的粗手臂，滿意道：「那我找個好看的，爸爸一起保護我們！」正在顯擺手臂的米澤海噎住，程青和米陽樂得不行。

米家人中午去吃全聚德烤鴨，米雪最喜歡吃烤得酥脆的鴨皮，選了鴨胸脯那處的肉片，沾上白糖，甜絲絲的味道在舌尖化開，吞得半點渣渣都不留。

程青他們用荷葉餅包了鴨肉合著蔥絲、甜麵醬、黃瓜絲捲起來，吃了好幾個才停手。熱騰騰的烤鴨特別美味，米澤海單吃這個吃不飽，又要了店裡的幾道招牌菜，還要了點心給孩子，最後讓店裡用鴨骨頭煮了一鍋奶白的湯端來。

米雪第一次來京城，見什麼都新奇，點心上來的時候眼睛都看不過來了，芸豆糕、豌豆黃、驢打滾、山藥卷……虧得是拼盤，每樣只有幾個，不然小丫頭都要吃撐了。

米雪對京城的印象好極了，又因為哥哥要在這裡讀幾年書，她對這裡也喜愛起來。

米澤海時間有限，僅留了一天，參觀完學校就匆匆回了滬市。程青相對自由些，就和米雪多留了兩天。米陽帶她們去聽相聲，還點了茶水和點心。

小丫頭喜歡甜食，有些貪吃，程青攔著道：「再吃要胖了。」

米陽摸摸小丫頭的頭，笑道：「沒事，吃吧，能吃是福。」

程青愣了一下，不再攔著。米雪就喜孜孜拿了一塊糕，邊聽相聲邊啃著吃起來。

程青嘆了口氣，小聲問道：「白老爺子那邊怎麼樣了？」

米陽搖搖頭道：「晚期了。」

程青道：「胃癌聽說養得好還能活很多年，這病就這樣，說不定過幾年就有藥了。」

米陽點點頭，但他知道至少未來十幾年都沒有能完全治癒的藥，或許將來會有吧。

他抬頭看著臺上，出將入相的門簾起落，臺上說相聲的換了新人，穿著藍袍大褂，捲起一截衣袖，笑著重新跟觀眾問好。臺下的人也捧場，大聲鼓掌喊好，有長年來聽的顧客，也有旅遊路過的年輕人，還有米雪這樣的小丫頭。

人來人往，嬉笑怒罵。人生百態，盡在這間茶館裡。

程青和米雪晚上住在飯店裡，米陽把她們安頓好之後，還是回了白洛川那邊。

他到的時候已經很晚，開了門悄悄進去，剛在玄關換了拖鞋，客廳的燈就亮了。白洛川看到他有些驚訝，很快就笑道：「我還以為你要陪程阿姨住飯店。」

米陽道：「原本想住下的，又擔心你，就回來了。」

他把拿回來的紙袋遞過去，裡面有在茶館打包的點心，兩塊鮮奶蛋糕。米雪喜歡吃，他就覺得白少爺應該也喜歡這甜味。

白洛川坐在客廳嘗了一口道：「還不錯。」他睡得頭髮翹起來，米陽幫他按下去。有一撮還是固執地翹著，米陽手指插進髮絲裡揉了兩下，輕聲問他：「今天睡得這麼早？」

「你不在，不知道該做什麼，其實躺著也沒睡著，就在那想你了。」白洛川吃了兩口就放下了，把米陽抱在懷裡去親他，含糊道：「特別想。」

米陽被他按著親吻，心跳很快，手抵著他的肩，低聲道：「去床上吧，我不想在這。」

白洛川略一用力就把他抱起來，一邊親吻，一邊抱著回房間。

米陽和上次一樣被撫摸後背，這次襯衫料子頗挺，沒什麼彈性，給白洛川發揮的空間不大，他用牙齒咬著解開了兩顆釦子，又隔著衣服咬了下面的嫩肉。

米陽的身體顫了一下，前後夾擊，無處可躲。

……

白洛川沒做到最後，斷斷續續的吻落在他的臉頰上安撫著，又喊他的名字。

等兩人平息下來，白洛川還是抱著他不放。米陽想去洗澡，白少爺纏著他不放。

米陽出了一身的汗，身上黏膩，趴在那用手指摳著白少爺的衣領玩。

白洛川笑了一聲，親了親他耳垂。

「小乖，如果家裡的人知道……」懷中人的身體僵硬了一下，白洛川趕緊安撫道：「好好好，我就是假設，你別怕啊！」

米陽開口道：「你想說嗎？」

白洛川皺眉，「你不想？」

米陽垂著眼睛道：「現在不要，再過幾年。」

白洛川也是這麼計畫的，但聽到米陽這麼說，多少有些酸意，「為什麼要等幾年？」

米陽道：「等我們經濟獨立，再慢慢跟家裡人說。白爺爺身體不好，我怕他生氣……」

白洛川道：「不會。」

「駱阿姨那邊也要提前想好怎麼說，不能太突然，提前幾年看看她的態度，還有白叔叔那邊，更要小心。至於我爸媽，我會慢慢透露給他們知道，總不能什麼準備都不做就……」

米陽把白少爺當成十六歲的少年寵著，語氣溫和地跟他說話。

白洛川低頭親他幾下，米陽被親得很癢，笑出了聲音。

白洛川道：「小乖，你等我幾年。」

米陽點頭道：「好。」

白洛川看著他，又道：「其實我也有點私心，我怕說了之後萬一家裡反對，總要鬧上個幾年，我一天都不捨得跟你分開。」

他說得認真，米陽沒吭聲，只抬頭親親他。

第二天，程青跟著米陽一起去醫院探望白老爺子。

白老爺子很高興，他愛屋及烏，因著米陽的關係，對米雪這個小丫頭也很喜愛。送來他這裡的禮品太多根本吃不完，尤其是各種果籃和鮮花，每天都有人送，正巧說話間又有人送來一束還沒打開的鮮花禮盒，老爺子就轉送給米雪，讓她拿去玩。

米雪抱著那個絨布的鮮花禮盒，抬頭看著哥哥。

米陽摸摸她的頭，笑道：「白爺爺給的，拿著吧。」

程青怕打擾到老爺子休息，略坐了一會兒就起身告辭，白洛川送三人去樓下。

白老爺子的身體恢復得很好，已經開始準備出院。剩下的是療養，在醫院和在家裡都一樣，他家中也有醫護人員跟隨，還更自在些，打算近幾日就出院回去。白老爺子心情不錯，看見白洛川的時候沒有再趕他走，反而招手讓他坐下跟他聊聊。

「洛川啊，之前我沒想來治療，所以沒多問你和陽陽的事。」白老爺子看著孫子神情變了，立刻擺擺手安撫道：「爺爺的態度還是跟之前一樣，我活了一輩子，什麼事沒見過？我當年十二歲就扛槍入伍，拚了那麼多年，哪次不是把腦袋別在褲腰帶上，也見過為兄弟甘願擋槍送命的。我認識那麼兩個人，一條戰壕上啃過乾糧，我那會兒年輕不懂，問他們的時候，那人跟我說，死都不怕了，還怕活著被人說幾句？」

白老爺子笑了一聲，道：「後來仗打的多了，沒再見過他們。你爺爺我命大，從死人堆裡爬出來活了，我那個時候就想，人活著不能就是為了討老婆生娃娃，得討個自己喜歡的，睜開眼一瞧見她就心裡美得冒泡，什麼苦都願意吃。」

「為了討老婆，我差點入贅到你奶奶家裡，姓什麼都無所謂。米陽他爺爺不是也一輩子沒孩子嗎？你們要是想要，領養一個也好，不要的話就兩人過一輩子。過好自己的日子就成了，管他以後的事呢。」

「還有，你打小主意就大，自己要有些分寸。你跟我約法三章，人家陽陽是好人家的孩子，你不能亂來，等他過兩年十八了，自己能想明白了，你再碰他，聽到沒有？」

白洛川有些呆愣，白老爺子用拐杖敲敲他，他這才點頭道：「聽到了。」

白老爺子氣樂了，「聽到有什麼用，我說的你能做到嗎？」

白洛川點頭道：「能。」

白老爺子又道：「陽陽看著耳根子軟，但是性子也倔著，要是以後人家真不樂意跟你了，你也別發少爺脾氣，強扭的瓜不甜，知不知道？」

白洛川皺眉不吭聲，白老爺子敲了他的膝蓋好幾下，他才心不甘情不願地點了一下頭。

白老爺子這邊算是默許，但看著也沒有偏袒孫子的意思，對他們兩個一視同仁，並且還有可能隨時倒戈——就看米陽願不願意。不過，這對白洛川來說，算是比較寬容的好消息。他心裡憋著一口氣，沒把這事跟米陽說，總想自己顯出些真本事後再提。

開學典禮過後，米陽和白洛川趁著還沒有軍訓一起來了醫院。

白老爺子要動身回山海鎮了，他捨不得那片山水，總是惦記著那邊。

白洛川中午把老爺子「偷」出醫院，三個人一塊去拍了照片。

白洛川把自己佩戴的校徽給爺爺戴上，和米陽穿著入學的正裝，在校門口同老爺子拍了兩張照片。兩個人分立左右，老爺子拄著拐杖站中間，三人都是笑著的。

京師大學的軍訓從九月開始，為期半個月，米陽領到軍訓的衣服就回了宿舍。他早早就過來把行李放下，卻是寢室最後一個入住的，推開門進去便受到了熱情的歡迎。

站在門邊的男生還站起來鼓掌，眼神熱切道：「你就是米陽吧？快請進！」

另一人也笑道：「我們都在等你來。今天中午你哪裡都別去，哥幾個請你吃飯。」

米陽嚇了一跳，有些疑惑道：「我……怎麼了？」

那個男生笑道：「你還不知道啊？你看看咱們寢室，你的家長過來一趟，專門請人把咱們寢室打掃乾淨，連窗縫都沒漏下，還徹底消毒，櫃子、床板也加固了。」正好他和米陽是上下鋪，他拍拍床板道：「這給弄得簡直像換了新床似的，比以前的舒服多了。」

米陽伸手摸了一下，自己的床已經鋪好，軟軟的也不知道墊了什麼床墊，非常舒服。

那個男生又道：「我剛來的時候，還打算先去付寢室的水電費，結果去了一問，人家說咱們四〇一號寢室米陽同學的家長付過了，還付了兩年。不光水電費，網路費也給了，同樣是兩年。我們一直等你來呢，怎麼好占你這麼大的便宜……」

他這麼一說，旁邊兩個男生也撓了撓頭，帶著點不好意思跟著道：「對，不管怎麼說，中午先請你吃飯啊！」

米陽想了半天，才對這個「家長」有了一絲模糊的猜想。

等到被寢室裡的人帶著去食堂二樓點菜的時候，米陽沒讓他們請客，自己刷了飯卡，周圍跟過來的三個室友都沉默了，飯卡上清楚地顯示了儲值的錢數，居然是兩萬元。

米陽無語，幾個室友也面面相覷，看著米陽的神色古怪起來。

米陽下鋪那位努力寬慰他：「這樣挺好的，留著慢慢吃。」他見過寵孩子的，但是飯卡一口氣儲值兩萬塊的……這可能是打算讓孩子吃四年食堂吧？

幾個人便沒有搶著請客，吃完飯倒是去買了點飲料零食給米陽。

米陽抽空打電話給白洛川，白洛川那邊人聲嘈雜，不像是在學校，他邊走邊問：「小乖，怎麼了？還缺什麼？」

米陽道：「沒有，我的飯卡是不是你儲值的？」

白洛川笑道：「對，我讓人去辦的。」他在那邊跟人低聲說了兩句，很快又道：「我媽最近很忙，沒空過來，就讓祕書來了一趟，我讓她去辦的。要是有什麼事沒做，你再跟我說，我安排人去辦。」

米陽覺得今天夠引人注目了，哪裡敢說什麼。

白洛川找了一處安靜的地方，停頓了一下又道：「我知道你不願意做得太顯眼，但是你要住一年宿舍，我總要安排妥當。」

米陽還沒說什麼，那邊又壓低聲音帶著輕微不滿道：「你從來沒跟我分開過那麼久。」

白洛川覺得自己吃了很大的虧，他那邊事情忙，米陽不好多打擾他，臨掛斷的時候白少爺不忘又叮囑一遍：「週末要記得回來，不然我就過去找你。」

米陽只能認了，不管他再說什麼，他這個「家長」已經出名了。

米陽領完自己的物品，趁著軍訓前去辦公室找章教授。

暑假他回山海鎮的時候，米鴻給了他幾本書，這次正好原物奉還。

章教授正戴著老花鏡在看文獻，見他拿著木盒進來還沒反應過來。打開後看到那些書，忍不住「啊」了一聲，立刻如獲至寶地捧在手裡翻看。他看到上面的藏書印章和一些字跡還在，激動得手都微微顫抖了，抬頭道：「這書是你從哪裡找來的？」

米陽笑道：「這是我爺爺讓我帶給您的，他還要我轉告一句話，讓我問問您記不記得肄三堂的米鴻。時間過得太久，原先那張票據已經弄丟了，勞煩您再寫一張收據，他惦記了這麼多年的心事就可以放下了。」

章教授恍然道：「原來是他！米鴻是你爺爺嗎？這可真是……」他想了半天，高興得不知道說什麼好，便拍拍米陽的手道：「這可真是緣分。你爺爺不但把書送還給我，還送來一個教得這麼好的學生，我應該謝謝他。」

章教授拿出紙筆，認真寫了一張收據，按照早年的格式，簽了自己的名字並蓋私章。

米陽認真把那紙條收起來，有了這個，他就能回去跟米鴻交差了。

章教授不肯讓他走，翻了翻自己身上，又打電話問陳白微：「我錢包放哪裡啦？」

陳白微聽著他的語氣有些著急，問明地方，親自跑來送錢包。

章教授慎重其事地從錢包裡拿出五百塊給米陽，對他道：「當初只給了五角錢當作訂金，其餘的沒給。這些是修理費，你回去告訴你爺爺，多的甭退給我，多的權當保管費。我知道再多他也不肯收，但我是真心謝謝他。這套書是我父親那兒傳下來的，上頭有他老人家的字。對別人來說只是一套書，對我來說是無價寶……」他說到後來，又是激動又是感慨。

陳白微怕他年紀大了，一激動心臟不舒服，就打岔道：「現在不是回來了嗎？回來就好，您電話裡也不告訴我要錢幹什麼，我剛才還在樓下一口氣提了五千塊，生怕不夠用。」

他笑著哄章老道：「小師弟做了這麼一件大好事，咱們中午請他吃飯吧？」

章教授點頭道：「對對對，應該的。米陽啊，中午沒約人吧？要是有朋友也一起帶過來，不用跟老師客氣。」

米陽笑道：「有空，我請您也成，畢竟我們家剛拿到工錢，是『富戶』。」

早年間也有這種說法，發了薪金總要請朋友小吃一頓。

中午陳白微預訂了一家魯菜館子的座位，帶著米陽過去用餐。陳白微盛了一碗大蝦白菜

湯給他，對他笑道：「怎麼樣，知道你是魯市人就想起這家來了，味道還正宗吧？」

米陽點頭道：「很好吃，謝謝師哥。」

陳白微道：「不用客氣，我媽也是魯市人，後來搬到這邊，說起來咱們還算老鄉。」

章教授笑著道：「米陽多吃點啊！」

陳白微道：「對，放開了吃，一會兒我去刷卡。」

米陽一頓飯吃完，果然陳白微去櫃檯刷卡了。米陽有些疑惑，但是也沒問出口，跟著回了學校。等送走章教授，陳白微跟他勾肩搭背一起走，言語裡淨是感謝的話：「小師弟，這次你可立功了，老爺子多久沒這麼高興過了，你這個月的食堂我包了，我飯卡……」

米陽聽見這兩個字趕緊擺手，拒絕道：「不用，師哥，我飯卡裡有錢。」生怕他不信，又補充一句：「很多錢，夠吃了。」

陳白微看他神態不似作假，笑道：「那也成，回頭你有什麼需要就打電話給我，這附近好吃的館子不少，我帶你嘗嘗。」

米陽跟他熟了，開玩笑道：「師哥是不是發財了？跟他們說的不一樣，一點都不摳門。」

陳白微笑道：「摳啊，但這個算是公費，能找人報銷。」他對米陽眨眨眼道：「老爺子雖然只領一份薪水，但是外孫會賺錢，咱們花任景年的。」

米陽沒聽懂：「啊？」

「小任家裡就這麼一位長輩，賺了錢也不知道買什麼給他，就一直往這張卡裡打錢。」陳白微手臂搭在他肩上晃晃悠悠走路，「老爺子年紀大了，除了心心念念的那些資料，自己的東西丟了好幾次，一轉手就忘記放在哪裡，後來就都放我那裡了。」

米陽道：「難怪剛才章教授打電話跟你要錢包，原來是這樣，你們的關係真好。」

陳白微得意道：「比親生的外孫做得還周全吧？」

米陽笑著點點頭。

歸還了書稿之後，結下了善緣。

章教授認可才華，更認可人品，對米陽格外關照。章老喜愛米陽，陳白微自然盡可能多關照他，有些事他順手就跑兩趟替米陽做了，選課的時候更是幫著他分析。陳白微來的次數多了，米陽才從同學口中得知，陳師哥在院裡也算個小名人，手上功夫非常厲害，最出名的還是他做的仿品，肉眼無法辨別的那種，有兩次做草書仿件，連章教授都沒瞧出來。

米陽的字也不錯，做做修補足夠，但是跟陳白微比起來還是有一段距離。

一個擅長書法，另一個各類都有涉獵，兩者都很得院裡教授們的喜愛。

米陽對陳白微的關注也只是看完驚嘆一下就過去了，他更多的精力是放在白洛川那邊。

白少爺跟他不是一個院系，雖然隔幾天就見一次，但明顯白少爺覺得還是不夠，電話打得非常頻繁。二〇〇五年的電話費還是比較貴的，那時還沒取消漫遊費，經常有學生在走廊裡打電話查詢自己的餘額欠費。男女生的寢室都安裝了一部座機電話，用這個接聽免費，米陽的寢室也有人特意買了電話卡來打電話給外地的女朋友，一解相思之苦。

軍訓的時間最難熬，有南方的同學剛來北方什麼都不適應，米陽他們每天訓練完了，回到寢室躺在那湊在一塊偷著吃泡麵。

睡在米陽下鋪的室友是東北人，嘆氣道：「食堂的飯不好吃，太硬了，一點都不香。」

旁邊的四川室友也跟著點頭，一邊吸麵條一邊道：「饅頭也是，都不是甜的。」

「饅頭怎麼會是甜的？」

「饅頭都是甜的！」

東北人和四川人為了饅頭是不是甜的爭論起來，米陽看了看旁邊沉默吃泡麵的另一個室友，對方目光呆滯地望著面前的泡麵，有一口沒一口地吃著。

米陽猶豫道：「怎麼了，你覺得這個麵不好吃嗎？」

對方眼淚都快掉下來了，「我一個蘇州人，你問我這個麵好不好吃……這在我們蘇州根本就不能叫『麵』，它就是個『泡麵』。我想吃同德興、朱鴻興麵館的爆鱔麵，實在不行，給我一碗萬長興紅湯麵加小籠饅頭也可以呀！」

東北室友戰力非凡，一邊跟小四川爭論，一邊還有餘力回頭疑惑道：「饅頭？饅頭還分小籠和大籠的嗎？」

對方比劃一下，他就懂了，「哦，我知道了，你說的是小籠包。」

蘇州室友怒了，泡麵也不吃了，認真地跟東北室友講起小籠饅頭來：「你怎麼能說是小籠包？不是，是饅頭！」

東北室友一時懵了，「饅頭還有帶餡兒的啊？帶餡兒的是包子吧？」

魯市出身的米陽吃了很多年饅頭，也在滬市讀書多年，解釋道：「帶餡兒的饅頭。」

「不是，帶餡兒的是饅頭，小籠饅頭！」

四川室友和東北室友加入混戰，最後也沒掰扯清楚饅頭和包子，米陽豁達地接受南方饅頭帶餡兒，但東北室友堅決不屈服，帶餡兒的饅頭是異類，在大東北帶餡兒的統稱包子。

蘇州室友不服：「那湯糰呢？你怎麼說？」

東北室友想了一下，道：「啊，你說湯圓是吧？」

「對！」

東北室友笑得露出白牙，學著他說南方話：「我不高興說了，不說，你能咋地？」軟糯糯的南方話到他這邊，簡直像要拍桌子打架，米陽和四川室友在旁邊樂得不行，泡麵都快吃得嗆著了。嬉嬉鬧鬧的，泡麵吃了個精光。

軍訓的時候，白洛川的名字第一次上了學校論壇，破了一個之前保持的記錄。他體能特別好，還代表院系去參加了一項個人障礙賽。有人偷拍了兩張照片發到論壇上，引起了小範圍的討論。那會兒剛興起校草的這個說法，大家都談得津津有味，尤其是在一眾文藝青年裡冷不丁冒出這麼一位，眉眼冷厲，光憑一雙眼睛就把不少女生的心都勾走了。

有人提出抗議：「他那麼白，也是小白臉啊！」

不少人回應「你懂什麼」、「看身材好嗎」、「體能三項訓練的成績看一眼謝謝」、「快閉嘴吧讓我們安靜看會兒小師弟」……抗議的人少，回應的多，很快又歪樓開始舔屏了。

米陽他們學院的人少，只分到一個偏僻的角落，他們這個科系的人都帶著點隨遇而安的意思，不爭不搶，雖然也服從命令，但是想要在大演習上獲得名次實在是難為這幫人。教官多半也看出來了，乾脆帶著他們訓練半天，剩下的半天就盤腿坐著一起拉了幾天歌，考古文博院的一眾學子特別知足。

等到休息的時候，大家上去表演才藝。其他班大部分都是表演唱歌舞蹈，米陽他們班上你看看我，我看看你的，最後推了兩個人上去講了鑒別古董的小知識。

教官覺得這幫年輕人太不年輕了，他在隊伍裡看了一圈，挑了一個看起來比較帥的，高聲喊道：「米陽，你來表演一個！」

米陽起身上前，略微想了一下道：「那我說一下古籍修復的幾個常見問題吧。」

教官無奈，「行了，你下來。」

軍訓大演習的時候，米陽他們果然拿了一個末尾的成績，但也發了一個友情鼓勵獎。經院的白洛川拿了一個優秀學員獎，還上臺發表簡短的演說，表現得一如既往的出色。

米陽坐在臺下，和周圍無數穿著迷彩軍裝的同學一同仰起頭來看著臺上的人。同樣的衣服，白洛川穿起來就是特別精神煥發，雙手背在身後，兩腿微微分開站立，神情淡漠聲音清晰，那張臉依舊帥氣吸引人注目。好像就是有人天生不用特別費力，就能做到最好，光是站在那就能成為人群裡的發光體，讓人忍不住追隨。

米陽坐在下面，自己笑了起來。

軍訓之後時間就寬鬆許多，白洛川特意找過來，請了米陽他們寢室的人一起吃飯。

白洛川之前就來過京城很多次，有時是為了跟著堂哥出去談生意，有時候是和米陽來找人，知道一些比較不錯的餐廳。米陽他們寢室的人跟著去的時候，見他熟門熟路，還以為他是當地人。白洛川愣了一下，笑道：「不是，我和米陽的老家在同一個地方，之前因為父母工作的關係，換過好幾個地方。」

對方點頭道：「難怪你說話沒什麼口音。」

另一個人也笑道：「我們在論壇看過你照片，以為你很酷，沒想到挺好相處的嘛！」

白洛川客氣笑笑，拿了菜單點了菜和啤酒，看見米陽拿杯子時按住他的手道：「你就算了吧，酒量不好別喝，醉了怎麼辦？」他抬頭對服務生道：「再要一打酸棗汁。」

其他人見了，拍著胸口道：「米陽醉了我可以照顧他！」

白洛川把菜單遞給他們，對這個回答像是沒聽到一樣。

餐桌上鋪了厚實的餐布垂下來，他和米陽肩並肩坐著，在餐布遮蓋的地方握著手。他的拇指在米陽手背上滑動兩下，像是安撫又像是表達親密。

他怎麼可能讓米陽醉在自己看不到的地方？根本捨不得。

一頓飯吃完，白洛川也知道了米陽有一位管得周到又嚴格的「家長」。

「米陽年紀小，在我們寢室排老么，又是第一次出遠門讀書，他家裡人不放心也是應該的。你都不知道他家長照顧得多好，什麼都安排好了，我來的時候都是一個人做火車呢！」幾個室友感嘆道：「他的家人一定很疼他。」

白洛川笑著看了米陽一眼，點頭道：「是還不錯。」

飯後室友們準備先回去，米陽留下和白洛川一起出去，還要辦點事。他們寢室的人瞧見了，半開玩笑半認真地問道：「米陽，你要不要跟家裡說一聲？」

米陽問：「什麼？」

室友笑道：「你這算是外出吧？家長知道嗎？」

米陽哭笑不得，白洛川倒是接了一句：「知道，他跟我在一起時所有外出都批准。」

室友們不知道這位就是「家長」，還跟著點頭：「懂了，難怪米陽說你們關係好得跟親兄弟一樣。那你們忙啊，我們先回去了，有事打電話回來。」

等著他們走遠，白洛川才湊過來，好奇地問道：「你跟他們說我了？怎麼說的？」

米陽揉了鼻尖一下，含糊道：「就……一個從小到大認識的哥哥唄。」

白洛川唇角揚起來，手臂搭在他肩上，附在他耳邊道：「再喊一遍我聽聽。」

米陽不肯，想掀開他手臂自己走，白洛川拖長了聲音喊他：「小乖……」

米陽左右看了看，臉紅道：「我喊就是了，你別在外面這麼叫我。白哥，行了吧？」

白洛川道：「我不聽這個。」

米陽看著他，無奈道：「哥，你是我哥，行不行？」

少年十來歲的年紀，輪廓鮮明，穿戴清爽，周身的氣息也是乾淨清澈。眼神像是流動的溪水，在夏末的陽光下映照出些許細碎的光芒，無辜的模樣極討人喜歡，越看越想欺負。

白洛川手癢得厲害，揉了他耳朵一把，低聲道：「以後都這麼喊，知道嗎？」

米陽不服，「你只比我大兩個月。」

白洛川手指力度大了點，把他一邊的耳廓捏紅了，瞇眼道：「兩天也是大，不然比身高，或者比別的大小？」最後一句壓低了聲音，視線也往下看。

米陽被人當街耍調戲，還是比不過人家，一句也反駁不了，只能自己憋著。

他們兩人去超市買了些東西，白洛川一個人住在外面，他那邊雖然有阿姨照顧，但也只是臨時請來做飯的，不比以前在家什麼都照顧得周全。米陽跟他約定好了，週末的時候就和他一起出來採購，阿姨假日不在，米陽就負責做飯，順帶伺候白少爺。

白少爺十指不沾陽春水，那身力氣也就打架好使，做飯連放油還是放鹽都不懂。

白洛川推著購物車跟在米陽後面，看著他買菜買肉，還在那道：「對了，今天多買點菜，堂哥說要過來看看，好像還要帶個朋友來。」

米陽想了一下，道：「那咱們就吃火鍋吧，人多也熱鬧。」

米陽拿火鍋料的功夫，回頭就看到推車裡多了七八瓶的調味料，料酒、米酒亂拿一通，米陽只得拿出來放回架子上去，「吃火鍋不用這些。」

白洛川「哦」了一聲，又跟他說起白老爺子的事：「爺爺這週末就過來複診，房間我都收拾好了，到時候你也來吧。爺爺問過幾次，說想跟你一起下棋。」

米陽點頭問道：「白爺爺身體好些了嗎？」

「好多了，我昨天打電話去問，醫生說恢復得挺好，比預期好很多。」白洛川一邊走一邊隨手往購物車裡裝東西，基本上掃一眼覺得順眼的就拿。

米陽把裡面的一套茶杯拿出來，對他道：「家裡茶杯已經很多了，都放在客廳櫃子裡，你一定沒好好看，裡面還有兩套沒拆開的。」

白洛川還真沒仔細看過，他乾脆推著車跟著米陽，讓米陽買了放推車裡。

十幾年前的超市相對來說比較保守，單獨闢了個小區域放保險套，白洛川忍不住多看了一會兒。米陽見他沒跟上，走回去就看到白少爺站在那認真研究那些保險套，米陽覺得好笑地問道：「你要這個嗎？」

白洛川沉吟一下，「也可以買一點。」他說完又小聲補充一句：「我就想看看這個東西到底是什麼樣子，保證不會亂來。」

米陽當真就拿了兩盒。他們現在還在彼此摸索的階段，沒有到用到這個的時候，不過米陽對他一貫的縱容，白少爺喜歡拿一些「研究」也無妨。

白洛川心情好了許多，跟在他後面道：「我們藏起來，別讓堂哥和爺爺看到。」

米陽耳尖紅了一下，點頭道：「好。」

白洛川那邊一個人占了一層樓的空間，總體來說還是非常安靜的。他們軍訓有一段時間沒見了，白洛川纏著米陽一起在廚房做飯，就切些蔬菜的準備工作，愣是沒讓米陽做完。

米陽用手抵著白少爺的肩膀被他親吻，同時努力留意菜刀的位置。推了幾下不見對方有停止的意思，張嘴想咬，又怕過一會兒客人到了看出來什麼，不過一個猶豫，就讓白洛川找到空隙探了舌尖進去，緊跟著就被吻了一陣子，直到鼻息都重了為止。

米陽被親得恍惚，等對方停下來用鼻尖蹭著他的，親暱地啄吻的時候，這才略微有了一

點力氣躲開他，狼狽道：「別鬧了，等一下你堂哥來了吃什麼……」

白洛川在他臉頰和耳垂親了兩下，「你不是說邊煮邊吃嗎？掰一下扔進去煮就好了。」

米陽被氣樂了，「瞎說，哪有這樣招待客人的？你出去，給我十五分鐘就好了。」

白洛川不肯，抱怨道：「怎麼現在跟異地戀一樣，根本見不到你！」

「每天都見面呀！」

「在學校食堂吃個飯也叫見面啊？」

「那下次我去你們自習室找你一起看書，你先出去啊，給我十分鐘也行……」

最後十分鐘白少爺也沒給米陽，不是他纏得厲害，是客人提前到了。

白斌是特意來探望這位堂弟的，他大概是得了家裡的囑託，帶了喬遷的禮物過來，拎著的紙袋裡裝了兩瓶香檳，另一隻手牽著一個人——大夏天戴著圍巾的男孩，臉長得很俊俏漂亮，一雙眼睛特別機靈，不過瞧著也是非暴力不合作，進門前還是掙扎往後的動作見到人後立刻變成向前邁步，還特別自然地跟人揮手致意打招呼：「你們好。」

白斌將紙袋遞給白洛川，跟他介紹道：「這是丁浩，週末我不放心他一個人在家裡，一起帶過來吃頓飯，彼此認識一下，將來要相處的時間還長。」

白洛川也為他們介紹了米陽。之前米陽和白斌在醫院見過一次，雙方的印象還不錯，簡單寒暄完，白斌看了廚房一眼，問道：「還沒弄好？」

白洛川沒什麼反應，米陽倒是鬧了個大紅臉。剛才淨胡鬧了，活沒幹多少。

白斌似乎已經習慣收拾這樣的場子，捲起襯衫袖子道：「我來吧，你們去客廳坐著。」

丁浩很高興的，喊道：「我來幫你！」

他手腳俐落，但所謂的幫，也就是幫白斌繫了條圍裙，還努力誇讚道：「白斌做的菜特別好，這次你們有口福了！」

白斌神色淡然，沒有多說什麼。

白洛川愣了一下，有點無法接受他堂哥會做菜這件事。或者說，白斌這人站在廚房裡都讓他覺得相當不可思議，簡直就像是神仙下凡。冷清清的一尊神像，不但不在意煙火氣，居然還能掌勺做菜。

米陽想進去幫忙，被白斌請出去，卻是留下了白洛川幫忙，對另外兩人道：「你們去客廳玩，有水果的話自己切一點吃，浩浩不能吃冷飲。」

最後一句是專門叮囑丁浩的，聽著平時沒少操心。

米陽身上的圍裙也被白洛川脫下來穿在自己身上，「你去吧，我給堂哥打下手。」

米陽小聲叮囑他：「實在不行你就只洗菜，別碰菜板，也別碰電鍋。我已經放好米了，它會自己煮，你千萬別碰它啊！」

白洛川好笑地看他一眼，推他出去道：「知道了，你從剛才就一直說，我不碰它。」

米陽去了客廳坐著當客人，丁浩比他自在多了，已經融入客人這個角色，甚至還禮貌地跟他要了遙控器，找了一個最近比較火紅的古董尋寶節目看得津津有味。

米陽原本還有點緊張，但是電視裡正好播到鑒別一幅古字畫，不禁看得很投入。

丁浩大概覺得熱了，終於捨得把圍巾解開放在一邊，還問他：「我聽說你是學考古的，從你們專業的眼光來看，這是新造的還是真跡呀？」

「應該是新……」米陽回頭看他，第一眼沒看出來，但是很快視線就停留在他脖子那幾點紅痕上，他怎麼瞧著這個也挺新的？

丁浩見他一直看著自己，大大方方道：「我脖子過敏了。」他說著還自己伸手去撓兩

下，弄紅了一片給他看，「很癢，一抓就紅。」

他這動作太熟練，米陽看樂了，點點頭順著他的話聊了兩句治療過敏的藥膏。白斌和白洛川拿了電鍋出來，白斌微微擰起眉頭，不贊同道：「別抓，撓出血怎麼辦？」

白洛川好奇地看了兩眼，「這是怎麼了？」

丁浩道：「過敏了。」

白洛川還在看，「哪有這樣的過敏？是不是被什麼蟲子咬了？」

米陽沒吃過豬肉，也見過豬跑，知道這是吻痕，但白洛川現在還不會留印子，頂多就幾個牙印，範圍也控制在肩上、後頸，這樣袒露在外面的青紫還沒學會，米陽生怕白少爺學壞了，立刻道：「是過敏，我們學校也有人這樣，好像是紫外線過敏不能見光。」

白洛川道：「誰？」

米陽毫不客氣地把陳白微賣了，瞎編道：「陳師哥。」

果然一聽到陳白微的名字，白洛川就一臉不爽，不想繼續問下去了。他拿米陽當寶貝，潛意識裡覺得陳白微是同類，生怕自家的白菜在外面受一丁點的傷，恨不得把根挖出來挪到自己的院子裡守著了。

丁浩仰頭看白斌，小聲申請：「我『過敏』了，不然我喝點涼的壓一下？」

白斌有點無奈，問這邊冰箱裡有什麼，最後找了一罐涼茶給他喝。見丁浩喜孜孜地坐在那小口喝涼茶和米陽一起看電視，這才回去廚房又炒了兩個小菜。

白洛川站在一邊當幫手，但白斌也看出來他幫不上什麼忙，不由笑道：「你這手藝真是，刀玩得不錯，怎麼就切不出一點正常的形狀，馬鈴薯絲都成馬鈴薯條了。」

白洛川有些尷尬，讓了位置給堂哥，看著他再加工了一次，切出了均勻的馬鈴薯絲，低聲道：「我平時也不太做飯，就跟著米陽做過幾次點心。」

白斌有點驚訝，「什麼點心？」

白洛川得意道：「琥珀核桃仁，我負責砸核桃。」

白斌笑了一聲，搖搖頭道：「看來你被照顧得很好。以後慢慢練習，做多了就會了。」

他見堂弟一直看客廳那邊，還以為他在意過敏的事，跟他解釋道：「浩浩前兩天一直咳嗽，今天好一點了，又淘氣，一天不管都不成。」

白洛川道：「你照顧他像養小孩似的，他比米陽大吧？」

白斌點點頭道：「也比你大一歲。」

白洛川含糊道：「他臉嫩，顯小，我還是喊他名字吧，喊哥怪彆扭的。」

白斌笑道：「隨你，浩浩不在意這個。」

白洛川站在廚房門口，一邊跟白斌說話，一邊看著客廳裡的米陽。米陽動作熟練地切了一盤水果，還有一盤單獨剝出來的橘子，白色筋膜都去乾淨了，白洛川忍不住嘴角略微揚起來一點。剛才堂哥說的很對，他被照顧得很好，有些事不用他開口，米陽就已經習慣性幫他準備好了，半點都不用操心。

火鍋料很快就準備好，白斌還炒了兩個小菜，四個人開了一瓶酒慶祝。

白斌酒量很好，丁浩不怎麼沾酒，專心吃菜，看著人頗瘦的，但挺能吃。米陽胃口小，吃不了太多，不過身邊有丁浩帶著，也比平時多吃了些。

白斌沒讓米陽喝酒，覺得他年紀太小，丁浩問道：「米陽多大了？是不是得喊我哥？」聽見米陽說十六歲之後，立刻笑道：「哦，我知道了，跟我一樣轉學來讀高中是吧？哪個學校？我那裡還有多餘的練習冊你要不要？哎呀，我說不複印來著，白斌非讓我多準備一份，

去了之後老師就發了……」

米陽愣了一下，有禮貌道：「我讀大一了。」

丁浩道：「啥？」

白洛川道：「米陽跳級讀書的，在京師大學讀考古文博院，我堂哥沒跟你說過嗎？」他不愛吹自己，但是很喜歡跟別人炫耀米陽的成績，「你也是學文科的吧？他剛高考完，你有什麼不會的題目可以打電話問他。雖然他沒當過家教，不過輔導一下沒什麼問題。」

丁浩看了一眼坐著安靜吃飯的男孩，又看看白洛川。

白洛川道：「經院忙，我沒時間輔導。」大概是看在堂哥的面子上，特意加了一句：「不過我可以找些往年的參考題給你。」

丁浩覺得屋裡四個人，除了他之外都是大學生，等級壓制太明顯了，他有點喘不過氣。吃了兩口肉，他很快恢復了自信，跟米陽聊起跳級的事，眉飛色舞道：「我也跳級讀書了，真的，我一口氣從幼稚園大班跳到小學二年級呢，要不是老師非讓我背什麼《百家姓》、《千字文》的，我都能一口氣跳到五年級！」

白洛川嗆了一下，咳了好幾聲，白斌倒是依舊帶著微笑夾菜給丁浩。

丁浩還在吹牛：「真的，你說這兩本書誰小時候背過？換了你，你能一口氣背完嗎？」

米陽猶豫一下，還是點點頭道：「能吧。」

丁浩：「……」

米陽道：「小時候好像練字帖都用這個，寫多了就記住了。」

丁浩眨巴眼睛看著他，像是在看國寶一樣，白斌夾給他的菜都不吃了，一個勁兒跟米陽說話：「你是學霸吧？是不是小時候考試從來沒掉出前兩名啊？」

米陽認真道：「我考過全校第五。」

丁浩服了，他高二復讀那會兒考個全班第一都恨不得挨個打電話通知親朋好友，這位排名都看全校的嗎？這是什麼違規操作？身邊有個學霸在，丁浩忍不住開口求道：「米陽，你能不能抽空輔導我的英語？我最怕這個了。」

米陽還沒回答，白斌就道：「這個不用，我親自教就是了。」

丁浩不樂意，繼續小聲求米陽。米陽下意識抬頭去看白斌，不知道為什麼，白斌雖然溫和有禮，但他也不敢胡亂答應，像見著自己家長似的，心裡總是忍不住帶著一份敬畏。

白斌淡聲問道：「我教得不好嗎？」

丁浩狗腿道：「也不是不好，你那麼忙，我怕你累著。」

白洛川原本只是偷看米陽，聽見他這麼說，頓時不樂意了，「米陽平時也忙啊！」

他和丁浩你一言我一語地說著，米陽都沒空聽他們說的什麼。

米陽在桌面下按著白洛川偷偷伸過來的大手，略微用了點力氣，才讓他沒有順著腿摸上來，已經顧不得聽他們在聊什麼了。

丁浩想找人學英語的事還是沒成，飯後就被白斌帶回去了，他臨走前還不死心，跟米陽交換了電話號碼。白洛川盯著他存號碼，剛要開口說話，就被米陽踩了一腳，米陽扶著他手臂笑道：「不好意思啊，踩疼沒有？我剛才沒看到你在這裡。」

白洛川瞇著眼睛看他，他多喝了兩杯，這會兒還在努力分辨米陽說的話是真還是假。

白斌的酒量比堂弟好，米陽在門口送他們，扶著白洛川也沒走遠，只模糊看到他們兩個在電梯關上的瞬間似乎牽手了，但不太確定。米陽不知道怎麼就想起丁浩脖子上那些新鮮的痕跡。他沒有白洛川那麼敏銳的感覺能發現同類人，但是這次白洛川都沒說白斌身邊有人，可能是他想多了，但是他們倆這麼看著感情可真好。

白洛川嘴唇貼在米陽耳朵邊，喊他名字：「小乖，我好像喝多了。」

米陽嚇得一個激靈，趕緊扶著他進去。幾乎是關上門的一瞬間，白少爺就開始黏著他撒嬌起來，又親又抱的像是大型犬，最後連臥室都不肯去了。

米陽哄他：「你不是買了東西？在臥室呢，我帶你回去看啊！」

白洛川抱著他的腰，瞇起眼道：「什麼東西？」

米陽臉頰微熱，貼在他耳邊說了一句。

白洛川想了一陣，這才跟著進去。

米陽相對來說比較保守，習慣在臥室裡關上門辦事。白洛川發現了，這人回了臥室會順從得多，不過逗弄狠了也會略微反抗，大部分時間還是乖乖的，讓他捨不得整個吞吃入腹。

那些保險套拿出來後只打開了一盒，白少爺好奇拆開幾個研究就丟開了，剩下的那些被他們藏在床頭櫃的小鐵盒裡，直到過期也沒碰過。

白洛川喝了酒力氣有些大，米陽睏得厲害，躺在一旁睡著了。被子遮住半邊露出一些肌膚，他後背敏感得厲害，上面還有幾個紅痕未退。

白洛川這會兒酒醒了，倒是不睏，視線忽然落在米陽肩膀和背上那些紅印子上。剛才下手重了點，這會兒已經不是完全的紅，像是淤青了一小塊。他怎麼看都覺得眼熟，丁浩脖子上好像就是這樣的？

白洛川不敢猜測他堂哥半分，最後也只懷疑丁浩一個人交了個「熱情似火」的對象。

日子過得很快，白老爺子在複查之後，開始配合醫院的治療，基本上每個月都會往返京城醫院一趟。老爺子除了在醫院的時間，剩下幾天會來白洛川這裡。米陽也會特意過來，多

陪伴老爺子幾天。

他們比以前見老爺子的時間更多，感情也更親厚幾分，有時候白洛川忙自己的事情，米陽就替他陪伴老爺子。白洛川經常開玩笑，說他這個親孫子要被米陽趕過去了。

白老爺子笑呵呵道：「可不是，陽陽比你聽話多了。」

白洛川半點不吃他們的醋，反而對老爺子和米陽更好了。他和爺爺感情深厚，老爺子能在病痛中還面帶微笑，比什麼事都讓他高興。

大學課業繁忙，白洛川沒給自己多少放鬆的時間，他是把省下的時間都拿來完成學分。當初跟老爺子的承諾沒有一天忘記，老爺子身體不好，說自己看到他念大學就開心了，白洛川卻拚命往前趕，希望能讓他看到自己畢業時的樣子，甚至更久以後更多成績的樣子。

第三章 壓著小乖關燈做壞事

時間過得飛快，一眨眼兩年多就過去了。

兩年來發生了很多事，但好事居多，一切都按照白洛川的意願在發展。他一邊加快課業的進程，一邊把趙海生兄弟兩個找來，讓他們跟著自己做事。他留了趙海生在自己身邊，把符旗生送去讀了一個夜大。他帶著趙海生離開京城的時候，就留符旗生在這邊照顧米陽。說是照顧，頂多也就是照看。米陽在學校裡過得很好，符旗生沉默寡言，幫著跑跑腿，做點雜事，他留下也就是讓白洛川寬心。

反倒是有時候米陽還會為符旗生講題，這讓符旗生受寵若驚，聽講時都很拘謹。他一直對學校帶著憧憬，之前都沒想過還能再進校園，能有今天已經很知足了。

白洛川兩年來帶著趙海生往新疆跑了很多次，有時還會跟米陽他們在新疆會合。章教授的研究到了最後收尾的時候，對待那邊的一切事物都越發謹慎。米陽跟了他兩年，除了學生這個身分，還是章教授得力的助手，每回缺人，他總是會喊上米陽。

米陽的大學生活過得舒坦，白少爺卻是奔波忙碌。在新疆匆匆見上一面，那麼多人在，兩人也只是互相頷首，白洛川視線落在他身上許久，才笑了一下，跟他說了句再見。再次見到的時候，往往又是大半個月之後了。

白洛川對自己很狠，恨不得一天過成四十八個小時，忙起來除了打個電話給米陽略微喘口氣，其餘不多做什麼。時間晚了，半夜打過去怕吵到米陽寢室的人，又怕米陽披衣服出去站在外面受冷，白洛川就在對面不說話，只安靜地聽一會兒彼此的呼吸聲。

米陽在宿舍住了不到一年也搬了出去，他體驗過了團體生活後，自己心軟了，搬過去和白洛川同居。雖然依舊忙碌，但晚上回來多少能見一面，說些話。白洛川比之前繃緊的時候鬆了一口氣，晚上睡覺多半是相擁而眠，睡眠品質比之前好上許多。

趙海生跟在他身邊，對他的狀態覺得很驚奇，問他道：「白哥，談、談戀愛了？」他比白洛川大兩歲，卻跟大家一起這麼喊，有時也會喊小老闆，總是帶著點敬意。

白洛川道：「沒有，米陽搬回來住了。」

趙海生露出恍然大悟的神情，笑道：「一、一樣，他一回來，你就高興。」

同居之後，他們的生活條件明顯提高了不少。以前週末，白洛川和趙海生兄弟不是在外面吃，就是叫外賣，白洛川專門劃出一個小會客室，常在這裡待到天明，隨便湊合著吃。米陽搬過來，他們三個吃的東西好上不少。米陽廚藝不錯，尤其是幾道家常菜，都是程老太太的傳家本事，趙海生兄弟又是山海鎮上出來的，最喜歡吃這口。而以往總是熬夜的白洛川，也不會再超過凌晨三點入睡，看一下手錶立刻就開始趕人。

他幫趙海生兄弟租了樓下的一個屋子讓他們住，他這邊雖然寬敞，但是白少爺地盤意識太過強大，除了白老爺子和堂哥這些親人之外，其他人長住會讓他覺得彆扭。他自己也存了點小心思，米陽容易臉紅，他得護著點，不然連在家裡親一下都不容易。

到了大三，白洛川基本完成了學校的課業，學分也拿得差不多，正式畢業了。

米陽覺得這人簡直是一路在奔跑，自己還沒反應過來，對方就做完四年要做的事情。

等到把這份成績交到白老爺子手中的時候，白洛川和老爺子在書房裡談了一個多小時才出來。白老爺子臉上雖然沒有什麼表情，但中午破例讓他們陪著喝了點小酒。

白老爺子的酒基本就是開水，只有輕微的味道，老爺子不太滿意，但看到拿著酒瓶的米陽就搖頭笑道：「一定是洛川吩咐的，是不是？他現在膽子大了，都不做栽贓的事，直接推給你。也就你老實，什麼都順著他。」

米陽裝糊塗，笑笑不吭聲。

白老爺子的病這兩年也曾下過病危通知書，最嚴重的一次醫生說只剩不到四個月的時間了。白洛川在醫院熬了一個通宵，直到老爺子醒過來才肯去休息。

或許是有家人陪伴，又或許是老爺子求生意志頑強，四個月之後，老爺子的身體沒有惡化，他留在京城，以保守治療為主，減輕病痛，卻也堅持到現在，醫生都感到驚奇。

白洛川這兩年多來始終陪在老爺子身邊，「只剩最後四個月的時間」這句話從醫生嘴裡說出來的時候，他幾乎快崩潰。掐著日子過，越是臨近四個月越是絕望，但是真到了那一天，他提心吊膽過完了，反而覺得沒有那麼怕了。

剩下的每一天都像是是白撿來的，白老爺子知足，白洛川也很知足。他態度平和許多，整個人也變了，沒了以前的急躁衝動，沉穩落地般，一步一個腳印地堅定向前走著。

米陽為白老爺子倒完「酒」，又給白洛川和自己也倒了一杯，陪著老爺子吃飯。

白洛川從廚房端了一盤菜出來，十八歲的白洛川已經褪去少年人的青澀，他經歷的多，沉澱的也多，將近一米九的大高個兒，身材比例極好，寬肩窄腰，穿一件最簡單的白襯衫和休閒褲，都像是從海報裡走出來的模特兒一般，洋溢著青春的氣息。五官已經舒展開，完全是米陽記憶中的樣子了，眉眼英俊，薄唇輕抿，輪廓稜角分明，哪怕是隨意一個動作也能帶出骨子裡的傲氣。他把菜放在桌面上，道：「爺爺，你嘗嘗這個，我做的。」

白老爺子瞄了一眼，看樂了，「你進去半天就做了一個涼拌菜？」

白洛川道：「涼拌苦菊，對身體好，我在裡面還放了點炸過的花生呢。」

白老爺子毫不留情地揭穿他，「那花生是陽陽早上炸的那盤吧？你是不是搶人家的？」

白洛川坐下之後，把圍裙解開隨手擱在一邊，挑高眉梢道：「那我這手藝也是他教的啊，反正都一樣，您嘗嘗吧。」

白老爺子嘗了一口，就又吃出了問題。他在這邊跟著兩個孩子一年到頭沒少見面，住的時間長了，吃米陽做的飯次數也多，一口就嘗出醬汁也是跟平時一樣的味道。這分明就是米陽提前調配好的，他孫子撐死了就洗了把苦菊，掰碎了一起拌了拌。

白老爺子夾起一根完整的苦菊葉，嘴角抽了抽。得，連掰都省略了，整片都在呢！

白洛川倒是興致勃勃，又夾了一筷子給米陽，問他道：「嘗嘗，怎麼樣，好吃嗎？」

米陽吃了還誇他，連聲說特別好，白老爺子看得牙疼，他覺得自己平時就足夠寵愛孫子了，米陽這寵得比他還過分，簡直沒有底線地寵著。不過想想孫子的本事，白老爺子又得意起來，慢悠悠把那杯「酒」喝完，心裡美了好一會兒。

白洛川之前都瞞著他，沒跟他說有多辛苦，白老爺子只知道他隔一陣子就會抽時間去新疆，幫家裡的公司處理工程上的事，並不知道他在學校也這麼出色，對他提前畢業的事更是沒料到，一邊吃飯一邊問道：「跟你爸媽說了沒有？」

白洛川道：「還沒，您是第一個知道的。」

白老爺子點點頭，又囑咐他：「你爸出任務你可能聯絡不到，這樣，我打個電話給他們。這麼高興的事，就算人過不來，總要說上兩句好話。」

白洛川道：「聽您的。」

飯後白洛川他們想去午睡的時候，白老爺子把米陽留下，對他道：「陽陽啊，爺爺有段時間沒見你了，你過來跟爺爺說說話。」他見孫子在那邊使眼色，伸手用拐杖敲了他一下，笑罵道：「像個皮猴子似的，都這麼大的人了，在爺爺跟前搞什麼小動作呢！」

白老爺子只是說他擠眉弄眼，米陽平時「虧心事」做多了，不敢幫腔，立刻跟著白老爺子走了，都沒看白少爺一眼。

白老爺子帶著米陽回自己住的那邊，兩邊隔著一個寬敞的大客廳，讓這一處顯得特別安靜。架子上擺放了幾盆蘭草，一旁還有粗壯的箭竹，都是枝繁葉茂。

白老爺子坐在沙發上，拍拍旁邊的位置讓米陽過來挨著自己坐下，然後問他道：「陽陽，洛川把自己的事都安排好了，你是怎麼打算的？」

米陽想了一會兒，道：「我大三想跟老師出去跑兩趟，認真實習。我很喜歡現在的課程，覺得學的越多，就有越多的東西是不知道的，至於以後，想多留在學校一段時間。」

白老爺子耐心道：「是打算再讀書，還是留在學校當老師？」

米陽笑道：「我自己現在本事不夠，就不誤人子弟了，想再讀兩年。」

白老爺子點點頭道：「也不錯，按你想的來吧，爺爺支持你。」他喝了一杯茶，又對米陽道：「洛川安排得太緊了，這兩年我都不知道他做了這麼多事，你別學他，太累了。」

白老爺子留米陽喝了一壺茶，始終是笑咪咪的，兩人聊了幾句，這才又道：「這會兒差不多也醒酒了，你回去吧。」

米陽明白過來白老爺子是故意把他帶過來的，他平時很少碰酒，偶爾幾次也只喝一點啤酒，白洛川誤會他酒量很淺，他也沒提過，不知怎麼的，現在連老爺子都以為他是個沾酒就醉的人，還把他帶過來醒酒。米陽也不多說，笑著點點頭道：「白爺爺，我過去了。」

白老爺子有午休的習慣，這時消食差不多，也去休息了。

米陽回了白洛川那邊，剛過去就被白洛川拽住手臂，帶到自己房間裡去。

米陽被按住，背後是木板門，前面是白洛川籠罩過來的身體，聽著「喀噠」一聲就知道這人把門給反鎖了。他看著白洛川，對方先給了他一個吻，小聲道：「爺爺叫你去幹麼？」

米陽道：「就聊了一會兒，問我在學校裡過得怎麼樣。」

白洛川道：「就聊這個？」

米陽點頭，「嗯，還喝了茶，讓我醒醒酒。」

白洛川嗤了一聲，「哪是讓你醒酒，是讓我醒酒呢，都這時候了還防得這麼嚴……」

米陽有些疑惑地看著他，「什麼？」

白少爺卻是不肯再說了，低頭親了親他，占夠便宜才鬆開他。

白洛川中午喝的是真酒，有些醺然，當下拽著米陽陪他午睡。兩個人躺在那也睡不著，就閉著眼睛聊天。大部分時間是白洛川在說，米陽聽著。

「我過陣子還要去新疆一趟，跟那邊說好了，最後收尾的工作得親自去盯著才放心。」

白洛川把人抱在懷裡，不管在外面什麼樣子，私下還是跟小時候一樣，手腳都纏上來圈住了私人玩具一樣抱得緊緊的。他皺了一下眉頭，米陽伸手幫他揉開，問道：「很麻煩嗎？」

白洛川眉間那一絲猶豫就被揉走了，低頭親米陽一下，道：「沒事，就是想著，這一單生意做成了，想送你生日禮物。」

米陽笑道：「我什麼都不缺，你要是有時間，回來陪我吃頓飯就行了。」

白洛川道：「那怎麼行？」

米陽看向旁邊的桌子上。他在這邊也有一間單獨的臥室，但是跟滬市和山海鎮上的時候一樣，他單獨睡的時間太少，除非白老爺子過來，或者白洛川不在家，他才能獨享一張床，不然都睡在白洛川這邊。房間裡放著的東西也多，桌上擺著的金絲檀木的鎮紙是白洛川送的，是他去年的生日禮物，費了不少功夫才找到的老物件。

米陽認真想了想，還是搖頭道：「真不用，我什麼都有了。」

白洛川道：「嗯？」

米陽掰著手數給白洛川聽：「衣食無憂，又做著自己最喜歡的事，家人身體也健康，我還有你……不缺什麼了。」

白洛川眼中帶了笑意，還是沒答應，親親他道：「今年特別，我家小乖要長大了。」

米陽沒什麼危機意識，還跟著點頭道：「那好吧，別太貴，平時用得上的就行。」

「好。」白洛川親了他一會兒，又拽著他的手往下讓他幫自己抒解。

米陽手指靈活，鈕扣很快就解開了。白洛川閉著眼睛，他倒是一直在看著白少爺的那張臉，見他抿唇發出悶哼的時候，視線移不開似的，覺得這個人真是性感到無話可說，那容貌比任何時候都要耀眼，而他只一雙手就能控制住這個人。

面對面躺著的人不知道什麼時候也睜開了眼睛，兩個人慢慢湊到一處，親了一下，呼吸都糾纏在一起，分不開似的。

白洛川啞聲喊他：「小乖……」

米陽應了一聲，手指微微收緊。

白洛川額頭抵著他的，跟他撒嬌：「你親親我。」

米陽微微仰起頭跟他接吻，一如既往的寵著。

白洛川去了新疆一趟，這次把趙海生兄弟兩個都帶上了。米陽只知道他在幫駱江璟那邊的公司打理業務，這兩年來白洛川接手的事情越來越多，米陽聽米澤海說過一些。駱江璟對白洛川的縱容程度不比米陽差多少，只要不是原則問題，基本上要什麼給什麼，從人力到物力，全都由著他折騰。

評價兩極化，有些人覺得他不過一個毛頭小子，駱總這樣太過亂來，而另一部分人則是一開始就站好了隊伍，大開方便之門，對太子爺非常熱情。

新疆的工程跟政策掛鉤，幾年前的香餑餑，弄到現在幾經調令更改，變成了燙手山芋。當初駱江璟能接到一段工程，受到多少人的嫉妒，這會兒就有多少人在背地裡嘲笑。

五六個大公司的項目都卡在新疆，駱江璟這裡還好，當初重點拿下新疆工程的一家大公司已經焦頭爛額。他們這些搞房地產的最缺的就是錢，簡直像是血一樣，沒了資金的支持，哪裡都轉不動，更何況新疆這處卡了幾年毫無進展。

駱江璟對那邊已經不抱什麼期望，把權力下放給了兒子，任由他折騰去，反正賠錢成了最後的結局，頂多全賠光了。她這兩年在滬市房地產做得不錯，新出的別墅花園一期全部出手，幾個億的資金在手裡不用慌，賠上那邊雖然肉疼，但不會傷筋動骨。

駱江璟坐在辦公室，祕書在旁邊跟她彙報，她聽見一句就打斷問道：「又去新疆了？」

祕書道：「是，昨天白老爺子從京城回來，少爺就去了。」

駱江璟搖搖頭，輕嘆一口氣，「算了，讓他去吧，摔個跟頭也好。他就是過得太順利了，還沒遇過什麼挫折。經過這件事，他應該會踏實一點，這錢花得不虧。」

祕書沒有接話，他跟著駱江璟幾年，在其他大公司做過，可不敢認同這是「小錢」。

駱江璟擺擺手讓他繼續彙報，自己卻在想著白洛川。她在兒子身上投入了太多的心血，恨不得什麼都給他最好的，但是她也知道有些路上必須讓孩子摔一跤吃些苦頭他才能長大。白洛川這兩年來跑了無數趟新疆，她都看在眼裡，光這麼想著就有些不忍起來，但也只是一瞬的事，眨眨眼又恢復了平日的樣子。

而此刻本應在新疆的白洛川，卻在滬市一家高級會所裡。

這邊有人組局，白洛川應酬大半晚，喝了不少酒，最後藉故袖口被打翻的酒水沾濕了這才找了處露天的陽臺出來透透氣。他身上帶著淡淡的酒氣，人卻沒有半分醉意，眼神清明，

先是打電話給趙海生吩咐一通，想了想又打給米陽。

也就是幾秒鐘，對面就接了起來，米陽的聲音帶著笑意傳過來：「忙完了？」

白洛川表情露出幾分鬆緩，應了一聲道：「你怎麼這麼晚還沒睡？」

現在已經半夜，米陽平時的作息相當規律，十點半就早早入睡了。

米陽那邊還有其他人聲，他走了兩步道：「我在宿舍跟室友玩牌，輸了要貼紙條。」

白洛川愣了一下，就聽米陽接著道：「我自己貼了一張出來了，陪你多說一會兒。」

白洛川像被蜜水浸泡似的，心尖都是甜的。

米陽站在陽臺上接電話，剩下的三個室友還在廝殺，他們都知道米陽的「家長」電話來得頻繁，見米陽出去接電話，大家還會很有默契地壓低聲音。

米陽的聲音特別溫柔，什麼都順著說好。

米陽下鋪的那個室友感慨道：「米陽家裡的人管得真嚴格，我看他也習慣了。」

「我家要是對我這麼照顧，我肯定天天聽話，就是飯卡別儲那麼多錢，不退卡也提不出來，看著可太心疼了。」

幾個人這麼說著，又笑了起來，忽然沒那麼羨慕米陽了。

另外一邊，白洛川手扶著露臺的欄杆往北方看著。他住的地方離米陽遠，站在這裡看不到什麼，只能瞧見一片江水和燈火。身邊有涼爽的風吹過，他像是卸下白天的冷硬，在電話裡叮囑米陽很多事，聽著那邊的人小聲都答應了，心裡更想他了。

有人往這邊找過來，白洛川跟米陽說了兩句就掛了電話。

來的人是一位剛才酒局上認識的大老闆，四十多歲的年紀，很欣賞白洛川，見他躲在這裡就打趣道：「怎麼，跟女朋友講電話呢？」

白洛川愣了一下，點頭道：「是。」

這位大老闆叫做吳雙安，是很有名氣的企業家，早年在南方做木材生意起家，這兩年轉去做些投資，家大業大，手裡有不少閒錢。他來這裡一來是受了老朋友的邀請，二來是聽說有幾位年輕人，便好奇過來湊個熱鬧，沒想到還真有讓他眼前一亮的人在。

吳雙安這會兒就對白洛川非常感興趣，來露臺多半是特意找來的，跟他調侃兩句，這個小朋友竟然真的承認自己有對象，他忍不住笑道：「剛交的吧？聽你的語氣很不一樣。年輕可真是好，做什麼心都是熱的。你眼光這麼獨到，能被你認可的人一定非常漂亮。」

白洛川笑笑，沒有否認。

吳雙安跟他聊了一會兒，白洛川對自己的事說的不多，卻是談起生意來，明顯深思熟慮過，幾句話把吳雙安這個老狐狸吊起胃口，眼睛裡閃爍著光芒，「你是說林總要抽身？」

白洛川沒有隱瞞道：「是，我們兩家在新疆投入幾年，想必您也聽說了。」

吳雙安點點頭，「略有耳聞。」

當初能跟水利局簽合約拿下工程項目的，都是數得上的大公司，不光是有錢就能辦成。吳雙安不是沒有想過分一杯羹，但他捧著錢也找不到門路，不過當初有多羨慕，這會兒就有多慶幸。幾位高官走馬上任，政策變化太大，香餑餑變成了燙手山芋。那幾家現在吞不下也吐不出來，真正有苦難言。

吳雙安是有些隔岸觀火的意思，但也盯著不放。

白洛川道：「吳總也知道，『畫餅充飢』解不了餓，公司那麼多人等著，拖一天是一天的麻煩，索性回來。我上次在新疆見到林總，他也有這樣的打算，怕是比我想的還早……」

吳雙安道：「未必吧，我聽說的可是林總投入了大半的身家，比你們要多許多。」

白洛川笑道：「所以駱氏抽身比他要快。」

吳雙安也笑了，他走近幾步跟他碰了一下酒杯當作慶祝劫後餘生，又問道：「聽說年底京城有新項目，有幾塊地很不錯，不知道從新疆回來後駱氏有沒有興趣合作？聽說白公子也是在京城讀書，觀望了兩年，應該要練練兵了？」

白洛川道：「還是要看公司的安排。」

「那不都一樣嗎？早晚都是你的。」吳雙安擺擺手道：「叔叔是個粗人，不會說那些場面話，你不要介意啊。早些年我在林場工作的時候還是個伐木工，那會兒想的最多的就是當個木匠，帶帶徒弟，沒想到有今天不是？」

白洛川依舊笑著道：「我只是為母親分憂，做些力所能及的事。」

兩個人又說了一會兒話，吳雙安拋了些話題想引著他說下去，但等到他杯中的酒都飲盡了，也沒有問出一星半點。他們一個試探得小心，另一個瞞得滴水不漏。

吳雙安拍拍他的肩膀誇一句「年輕人不錯」，白洛川客氣回一句「哪裡哪裡」，等從露臺轉身離開的時候，心裡都罵了對方一句老狐狸。

吳雙安去跟那些相熟的朋友打過招呼，起身離開，助理和司機早就在一旁等候了，助理恭敬地問道：「吳總，接下來要去哪裡？」

吳雙安道：「去思南公館。」

助理吩咐司機幾句，遞了醒酒的飲品遞過去，「這是小姐讓帶來的，說是解酒護肝。」

吳雙安年紀大了，年輕的時候沒少喝酒，那會兒有老婆照顧，這兩年只剩下一個寶貝女兒，一聽到這話臉上露了幾分真正的笑意，又問道：「她還說什麼了？」

助理也笑了，「大小姐還說讓您少喝些酒，愛惜身體。」

吳雙安心裡都熨貼起來，聽著助理問明天的安排，便說了兩句：「不做什麼更改，會議照常開，另外再給我安排一下，明後天去駱氏拜訪。」

助理好奇問道：「聽說駱氏的太子爺也來了，您瞧著怎麼樣？」

吳雙安哼道：「駱江璟教出來的小狐狸，心眼多著呢！且等著吧，看他怎麼收場！多少雙眼睛盯著瞧，我倒是想看看……」車子行駛到會館門口，他無意中瞄到外面忍不住皺眉頭。

會館門口停了兩部車，一部奧迪，另一部是保時捷。吳雙安認得那輛奧迪，便讓司機開慢些，果然看到熟人從車上下來，轉身上了那輛保時捷。下來的是他剛才提起的那位瀕臨破產急於從新疆抽身的林總，而保時捷的主人他也認出來了，不是白洛川是誰？

吳雙安一直到司機緩慢行駛過路口才收回目光，吩咐助理道：「去查一下，林友才這段時間都去拜訪了哪幾家。」

助理道：「是。」

吳雙安揉了揉眉心，又道：「不對，一定有什麼問題，別查林友才，去盯著那個小朋友，我看看他能搞什麼花樣。」

另一邊，白洛川和林友才聊了一路，也讓對方從一開始的否定，變成了猶豫不決。

白洛川道：「我有一筆買賣想跟您談談。」

林友才半認真半開玩笑道：「如果還是京城那塊地皮的事就算了吧，那塊地是我的最後一點家當，你要它跟我要的命沒什麼兩樣。」

白洛川客氣道：「林叔說笑了，我只是想趁著年輕多多參與，哪能開口就要您忙了幾年的勞動成果，不過是想一起合作罷了。」

林友才肉疼道：「別，你這一聲叔我擔當不起，一口咬下去，把我們啃了三年的一塊地皮硬是咬走一半。洛川啊，我明跟你說了吧，這事不是我一個人說了算的。」

白洛川道：「但是您能提一下不是嗎？我們都知道現在土地是什麼價，地皮將來肯定會增值，前提是要先把土地買到手。林叔，時間不等人。」他手指在椅背那敲了兩下，神情依舊是放鬆的，「就算您跟銀行的關係再好，馬上借貸出一筆錢來，那也要用在刀刃上。錢備得充足，把握總是大些。」

他這話說得還算客氣，房地產這一行缺錢如缺血，林友才在新疆虧損太多，恨不得灌血才能掙扎著活下去。工程沒有什麼希望，唯一能做的就是之前京城運作的一塊地皮。他用了三年時間打理關係，上下都走通了，就等著拿錢拍下來打一場翻身仗，但他現在最缺的就是錢，還是一筆數目不菲的錢。

白洛川對症下藥，又開口道：「而且我這次來不光是談合作的事，還想跟您談一單新的生意。您那些工程車、卡特三二〇鏟車，我願意以百分之三十五的價格收購。」

林友才愣了一下，道：「你要那麼多車做什麼？就算這個價，至少也要幾千萬……」

「林叔，」白洛川笑著打斷他：「那您看我這誠意夠嗎？」

林友才看著他，白洛川又道：「我不是空著手來，兩家合作比您白忙一場強。」

林友才心知肚明，這一單吃進去，他就多了一筆回血的資金，但白洛川這小狼崽子眼睛盯著的卻是他在京城的那塊風水寶地。林友才心疼肉疼肝疼，一肚子的話想罵他，卻一個字都說不出來。他缺錢，太缺這筆錢了。

有了錢，他翻身要比之前輕鬆許多，這是一場及時雨，送到嘴邊的一口救命水，如果他不答應，京城那塊地皮單憑他現在的力量也吃不下，遲早會落到旁人手裡。

林友才眼睛盯著窗外一會兒，眉頭擰得死緊，「這是駱總的意思？」

白洛川做出一副隨意的姿態，對他笑道：「林叔這是信不過我？那可是我親媽，新疆的事一向是我負責的，我能保證用現金結清。」

最後兩個字打動了林友才，他問道：「你跟我說句掏底的話，能弄到多少？」

白洛川咬字清晰：「一個億。」

林友才心動了一下，就在他搖擺的那一剎那已經落了下風。

駱氏的太子爺還是一如去參加宴會時的挺拔，帶著自信，林友才帶了絲疲憊的神色看向他，露出了今晚第一個笑來，嘆氣道：「難怪今天晚上你沒有半點為難的樣子，那幫人說什麼都能笑著應對，原來駱氏想好了退路。罷了，明天我去駱氏……」

白洛川立刻道：「您是長輩，怎麼好勞煩您跑一趟？明天我去見您。」

林友才點了點頭，他回滬市就是來籌錢的，算來算去，白洛川給的算是目前最合適的。

林友才下車的身影變得挺直，像是要保留最後的尊嚴，可惜車上的人並沒有去看，車子只是禮貌性地略停就開走了，而車上剛才談起生意來寸步不讓的白少爺此刻正在玩著手機翻看發來的照片。也是車，不過都是保時捷一類的跑車。

駱江璟打電話過來，他順手接起來。

駱江璟問他：「你在哪裡？」

白洛川道：「新疆。」

駱江璟被他氣笑了，「瞎說，你小姨打電話給我，說她一個朋友今天晚上去參加宴會還碰到你了，你是不是在滬市？」

白洛川懶洋洋改口：「那就在滬市吧。」

駱江璟被親兒子折騰得沒脾氣，「不跟你鬧了，我聽助理說你把工程車運走了一批？」

白洛川道：「對，我拿去賣了。」

駱江璟道：「賣了也好，難為你還能找到門路，不然那些鐵疙瘩放在那也是報廢，運回來也沒什麼用處。」她因為兒子在新疆吃了苦頭，帶著心疼，也帶了幾分輕微的怨氣，連聲安撫了他幾句，又問：「賣了什麼價位？」

白洛川道：「唔，百分之十五？」

駱江璟道：「好好說話，談工作呢！」

白洛川道：「那就百分之二十，再多真不成了。我幫您幹了兩年活，您都沒發薪水呢，剩下的就當犒勞我的唄。」

駱江璟的笑聲隔著手機傳來，嗔道：「你呀，連媽媽的錢也貪。好吧，這個價格也差不多了，剩下的你收著。」她只當白洛川按照報廢的價格處理，這個也基本是她心目中的價位，多少不至於丟盔棄甲地回來也就知足了，並沒有真的指望他這一點能做什麼。

駱江璟要掛斷的時候，白洛川又喊住她：「媽，小乖的生日快到了。」

駱江璟奇怪道：「對，月底就是了，怎麼了？」

白洛川道：「您打算送他什麼？」

駱江璟笑道：「怎麼，你現在不但貪錢，小乖的生日禮物你也要貪啊？」

白洛川笑了一聲，「沒有，就是問問。如果是送東西就算了，您直接把錢打我卡上，回頭我再湊點錢買個東西給他。」

駱江璟爽快答應道：「好，那你記得幫我說跟他一聲『生日快樂』。月底我要出國一趟，怕是忙起來會錯過時間。」

掛斷電話沒一會兒，駱江璟的錢匯到了，白洛川手機簡訊提示到帳六萬元。駱江璟的簡訊緊跟著傳到：「給小乖五萬元，剩下一萬元給你當零用錢。」她還是習慣性拿兒子當孩子，大約是覺得他受了委屈，便給一點小小的甜頭。

白洛川大大方方收下，等到了滬市的住處，回了房間正好周通來了。

周通是白洛川和米陽在滬市讀書時的老同學，留在當地讀大學，有個綽號叫萬事通，對什麼八卦都瞭若指掌。周通家經營車行，他的父母和大哥生意雖然分開，但都做得很不錯，彼此互相有個照應。

周通這次來也是為了他大哥的一單生意，他每年和白洛川見面的次數不多，但每次都覺得自己和對方的差距越來越遠，不是追趕能及得了，乾脆也放鬆心態，當個傳聲筒。他跟著白洛川進書房，笑呵呵道：「白哥，我哥那邊準備得差不多了，第一批的車款已經匯過來，還是按之前說好的價格，每輛車是原價的百分之四十。」

白洛川點點頭道：「好，麻煩你了，這麼晚還特意跑一趟，其實電話裡說就好。」

周通搓搓手，笑道：「這麼好的消息，我肯定要親自跑一趟，也沾沾喜氣。」

白洛川留他說了幾句話，周通看出他的疲憊，說完就離開了。

白洛川坐在書房的轉椅上閉著眼睛盤算了半天，過幾天到帳的金額大概過了一遍，確保沒有紕漏。轉了一圈，無非是錢生錢的買賣，他這兩年提前就在想退路，工程不行，他就把主意打到了工程車上。都是結實的傢伙，買來沒幾年，但大批售賣出去卻非常困難，尤其是急等錢用的時候，基本上都是白扔的價，不過找對了買家就是另外一個價格了。

轉手一賣，周騰那邊需要，他正好拋出，一進一出能落一點錢，但羊毛出在羊身上，虧的還是駱氏公司的錢。

駱家就兩個女兒，當年公司給了大女兒，又分了一大筆錢給了小女兒做陪嫁，稱白洛川一聲駱氏的太子爺也是應當的，自己家裡的事哪能吃虧？

白洛川從一開始的目標就不在新疆，他盯上了林友才在京城的那塊地。

他準備了充足的時間撒網，又拋好了誘餌，現在到了最後一步，只缺一個慶祝的人。

書桌上放著一個小相框，裡面是一個穿著校服的少年，大概是被陽光曬得瞇起眼睛，嘴角彎起來笑得很清爽。這是他初中畢業那時拍的照片，親手拍的。米陽手裡拿著他的帽子，被抓拍了也不躲，好像什麼時候見到他第一反應都是先露出笑容一樣。

白洛川伸出手指彈了照片裡的少年一下，眼中盈滿笑意，好像可以買個不錯的禮物了。

駱江璟離開滬市去了國外，白洛川剛簽好合約，就馬不停蹄去了新疆。

不止是他心急，林友才也著急。

林友才現在捏緊了這根救命稻草，一時一刻都不敢放鬆，他親自在這邊盯著，自然也不肯讓白洛川離開，只認準了和自己交接的是駱氏的太子爺。

白洛川看著臨近月底，有心想抽空回京城一趟，卻也抽不出身。打電話去跟米陽說了，那邊自然是一貫的應聲，說等他回來補過就是了，可越是這麼聽話，白洛川越不是滋味。他做事老練，到底年少情熱，忙完手頭的事，心裡想的也只有那個人。

米陽生日前一天，白洛川連打了幾通電話給米陽，但不見他接電話，只發了一條簡訊回應道：「有點忙，等一下跟你說。」

白洛川立刻問他：「你在哪裡？」

那邊只回覆了一個笑臉，沒有再說話了。

白洛川再撥打過去，對方手機關機了。

他愣了一下，心裡冒出一個念頭：米陽是不是要過來了？

他在這邊的住處不好找，米陽現在過來，飛機落地應該是在下午，那就一定會來公司找他。光是這麼想，心臟就忍不住跳快了幾分。

雖然只是設想，可白洛川在辦公室裡待著不走了，又起來自己去書櫃拿了兩本書放在桌邊，儘量擺了個隨意的樣子，自己也裝模作樣地坐下。一個上午喊人來打掃了三遍辦公室，就這樣還挑剔出許多問題，恨不得把所有縫隙都清理乾淨。

中午的時候，趙海生兄弟拿了文件過來，順便接他去吃飯。

二十歲出頭的趙海生已經有一米九六的身高，一身的腱子肉走在路上如鐵塔一般，穿著身黑西裝更是讓人心生懼意。這也只是看身高，轉過來看到他的臉，又不是那麼嚇人了，尤其是趙海生往白洛川旁邊一站，有點像保鏢，再加上他臉上總帶著的笑意，並不覺得這人多難接近，而且還不愛說話——趙海生平時在公司很少說話，他有點結巴，非必要他都不會吭聲。他在分公司口碑還不錯，聽到的八卦不少，有些還會分享給自己的小老闆。

他身邊的堂弟符旗生這兩年身體也休養過來，但身材就是普通人模樣，甚至瞧著更瘦弱些。比趙海生，這位沉默寡言，看起來像是陰沉的小白臉。他比趙海生內心樸實，趙海生跟在白洛川身邊給那些人下絆子、設套的時候，符旗生還在學校裡跟著米陽讀書呢。

光看面相，兩人截然不同。跟趙海生熟絡的人多，跟符旗生說話的少。

他們敲門進辦公室，趙海生簡單說明車行的情況，一切都很順利。

趙海生道：「這、這是之前的單子，最後七十輛卡特三二〇鏟車，錢匯過來了。」

白洛川核對了一下，又問他：「那邊說什麼沒有？」

趙海生咧嘴笑道：「沒，咱們給的價低於市場價太多，又有合約在。要不是急著用錢，咱們都算賠……賠了。有白首長這層關係在，咱們打包票負責到底，那邊很高興。」

白洛川提前一年多就在找買家，駱氏第一單生意就是跟鵬城那邊的工程建設公司做的，這次也趕巧，新疆有個稀有金屬礦，也是對方負責。涉及軍工，對外宣稱是「玉石」礦，購買設備也是要從國外進口大功率的工程車。白洛川這裡的專案屬於西線工程，兩邊都互相有所耳聞，帶了人來瞧了一趟，再商談工程車出手的時候，自然是一拍即合。

駱江璟的消息慢了幾分，白洛川不止運了一批車出去，駱氏留在這裡的車所剩無幾，陸續換成了流動的資金。也正是因為手裡有錢，他才不慌，可以穩釣林友才這條大魚。

要是駱江璟在，恐怕也不知道是氣還是笑的好。駱氏的太子爺不到兩年的時間，竟然能「隻手遮天」，把消息瞞得滴水不漏，這也算是一種本事了。

趙海生看了一眼時間，小心問道：「白哥，我們出去吃、吃飯啊？」

白洛川還在看文件，頭也不抬道：「你們去吧，我在辦公室裡隨便吃一口就行。」

趙海生和符旗生對視一眼，給對方使眼色，符旗生只好開口道：「附近有家新開的烤肉店不錯，要不要去嘗嘗？」

白洛川道：「不去。」

趙海生磨磨唧唧不肯走，他平時除了跟在白洛川身邊做事，也兼做保鏢，管一些雜事，白洛川待他們兄弟好，他就恨不得用十倍去還。他們這位小老闆別看做事又傲又狠，但也帶了一身少爺脾氣，挑剔的事特別多，偏偏還不肯請女祕書——男祕書也不要，有什麼事情都讓趙海生一人包辦了。

趙海生覺得自己身兼數職，不好這樣離開，說了沒兩句，白洛川忽然抬起頭來看著辦公室對面的那套沙發，擰起眉頭問他：「倉庫是不是還有新沙發？」

趙海生愣了一下，道：「應該有，我去問問。」

白洛川這才點頭道：「好，現在就去問，要全新的，這套用過的拿出去扔了。對了，再拿一條新的羊絨地毯。」

趙海生應了一聲，滿臉迷茫地走出去。符旗生力氣大些，也跟過去幫忙。

趙家兄弟中午沒做別的，就留在小老闆這裡幫他換新沙發。白洛川瞧著辦公桌擺放的位置也不好，讓他們換了個方向，然後鋪上新的地毯。地毯非常柔軟，帶著這邊特有的少數民族特色，顏色以白金兩色為主，整個辦公室都被映襯得柔和了不少。

等到安置好，白洛川就揮揮手讓他們走了，自己沒有半點要離開的意思。

趙海生走出去一段距離，符旗生小聲問他：「哥，小老闆是不是在等人？」

趙海生道：「我看著像，不知道下午誰、誰來，他一分鐘也捨不得離開。」

符旗生想了一下，「客戶？」

趙海生搖頭，「不、不知道，都快布置成家了。」

他們這邊的事基本上已經結了，按理說只要趙海生兄弟和周通負責手續就成，但林友才不放心，他總要確認白洛川人在新疆才踏實些。平時白少爺心煩嫌悶會出去走走，要麼去周騰那邊的車行，要麼去附近的玉石古玩市場，待在辦公室裡的時候很少，今天實在反常。

白洛川掐著時間，看了幾次航班，讓公司的司機去機場，但對方一直沒什麼消息。

「白少，沒有看到您要接的人，我一直舉著牌子……」

白洛川道：「繼續等，五點多還有一班。」

白洛川心裡有個感覺，他總覺得米陽要來，自己在辦公室裡繼續等下去。

一分一秒過去了，好像下一秒米陽就會敲門進來。

門忽然被敲響，白洛川嚇了一跳，瞬間站起來，雙眼有神地看向門口，「進來！」

推門進來的是熟人，但不是白洛川期待的人，他眼神裡的光芒暗淡了幾分，勉強擠出笑容道：「吳總，怎麼來得這麼突然？也不提前通知一下，茶水都沒來得及準備。」

吳雙安爽朗道：「剛在樓下打了內線，一直不通，祕書說要上來問你，我就跟上來了，瞧瞧白總在這裡躲什麼清閒。」

白洛川這才瞧見電話線掉在一旁，應該是中午搬動位置的時候不小心碰掉的。

吳雙安也沒有見外，坐著聊起了近況，又說了自己的事：「前幾天我本來要走，趕巧了，我那寶貝女兒從國外回來，聽到我在新疆就鬧著要來看看，說這裡的玉石非常有名，我才想起和田的羊脂白玉。我一個大老粗不懂這個，不過我家那丫頭學珠寶設計的，還得過幾個國外的獎項，有一件就是白玉扣。」

白洛川乾巴巴地恭維了兩句：「您的教育非常優秀。」

吳雙安卻沒有接話，他轉了一下手指上的玉石扳指，搖頭笑道：「說起來去年她還跟我要過幾塊籽料，我打發人隨便買了些給她玩。今天上午我去玉石市場轉了一下，你猜現在的玉石價格多少？」

白洛川因為玉石礦購買工程車的事情，多少知道一些，淡定道：「分品級，好些的一公斤總要有個三十萬上下吧。」

「不止，那是去年的價了，光我今天問的，好些超過四十萬，直奔五十萬去了。就這個價，難怪那些買鏟車和挖掘機的人會瘋了，簡直是一本萬利。」吳雙安感慨完，又看向白洛川，「不止是玉，新疆大大小小四千多處礦區，我竟然都給忘了。什麼工程不是工程，設備總是要的，單獨一家吃不下，費些時間，多跑幾處總有收穫。」

沒有不透風的牆，吳雙安顯然知道了工程車的買賣，並且毫不掩飾自己的欣賞之情。

白洛川沒想瞞著，畢竟除了駱氏和林總那邊的大頭，其餘幾家公司他也收了一小部分性能較好的工程車。這事一旦開始操作，瞞不了多久。

他謙和道：「只是運氣好，託了家裡長輩的福。」

吳雙安笑道：「你自己的本事也不小，不要妄自菲薄，我瞧著你就挺好，可惜我只有一個女兒，還不肯學做生意。」他眼珠轉了一下，又問道：「洛川啊，你晚上有空沒有？叔叔請你吃頓便飯，大家難得在這裡遇上，不如一起聚聚？」

白洛川道：「怕是要讓您掃興了，我還有些事要忙，不如下次我請您。」

吳雙安點頭，臨走前還對他道：「你也要愛惜身體才是，不要太勞累，多出去走走。」他說了幾句，拍了拍白洛川的手臂，比初次見面的時候親和許多。

白洛川送他出去，又讓趙海生去查了吳雙安這兩天去了哪裡，得知他並沒有去林友才那邊，不禁皺起眉頭道：「這老狐狸是什麼意思？無事獻殷勤？他前些天跟我提過京城的地皮，這事太巧了，你盯著點，別讓他鑽漏洞。」

旁邊的符旗生想了一會兒，小聲道：「我覺得他是想介紹女兒給你。」

白洛川看向他，問道：「你說什麼？」

符旗生道：「書上都是這麼寫的。」大概是為了增加自己的可信度，又搬出了自己的小師傅，「米陽修了一套清代話本，那天我跟著一起看的。一般有錢人突然對你熱情，家裡又有個女兒，就是要招婿。」

白洛川冷眼看他，「我沒錢嗎？」

符旗生硬著頭皮道：「我不是這個意思……」

白洛川道：「平時還跟著米陽看什麼書了？列個單子去買回來，下班前我要看到它們。」他見符旗生還要開口，又道：「再多說一個字，就讓你全抄一遍，還不去？」

符旗生拔腿就跑了。

下班前，白洛川的辦公桌上果然多了幾本厚薄不一的書。這些是後來翻印的，自然不是古本，但名字都對。符旗生聰明了一回，只拿了這裡有的，找不到的閉口不說自己看過，反正米陽手邊的書多，白洛川也不在，根本不知道他看過幾本。

白洛川在辦公室等了一天，心情有些不好，揮揮手讓他走人。

他自己固執地還留在辦公室，開了一盞落地燈在那翻看符旗生找來的書，似乎想從裡面看出什麼來。有人小聲敲門問道：「白總，已經很晚了，要不要叫車送您回飯店？」

白洛川回過神來，皺眉道：「不用，你走吧，不要讓人來打擾。」

他盯著手裡的書，眉頭皺得更緊。如果是搭明天一早的飛機，或許下午還來得及去學校跟米陽見一面，說兩句話，但是明天和林總有會議要開，還有那個突然來拜訪的老狐狸吳雙安，都讓他忍不住往深處多想幾分。

白洛川心緒煩亂，忽然聽到窸窸窣窣的動靜，像是有人輕手輕腳推開門走了進來。

白洛川煩躁道：「我說了不要來……」

進來的人沒半分怕他，走過去輕笑道：「那怎麼辦，我人都到了，老師幫忙訂的機票，要等一個禮拜才回去，我還想蹭張機票呢。」

白洛川瞬間抬頭看向來人。他的辦公室大而冷清，唯一的亮色就是今天新鋪的暖金色地毯以及眼前的這個人。哪怕是只隨意穿了件白色T恤和牛仔褲，來人在落地燈的微光中也像白玉似的醒目。臉上笑意盈盈，俯下身靠近的時候，他臉頰一側的小酒窩能看得很清楚。

「怎麼了，不認識我了？」

白少爺深吸一口氣，把對方拽到自己懷裡，低頭親了上去。那個吻氣息灼熱，又迫切又凶狠。過了最初的狠勁後，又慢慢放緩，含著米陽的舌尖不放開，雙臂箍緊了些許。

白洛川親夠了，才捏著米陽的手指慢慢說話：「我今天猜到了你要過來，還讓司機在機場等，但是一直沒等到，你怎麼來的？」

米陽道：「我先跟老師去了烏魯木齊，他要開會，我請了假，自己坐客車過來的。」

白洛川道：「難怪接不到你。」他立刻又皺眉道：「你自己一個人來的？你應該跟我說一聲，我讓人去接。沿途兩百多公里，你就背著一個包……」

他表情嚴肅，說一句，米陽就抬頭親他下巴一下，一直親到白少爺火氣都沒了，低頭又使勁親了那張又甜又壞的小嘴，咬了唇瓣一下才道：「下不為例。」

米陽略微動動，含糊道：「我這樣不舒服。」

白洛川道：「怎麼不舒服？你就喜歡坐在我的腿上。」

這話說得蠻不講理，米陽被他逗樂了，伸手摸索幾下，抽了一本書出來，「這個硌著……你怎麼也看話本了？」

白洛川還看著他，像看不夠似的沒移開眼睛，「就覺得挺有意思的，找來看看。」

米陽把書翻了一下，頭倚靠在他肩上低聲笑道：「騙人！我剛才都在門口看好一會兒了，你根本都沒有翻頁！」

白洛川親他一下，「對，沒看它，我在想你。」

輕吻一個又一個落下，白洛川語氣柔軟道：「滿腦子都是你，只想你一個。」

這時掛鐘響了兩聲，米陽抬頭要看，白洛川用手按著他的後脖頸，把懷裡的人骨頭揉酥

了，落在他臉頰、額頭上的吻也變多，最後移到唇上，輕聲道：「小乖，生日快樂。」

米陽笑了，湊過去親他一下。只這一句，他就沒有白來。

米陽一路上舟車勞頓，有些累了，白洛川哪捨得他跟自己一起待在辦公室，就牽著他的手一起下樓取車回飯店。米陽掙動兩下，想把手抽出來，無奈白洛川攥得緊，只好作罷。

公司樓下還有一輛「陸巡」，白洛川身量高，偏愛寬敞些的越野車。他拿了鑰匙啟動，儘管剛拿了駕照，但操作起來十分熟練。

米陽好奇問他：「這車新買的？」

白洛川道：「沒，周通他哥那邊送來一輛，讓我先開著。其他車太小了，沒這個舒服。」他一邊開車，一邊對米陽道：「回頭讓人幫你報個駕訓班，把駕照拿了吧。」

米陽應了一聲，他上輩子大學考的駕照，也算是老司機了，不過陪伴他的一直都是家裡那輛二手老爺車，他開了很多年，對那車挺有感情。

白洛川裝作不經意地問他：「你有喜歡的車沒有？最近好像有幾款不錯的。」

米陽笑道：「我剛買了。」

白洛川愣了一下，「買了？什麼時候買的？我怎麼不知道？」

米陽道：「前陣子和陳師哥他們一起買的自行車，章教授都買了一輛，你上次去我們院裡的時候不是也看到了？我那輛是藍色的，挺好看的。」

白洛川笑道：「自行車怎麼夠用？」

米陽道：「平時住那麼近，從宿舍到教學樓不遠，騎自行車正好，停車也方便。」

白洛川笑笑，沒再說車的事。

他在這邊的飯店住的是一個套房，外面客廳沙發上還放著送來的一套乾洗好的衣服，他隨意把衣服推到一邊，反倒是米陽習慣性拿起來道：「我去掛上吧，一會兒又皺了，你明天就沒衣服換了。」

他還沒走兩步，就被白洛川伸手拽了回去。白少爺沒鬆手，抱著他抗議：「你怎麼就只看見衣服？你也看看我，我們都多久沒見面了。」

米陽笑道：「沒多久啊！」

白洛川要去拽他衣服，米陽趕緊求饒：「是是，好幾天沒見著了，我數數……」

白洛川道：「一天親一下，你開始算吧。」

米陽沒辦法，見白少爺半閉著眼睛等他靠近，只好騎坐在他腿上，湊過去親了好半天。這人像以前要糖吃的時候一樣，專門放高利貸的，有時候一天親一下還不夠。

白洛川手機響了，米陽趁他接電話的時候去掛衣服。

臥室旁邊有個衣帽間，替換的衣服不多，襯衫倒是有兩件多的。米陽看了外面一眼，聽著白洛川壓低了聲音在談工作的事，覺得時間還很充足，就去了浴室。

路上有些悶熱，米陽洗完澡出來，外面房間的燈都關了，他摸索著過去想要開燈，被白洛川制止道：「等會兒再開，再等我一下。」

米陽能聞到空氣裡有一絲甜味，一邊擦拭頭髮，一邊就看到白洛川推了一個什麼東西過來，問他道：「這是什麼？」

白洛川拿了蠟燭點上，彎腰時火光跳動，「蛋糕，我剛讓人送了一個上來。」

不止是蛋糕，旁邊還有一個冰桶和一瓶高檔葡萄酒。

米陽裹著白色的浴袍坐在床邊，饒有興致地看他擺弄。房間裡就這一處亮光，白洛川的臉在燭光下鍍了一層金色，英俊帥氣，小心點著蠟燭，神情專注。

米陽問他：「今天就許願嗎？蛋糕是什麼口味的？」

白洛川道：「水果的。」他把小餐車推近了一點，自己坐過去把米陽抱在懷裡，下巴擱在他肩窩裡，陪著他許願。

米陽小聲念叨：「希望家人身體健康，希望大家學習和工作都順利……」

最後一個願望沒說出來，但是閉著眼睛表情認真，嘴唇微微動了兩下，光看那一點微小的弧度白洛川就能知道他是在念自己的名字。等米陽睜開眼吹熄蠟燭，白少爺便先吻住了那張甜甜的小嘴，米陽含糊道：「還沒吃蛋糕。」

房間裡一片漆黑，白洛川的眼睛卻是亮的，他啞聲道：「一會兒吃，你乖一點。」

米陽覺得他跟平時不太一樣，但身上僅套著一件浴袍，拽著衣領就顧不上其他。他模糊也感覺到了白洛川的急迫，歪過頭去都能聽到他的聲音在耳邊急促地響起，弄得他耳尖都紅了，臉頰也熱得厲害。

米陽小聲道：「好像不太對……」

白洛川在黑暗中藉著微光看著他，壓低聲音道：「你是不是覺得應該這樣？」

他一邊說著，落下的手指一邊像是撫摸骨骼優美的鋼琴般輕柔觸摸，哪怕是再急迫，指尖激動得隱隱顫抖，也像是個紳士做得彬彬有禮，對自己一生獨享的樂器憐愛呵護。

米陽身體繃緊了點，心裡確實覺得應該這樣。

他沒有談過戀愛，沒在意過這些，不過看過的愛情電影裡好像是這麼演的。

白洛川哼笑了一聲，米陽抬頭去看他，那道繃起的下頜弧度美得讓他有些頭腦發昏，不由自主伸出手指碰了碰。上方的人下頜驟然繃緊，聲音像是咬牙發出來的：「小乖……」

米陽沒有什麼危機感，又或者早就有所準備，笑了一聲並不怕他。

白洛川很疼他，一切都順著他的心意來，但是這樣有點奇怪，總覺得跟白洛川現在的眼神比起來，太過溫柔的動作不怎麼協調。這人身上滾燙，簡直像是要噴湧而出的岩漿，他光貼著就微微冒汗了。

果然沒一會兒，白洛川骨子裡的狼性就被激發出來。

米陽咬著唇，小聲道：「你的衣服怎麼沒脫？」

白洛川低頭咬了他一口，道：「你是哪裡來的小少爺，這麼多講究，這麼會折騰人。你可真是我的爺，沒開過葷吧，讓我來教教你。」

米陽悶哼了一聲，「你就開過葷了？」

白洛川湊過去，貼著他的唇一邊親一邊含糊道：「這不正開著嗎？」

……

良久，激烈的情事終歸於平靜。

米陽累了，他覺得白少爺的攻擊性太強，被翻來覆去地吃了一遍，剛開始他還努力舒展配合，後來就想逃了。沒爬開兩步，又被白洛川抓了回去，後脖頸那塊軟肉被叼著。只要他一動，白少爺就威脅似的咬一口，鋒利的牙齒磨了兩下，只感覺到火辣辣的疼。

米陽不敢動了，側躺著想緩一會兒。

白洛川比他還耐不住，鼻音透著甜膩，貼著他的鼻尖蹭，又親他的額頭，親他的臉頰，趴在他身上拱來拱去，像是一隻大狗。

米陽推他的臉，聲音都沙啞了：「不來了，真的累了。」

白洛川笑了笑，伸手把他抱在懷裡，像是確認財寶的巨龍，親吻他好幾下，視線無意間落在地上那個米陽帶來的背包上。背包已經被打開了，米陽自己帶來的那瓶東西，還是他親

手轉開用上的。

白洛川的手沒鬆開，「來的時候就想好了？這是什麼，給我補的生日禮物嗎？」

米陽咬了他唇瓣，親他一下，「是我的。」他小聲道：「是我的生日禮物呀！」

白少爺快被他甜化了，恨不得把心都挖出來給他，當下握著他的指尖放在唇邊親了好半天，見對方累得睡著了，這才依依不捨地放下，自己也閉上了眼睛。

白洛川第二天醒來的時候，摸索旁邊沒有摸到人，恍惚了一下，等聽到浴室傳來隱約的水聲，便翻了個身，用手背遮住眼睛緩了緩。

米陽沒走，昨天不是做夢。

他的小乖長大了，比他想的還要好，還要甜。

白洛川笑了一下，躺在床上又仔細回想了一遍昨天晚上的點滴，從內到外沉浸在一種飽食饜足的感覺裡。好像沒有什麼時候比現在更讓他滿足，卻又清楚地知道從現在起，以後只會比今天還要更好。光是這樣想著，就忍不住神采飛揚。

浴室門響了兩下，米陽已經穿戴好走出來，赤著腳踩著一雙綿軟的白拖鞋，露出來的腳踝纖細，皮膚很白，剛剛洗完澡被熱水浸潤之後透著粉色，是他最喜愛的模樣。

白洛川伸手要把他拽到自己身邊，米陽笑著躲開了點，站在一旁道：「快十點了，你也起來吧，符旗生還打電話來問了，我說你有事待會兒再過去。公司沒有要緊的事吧，我聽著他好像不是很急，說中午也可以……」

白洛川打了個哈欠，「沒什麼急事，我人在這邊就成了。」

他懶洋洋起身，去浴室裡沖澡，雖然很想讓米陽陪著他再洗一遍，可惜外面的小孩學聰明了，怎麼都不上當，只能讓他連著送了兩次衣服，這才勉強出來洗漱。洗手臺旁牙膏是擠好了的，放在右側。他們以前住同一間寢室時，就習慣米陽的東西放在左邊，白洛川的放右邊。擺放的位置是多年養成的習慣，白少爺用起來特別順手，就是對牙膏不滿。

白洛川漱完口，皺眉道：「怎麼一股苦味？」

米陽奇怪道：「不會吧，不就是普通的薄荷味？」

白洛川道：「不信你自己試試。」

米陽走過去兩步，還沒拿起牙膏就被白洛川拽住手腕，按在洗手臺上得意地偷了個吻。帶著清涼薄荷味的舌尖靈活探入，讓米陽一句抗議的話都說不出來，親得他臉都紅了，白洛川這才放開，自己回味了一下，挑眉笑道：「好像不苦了，我嘗錯了。」

米陽推他的臉，義正辭嚴道：「是苦的，你沒嘗對，把這一管吃了就能嘗出來了。」

白洛川不肯走，賴在他身邊又討了一個吻，鬧著非要跟他一起嘗。米陽躲了半天，他腰那兒不怕癢，後背特別怕，昨天晚上白洛川故意又親又咬的，這會兒還有好些印子，碰一下都忍不住哆嗦，立刻討饒，喊了一聲「哥」，白少爺這才收手。

兩人在房間裡吃了早餐，上午白洛川都樂不思蜀了，壓根兒沒想去公司，跟米陽一起在飯店沙發上看書的時候都是把人抱在懷裡的。白少爺下巴擱在他肩上，順著他的視線看。他看得快，米陽認真看著前半頁，他已經把後半頁掃完，剩下的時間就看著懷裡的人。

越看越是滿意，忍不住親親臉頰，又親親耳朵。

米陽被他騷擾慣了，歪在他懷裡繼續看自己的書，倒是也看進去不少。

白洛川自己玩了一會兒，又有些不滿足，捏了他的手指兩下道：「小乖，你不累？」

「還行。」米陽翻了一頁，這是他帶來的參考書，時間緊急，這兩天就得看完，老師那邊還等著他。白洛川再跟他說話，他只嗯嗯啊啊回應兩句，努力一心二用。

白洛川眯著眼睛把手伸下去，剛摸到一點，米陽立刻就回頭看他，臉上有點紅，按著褲子不肯鬆手，「別了吧，等一下還要出門。」

白洛川挑眉道：「你還有力氣出門？」

米陽點點頭，雖然有點不舒服，卻沒有到需要躺下休息的地步，而且不但今天要出門，明後天還得回去老師那裡幹活。後面這句他沒說出來，白少爺已經開始皺眉了，也不知道哪兒沒伺候好，儼然要開始尋找新問題。

白洛川小聲道：「和書上說的不一樣。」

米陽奇怪道：「什麼書？」

白洛川含糊道：「就工具書什麼的，還有幾部電影。我之前找了一些看，都在我電腦裡存著了，你要不要跟我一起看，好好學習？」

米陽很想把他電腦裡那些東西全部刪除。

他說怎麼昨天白洛川花樣這麼多，簡直特別折騰人好嗎？

白少爺顯然沒跟米陽想到一處去，還擰眉反思著自己是不是做得不夠好，問他滿足了沒有。這話問得太直白，米陽耳尖紅了，點點頭想要躲過去，白洛川把他手裡的書抽走，面對面抱著，額頭抵著他的又問了一遍：「真舒服了？」

「嗯。」

「那怎麼今天起得比我還早？昨天晚上都弄到那麼晚了。」

「……」

因為做到後半段時昏過去一回，半夜裡又折騰的時候他太累了，偷著睡了一會兒……米陽視線看向一旁，努力找了個理由：「可能我長跑，身體好吧。」

白洛川問他：「有多好？」

米陽轉回來，帶著點惱怒，額頭輕輕撞了他一下。

白少爺就又得意起來，小聲問他：「我是不是技術特別好？」

米陽怎麼知道啊？

他兩輩子加起來都是頭一回，含糊應了一聲還不成，白少爺非得要一個準確的答案，甚至用一副恨不得做筆記的態度，讓他一定要講出具體好在哪裡，迫不及待想要在晚上的時候繼續實踐練習。

米陽結巴道：「都、都挺好的。」

白洛川從他嘴裡得到了技術特好的答案，索性大方道：「來，我們聊聊。」

結果一上午別的都沒幹，光坐著聊天，到後面基本上白洛川已經自問自答，得意道：「我知道你不好意思，我替你說，我覺得你是這麼想的……」

中午的時候，要不是米陽要求，白少爺還不樂意從飯店出來。剛踏出房門，米陽就不讓他牽手了，白少爺臉很臭。米陽許久沒見過他這麼任性，笑道：「好了，我都餓了。」

他們找了一家當地的飯館，白洛川點了很多，米陽沒吃多少，倒是喜歡優酪乳，臨走前看見老闆自家做的優酪乳疙瘩，嘗了幾顆停不住，白洛川乾脆買了一大袋給他帶上。

甜酸和鹹酸兩種口味的混裝在一起，米陽也不挑，吃了一會兒，連白洛川都忍不住歪頭看他，好奇道：「好吃嗎？」

米陽點頭，「你吃一顆？」

白洛川還是不放心，「要甜的。」

米陽笑了笑，吃到甜的咬了一小口確認後才給他，「這個甜。」

白洛川嚼著吃了，眼角餘光看到米陽把手指收回去放在嘴邊吸了一下，喉結不禁跟著滾動兩下，笑著道：「是有點甜。」

米陽沒察覺，只當他也要吃，又餵了他兩三顆。

開車直接去公司，米陽之前跟著來過一次，那會兒是替駱江璟捎帶東西給白洛川，他們兩個人經常往這裡跑，兩家的媽媽互相讓他們給對方帶東西都習慣了。

這次再進辦公室就明顯察覺出不一樣，昨天晚上只有一盞小燈，黑漆漆的只顧著看人沒看清楚周圍，這會兒瞧見了便問道：「換沙發了？」

白洛川點頭，把拎在手裡的書包和零食還給米陽，讓他去沙發上休息，自己坐在辦公桌前打了內線電話讓趙海生上來一趟。

趙海生很快就來了，看見米陽也沒奇怪，還笑呵呵地順了一把優酪乳疙瘩吃。

白洛川黑臉道：「不是急得早上八九點就找我嗎？怎麼還有功夫吃東西？」

趙海生道：「米陽給、給的。」

白洛川道：「你別煩他，讓他看書，過來把事情跟我再說一遍。」

趙海生老實過去，壓低聲音磕磕巴巴說了。也沒別的，就是林友才的合夥人鬧了矛盾，問題不大，都能解決。往常這種彙報工作都是符旗生做的，符旗生話少，言簡意賅，說得也順暢，今天白洛川想著早上那通電話心裡就帶著點小火，故意讓趙海生費勁說上半天。

兩人都把聲音放得很輕，趙海生語氣詞都沒敢用幾個，淨在那結巴了。

就像辦公室是安靜看書的米陽所有，他們都是外來戶，小心翼翼瞧著米總的臉色。

趙海生終於彙報完，毫無意外地又瞧見白洛川視線瞟著沙發上的米陽。他也跟著看了一眼，視線還沒落在人家身上，就聽見白總冷聲道：「看什麼？繼續說！」

趙海生道：「說、說……說完了啊！」

白洛川就又道：「那就去做份書面總結。這種事都做不好，這兩年白跟著我了。」

趙海生抗議：「那、那是旗生的工作，怎麼不讓他寫？」

白洛川道：「你倆一人一份，去吧。」

趙海生莫名其妙給自己兄弟也領了一份差事，苦著臉出去了。

白洛川起身去米陽旁邊坐下，看見米陽又捧著上午看的那本書，問他：「這什麼書？」

米陽道：「老師給的資料書，我們需要看的歷史類書籍挺多的。」他轉頭問道：「你是不是很忙？不然我先回飯店等你吧？」

白洛川道：「還行。明天你想去哪兒玩，我陪你。」

米陽道：「也沒什麼特別想去的地方。」

白洛川道：「那我帶你去買東西吧，生日禮物總要買一份。」他握著米陽的手把玩，忽然笑了起來，「我都沒想到你能來，本來準備了禮物在京城，還打算送到你面前去的。」

米陽好奇道：「什麼東西？」

白洛川捏他鼻尖，輕笑道：「祕密，回去再看吧。」

米陽被捏得說話帶了點鼻音，「那就別再買了，我回去收吧，我什麼都有了呀！」

白洛川不願意，「誰說只能收一份？你這麼乖，要多少我都給你。快想一個，不然我就自己做主了啊！」

米陽想了一下，「不然你送我一個數位相機，可以拍照也可以錄影的那種。」

白洛川道：「好。是不是上課用的？要專業一點的嗎？」

「普通的就行，就是平時拍點照片做記錄。老師過陣子要辦一個展覽，要做講解，就讓我們平時積累一些備用。」米陽笑道：「還有，周通前兩天打電話給我。」

白洛川很意外，「周通？他找你能有什麼事？」

米陽道：「戴老師和文老師要結婚了，可能就是今年冬天，周通就想咱們兩個班的同學都提前錄一段祝福，他編輯好了，到時候送給老師當禮物。」

白洛川點頭道：「有點意思，不再送點別的？」

米陽道：「你知道老戴和我們文老師的性格，送祝福還行，送別的他們不會收的。」

白洛川想起來了，老戴是有些文人風骨，帶他們的那兩年說的最多的就是「成績就是你們給我最大的祝福」、「你們沒考上大學，老師怎麼談戀愛」……

白洛川笑了，「好，我們今天出去買個數位相機，錄一段視頻給周通。」

晚上和趙海生兄弟倆一起吃飯，幾個人都相熟，尤其是符旗生，在京城時跟著米陽，兩人關係不錯。嚴格來說，米陽算是符旗生的半個老師。符旗生這個學生挺好的，教什麼都不挑，特別愛念書，或者說是珍惜念書的機會。

米陽一直對趙家兄弟很好感，面上帶著笑意聽著他們閒聊，也會插上兩句自己知道的跟他們打趣。趙海生笑得憨厚，符旗生神情放鬆，不管問什麼都認真回答。

米陽的視線忍不住多在他們身上停留了一會兒，特別是看到符旗生時，一個活生生的人就在眼前，有說有笑的樣子，還是有些觸動的。

回了飯店，白洛川再說起他們，米陽有點愣神。

白洛川拿了一杯香檳過來，貼在他臉頰上逗他道：「想什麼呢，這麼專心？」

「沒什麼，在想海生他們。我以前都沒想到海生做生意這麼精明，符旗生也厲害。看到他們現在這麼好，總是會想起當年的事……」米陽接過香檳，笑了笑，「我覺得做好事會有好報的，他們現在就來幫你了。」

白洛川彈他腦門一下，「少來，你犯的錯我還沒找你呢！」

米陽臉頰貼在他掌心蹭了蹭，白洛川勉強板著臉道：「別來這套，糊弄不過去。」

米陽笑吟吟看著他，又側過頭去親親他的掌心，溫順地抬頭看他，那雙帶著點無辜的眼睛，從這個角度看起來越發像是一隻討巧賣乖的小狗崽。

白洛川沒繃住，湊近親他，「當初跟你說好的，下不為例。小乖，你不能再出事了。」

米陽點點頭，抱著他，跟他依偎在一處，「不會，我有你呢。」

白洛川笑了一聲，又磨牙道：「真恨不得把你變小揣在我口袋裡隨時帶著！」

米陽道：「你讓符旗生繼續跟著我就行了唄。」

白洛川噎了一下，視線移開道：「我不是讓他去盯著你，就是離這麼遠，一天見不到就總擔心你出什麼事，萬一需要人幫忙什麼的……」他像是下了很大的決心，「再等一年，你等我把事情處理好了，就不讓他跟了，我回去陪著你。」

米陽笑笑，白洛川抱著他看不清他的表情，輕聲問道：「你不喜歡有人跟著對不對？」

米陽搖頭道：「沒有，挺好的，多少人花錢都請不到這麼好的助理呢。符旗生做得很好，平時幫了我好多忙。你不知道，他還會修自行車，有一次我的車鏈子掉了，去拿個扳手的功夫，他用根粗鐵絲就幫我把鏈子重新裝好了。」

白洛川初中的時候玩過一陣子登山車，一個月換了三五輛，輪胎都沒磨損多少就扔到一邊去了，聽見米陽這麼說，忍不住皺眉。他還真沒有修自行車這個技能，不過聽起來也不是很困難的樣子。

米陽跟他想的是兩碼事，他每次看到符旗生，尤其是長大了的符旗生，就會有一種命運

的軌跡真正開始改變的感覺，十分微妙。

米陽輕聲道：「我覺得他的名字挺好的。」

白洛川：「嗯？」

「符旗生。」米陽慢慢念了一遍，「這個名字像透著生機似的，聽起來就特別舒服。」

白洛川想到那次山林裡的救援，現在回想起來還心驚膽戰，不由自主低頭親了親米陽的頭頂。因為米陽這樣說，他也對這個名字多了幾分好感。米陽依偎在他懷中，想的也是山林裡溪水暴漲的時候，不過他的慶幸比白洛川的大了許多。

符旗生他們得救之後，山海鎮因此改成了風景區，有專人規劃，也有專人做安全監測和探查，前世那樣猝不及防的災難不會再發生了。正因為這樣，扭轉了整個山海鎮的未來。

白洛川讓他感慨了一會兒，就抱著筆記型電腦來跟他一起看電影，轉移他的注意力。

米陽剛開始有些緊張，怕他找來所謂的「參考資料」，但是發現是一部老電影之後，就放鬆了許多。兩個人從小相處，吃穿用度自然不用說，就連接觸的也都相仿，看電影的喜好磨合下來便差不了太多。

白洛川找的是《星願》，他們剛讀初中那時在電視裡看到的，他不怎麼喜歡看這種，但是米陽轉臺的時候發現，立刻美滋滋地看了一遍，連片尾曲都學會了。白洛川還當他在追星，買了好多任賢齊的簽名唱片給他，要不是米陽攔著，他那年的生日願望就是「想聽任賢齊唱一首歌」了。

米陽看到這部電影也想起來了，逗他道：「你小時候還跟駱阿姨鬧著要見任賢齊。」

白洛川挑眉道：「你記錯了吧？我怎麼記得是你在鬧，還差點哭了？」

米陽不好意思，「我那是看電影啊，最後洋蔥頭消失的時候確實……這算是悲劇嗎？」

白洛川親親他道：「下次拍個喜劇。」

米陽剛想跟他開玩笑說以後難道要投資影視公司，話到嘴邊又頓住了。影視公司他不記得了，但白洛川確實捧過女明星的。有次一起泡溫泉的時候，白洛川身邊就帶著一位。當時挺紅的，不止拍電影，唱歌也好聽。

米陽沒有吭聲，剛剛成年的白少爺一臉茫然，「怎麼了？」

雖然知道沒什麼實質關係，米陽心裡還是生出了酸意，趴在白洛川身上咬他肩膀一口，隔著薄薄的衣服使勁磨牙，但是這點力氣沒讓白少爺疼到哪裡去，反而還伸手摸了摸他的小牙，擔心硌壞了牙齒。

「小乖不喜歡電影了？」

「不喜歡我們就不拍。」

「不對？那是不喜歡新的？」

「我找原班人馬拍第二部好不好？」

「洋蔥頭死了，我砸錢讓編劇再把他寫活過來就行了，沒事啊！」

……

過了大半天，才聽到懷裡的人耳尖泛紅地小聲嘟囔一句，勉強聽出一個「女明星」來，白少爺就笑了，把人從懷裡拉出來，抱著親了好幾下，「不會，捧誰啊？誰都沒有你好。以後咱們家的錢給你管，我都聽你的。」

大概是太高興了，親著親著，剛開了葷的年輕人就克制不住了。

米陽比他保守些，推了推他，小聲說：「去床上。」

白洛川得了批准，把人打橫抱起，大步流星地走進了臥室。

有了第一次，第二次簡直就像是食髓知味。因為顧忌著明天的出行，白洛川今天晚上沒敢放肆折騰，像昨天似的做得小心謹慎，但又樂在其中，只要有一點微小的回應，都讓他的心宛如泡在蜜水中。更何況他的小乖這麼聽話，一直努力適應，積極配合。

要不是白少爺自制力足夠，幾乎要放手衝刺了，可惜每每瞧見米陽皺起眉頭，他心就軟了，捨不得他吃苦，連忙低頭親親他，又在他耳邊說些沒羞沒臊的話，把人逗弄得耳尖充血般的紅透才甘休。

米陽對這事完全沒經驗，兩個人湊在一起，全憑臉皮厚的那個帶著加速。

他家白少爺不僅突然加速，還跟他咬耳朵，說些「我是不是特別棒」、「厲害吧？比昨天厲害對不對」、「舒服嗎」、「你誇我一句」等等的話。米陽誇了一句，緊跟著對方就像是嗑了藥，又來勁了，一次還沒做完就跟他說下回要怎樣怎樣。

就像是資優生巴不得天天考試，讓老師給評第一。

……可你跟誰比呢？

比來比去，還不都是你自己嗎？

米陽無力吐槽，含淚給他評了個一百分，求他趕緊離開考場。

白少爺鳴金收兵已經是後半夜的事，一次很慢，但也吃了個飽。

米陽累得睡過去，第二天毫無意外地又是將近九點起床，中午才踏出飯店。不過這次沒去公司，白洛川陪著他去買了數位相機，米陽選了個輕薄的卡片機。這兩年很流行這種卡片機，又配了兩個容量大些的儲存卡。

米陽先幫白洛川錄了一段送給老戴的結婚祝福，輪到白洛川要幫他錄製的時候，白洛川的手機響了，公司那邊打了電話來，說有訪客。白洛川在電話裡說了一會兒，眉頭都皺起來了，最後壓低聲音說道：「我等一下過去。」

米陽等他掛了電話就道：「你送我回飯店吧，我正好有點累了，想回去休息。」

白洛川道：「不用，我讓旗生來陪你接著逛，再買點東西。」

米陽道：「我是真累了，你……」他聲音壓低了點，帶著些抱怨和無奈，「你昨天晚上比前天還晚，我想補個覺。」

白洛川笑了一聲，伸手摸摸他的頭，寵溺道：「好，我送你回去。」

米陽進了飯店，白洛川才調轉方向開車去了公司。

這次來訪的不是別人，還是吳雙安，只是他身邊多帶了幾個人。白洛川掃了一眼，認出他身邊常跟著的助理，另外兩個是女的，一個是二十出頭模樣漂亮的女孩，穿著打扮挺有文藝氣息，另一個穿著職業套裝，像是女祕書。

吳雙安笑呵呵跟他握手，打趣道：「又來拜訪，白總不會嫌我煩吧？這次是有生意要談，不然都不好意思來討茶喝了。」

白洛川客氣道：「哪裡，歡迎還來不及。」

他請吳雙安去會議室，吳雙安沒有拐彎抹角，直白道：「我這裡有樁買賣，京城我是沾不上邊了，但是津市關係還可以，不知道你對步行街有沒有興趣？」

吳雙安說的步行街是一條兩公里的商業街，將近六百畝土地的使用權，實打實的一塊肥肉，不管是現在下手，還是後續加入，都有利潤可鎌，但有沒有膽子去吃，有沒有本事吃到嘴中，就是另外一回事了。

白洛川想了一下，道：「這數額太大，我做不了主。您能留下跟我談是抬舉我，但容我說句實話，這樁生意您找總公司談更為穩妥。據我所知，明年的項目計畫已經都有所安排，可能還要多方面審核。」

吳雙安不以為意道：「我明白，畢竟不是一錘子的買賣，應該的。駱氏講究控制風險，但我是做投資的，追求風險利潤，如果一定要挑合作夥伴，我還是更想選擇你。」

吳雙安是一隻老狐狸，一身皮毛滑不溜丟，幾次大環境下的金融危機都沒有讓他受到什麼損失，反而嗅到了商機，步步為營。他現在就非常看好眼前這個年輕人，越是家世顯赫，年紀輕輕就賺得大筆金錢的人，反而對錢越不在乎，他們更喜歡的是刺激。拚搏廝殺，一步步取得勝利的那種刺激。

吳雙安很是有些期待眼前這個年輕人的成長，他對於自己欣賞的人，投資向來也是大方的，不介意分一杯羹，順便近距離觀察，尤其是他還有一個寶貝女兒。

吳雙安跟他談得差不多，再留下沒什麼意義，見時間差不多了就提議一起去吃頓飯，他指著旁邊的漂亮女孩笑道：「還沒介紹，這是我女兒吳霜，上次跟你說起過，剛從國外回來，想要我陪她去買玉石。現在倒好，我這個寶貝女兒反而陪我開了一下午的會。」他拍了拍女孩的手，笑道：「悶壞了吧？是爸爸不好，一會兒請妳吃好的。」

吳霜清冷漂亮，脖頸纖細，有些像是孤傲的天鵝，人也是有幾分傲氣，只搖了搖頭說沒事，但是聽著吳雙安一邊走還在一邊跟旁邊的人介紹自己的時候，她眉頭忍不住皺起來，這簡直太明顯了，硬把兩個年輕人湊在一起還能為了什麼？

吳霜沒忍住，停下腳步道：「爸爸，我突然想起有點事，先走了。」

吳雙安喊了她兩聲，吳霜也沒理，反倒是吳雙安身邊的助理吩咐女祕書跟上去。

吳雙安有些尷尬，「這真是……下次吧，下次我再請你。唉，我就這麼一個寶貝女兒，寵得有些過度了。」

白洛川送他到樓下，看著他走了之後目光才微冷下來。就算剛才吳霜沒有開口，他也是要拒絕的。他的容忍給家裡的長輩和米陽已經足夠，換了其他人，他可沒這麼多的耐心。

吳雙安追出去，等到了車上，才發現女兒不在，疑惑道：「霜霜呢？」

司機為難道：「大小姐……大小姐已經走了。」

吳雙安愣了一下，「走了？去哪兒了？」

司機道：「說是去吐魯番那邊的研究所，那邊有一個研討會，還有博物展，大小姐說要為接下來的設計做準備，自己去看展了。她不讓我們送，自己叫車走了。」

吳雙安知道這是跑了，氣了半天又變成了一聲嘆，「算了，讓她去吧。我就是介紹一下，又沒逼她，這孩子真是……自從她媽走了，脾氣越來越大，主意也越來越大。」

助理勸他道：「小姐跟夫人一樣有才華，這是不想依賴您。」

吳雙安又是得意又是心疼，「我就她一個孩子，她還什麼都不讓我管。」

助理問道：「吳總，我們現在去哪兒？」

吳雙安道：「按原計劃來吧。」

助理又問：「大小姐那邊……我讓人跟著？」

吳雙安搖搖頭道：「別了，今天也是我不對，別再惹她生氣了，這鬧起脾氣來一下飛去國外，又是一年半載見不到面。」他問了助理這兩天的日程，略想了一下，「後天的時間騰出來一些，我去那邊接她回來。這孩子真是的，玉料還沒來得及買給她呢。」

助理對這位大小姐的脾氣也了解，打趣道：「吳總荷包要出血了，大小姐可不好哄。」

吳雙安苦笑道：「只拿錢就能解決還好，她現在脾氣大得很，我是不敢惹的。」

吳雙安原本是想安排兩個年輕人見個面，他知道白洛川有「女朋友」，聽說還在讀書，

他本人並不是很看好這種校園戀情，相比來說，他更在乎門當戶對，而且他跟駱江璟見過幾次面，對這位精明幹練的女強人印象深刻，他覺得駱江璟跟自己想的應該也一樣。

他們都對自己的兒女付出了極大的心血，誰不想挑選更優秀的呢？

白洛川送走了吳雙安，又把公司的事情處理一下，正好趕上周騰車行裡有事，乾脆帶著趙海生兄弟兩個去了一趟，等忙完之後已經天黑了。

周騰邀他吃飯，白洛川搖頭推拒，對他道：「家裡來人了，我得回去一趟。」

周騰這才放他走，然後小聲跟留下的符旗生打聽消息：「小白總家裡是誰來了？不會是駱總親自來了吧？」

符旗生搖搖頭，簡單答道：「不是。」

周騰雖然沒有他弟弟那麼熱愛八卦，但他跟駱氏太子爺接觸下來，覺得這位還真沒有對誰這麼客氣過，晚上一定要回去陪著。他在符旗生這個鋸嘴葫蘆這裡問不出話，自己想了半天，琢磨著可能真是家人，要不然白總怎麼走得這麼急呢？

白洛川確實心急，他手機收到米陽的簡訊，說是等他回去吃飯，這眼看著八點多了，他才剛看到，回覆了之後也沒見米陽那邊有動靜，怕對方一直傻傻等著。

白洛川推門的動作放得很輕，生怕萬一對方睡在沙發上會被自己驚醒。結果客廳沒人，走到房裡就看到床頭小燈開著，米陽正窩在床上睡得很香。

白洛川坐到床邊，撩開他額前的碎髮，見米陽睡得臉頰透著粉色，嘴角忍不住揚起來。

他想幫米陽蓋毯子就離開，但是伸手去碰又察覺出不對來，手下的布料觸感硬挺，不像是睡衣。略微把毯子掀起來就清楚看到白色襯衫的一角，大概只是裹著，睡著的人並沒有扣釦子，露出一小片肌膚。袖口略長，遮擋了大半，僅露出纖長的手指。

白洛川喉結滾動兩下，眼神暗了下來。

他伸手拉鬆領帶，俯身去親吻睡得毫無防備的人。

米陽睡得迷迷糊糊，猝不及防被擾醒，卻很快認出來人，下意識一邊伸手去抱他，一邊用鼻音道：「回來了？」

白洛川「嗯」了一聲，咬了他嘴角一下，「怎麼穿我的襯衫睡著了？」

米陽這才想起來，有點不好意思道：「我沒帶。」

白洛川追著問：「沒帶什麼？」

米陽含糊道：「沒帶睡衣……」剛說完就被咬了一小口，嘶了一聲道：「我沒帶小枕頭行不行？我都約了客房服務，明天幫你把襯衫送洗。」

白洛川親著他道：「又偷穿我的衣服，我都抓到兩次了，以前還偷穿過沒有？」

米陽搖頭，白少爺不依不饒，米陽只好改成點頭，臨時編了一個才讓白少爺滿意了。

白洛川一雙大手開始遊走，米陽只當他要把襯衫脫掉，剛有動作，就被白洛川制止。

「穿著吧。」

「啊？」

「你不是約了明早送洗嗎？不怕弄髒？」

「……」

米陽自己挖坑自己跳，簡直悔不當初，不過也沒弄到最後，白洛川知道他明天上午就要走，沒做得太過分，但是威脅之後又裝了個可憐，搞得米陽自己主動割地賠款，紅著臉起身道：「我、我用別的幫你。」

白洛川手肘撐著身體坐起來一些，看他要做什麼。

米陽穿著白洛川的一件寬大襯衫，覺得有些妨礙動作，就先挽起袖子，又去浴室拿了一塊濕毛巾紅著耳尖認真幫白少爺擦拭。

白洛川從看到他挽起袖子的動作開始，就差點控制不住把他整個人給撲倒。白少爺剛開葷，實在受不住挑逗，腦袋裡一時半刻除了米陽想不起什麼，尤其是這個人還穿著自己的衣服滿屋子晃悠，沒有半點自覺。

米陽清了清喉嚨，小聲道：「我也是頭一回，沒什麼經驗，不舒服你就跟我說。」

白洛川只盯著他的手，等米陽跪坐下來，心裡的疑惑還未完全浮出，就被拉入一陣燥熱當中。他的眼睛都紅了，緊盯著米陽不放，生怕錯過一點細節。

米陽不想弄髒襯衫，明天哪怕是送洗他也不好意思沾染什麼奇怪的東西，為此不惜做出了小小的「犧牲」。忙活到最後還嗆咳了幾聲，白洛川跳下去倒來開水，哄著他漱口。

晚上白少爺少見的安穩，半夜聽到米陽咳嗽，還伸手摸摸他的喉嚨，問他疼不疼。

米陽覺得自己也是剛交了考卷，而且考試成績還不錯，一點心事都沒有，含糊應了一聲睡得特別香，無奈第二天起床時聲音就啞了，有點說不出話來，白洛川急得想要帶他去看醫生。米陽臉頰通紅死活不肯去，寫了紙條給他看，只說養兩天就好了。

白洛川皺眉道：「那我去買喉糖給你帶著。我就說不要那麼勉強，誰叫你不聽。」

米陽說不出話，但能彎起嘴角仰頭親親他。

他願意啊！

他就願意這麼寵著他家白少爺！

第四章 剛開葷的白少爺惹不得

米陽緊趕慢趕，終於及時趕回章教授那邊。章教授見他說不出話，只當他生病了，不捨得讓小徒弟跟著去外面吃苦，讓他提前留在博物館布展。他們三年的成果，換得一大一小兩個展覽廳，成績還是不錯的。

這兩天陸續有記者來採訪，章教授還留了一個口齒伶俐的學生負責跟記者們講解，自己則帶著陳白微等人去營地那邊，將最後的幾件東西處理好帶回來。

留下的是戴黑色圓框眼鏡的男學生，名叫苗良，特別和氣，記者問什麼都耐心回答。

「是，館裡條件是好些，但是也要看文物出土的實際情況。我們營地裡貼著一個標語叫『保持原真性，最小干預』，這是我們首先要做到的……」

苗良忙著回答記者問題的時候，米陽默默在旁邊幹活，搬東西、挪展臺、列印簡介貼標籤，看到什麼就做什麼。他的動作利索，貼標籤貼得又快又好。

有個展臺很矮，又分了三層展示，放著的都是細小的物件，米陽就單膝半跪埋頭苦幹。擦拭乾淨玻璃，貼上一排標籤，像用尺子量過似的，特別整齊。

聽到腳步聲靠近，米陽也沒抬頭。

來的也是熟人，笑著喊了他們道：「瞧瞧，我正說呢，可巧人就在這裡！來來，這位是米陽，章教授帶著的高材生，不可多得的人才呀，一年就來我們館裡幾趟，對這裡的東西記得比我們還清楚呢！講解得也好，不如我請他帶妳去另外兩個廳看看？」

米陽抬起頭，看到老館長和一位氣質美女並肩走來。女孩有些高冷，雖然客氣有禮，但是眉宇間帶著疏遠，瞧著就不好接近。

老館長和章教授是老朋友，對章老的學生像對自己的晚輩一樣，沒少照顧他們，幾年下來也對章教授他們的研究提供很大的幫助。這次是館裡人手不夠，又來了重要的貴客，需要對這裡的文物熟悉的人進行解說，老館長只能來找他們幫忙。

換了平時米陽肯定要幫這個忙，但是現在他聲音啞了，只能內疚地指了指喉嚨，做了一個無奈的手勢。

老館長忙問道：「怎麼，病了？看過醫生沒有？」

米陽笑著拿出手機打字給他看，說自己只是喉嚨啞了說不出話來，過兩天就好了。

老館長叮囑他道：「等一下你來我的辦公室，我那邊有澎大海，你拿去泡開水喝，年輕人也要愛惜自己的身體呀！」

米陽笑著點點頭。

老館長還要帶著吳霜去找其他人講解，吳霜的視線卻落在米陽身上，她忽然開口道：「館長，不用換其他人了，就讓他帶我看吧。」

老館長為難道：「可是米陽說不出話來啊！」

吳霜正是滿意他這點，她來就是想安靜看一會兒，但是她父親跟這邊打過招呼，一來就照顧得太周到了，完全沒有半分清靜，米陽不能說話，她才好不受干擾，多看多受些啟發，她還有幾份設計圖紙等著畫。

吳霜堅持要米陽陪同，並說明只帶路即可。老館長沒辦法，把米陽叫到一邊小聲道：「你就幫我們一次，這位吳小姐家裡捐了不少錢，回頭庫房擴建就指望這錢了。」

米陽笑了一聲，抬起手來給老館長看。

老館長猶豫一下，試著學時下年輕人的樣子舉起手來跟他擊了一下掌，「這樣？」

米陽搖搖頭，掏出手機來打字，舉起來給他看，「得要辛苦費，不多，給我們章教授五小袋茶葉就行了。」

老館長笑罵一句，輕拍他手臂道：「你們這幫猴崽子，一個個都跟陳白微學的吧？」

米陽作勢要翻手掌再加一倍。

老館長按住他的手，連忙道：「給給給，給你茶葉，快去幹活吧！」

吳霜一直在旁邊等著，見米陽過來，也只跟他說了句客套話，之後就跟在米陽身後，全程沒有再多的交流，有博物館的人帶著她認路就可以了。

米陽雖然不能說話，眼睛還是很善於觀察，見吳霜拿出隨身帶著的小本子寫寫畫畫，再帶她去其他展覽室的時候，看到的就大多是吳霜喜歡的風格了。有幾處掛毯上的花紋讓吳霜看得驚喜，畫了半天才停下。

她停筆後才發現米陽安靜地站在一旁，見她停下來，就上前遞了一份資料過去，是這掛毯的文獻和部分講解。她對這個「不能說話也想努力做一個好導覽」的少年多了一點好感，點頭道：「謝謝，我正需要這個。」

米陽彎起眼睛笑了，又指了指掛毯，雙手做了一個拍照的姿勢。

吳霜舉起手裡的小本子晃了晃，「不用拍照，我已經把需要的都畫下來了。」

米陽點頭，又陪著吳霜看了四五個展廳。吳霜看著其中一間展廳的金器玉佩一類的東西時，米陽也在看著，沒看片刻自己先樂了。他沒小本子，不過有新相機，可以拍好多呢。

吳霜讓米陽帶著自己看了一圈，對這裡十分滿意。她本身就是學霸級的人物，在國外努力的程度絲毫不輸同屆的任何人，除了比賽外，已經開始經營以自己的名字命名的珠寶工作室。雖然規模很小，卻是她心血的累積。從某個方面來講，堪稱工作狂了。

上午簡單看了一下，下午剛到開館時間，吳霜又來了。這次她沒有要人陪同，自己去了上午看中的幾個展廳，留在那裡寫寫畫畫，全神貫注，非常認真。

米陽樂得清閒，繼續去幫師哥們布置展廳。

沒過多久，吳霜找了館裡的一個負責人，表示想看庫房裡的東西。有些文物還未整理出來，只貼了標籤，過兩天也陸續要展出，吳霜提出想看看，負責人見正巧是章教授他們修復的那一批，就去找了苗良，讓他安排人帶著去瞧一眼。

苗良上午應付了一批記者，下午又來了些市電視臺宣傳部門的人，他走不開，看到是上午來過的那位大小姐，就喊了米陽：「小師弟，你辛苦一回，再陪著過去看看吧！」

米陽點點頭，放下搬著的木架，轉身去拿了上午那本資料冊子，跟過去找吳霜。

吳霜看見他，笑了一下，「又是你？還真巧。」

負責人看看他們，也笑了，「吳小姐認識米陽？那可太好了，這位是……」

「是章教授的得意門生，京城來的高材生。」吳霜接了他的話，臉上帶了兩分笑，「上午就領教過了，資料準備得非常充分，我還以為章教授只做自己的課題。」

負責人道：「章教授對我們可好了，館裡的解說員說的那些稿子，有什麼不懂的都會去問他。章教授見我們這邊文獻準備得不是很充分，還特意花了一年多的時間讓學生們陸續給整理出來，當成是作業，給我們幫了大忙。」

吳霜頗為驚訝，「全都整理了一遍嗎？」

對方笑道：「哪能呀，館裡總共兩萬多件文物，章教授他們能夠幫我們整理一級、二級文物，我們就很高興了。」

吳霜轉頭看向米陽，道：「不管怎麼說，這都是一項大工程。」

米陽笑著點點頭，依舊像上午一樣沒有開口說話。

負責人見他們認識，就放心地把吳霜交給米陽，讓他領著去後面的庫房。

米陽先帶她去資料室拿幾份資料，吳霜看了一眼，問道：「你知道我在看金銀器、木雕、繪畫和紡織品這幾類？」

米陽笑著點頭。

吳霜覺得這個大男孩雖然不說話，但是做什麼都挺好的，人也溫和，眼神清澈好像沒有攻擊性，非常討人喜歡。她對他很有好感，相處起來放鬆許多。

吳霜又道：「我還想借一點金銀器的專業書籍，方便嗎？」

米陽點點頭，帶她去拿了幾本書，在借閱名冊上記下來，讓吳霜簽名。吳霜彎腰簽名，放下筆卻看到旁邊的男孩一直在看她。

吳霜有些疑惑，她低頭看自己，並沒有任何失禮的地方。

米陽猶豫一下，伸手將薄外套的釦子解開。

吳霜有些緊張，退後一步，防備地道：「你幹什麼？」

米陽把自己的外套脫下來，指指她的絲質襯衫一處，又遞了衣服給她，聲音相當沙啞地道：「開線了。」說完自己去門口守著，留著一個背影在那，並沒有轉身的意思。

吳霜愣了一下，反手摸背後，這才發現自己穿著的襯衫不知道在哪裡扯壞了一道口子。她臉頰一紅，看著門口的背影，猶豫一下，還是套上了米陽的那件外套。

吳霜整理好自己，拿書走過去道：「謝謝，衣服明天我洗好再還給你。」

米陽搖搖頭表示不急，見她沒有再看下去的意思，就把她送出去，擺擺手告別之後轉身回去繼續工作，絲毫沒有留戀的意思，也沒有交談的想法。

反倒是吳霜被這樣冷不防送出來不太適應，換了往常，這個時候她身邊的人早都極力獻殷勤了。她可以在那些人眼裡分辨出是為了她的外貌還是家裡的錢。像米陽這樣認真做好事不求回報的，她還是第一次瞧見。在外面提防慣了，剛才就把米陽想歪了。

不過只是情緒略微有波動，吳霜很快就恢復了往常的神態，回飯店去了。

苗良是個心裡只有國寶的人，對著館裡的那些骨頭能念叨上半天，卻想不起自己今天穿戴了什麼，更何況是米陽的，所以沒看出米陽少了一件外套，還美滋滋地跟他說：「小師弟，說起來還得多謝你，要不是當初你來幫忙的時候發現那一小塊殘片有些不一樣，章教授也不會重新檢測，這一查就又挖出另一個墓室呢！」

上次高昌故城的殘片有了新的故事，米陽做經緯線梳理的時候，發現些許差異，引起章教授的注意，重新檢測後發現這塊殘片比之前的唐卡年分更早，不是同一個墓室出土的。

這處墓室被盜墓賊光顧過，破壞了不少文物，但是也可能留下從其他墓室帶出的碎片。

章教授帶著人在附近追蹤，果然發現了一處被風沙掩埋的墓室，初步推測年分為初唐時期。就因為這個新發現的墓室，章教授多在新疆留了一年，帶著學生搶救新發現的墓室。包括今天，章教授帶著陳白微去營地，也是為了這個新墓室做收尾工作。不少文物都保存得難得一見的完整，讓章教授十分驚喜。

也正因為這樣，章教授帶著陳白微一同在那邊忙碌了很久，陳師哥好幾天沒有回來這邊了。米陽略微鬆一口氣，陳師哥一向愛調侃他，他這次又是自己做了「壞事」心裡發虛，還真不敢讓陳師哥瞧見自己說不出話來。這麼想著，就又掏出一塊喉糖來含著。

陳白微還沒回來，白少爺卻是卡著晚上閉館的時間找了過來。

米陽背著包準備回住處的時候，看到樓下停著的一輛車打了閃光燈，亮了幾次他才明白過來，看了眼車牌，果然是白洛川的車。白洛川一邊讓他坐進來，一邊順手接過他那個背包，問道：「累不累？晚上有想吃的嗎？」

他這話說得極其自然，完全不像是只隔了一天就找來的人。

米陽看著他，白洛川捏了他鼻尖一下，輕笑道：「不然回飯店吧？這附近沒什麼好吃的，我讓飯店後廚做些清淡的粥給你吃，還有上次的那個蒸魚，好不好？」

米陽點點頭，彎著眼睛笑了。

晚餐果然非常合米陽的胃口，除了幾道清淡的小菜和雞絲粥，白洛川還帶來一些他喜歡吃的優酪乳疙瘩。見他多吃了半碗，比自己吃了還高興。

晚上睡覺的時候白洛川依舊是抱著他不放，雖然沒做什麼，兩人之間卻更覺得親密。

白洛川親了親他的額頭，帶著點懊惱道：「怎麼辦，我一天見不到你就受不了，過陣子我乾脆跟你一起回去算了。」

米陽握著他的手指親了親。

白洛川哼了一聲，「你讓我留下來賺錢對不對？錢重要還是我重要？」

米陽故意做出要考慮的樣子，沒兩秒就被白少爺按在床上洩憤似的狠親了兩下，「你還真敢想啊，一點都不乖。」

米陽笑著舉起手來討饒，眼神濕漉漉地看著白洛川，然後把他拉低了來接吻。

白洛川被他吃得死死的，奈何心甘情願，半點都沒有想掙脫的意思。

他吃軟不吃硬，懷裡的人軟得不像話，又軟又甜。

陳白微跟章教授回來的時候，已經是幾天後了，一身風塵僕僕，回賓館後先睡了一上午才緩過來，下午來館裡也坐在一旁幫米陽遞東西，偶爾揉揉腰，抱怨一兩句：「昨天晚上可真是把我折騰壞了。」

米陽眨眨眼，看著他沒敢主動開口，表情卻是想聽內情的樣子。

陳白微一眼看出他想說什麼，「小師弟膽子大了，敢這麼看我，是不是對我有意思？」

米陽立刻否認：「沒有。」

陳白微摸著下巴「嘖」了一聲，「喜歡我的人多了去，你不用覺得丟臉，大眾審美嘛，也是對美的一種表達，說明你審美不錯，懂吧？」

米陽繼續否認：「真沒有，我有喜歡的人了。」

他喉嚨剛好，略微沙啞，但聽不太出來了。

陳白微的注意力被他說的話吸引過去，立刻追問道：「你有喜歡的人了？誰呀？」

米陽道：「師哥，你的腰怎麼了？」

陳白微道：「哦，昨天晚上熬夜趕論文，那邊的桌子太矮了，趴了一晚，腰痠背痛。」他又道：「你別打岔，說說啊，小師弟春心萌動是喜歡上誰了？」

米陽一邊低頭做事一邊道：「就一個我從小喜歡的人。」

陳白微笑道：「喲，早戀呀，我還以為你小時候是那種只知道念書的乖寶寶呢！」

米陽笑了一下，「他也很好，考試成績比我還好。」

這倒是像米陽的擇偶標準，陳白微知道這個小師弟是學霸，學霸通常容易被學霸吸引，他腦補了一下米陽約會帶著女朋友兩人一塊在圖書館刷題的樣子，忍不住樂了，問他道：「你們怎麼認識的啊？」

米陽道：「很小就認識了。」

陳白微道：「你就沒想過自己以後可能會喜歡上別人？」

米陽訝異道：「我看著他長大的啊，他就是最好的了。」

陳白微覺得跟這個小孩聊天很有意思，又問他：「要是人家不喜歡你呢？」

吳霜一瞬間的訝異也在聽到他這句話的時候變成了冷漠，挑眉回了他一個相同的不悅神情，淡然道：「白總，你怎麼在這裡？」

米陽眨眨眼睛，看看白洛川又看看吳霜，最後看著白洛川，問道：「你們認識啊？」

這兩人對彼此態度冷淡，但是對米陽都還熱情，一個搖頭回覆「不熟」，另一個勉強維持了面子說「前幾天見過一面」。

米陽沒想到白洛川是那個比較客氣的一位，瞧著吳霜跟他說兩句就針尖對麥芒似的，兩個人沒吵起來就已經是很給面子了。

白洛川站在米陽身邊，怕他誤會，特意解釋了兩句：「就是你來之前，吳總帶這位吳小姐一起到公司開會，有個新項目要談，也就是生意上的往來。」他說完還不忘表明立場，「吳小姐，我有對象了。」

吳霜莫名其妙看著他，「關我什麼事？」

她轉頭跟米陽要企鵝通訊號，讓米陽傳那些照片過來，「金器那些我有了，木雕的還沒見過，麻煩你了。」大概是米陽態度溫和，她沒有對白洛川的那種傲氣，反而謙和不少。

白洛川不樂意地看著他們加好友，抿著唇不吭聲。

他跟米陽承諾過不干涉對方交友，但是光這麼看著，心裡還是酸溜溜的，尤其是看見吳霜拿著米陽那個小相機翻看照片的時候，白洛川忍不住低頭瞄了一眼，萬幸，相機裡不是什麼女孩的照片，全都是米陽喜歡的文物。

吳霜和米陽加了好友，又跟著去後面一間庫房看了幾件文物。

說是庫房，其實是一個準備展出的小廳，還在布置當中，文物已經放置在玻璃罩內，只是有幾處的標籤沒有貼好。米陽對這裡很熟，為吳霜講解了幾句，偶爾吳霜問一兩句比較冷門的，大多也能答得出來，遇到不會的就搖頭。

吳霜笑道：「原來你也有不知道的？」

米陽坦然道：「我沒有苗師哥知道的多，他特別厲害，妳可以把這些記下來再去問他，連我們章教授都說苗師哥肚子裡裝了一個雜貨鋪呢，什麼都知道一些，眨眨眼就能說出一個故事來，比查電腦還快。」

吳霜點點頭，把問題記下來。

白洛川一直跟在他們身後，做出也在欣賞的表情，只是視線始終跟著米陽的身影在轉。

有幾件木器之前破損嚴重，被收在庫房裡做了修補，其中兩件一等文物的木刻精品，米陽都沒這麼近距離見過，他很珍惜這個機會，一邊講解一邊目不轉睛地看著。

吳霜在小本子上勾勾畫畫，比昨天隨意多了。她大概有了一個設計構思在腦海裡，只是來多看一些東西，增加點有趣的想法在自己的設計中。

她走了兩步，聽到背後傳來一聲輕微的「喀嚓」快門聲。

吳霜被很多追求者偷拍過，換作往常聽到這種聲音會非常厭煩，這次卻不覺得，甚至還多停留了一會兒，聽著喀嚓聲又響起，她偷偷回頭去看，結果米陽沒在拍她，而是認真地在拍一隻彩繪木鴨。

吳霜：「……」

又是一聲手機拍照的聲音，吳霜轉過頭去，就看到年輕有為氣勢非凡的小白總也拿著手機在拍那個彩繪木鴨的方向，神態異常滿足。

白洛川感受到她的視線，轉頭看了她一眼，手機沒有要收起來的樣子。

吳霜抿了一下唇角，就聽見米陽熱情道：「你們也看上這個了？很有趣對不對？」

兩人愣了一下，很有默契地一起看向那隻鴨子，等著米陽說下去。

米陽心裡只有這些有趣的文物，隔著玻璃罩指著那隻彩繪木鴨道：「這裡是歐亞大陸的腹地，屬於典型的大陸性暖溫帶荒漠氣候。日照充足，降水稀少，極端乾燥，年平均日照在三千小時以上，高溫期長……在這麼一個水資源匱乏又炎熱乾燥的地區，無論是幾百年前還是現在，都不適合養鴨子。嚴格來說，這裡並不會出現任何一隻鴨子才對。」

白洛川走過去陪著他看，木雕栩栩如生，鴨蹼刻畫得清晰，像是在蹬水一般，他低聲問道：「那這都是哪裡來的？我瞧著這幾隻好像是一套的。」

米陽點點頭道：「對，這四件是一套，用同一截原木雕刻成的。」

吳霜好奇地走近兩步，上面的彩繪保持完好，斷裂紋修復了，顯然是精心處理過。

「不止是這幾個，阿斯塔那古墓群也出土大量的彩繪木鴨，當時引起很大的討論。那時候沒有網路，章教授和其他專家就在期刊上發表文章辯論了大半年。」米陽笑道：「有說是財富象徵的，有說是小孩的玩具，還有說是酒具……現在大家比較認同的是，這些是遷徙來這裡的人對故土的思念，才造了這些木鴨。」

吳霜道：「遷徙？」

米陽點點頭道：「從文獻資料上來看，鴨俑在內地墓葬的出現始於戰國晚期或西漢初期，而按照這條時間線順下來，和這裡幾處彩繪木鴨墓葬的時代也吻合。」他看著玻璃罩裡那件被時間烙下斑駁印記的物品，像是看著它的故事，「我們可以這樣猜測，有一些『漢魏遺黎』分批抵達高昌，他們在這裡扎根，有些人取得了很大的成就，也有些人只是普通百姓，但是他們的墓地裡都會有這樣一隻彩繪木鴨隨葬。他們這些人多數生前曾在內地生活過，太想念曾經的家鄉，所以做了這些物件來陪伴自己。」

吳霜聽了一會兒，再看向玻璃罩內的彩繪木鴨時，眼神變得柔和了許多，「我看的只是它身上的紋路和色彩，你看的是它的故事。」

米陽笑道：「這是我的工作啊！」

白洛川在旁邊剛張開嘴，就聽見吳霜道：「這是一份很好的工作，很適合你。」

白洛川覺得牙疼，他想說的話被這個女人搶先說了。

米陽問道：「你們還想看什麼？」

兩個人異口同聲說：「我再看看那隻鴨子。」

換了旁人只會覺得他們非常有默契，但是兩個人打量對方的神情卻像提防競爭對手，光是站著不說話都能感覺到他們之間火星四濺。

米陽終於知道問題在哪裡了，白洛川和吳小姐兩個人太像了。出眾的外貌，冷淡而任性的性格，就連喜歡的東西也像。

米陽看了看那隻彩繪木鴨，退開道：「我拍好了，你們拍吧，從這個位置看更清楚。」

後面的展廳遇到的情況也相仿，米陽負責帶路和解說，他說得有趣，跟著的兩個人也聽得滿意，尤其是吳霜，她沒有在米陽身上感受到半點攻擊性，所以非常放鬆，奈何旁邊的小白總一直跟著，吳霜看了半天，就客氣有禮地先離開了。她不習慣跟不熟悉的人相處，尤其是白洛川的壓迫感特別重，存在感太明顯了，讓她頗為不太自在。

白洛川來這裡就是為了米陽，米陽不走，他哪裡捨得走？

米陽抬起手腕看了一下錶上的時間，道：「我不能陪你看了，陳師哥那邊肯定還沒忙完，我得回去幫幫他。」

白洛川不太高興道：「剛才那個吳霜在的時候，你都一直陪著，怎麼換了我就不行？」

米陽樂了，拍拍他的手臂安撫道：「她是客人，你不一樣。」

白洛川不服，「我哪裡不一樣了？」

米陽踮腳湊近，小聲道：「上班不能帶家屬。你自己玩一會兒，我忙完咱們就回去。」

白洛川只覺得耳垂熱了熱，像是被輕輕舔了一口，眨眼的功夫就看到米陽笑著站在他面前一副「我什麼壞事都沒做」的無辜模樣。

白洛川彈了他腦門一下，自己也笑了。

吃了米陽的一顆「軟糖」，白少爺安心了不少，但是米陽那幫師哥們都知道白洛川是他同學，兩人感情特別好，白洛川往米陽那邊湊一下，立刻就有人讓了位置。白少爺就坐在旁邊看著米陽忙活。他想搭把手，可惜米陽做的事太瑣碎，他試了一下就放棄了，視線一直停留在米陽的褲子口袋上。

白洛川咳了一聲，問他：「你這裡挺忙的吧？回去還要看資料也沒什麼時間。」

米陽應道：「對啊！」

白洛川道：「那你把相機給我，我幫你把那些照片傳給吳霜？」

他們兩個的企鵝通訊號還是白洛川以前一併申請的，密碼是一樣的。兩個人平時很忙，米陽大多時候只是掛著看班級裡的通知，很少用到，聽見他說就側身對他道：「相機在我口袋裡，你自己拿。二樓辦公室有電腦，你問問他們，很好找的。」

白洛川道：「好。」

白洛川剛要走，米陽又喊住他：「你登入以後，幫我餵餵『妹妹』。」

白洛川笑道：「知道了。」

他拿著相機去樓上的辦公室，碰巧陳白微也在那邊，他打了招呼就登入米陽的企鵝通訊號。米陽來往的人不多，大部分是白洛川認識的，偶爾幾個不認識的帳號也標註了某某科室某某教授的字樣，中規中矩的。

剛登入，一個圓滾滾的卡通小企鵝從螢幕上冒了出來，頭上還戴著蝴蝶結，眨巴著眼睛討吃食，精力值一欄也顯示不足了。

這是米陽養的寵物，嚴格來說不能算是他養的，是米雪的小夥伴送了她一顆寵物蛋，小丫頭前幾年特別熱衷養電子寵物，得了這個的時候開心極了，但她要上學，怕照顧不好，就求著米陽幫著養，將寵物蛋轉送給了米陽。

米陽為這個小寵物取名叫「妹妹」，現在等級已經很高了。

白洛川把相機裡的照片匯出，傳給吳霜。這位的帳號也好認，直接用了本名。傳完照片，就開始認真餵「妹妹」，並嚴肅拒絕了最新消息裡的一排求婚者。從十五級開始，就陸續有人加好友申請一起「生寶寶」。白洛川看著五花八門的申請，臉都黑了。

全部拒絕之後，白洛川思索一下，登入自己的帳號，買了一顆寵物蛋。他運氣不錯，砸開就是一個戴圍巾的公企鵝，白洛川簡單粗暴地取了一個名字叫「弟弟」，然後開始更加粗暴地砸錢填鴨式餵養，很快他那隻小企鵝就十五級了。

白洛川自己申請結婚，並用米陽的那個帳號點了「確認」。一個人操作著兩個帳號，讓它們在遊戲裡交換戒指，領了結婚證書。做完這些事，白少爺心裡才舒坦一點。

他正在那裡欣賞，就看到下面頭像閃動，點開後是季柏安發來的一長串毫無意義的炫耀式對話外加幾張在國外划船遊湖的照片。季少爺長高了許多，是一位翩翩美少年了。

白洛川見他發起來沒完，打字回覆道：「米陽不在，他忙去了。」

那邊立刻道：「哥？」

白洛川道：「嗯，是我。」

季柏安都習慣了，反正他聯絡米陽的時候，十次有八次都是他哥接手，就繼續說道：「你跟米陽說一聲，我今年想約他去滑雪。我媽那邊有個熟人投資了一家滑雪場，半室外那種，你讓他晚幾天回山海鎮唄。」

白洛川道：「我問問他吧。」

季柏安連發了三個可憐兮兮的表情，叮囑道：「你一定幫我跟他說啊，不然我今年就跑到山海鎮找你們。每次都剩我一個，你還有沒有兄弟情了？」

結果彈出來一條「自動回覆」：您好，我現在有事不在，一會兒再和您聯繫。

季柏安：「……」

米陽在館裡很忙，章教授在外依靠陳白微，在內就最喜歡做事細心的米陽。米陽學了十幾年的書籍修復，再小的事情也能給安排妥當，沒有絲毫厭煩，讓他非常放心。

到了晚上，白洛川安排好了，親自去請章教授他們一同用餐。章教授對外人客氣，但是白洛川已經不算是外人，他笑著點頭道：「那咱們今天就蹭洛川這頓飯。」

白洛川道：「我雖然不是您的學生，但都是一個學校的，請您和各位師哥是應該的。」

苗良笑呵呵道：「這兩年可沒少受你照顧，我們這個項目快結束了，等展覽的時候你來，酬謝宴上怎麼也要給你一個位置。」

另一個師哥附和：「我們也請你一次，營地的帳篷和物資是你贊助的，幫了大忙。」

白洛川也不推辭，點點頭道：「好，到時我一定來。」

一行人走到館外，剛好遇見迎面走進來的吳雙安。

吳雙安身邊是老館長陪同，正在四處張望尋找什麼人，瞧見白洛川等人，愣了一下，顯然有些意外。白洛川客氣地說了兩句，只說約了其他朋友，以後有空再聚。

吳雙安記掛女兒，沒多說什麼。

兩邊人交流很快，米陽甚至沒看清吳雙安的樣子，白洛川就應付完了，轉身來拿他手裡的背包自己拎著，低聲問他：「還有什麼要拿的？」

米陽搖搖頭道：「沒了，就這個。」

來到飯店，大家坐下來吃飯聊天。雅間空調溫度低，米陽特意跟章教授換位置，怕他受涼。白洛川看了米陽一眼，見他沒有穿薄外套，就出去從車裡拿來一件給他。他車上總是準備了一些米陽的東西，已經習慣了。

白洛川回來的時候，正好聽見苗良豎起大拇指誇讚道：「小師弟厲害啊，居然敢試！」

白洛川把外套搭在米陽的椅背上，笑著問：「聊什麼這麼熱鬧？米陽要試什麼？」

苗良道：「說米陽呢，他要試著談戀愛。」

白洛川不動聲色地問：「哦？跟誰？」

旁邊的人接話道：「這不正問著嗎？咱們米陽喜歡上一個人，還喜歡了好多年，這孩子太有趣了，還說要去搶呢！」

白洛川似笑非笑地看著米陽，等著他開口。

米陽結結巴巴說不出話，陳白微敲邊鼓，鼓勵他去追求愛情，就連章教授喝了一杯茶後也清了清喉嚨，對米陽道：「米陽啊，要追求女孩子可不能這麼害羞，你得勇敢一點，比如寫個情詩，做個小手工。對了，第一次送禮物千萬別送戒指，太唐突了。你要是不會寫詩，我那邊有兩本詩集，改天你拿去參考，實在不行就背兩首。」

陳白微笑吟吟道：「不止是寫詩，你還得寫信，情書寫過沒有？」

白洛川放鬆下來，手指在桌上隨意敲了兩下。

米陽道：「我寫……」

旁邊的白洛川立刻挑起眉梢做出質疑的表情。

米陽只得半途改口，硬著頭皮道：「我寫吧，以後寫兩封試試。」

白洛川揚起唇角道：「我很期待。」

苗良道：「人家米陽寫情書，你期待什麼呀？你認識我們小師弟心儀的那位嗎？」

白洛川點頭道：「認識。」

這下大家都來了興趣，苗良更是追問道：「誰啊？我們認識嗎？米陽說她非常優秀。」

白洛川輕笑道：「兩情相悅這種事，跟優不優秀沒有關係。」

這回答太模糊，眾人都不幹了。白洛川看向米陽，略微吐露兩句：「據我所知，對方也很喜歡米陽，想結婚的那種喜歡，其他的不方便多說，還是以後讓米陽親口跟你們說吧。」

大夥兒就齊聲起鬨，說過兩年米陽到了法定結婚年齡，一定要請他們喝喜酒。

米陽被鬧得臉紅，白洛川護著他，以茶代酒乾了道：「這事我替他應承了。」

苗良立刻道：「對，要是米陽沒請，你這個當哥哥的要賠我們一桌喜酒。」

白洛川笑道：「好。」

聚餐結束，米陽跟著白洛川回飯店。白洛川從進電梯開始就把手搭在米陽肩上，整個人靠了過去。米陽歪頭看他，問道：「你沒喝酒吧？怎麼了，哪裡不舒服嗎？」

白洛川握著他的手去摸自己胸口，「有一點，你摸，我是不是心臟跳得有些快？」

米陽沒察覺出來，但是對方越靠越近，身上越來越熱是發現了。想躲躲不開，出了電梯白少爺哼上兩聲，一副不能自己走路的樣子，米陽只好撐著他一邊走一邊被騷擾。好不容易到了房間門口，白洛川沒有自己拿房卡的意思，貼著他耳邊道：「在口袋裡，你自己摸。」

米陽從他褲子口袋摸出房卡的時候，都能感覺到他大腿繃緊的熱度。

白洛川哼道：「你剛剛是故意撩我的？」

米陽：「……」

白洛川咬他耳朵道：「我都硬了。」

米陽被他撩撥得臉頰發燙，好不容易扶著進去，開了燈推他一把道：「別告訴我你喝兩杯茶就這樣了，你這算什麼……醉茶？」

白洛川輕笑一聲，「醉你。」

他反身把米陽按在玄關處，一邊低頭親吻，一邊摸索著又把燈關了。

春宵苦短，一刻值千金。

然而，白洛川再是擠出時間來，也不能在這邊停留太久，他還有工作要做，最後收尾的時候必須在場，只好匆匆來住了一晚，第二天一早就趕了回去。

一路奔波，只為了見心上人一面，像是情竇初開的毛頭小子，臨走前親了又親，眼裡滿滿的都是喜歡和不捨，被再三催促才起身離開。

博物館的展覽廳都裝潢好了，章教授他們幾年來的成果第一次對外公示，米陽等人身上佩戴了工作人員的識別證，迎接了第一批來參觀的人。大概是週末的關係吧，有不少家長帶著學生前來。苗良站在最前面，跟幾個師兄弟一起參觀。他們看了好幾年了，還是第一次在玻璃罩內看到他們修復好的物件。

他們看得相當感慨，其中一人指著某個老物件道：「苗師哥，你看，就是這個一同出土的麻線鞋，它可是幫了大忙。」

「對，當時查了好久。」

苗良推了推眼鏡，笑道：「原來是它。不止咱們這裡有，敦煌莫高窟一四七窟晚唐壁畫中也有，跟這個一樣。」

米陽也記得這雙鞋，那是去年的事了。他們發現這雙鞋，陳白微帶著他做了復原工作。那天晚上他們忙到很晚，但是大家都精神振奮，覺得找到了突破點。

陳白微嚇唬他，還編了個故事，拿手電筒抵在下巴上講了沒多久，就被來幫忙的孫教授的學生單靜——她今年又叛變來投奔章教授了——狠狠打一頓，責令他不許半夜講這些。

米陽當時正在處理麻線，一旁的苗師哥怡然自得，也在猜測這雙鞋的來歷，「誰知道呢，那邊十八號又出土了一些東西，說來挺有意思的，跟咱們這一樣都是一雙僧人的麻線鞋，樣式卻和這邊的風格不相符，查了很多資料，是中原地區才出現過的。《舊唐書·輿服志》裡記載『武德來，僧人著履，規制亦重，又有線鞋』……」

苗良仰頭看著頭頂的破屋爛瓦，苦中作樂道：「說不定幾百年前有這麼一個僧人，為了自己的信念，背著書箱和所有家當，懷著信仰，一路穿越高山踏過河流走到這裡。他或許在這裡成了一代大師，又或者默默無聞過完了一生，最後守著自己的信念長眠於此。」

「誰知道呢？」苗師哥念了一句，又笑著搖頭，「不過，可真是讓人著迷啊！」

米陽也這樣覺得，真令人沉迷。

旁邊的陳白微還在跟他說話：「小師弟，小心右手邊那個黃帽子……對，就是那個僧帽，你記得待會兒給弄好。」

單靜怒道：「你說準確點！那個叫黃色桃形間帽，你別亂叫，小心帶壞了人家！」

陳白微懶洋洋道：「哎喲，這裡就咱們幾個，還需要說學術用語啊？那是不是還要把典故講出來？對了，妳知道這個帽子的典故嗎？」

單靜道：「我查了一些資料，平時累積得還不夠，不過我們孫教授平時帶著我們這一兩年也研究了不少，等我回去問問孫教授。」她說完又紅著臉嗔道：「我要是什麼都知道，那不成了博學家了嗎？」

陳白微笑道：「其實我也說不好這些。」

單靜怒道：「那你還問我？」

陳白微道：「有人能說好呀，我現在幫妳喊個仁波切來。不用轉世，這些正史野史雜記比誰都清楚，讓他跟妳說說。」他拿著手裡的麻線，大聲喊道：「苗良何在……」

「胡說什麼？我只是對這些很感興趣，哪是什麼仁波切？」苗良扶了扶眼鏡，矜持了一下，又喜孜孜地道：「來來來，我們今天說說野史！據說……」

米陽被人碰了手臂一下，回過神來，轉頭看到了陳白微。

陳白笑道：「小師弟在想什麼，這麼入神？是不是覺得自己修復的東西特別好看？」

米陽點點頭。

陳白微彎著眼睛笑道：「以後有的是機會，咱們加把勁，好好幹。」

米陽認真道：「好。」

章教授這時正在二樓的休息室休息，他已經看過一圈了。老館長跟他聊了幾句，留下茶水和兩盤乾果，又匆匆出去了。

章教授在這裡能隔著玻璃窗看到樓下的情景，也能看到立在旁邊的牌子，他和他們團隊的人名字都在上面。幾年的辛勞，總算忙完了，也總算留下了些東西。

他忽然想起遠在哈密的孫教授，這兩年陳白微可沒少「請」幫手過來，他和孫教授熟得很，當下拿出手機打給孫教授，想臨走前跟他「重修舊好」。

「老孫啊，哈密那邊的情況怎麼樣了？不不，這次不是來找你借人，我們都開展了……也不是來跟你炫耀，你看看你，怎麼戒心這麼強？呵呵，我就是想跟你說說話。」章教授斟酌片刻，努力表達自己的和善，打算從話家常入手，「聽說你們還有哈密瓜吃，那邊現在就有熟透的瓜了嗎？方便的話，帶幾個回來。」

對面的孫教授回覆得斬釘截鐵，簡直是憤怒了，「沒有！空閒的學生沒有，熟透的瓜也沒有，一個都沒有！」

雖然聯絡感情失敗，但章教授一行人臨走的時候還是吃上了哈密最甜的瓜。

米陽當天晚上說笑話似的說給白洛川聽，他家少爺第二天一早就讓人送來一車哈密瓜，每一個都是個大味好，咬一口，清、甜、脆，生津止渴，應季吃再好吃不過了。

展覽結束，吃完蜜水一樣的瓜，告別了這裡的老朋友們，章教授就帶隊離開了。

米陽坐在機上靠窗的位置，看著雲層下的那片土地，看著荒漠裡偶爾浮現出來的綠洲，還有那裡看不到的人。他唇上還留著白洛川的溫度，白少爺來送機時偷偷親了他一下，很短但唇瓣火熱。

白少爺和他躲到沒人的地方，額頭抵著他的，認真說自己很快就忙完了，又一再強調讓米陽在家等他一段時間，他忙完就趕回家……

如果少爺來不及回京城，那他放假再過來吧，反正已經熟門熟路了。

回到京城，章教授給幾個學生放了兩天假，讓他們好好休息一下。

米陽沒回學校，直接去了白洛川那邊，洗了個熱水澡，踏踏實實睡了十幾個小時。單布展的事並不累，主要是還搭上一個白洛川，伺候白少爺耗損的的精力實在有些大。

一覺醒來，手機上有幾條簡訊，是白洛川發來的。

米陽躺在床上回電話，白洛川那邊很快就接起來，問道：「睡醒了？」

米陽帶著點鼻音喊道：「白哥哥，在忙什麼呢？」

白洛川笑了一聲，「上班，養你。今天怎麼這麼乖，之前讓你喊一聲得費半天功夫。」

他那邊有人進來，低聲跟對方說了兩句，卻也不忘調戲米陽。

米陽臉頰熱了一下，翻了個身沒吭聲。

白洛川不急著說話，忙完手邊的事，這才低聲對他道：「又生氣呢？我說的是實話，我工作這麼忙，下回你乖一點，主動喊人，好不好？」

米陽笑著又喊了他一聲。

白洛川聽在耳中，過了半天才嘆口氣，壓低音量道：「你喊得我都想回去了。」

米陽臉皮比他薄，問道：「你那邊是不是來人了？你先忙吧，我掛了。」

白洛川道：「沒什麼事了，你再陪我聊兩句，我好久沒看到你了。」

米陽笑道：「瞎說，也就一個晚上。」

白洛川那邊事情多，像是要出門，只能先掛電話，臨走前叮囑米陽道：「自己吃點東西，錢不夠就去門邊櫃子的抽屜拿，我放了點錢在裡面。你別又偷懶什麼都不吃就去學校，這會兒食堂可不開門。」

米陽看了眼時間，下午食堂還真沒什麼吃的。

他從新疆帶了特產回來，從中拿出兩個盒子，細長盒子裝的是中亞的樂器熱瓦普，琴頸細長，類似三弦琴，是他準備帶回去給爺爺米鴻的。另一個方盒直接拿去放在對面的小廳裡，這是買來給白老爺子的禮物，不是什麼貴重的物品，就是兩雙新疆當地牧馬人用的皮手

套，做得很有那邊的特色，裡面加了一層保暖的絨布，很適合白老爺子這樣年紀大的人用，比普通的馬術手套舒服。

白老爺子每隔一段時間就來京城做治療，算著日子差不多快來了。

此外還有吃的，新疆的堅果和風乾牛肉帶回不少，他裝了一些在背包裡，準備拿去給同寢室的幾個室友分著吃。出門前想起白洛川的話，就從抽屜裡抓出幾張鈔票。

米陽樓下放著他那輛藍色自行車，騎著先去找了常去的館子吃飯。老闆跟他們挺熟的，一邊把麵端上來，一邊還問道：「你那個同學怎麼沒一起來？」

米陽道：「他去外地了，過幾天回來。」

他和白洛川經常來光顧，老闆認識他們，這會兒人不多，老闆還送了一碟小菜給米陽，對他道：「正好這幾天泡菜醃好了，上回沒有，你那個同學麵都少吃一碗，回去你記得跟他說啊，我們泡菜現在有了，管夠。」

米陽笑道：「好。」

吃飽之後，他騎車沒一會就到了學校。剛靠近宿舍附近就瞧見樓下很熱鬧，米陽也沒在意，停好車就回了宿舍。

寢室只有一個人在，正好是他下鋪的那個室友。米陽進來的時候，他正一邊吃泡麵，一邊往樓下看，見到米陽立刻道：「米陽，你剛回來吧？快來看看！」

米陽放下東西，過去看了一眼，「怎麼了，誰在樓下貼色紙……你中午也沒吃嗎？我帶了不少牛肉乾回來，你拿點吃吧。」

下鋪的室友問他：「你剛才沒從樓下看一眼啊？」

米陽搖搖頭道：「沒有，我剛去停自行車了，從側門過來的，怎麼了？」

下鋪的室友樂了，「你還停什麼自行車？你不知道，前幾天咱們宿舍樓下停了輛法拉利跑車，很酷的那種。藍色的，太漂亮了，上面綁好多彩帶氣球，拼出了『生日快樂』四個字。據說是送生日禮物呢，就是沒寫名字，不知道是給誰的。」

米陽心裡咯噔了一下，問道：「什麼時候停在這裡的？」

那室友想了一會兒，道：「二十三號。我記得可清楚了，那天我剛從圖書館回來。車子停好幾天了，多半是學校的人。對方辦了臨時停靠的牌照，這兩天剛挪到停車場去。對了，你看見下面的彩紙沒有？那都是小箭頭，一路貼到停車上那邊的。」他拿了一塊牛肉乾吃得津津有味，又問道：「你的書是不是也快到期了？咱們等會兒一起去還啊？」

米陽含糊道：「去，你等我一下，我打個電話給家裡。」

對方笑道：「你好幾天沒回學校，回來後是要先跟家長報平安。去吧，我把麵吃完。」

米陽去陽臺打電話給白洛川，等那邊接起來就低聲問道：「那車是你讓人開來的？」

白洛川坦然道：「是，你過生日，送你的禮物。」

米陽道：「我平時真用不到。」

白洛川道：「怎麼用不到？代步用就行了。」

米陽哭笑不得，「我就去個圖書館，停車再過去會繞好大一圈，不如我自己走過去快呢，我騎我那輛自行車就夠了。」他想了一下，又道：「而且我還沒考駕照。你讓人開走吧，放公司或者哪裡，你用好了。」

白洛川這才想起來，頭疼道：「我忘了駕照的事了。車鑰匙放在你宿舍樓下的郵箱裡，你自己去拿，晚上我讓助理過去，先開回家放著好了。」

白洛川頓了一下，問他：「小乖，你不喜歡這個？」

米陽聽著這語氣就知道白少爺下句要接什麼，十幾年了，但凡他試探著說一句「不是特別喜歡」，保管白少爺掛了電話又再送一份過來，比這還貴還張揚。米陽不敢試了，小聲哄他道：「喜歡啊，這車很好……哦，我是還沒瞧見，不過聽說不錯。不不不，這牌子我非常喜歡，就這個吧！」他揉了鼻尖一下，「我就是有點嚇到了，這份禮物太貴重。」

白洛川笑道：「哪裡貴重？比你差遠了。」

米陽也笑了，「這是怎麼比的？我又不是禮物。」

白洛川道：「你就是我這輩子收到的最好的禮物。」

平時再肉麻的話也聽過，這句冷不防說出來，米陽耳尖還是紅了，好半天才緩過來。

白洛川還有事，確認米陽收到禮物，並且「特別喜歡」之後，白少爺滿意地掛電話。

米陽回了寢室，正好室友也吃完泡麵，正拿了幾本書裝在包裡準備跟他出門，見到他便問道：「咱們走吧？我這兩本借的時間可真夠長的，再拖一陣子，就要被扣證了。」

米陽也拿了自己的兩本書，跟著他一起出去，到了樓下取了那個郵寄來的小盒子。藍色包裝銀色絲線，還綁了精緻的緞帶蝴蝶結。

室友見慣米陽的「家長」郵寄各種東西給他，笑道：「家裡又送東西來？真疼你啊！」

室友沒多問什麼，兩人去了圖書館。他們寢室沒少被米陽的「家長」照顧，雖然沒見過人，但是這幾年寢室的費用都是米陽那位「家長」包的。不過米陽也聽話，這年頭出去哪裡都跟家長報備的不多了，而且只要在寢室的時候，還每天晚上都通好久的電話。

要不是知道是「家長」來查崗，他們都要以為米陽背著大家偷偷談戀愛了。

他們寢室的幾個人相處得不錯，都猜米陽可能是富二代裡比較好相處的那種——從小被當成溫室的花朵養大，「家長」還怕他出來不懂怎麼跟人相處，全都打點妥當。他們吃了人家的，用了人家的，加上米陽脾氣也好，其他室友對他印象更好了，即便米陽不在寢室住，學校有什麼事也都喊著一起，對他非常照顧。

京師大學的圖書館在全國都很有名氣，也跟全國所有的大學都差不多，武俠小說借閱率是最高的，尤其是京師大學中文系前兩年還出了一個才女，專門寫武俠小說，拿了黃易武俠文學獎，大家對武俠的熱情又高漲起來。有人喜歡寫故事投稿，有人就喜歡借閱書籍，其中金庸的書被借的是最多次的，哪怕圖書館特意多備幾套，邊角也總是被翻看得捲起來。

米陽借的書比較偏門，是歷史類的，章教授列了書單讓他們定期去看些不錯的書，這次還了之後米陽又借了兩本。他的室友則除了本科要用的，又借了《射雕英雄傳》。

米陽看了他手裡的書一眼，他舉起來笑道：「前陣子看了周迅演的黃蓉，又想起來了，還是想再看看書，這本可真是百看不厭啊！」

回了宿舍，另外兩位室友也下課回來。

南方的室友鼻子靈，小四川看了他們借來的書，發現商機：「你這書都捲邊了。」

對方愣了一下，道：「對啊，我還排了好幾天才借到的，咋了？」

小四川道：「那這說明借的人多，看的人也多。」他翻看目錄，滿意道：「這本還是大陸版的，我覺得我們可以在宿舍裡搞點生意做，比如租書。武俠小說這麼熱門，我們就再多進點武俠的。對了，也不止進金庸的書，黃易的《尋秦記》也進一些，最好弄點港版的過來，據說比大陸版的要多些內容。到時候放風出去，說保證內容齊全，肯定看的人多。」

另外一邊被學校食堂養胖許多的蘇州室友沉痛道：「同志，你這個想法很危險啊！」

小四川擺擺手道：「我只是做點微不足道的小事，用米陽那同學的話是怎麼說來著？」

米陽學著白洛川的口吻開玩笑道：「短期內憑藉對圖書市場的準確判斷，迅速完成原始的本錢積累，並讓自己多些商業歷練。」

「對對，房地產和圖書期貨是一樣的道理。」小四川美滋滋道：「四捨五入一下，我也算是當了一回老闆了！」

蘇州室友發表了自己的觀點：「我方辯手認為，去圖書館借閱並不只是觀看書籍，而是觸碰前輩的腳印。」

小四川目光灼灼道：「試問，圖書館書那麼多，你如何在錯亂的腳印裡尋找到真理？」

蘇州室友不慌不忙道：「就是因為書多才有機會，不信你去圖書館借一本冷門的書，經常會借到好些年沒有人動過的，最久的甚至是在半個世紀之前。若是細心翻看借閱記錄，就會發現它曾在某位名人手裡流轉過。」他扶了扶鼻樑上的眼鏡，托起桌上一本書問道：「瞧瞧，這是什麼？」

「……一本《荷使初訪中國記》？」

蘇州室友傲嬌道：「錯！這是被前輩觸碰過的知識，書上還留有先哲的體溫和指紋！」

小四川：「你耍賴，辯論就辯論，搞什麼煽情，這是詭辯，要求裁判給紅牌！」

蘇州室友道：「我不但煽情，我還要背詩！」他說著就捧著書，情深意切地對著米陽顫聲道：「你們看這本書和它身上先哲的印記，縱使相逢應不識，塵滿面，鬢如霜啊！」

米陽笑壞了，擺擺手算他們一個平局。

小四川笑嘻嘻地接受了這個平局，自己打開電腦開始追小說去了，他最近沉迷一篇叫做《慶餘年》的網路小說，每天追更新追得欲罷不能，還經常在評論區發帖討論。

蘇州室友對這個結局表示抗議：「你就是看他說的是經院的腔調才判的平局！你表面看是幫他，其實是幫白洛川，你們是一夥的！」

米陽學他入戲，忍笑道：「哪有？我是本著公平公正友誼第一的原則做出的評判。」

蘇州室友捧著書走過來，還想讓米陽摸摸先哲留在書上的灼熱溫度。米陽跟他笑鬧了一陣，寢室裡人多熱鬧，天南海北都能扯上一通，還各有各的道理。

米陽見外面的天色漸晚，拿上自己的背包就要出去。

其他人好奇道：「你這是去哪兒？」

米陽道：「我今天回家住。」

他不知道書上還有沒有先哲的熱度，他只覺得包裡那車鑰匙簡直燙手，得趕緊趁著天黑把車開回家去才成。

米陽路上接了通電話，白洛川那邊的助理也剛好到，兩人趁著夜色人少，沒什麼人留意這裡，連忙把車開了回去。到了樓下，助理問了米陽的身分資料，說要拿去幫他報名駕訓班。米陽其實會開車，但是現在回檔重來，駕照也要再考一遍。

助理做事細心，又跟他要了一份課表：「白總說盡量抽時間學，不耽誤您課業。」

第二天那輛法拉利神祕消失，果然引起了大家的熱議。

不止是米陽他們寢室的人在說，連他去了文博院那邊，陳白微都順口問了兩句，嘖了一聲道：「可真有錢，不知道是不是送錯了地方，怎麼給送到男生宿舍樓下去了，這瞧著像是追媳婦的套路。」

他這麼說著，旁邊的苗良忍不住樂了，「白微，你這話說得不對。前年小任送你那麼大一捧花，幾百朵來著，還是我們扛著才搬到院裡來的。要我說，小任才像是追媳婦呢！」

陳白微笑道：「他不一樣。」

苗良道：「哪裡不一樣了？」

陳白微道：「他跟正常人不一樣，腦回路有問題。」

苗良笑死了，米陽問道：「那花陳師哥收下了？」

苗良道：「收了啊，都給抬上來了能怎麼辦？你陳師哥也沒力氣扛下去了，拿著給院裡的老教授和同學們都分了，我還拿了幾朵回去插在寢室的花瓶裡。」他說完又忍不住誇讚任景年：「小任真有本事，買個花也比旁人買的好，那玫瑰足足開了一個禮拜。」

米陽覺得這行事倒像是陳白微的做法，他覺得這兩人之間有些什麼，但是陳白微坦蕩自在，反倒像是他自己想多了。

米陽盯著陳白微多瞧了兩眼，陳師哥就笑嘻嘻地逗弄起小師弟了，問他道：「米陽，昨天孫教授還打電話來跟咱們借人，也不知道是開玩笑還是真的。要真有名額，我就推薦你去，我看著咱們院裡也就你最合適了。」

米陽愣了愣，道：「我？」

陳白微道：「對啊，你每次搬東西都有人幫忙，不說在新疆，就你家白洛川沒畢業那時，簡直是隨叫隨到。那天章老還說收你這個學生太划算了，還搭上一個勞力。你家白總也在新疆，這次要是你去哈密，孫教授也得高興得咧嘴笑，買一送一呀！」

米陽說不過他，笑道：「師哥，我記住了。你老這麼鬧我，要真有名額我得要一個。」

陳白微驚訝道：「怎麼，你還真想回去？」

米陽點點頭道：「想，那邊的蜜瓜好吃，我還沒吃夠。」

陳白微笑吟吟地打量他，米陽耳尖微燙，但是依舊有條不紊地做著自己的事。

白洛川回來的時候已經是深冬，剛好趕在學校放假那會兒到了京城。

他在新疆待了將近三個月，終於把事情漂亮利索地收了個尾。明面上駱氏算是虧損最少的，實際裡卻是賺了一筆。白洛川倒騰工程車的那份雖然也有些錢，但不足以填補這些年駱氏在新疆的投入，他手裡抓著最大的一條魚，是從林友才手裡簽訂的那份合約。光把這合約拿到駱江璟面前，她也能眼睛都不眨地砸下白洛川付出的兩倍。她兒子這件事辦得漂亮，比她預想的還要滿意。

也因為這樣，駱江璟來京城時，母子倆在書房聊了許久。

米陽陪著白老爺子在外面下棋，老爺子最近不怎麼喜歡下軍旗，拉著米陽開始學圍棋，兩人都是新手，下起來誰也不嫌棄誰，就圖個樂呵。

米陽執黑子，等白老爺子落子的時候忍不住往書房那邊看了一眼。

白色棋子清脆落下，白老爺子催他：「陽陽，該你啦！」

米陽連忙應了一聲，看了一會兒也落下棋子。

一局棋下得比之前要差些，白老爺子看出來了，笑著道：「光咱們有茶喝，他們在書房裡談這麼久也該渴了，你去倒點茶水送去，要是看見妳駱阿姨發火，也勸上兩句。」

米陽站起身道：「我這就去。爺爺，駱阿姨應該不會生氣吧？最近不是聽說白洛川給公司做了一單大買賣……」

白老爺子拿起手邊溫熱的茶水喝了一口，慢悠悠道：「這可說不好，洛川脾氣太大，想要什麼也不知道瞞著，上來就犯軸。」

米陽的心跳了一下，下意識看了白老爺子一眼。老爺子神色如常，和剛才跟他下棋時沒什麼兩樣，米陽又覺得不像是說自己，但總歸是藏著點小心思，倒了茶端著給送去書房，打起了精神，從剛推門進去就小心翼翼。

駱江璟正和白洛川圍坐在辦公桌邊看圖紙和文件，見米陽進來也沒瞞著的意思。

白洛川伸手過去接了茶，放在駱江璟手邊道：「您也別急，這工程量太大，不是一下子就能拍板的事。東西我都帶來了，您回去再考慮一下。」

駱江璟眉頭微皺，點頭道：「你辛苦了，做得很好。」她喝了一口茶，又抬頭看向兒子嗔道：「你怎麼瞞著我搞了這麼大一筆數目，真是翅膀硬了，連媽媽的錢都敢騙……」

白洛川道：「媽，您可別這麼說，我那是賺辛苦費。要不是我忙了一兩年，您現在能站在這心平氣和跟我聊新項目嗎？」

駱江璟笑道：「就你歪理多。你要那麼多錢也沒用，不如拿出來媽媽幫你放著，等你長大了給你娶媳婦用。」

白洛川挑眉，「這事不勞您費心，我自己有安排了。」

駱江璟來了興趣，問道：「怎麼安排的，說給我聽聽。你有喜歡的女孩子了？還是已經在交往了？是哪家的孩子？我認識嗎？做什麼的？」

米陽站在旁邊大氣不敢出，努力降低存在感，同時偷偷看著白洛川。

白洛川點點圖紙道：「我說這錢有安排了，這項目您要做，我也投資，算我自己的。」

駱江璟心裡有了打算，對白洛川半路吃下的這份項目十拿九穩，現在也不急了，坐下招手讓米陽過來，跟他抱怨道：「小乖，你看，洛川現在連我的話都不聽！我這些將來還不都是他的，這麼早就要跟我分家呢！」

米陽憋了半天才道：「駱阿姨，我學的是修復專業，不太懂這些。」

白洛川笑出聲來，彈了米陽額頭一下，「她逗你玩呢，也就你老實，什麼都回答。」

駱江璟也被他逗笑了，抬手拍兒子手臂，護著道：「別老動手動腳的，打傻了怎麼辦？」她摸摸米陽的頭道：「駱阿姨逗你呢，跟你說笑來著。」

她和白洛川商議得差不多，三人從書房出來，駱江璟走在前面，白洛川故意慢兩步，堵在門口挨著米陽，把米陽嚇得一個勁兒對他使眼色。白洛川視線落在他唇上好一會兒，壓低聲音跟米陽說了一句什麼，見米陽連連點頭，這才輕笑一聲，轉身走了。

米陽沒怎麼聽清楚，聽到他說「等一下回房間」就拚命點頭了。

晚上在家裡吃了飯，駱江璟看過了白老爺子的體檢報告，臉上的笑容明顯了許多。白老爺子這次去做了身體檢查，各項數值挺好的，讓大家心裡踏實不少。駱江璟拍了照片發給丈夫，不過那邊沒有及時回覆，應該又在忙了。

駱江璟道：「爸，您看這幾項，比我們的數值還好呢！」

「我整天在家養著，每天調理，還能不好嗎？」白老爺子勸她：「你們在外頭也愛惜自己的身體，別老是熬夜，也別那麼累。」

駱江璟答應了一聲，又揀著工作上的事跟老爺子說了幾句。

米陽剛開始還努力聽個一兩句，忽然覺得大腿被什麼碰了一下，像是敲樂器似的。幾下之後那隻手又理所當然地摸到他腿上去，甚至還有向上的跡象。

米陽一口湯差點嗆著，悄悄伸手下去按住。

白洛川把自己的碗推到他那邊道：「幫我盛飯。」

要盛飯就得雙手去拿碗和飯匙，米陽這邊只要一抬手，白少爺就會繼續騷擾。瞧著他眼裡帶著點笑意的樣子，多半也是打著這個算盤。米陽磨磨蹭蹭的不肯，白洛川湊近了道：「幹什麼？你喝湯，我都不能吃點飯了？」

米陽看他一眼，把手抬起來幫他盛了一碗飯。他速度再快，總要有個十來秒。白少爺摸了好幾下，見他腿都發抖了，這才放過他。

白少爺飯吃得很快，兩碗飯很快見底，坐在那看著米陽道：「我吃飽了。」

米陽低頭還在吃自己那碗飯，磨蹭了大半天。

白洛川又道：「差不多得了，你又不愛吃萵苣，別啃了。」

米陽還沒說話，駱江璟先開口：「你催他幹什麼？小乖別聽他的，吃飽再去玩。」

白老爺子少食多餐，這會兒一碗湯慢悠悠地喝完了，自己先回房間休息。

白洛川坐著不走，盯著米陽吃飯。駱江璟怕他欺負人，陪著米陽吃，一邊夾菜給他一邊道：「別怕他，他從小就這樣，一點都沒當哥哥的樣子。小乖喜歡吃萵筍吧？多吃點。」

白洛川手臂搭在米陽的椅背上，似笑非笑地看他吃東西，「我哪兒不像哥哥了，小乖你自己說，你平時都怎麼喊我的……」他說著還伸手去摸米陽的脖子，駱江璟只當他威脅弟弟，敲了兒子一下，道：「跟你說了別鬧他，萬一噎到怎麼辦？」

米陽吃不下去了，把碗筷推到旁邊道：「我吃飽了。」

白洛川立刻道：「那走吧，我房間裡有一盒新送來的樂高，你陪我拼一下。」

駱江璟笑道：「我就說你怎麼賴在這裡不走。」

白洛川道：「喜歡唄，有什麼辦法。」他也不看米陽，對駱江璟道：「媽，等一下阿姨收拾完之後，讓她幫您再吸一遍房間的灰塵，很久沒住人了。」

駱江璟點頭應了：「好。」

白洛川一刻也不多留，帶著米陽回自己的房間去。他關門的時候聲音有點大，外面還沒怎樣，先把米陽嚇了一跳，「你輕點，駱阿姨還在外面……」

白洛川一言不發，把他按在門上吻了下來，唇舌交纏，力氣大得都能碰撞到牙齒似的。湊過來的時候身軀火熱，米陽整個人被按在門板上，僅略微偏頭得了點喘息的功夫，但很快又只能咬緊下唇，把所有的聲音努力藏起來。

三個月沒見，實在是太久了。

白少爺起初還覺得米陽不出聲，像少了點什麼，這對他來說也是新鮮的體驗。能開口說話的時候，有說話的好處。

米陽隱忍不發，眼睛裡濕潤起來，也別有一番味道。

白少爺吃了再吃，填飽了肚子才恢復了人前的斯文樣子。

米陽累狠了，像從水裡撈出來似的，連動手指的力氣都沒有，小聲道：「我想洗澡。」

白洛川宛如吃飽饜足的野獸，這會兒凶性散去，跟馴服了般，什麼都聽米陽的，恨不得把人捧在心尖上，聽見米陽這麼說，立刻抱著去了套房裡的小浴室。浴室裡面有個浴缸，對兩個男生來說有些小，但這會兒白少爺黏人得很，一時一刻都分不開，就抱著米陽，讓他趴在自己懷裡一起泡了半天。

白洛川一手摟著米陽的腰，一手撫摸著他的頭髮，有一搭沒一搭地跟他閒聊。

米陽累得眼睛都睜不開，聽著他說那些條款，跟聽催眠曲一樣。偶然聽到一句「想辦法籌錢」，米陽這才略微提起精神，問他道：「是缺錢了嗎？」

白洛川親親他，也不瞞著，「嗯，我要籌備一個新公司，跟我媽那邊分開。」

米陽道：「你存在我帳戶的那些錢都拿去吧，我三姨這個月也打了一筆錢來。」

程如在山海鎮上的家具生意做得紅火，之前米陽陸續提供了幾樣款式的圖紙，她收到後按紅利分成給米陽，雖然沒有白洛川賺的那麼多，但累積起來也是不小的數目。

米陽趴在他胸前，閉著眼睛道：「要是不夠，把你買給我的那輛車也拿去……」

白洛川道：「那車不動，那是你的生日禮物。」

米陽唇角揚起來一點，閉著眼睛跟他接吻，「我收到最好的了啊！」

白洛川被他甜了一下，不知道要怎麼疼懷裡的人才好，他輕輕咬了米陽唇瓣道：「不用，已經夠了。我把你的錢也投進去，寫你的名字。」

米陽點點頭，生意上的事他不懂，隨白少爺折騰去了。

白老爺子在這邊治療了一週就回山海鎮了，他原本想帶米陽一起回去，但是米陽還有些事要回滬市，就約好了過年的時候再見面。

白老爺子這幾年和米陽的關係比跟親孫子還親，白洛川忙裡忙外，好些時候老爺子來京城，都只有米陽一個人陪著。白老爺子身邊不缺照顧的人，但是陪著說話的晚輩，他還是格外喜愛的，尤其是從小看到大的，幾乎是視如己出，當親孫子一樣疼了。

駱江璟公司忙，前幾天就離開了，現在只剩下米陽和白洛川兩人。

米陽光是收拾行李就用了三天，沒有別的原因，白少爺不但黏人還搞破壞，連隱瞞的意思都沒有，擺出一副不是很想回滬市的樣子。

白洛川瞧著他又開始往行李箱裡放東西，微微擰眉道：「家裡沒暖氣，老是開空調，你肯定又要流鼻血了。」

米陽低頭收拾衣服，「不會，我去年就沒事。」

白洛川藉口都不找了，過去抱住他一起坐在木地板上，長腿一伸，就把行李箱踢開些，將米陽圈在自己懷裡，不樂意道：「你回去之後肯定不讓我碰。」

米陽：「……」

這話換成幾天前，米陽可能會臉紅。自從家長走了，白少爺可沒少上下其手，他身上能有一件衣服就算不錯了。最過分的是，前天他根本就沒能自己下床，被折騰得沒脾氣了。

米陽側過臉去親他，耐心哄道：「那也得回家吧。」

白洛川不撒手，抱著他道：「你再陪我一天。」

米陽被他氣樂了，用頭撞他一下道：「別發脾氣了，再晚就趕不上小雪生日了。」

白洛川瞇著眼睛道：「看看，說實話了吧，你就是偏心你妹。」

米陽脾氣好，握著他的手放在自己胸口那讓他摸，笑道：「你再摸一下，還有良心沒有，我偏心誰你摸不出來？」

白洛川吃軟不吃硬，米陽態度軟，他那點脾氣就發不出來了，無非是跟他撒嬌，與在外面冷著臉大殺四方的時候完全不一樣。

米陽捏他耳垂一下，有點想像不出白洛川在外面工作時候的樣子。

米陽之前去新疆的時候都會提前打好招呼，兩個人時間都緊，他忙著課業，白洛川忙著生意，為了一點見面時間，他每次提前說了白洛川就空出完整的一段時間來陪著，所以米陽見到的，永遠都是這個帶著點任性，又愛跟他發點小脾氣的白少爺。

跟他從小到大接觸的一模一樣，好像在他面前特別放鬆似的，可以肆無忌憚地展露出自我，挑眉說出全部的話，但是太過分的米陽也不會同意就是。

「就再陪我一天……」

「一天都不行。」米陽又撞了他腦袋一下，輕笑道：「快閃開，別妨礙我收拾行李，不然我等一下不幫你收拾了啊！」

白少爺雖然跟他鬧上兩句，但該準備的東西也沒少。

他們回了滬市之後，米陽正好趕上米雪的生日。小丫頭盼了一年，終於見到哥哥，特別興奮。她今年十歲了，自己覺得是大孩子，幫著哥哥一起抬行李箱，又拿了拖鞋，忙前忙後，快樂得像是一隻小狗。

米陽把帶來的東西拿出來，大些的盒子給了程青，小的那個給了米雪。他伸手摸摸小丫頭的頭，笑咪咪道：「這是生日禮物。明天就是妳的生日，哥哥提前祝妳生日快樂。」

米雪抱著禮物眼睛亮晶晶道：「不算明天，還有四個小時就是我的生日，謝謝哥哥！」

小丫頭偎著米陽坐，美滋滋地拆禮物，上面的蕾絲蝴蝶結她很喜歡，小心拆下來說要收藏好，「哥哥每年送的都漂亮，比白哥哥送的還好看。」

米陽幫忙拆了禮物，問道：「他今年送妳什麼了？」

米雪比劃了一下道：「送了一個這麼大的滑雪板，有簽名的，不過我不認識那個人！」

程青正在拆大盒子，她讓米陽幫忙帶了兩種藥，程老太太這兩年高血壓需要吃的，京城醫院裡的比較好，之前特意打電話讓米陽帶回來。她聽見米雪半天也說不清楚，笑道：「是一個國外挺有名的滑雪運動員的簽名，洛川上個月特意打電話來，問小雪最近喜歡玩什麼，我就說她和同學約著寒假去滑雪。這孩子有心了，找來這麼好的滑雪板。」

米陽笑了笑，點頭道：「是挺好的。」

米雪這會兒拆好了自己的生日禮物，盒子裡裝著的是一個iPod nano，她一直很想要一個拿來聽歌，當下樂個不停，「哇！哥哥最好了！你怎麼知道我想要這個呀？」

米陽眨眨眼道：「我知道啊，小雪喜歡英語對不對？用這個多聽，對聽力很有幫助。」

小丫頭也對他眨眨眼睛，「嗯，知道！」

程青裝作沒看懂他們的小暗號，憋著笑看兄妹兩個耍寶。

米雪生日當天，按照慣例，米陽是要陪她玩一整天的，不過米雪她們學校舉辦了活動，利用寒假剛開始的時候辦了一個美食節，不少小朋友都參與，米雪也和幾個女同學合夥搭了一個小吃攤，要去賺自己的第一桶金。小丫頭跟哥哥說的時候帶著點難過，很快又拍拍米陽的手臂道：「哥哥，這樣好不好，我下午收攤早，回來我請你吃飯。」

她有點害羞，又挺起小胸脯得意道：「我用自己賺的錢請你吃飯。」

米陽捏了她鼻尖一下，「好啊！」

程青吃醋了，故意道：「那媽媽呢？」

米雪為難道：「也行吧，我們都少吃一點，媽媽也來。」

程青作勢要打電話：「我問問妳爸爸……」

米雪撲過去抱著她咯咯笑道：「媽媽別跟爸爸說，他來了我們就吃不飽啦！」

小丫頭又一次拋棄了親爹，不過大方地表示可以帶一份綠豆糕回來給米澤海吃。程青被她逗笑，不過因為「偷吃」有自己的份，又趕上米澤海出差還沒回來，她就在嘴上做了一個拉鍊的手勢，表示自己一定守口如瓶。

米雪喜孜孜地拿著生日禮物去下載歌曲，米陽以前用的舊筆記型電腦現在屬於她，小丫頭不但不嫌棄，反而覺得自豪，好像用了也能跟哥哥一樣優秀，半點沒嫌棄它是舊的，還幫它套了一個粉色的防塵袋保護著，瞧著特別有少女氣息。

米陽陪著她下載歌曲，又聽米雪嘰嘰喳喳地分享學校裡的事。

晚上米雪特別有精神，但是戴著耳機沒聽兩首歌就睡著了。她躺在小床上，粉紅色的枕頭和粉白色的睡衣，散開的頭髮還夾著一個亮閃閃的髮夾，小臉紅撲撲的，像是蘋果一般紅潤，看起來漂亮又健康。

米陽伸手幫她把髮夾摘下來，又幫她蓋被子，這才悄悄出去。

程青正在外面客廳講電話，聲音低但是掩不住笑意：「可不是，沒你的份呢，說你去了

我們都吃不飽，不過要帶綠豆糕給你……」她對米陽招招手，讓他回去睡，又繼續跟米澤海嗔道：「這你還不知足呀，那綠豆糕都不留給你了，我幫你吃吧！」

米陽回到房間，今天手機很安靜，簡訊只有一條，是幾分鐘前白洛川發來的「晚安」，像是也知道他在忙，沒有打擾他和家人的團聚。

不知道怎麼地，米陽忽然有點心疼起白少爺來了。不知道少爺現在怎麼樣，是不是還跟以前一樣單獨睡在那個大房子裡。

米陽手臂枕在頭下，側頭看了一眼窗外，微微嘆了口氣。

白洛川發完簡訊沒睡著，他不是一個人住在滬市的家中，而是還叫了兩個人陪著，這會兒正在一樓喝酒。

趙海生兄弟倆是第一次來他家，有些拘謹，但是幾杯酒下肚，人也放開了許多。

白洛川在新疆的工程需要和滬市的總公司交接，走一個書面報告的事，並不是很麻煩，不過為了周全起見，把趙海生兄弟叫了過來。他們忙了很久，白洛川有犒勞他們的意思，也想趁著現在清閒，給自己放幾天假好好休息一下。

喝了幾杯酒，白洛川眉頭也未見鬆開，抿唇道：「我有一個朋友……」

趙海生酒量還可以，瞧著臉微紅，但是腦子特別清醒，因此一聽到白總用這句話開頭，心裡就暗道一聲不好。一般這麼說的，可都是說自己啊！

符旗生酒量不如他哥，還坐在那認真聽著，一如往常的沉默。

白洛川端著手裡的半杯酒，斟酌片刻才繼續道：「我朋友有一個對象，算是熱戀期吧，分開一陣子都特別難受，但是時間久了，他很擔心對方容易厭倦……一般人都會那樣的吧？希望有自己的空間什麼的？」

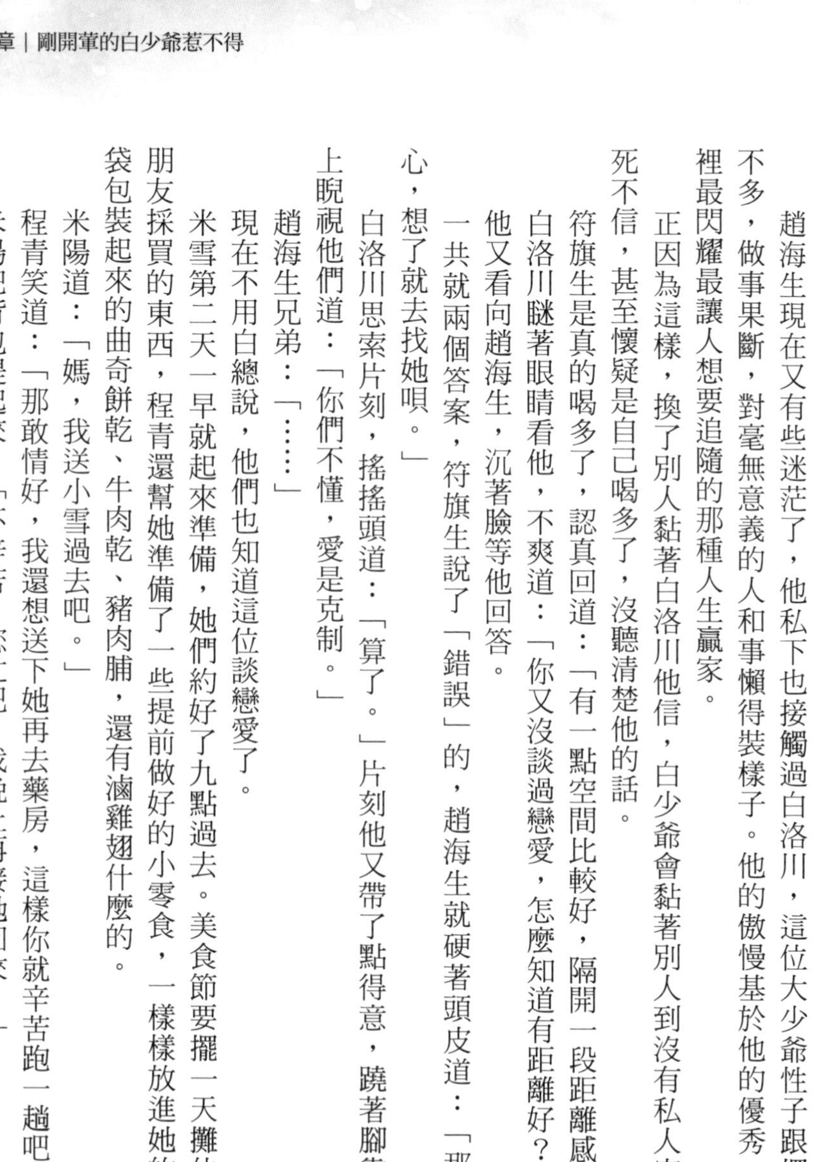

趙海生現在又有些迷茫了，他私下也接觸過白洛川，這位大少爺性子跟擺在明面上的差不多，做事果斷，對毫無意義的人和事懶得裝樣子。他的傲慢基於他的優秀，天生就是人群裡最閃耀最讓人想要追隨的那種人生贏家。

正因為這樣，換了別人黏著白洛川他信，白少爺會黏著別人到沒有私人空間？趙海生打死不信，甚至懷疑是自己喝多了，沒聽清楚他的話。

符旗生是真的喝多了，認真回道：「有一點空間比較好，隔開一段距離感情會更好。」

白洛川瞇著眼睛看他，不爽道：「你又沒談過戀愛，怎麼知道有距離好？」

他又看向趙海生，沉著臉等他回答。

一共就兩個答案，符旗生說了「錯誤」的，趙海生就硬著頭皮道：「那、那就活個順心，想了就去找她唄。」

白洛川思索片刻，搖搖頭道：「算了。」片刻他又帶了點得意，蹺著腳靠在寬大的沙發上睨視他們道：「你們不懂，愛是克制。」

趙海生兄弟：「……」

現在不用白總說，他們也知道這位談戀愛了。

米雪第二天一早就起來準備，她們約好了九點過去。美食節要擺一天攤位，除了其他小朋友採買的東西，程青還幫她準備了一些提前做好的小零食，一樣樣放進她的背包裡，有分袋包裝起來的曲奇餅乾、牛肉乾、豬肉脯，還有滷雞翅什麼的。

米陽道：「媽，我送小雪過去吧。」

程青笑道：「那敢情好，我還想送下她再去藥房，這樣你就辛苦跑一趟吧。」

米陽把背包提起來，「不辛苦，您忙吧，我晚上再接她回來。」

程青送他們到門口，還要給他們兄妹零用錢，米陽道：「媽，不用了，我有錢。」

程青拍了腦門一下，笑道：「瞧我，都給忘了，你現在跟你三姨合夥做生意，都是小老闆了。行吧，路上慢點，有事打電話給我。」

米陽帶著妹妹出門，剛走到社區外面，隔得老遠就看見白洛川的車。

白洛川今天沒帶司機，自己過來的，穿了一件薄外套和毛衣，不知道是不是湊巧，毛衣和米陽身上穿的是一個款式，連顏色都一樣。白少爺心情頗好，見了他們就打招呼道：「真巧啊，我剛好有事過來一趟，你們要去哪兒？」

這話別說米陽，連米雪都不信。

小丫頭從小到大都對白家的車有陰影了，覺得這車一來就是接她哥走的，忍不住撇嘴。

米陽戳她的臉一下，小丫頭歪歪頭，再戳一下，小丫頭就咯咯笑了，抱著他的手臂喊哥哥，特別的好哄。

白洛川見米陽牽著小丫頭的手過來，順手幫他們開車門，「要去哪，我送你們。」

米陽讓米雪自己坐後座，自己坐了副駕駛座，「去小雪的學校，今天有活動。」

白洛川見他伸手過來，下意識就想要握住。

米陽看他一眼，帶了點笑意道：「手剎車沒鬆開，你怎麼開？」

米陽幫他推好了，又收回手，安安穩穩地坐著。

白洛川只摸了一下小手，手指搓動兩下，也笑了道：「看見你，一高興就忘了。你駕照考得怎麼樣，看起來學得不錯。」

米陽道：「還有最後一門，寒假之後就考完了。」

坐在後面的米雪努力找話題，聽見這個立刻道：「我哥哥很厲害，一定能考滿分！」

米陽聽見後面的小迷妹堅定的語氣都樂了，白洛川卻跟著點頭道：「對。」

送了米雪到學校，米陽幫著她們整理攤位。他心疼妹妹，自己把活兒都包了。他不走，白少爺自然不會離開，也站在那幫忙，不過白洛川對廚房的這些東西實在不夠了解，幾次差點幫倒忙，還是米陽捲起袖子來給重新弄好，讓他站到一邊等著。

米雪也被哥哥推到旁邊，她和白少爺兩個人都不肯走，不過小丫頭內心還是略有不同的想法，她抬頭看看旁邊高大英俊的白少爺一眼，小聲嘟囔道：「我其實能幫上忙，我哥哥就是太疼我了，他捨不得我幹活。」

白洛川心裡也這麼想，卻是不好說出來，聽見米雪這麼說，揚了一下唇角。

他從小吃的橘子，都是米陽剝好了送到他嘴邊的呢！

幹活的人一句話沒說，旁邊兩個站著的已經在心裡說了無數句，一大一小都覺得自己才是最受寵的，膨脹得不得了，光站在那裡看都覺得特別自豪。

美食節開始了，人們陸陸續續進到校園裡，一排小學生的攤位很引人注目，來的人大多都是學生的家長和他們邀請來的小朋友，大家玩得高興，吃得也高興。

米雪她們攤位的小丫頭細心，綁了好些氣球在上面，五顏六色的相當顯眼，米雪和一個小丫頭賣零食，另一個小丫頭就賣奶茶，還分冷熱兩種，吸引了不少人來。有些人買的多，她們還會送一顆氣球。三個小丫頭都長得漂亮，笑起來更討人喜歡。

米陽留下來轉了一下，偷偷去看米雪她們的攤位，眼裡帶著點笑意。

白洛川也在看著，不過他只看了兩眼攤位，大部分時間都在看身邊的人。

他們兩個長得出挑，在人群裡頗為吸睛，尤其是白洛川，不少人看過來的時候眼裡都有幾分好奇，他這個年紀不像有弟弟妹妹在念小學。

白少爺並不在意，陪著米陽逛了一會兒，沒有絲毫不耐煩。

米陽見米雪她們那邊動作慢下來，走過去招手讓小丫頭過來，問道：「怎麼了？」

米雪有點著急，小臉都紅了，「哥哥，怎麼辦，我們準備的零錢太少了，都用光了，剛才跟其他同學借也沒有借到……」

米陽摸摸她的頭，「沒事，哥哥有辦法，妳等我一下。」

小丫頭用力點頭，可憐兮兮地待在她的攤位裡，另外兩個小丫頭也湊過來，像是三隻嗷嗷待哺的小松鼠，趴在那眨巴著大眼睛看他。

米陽身上沒零錢，白洛川倒是帶了錢包，打開來看，裡面除了大鈔就是信用卡，他試探著問米陽道：「我讓人送個ＰＯＳ機過來？」

米陽看他神情認真，連忙道：「不用，你陪我出去買點東西，找點零錢就行了。」

小學周圍一放假，很多商店都暫時歇業，幸好白洛川開了車過來，轉了一下就找到一家正在營業的花店。米陽讓他停下來，自己進去買了些花。

白洛川見他挑的都是紅色的玫瑰，心裡微微一動。

米陽特意讓老闆多找零錢，然後匆匆趕回學校，把零錢送過去給米雪她們。三個小丫頭都紮著小辮子，仰頭一齊快樂地喊：「謝謝哥哥！」

米陽手癢，捏了妹妹的小臉，瞧著她笑，覺得自己為她做什麼都開心。

白洛川還在惦記著那些花，不過米陽沒說，他也不好問。

玫瑰這種花，一般都是送給喜歡的人。

白洛川有點懊惱，他好像還沒有買過花給米陽，第一次要米陽自己主動，以後想起來總是有點遺憾。不過白少爺很快又覺得甜絲絲的，已經把那些花當成是自己的所有物。

米陽等小丫頭忙到中午，東西都賣光了，才和她一起離開。

上車之後，米陽為了獎勵妹妹今天表現得非常好，抽出幾朵花送給她。

白洛川眉頭皺了一下，又舒展開來。他看了後照鏡，確認還有那麼一大捧玫瑰就放心許多。米陽就這麼一個妹妹，疼愛些也無妨。

白洛川問道：「等一下去哪裡吃飯？小雪今天生日吧？我請客。」

米陽笑道：「不用，小雪之前說好了，她今天賺到錢了，她要請客。」

白洛川笑了笑，點頭道：「好。」

米雪賺的錢不多，精打細算後，決定請大家吃蟹粉小籠包。白洛川自然是捧場的，還特意去藥房接上了程青，一起去了南京路的一家老店。

店鋪是老闆自己的房子，沒有租金壓力，踏踏實實做了二十幾年的蟹粉小籠包，每天拆掉的蟹有幾百隻，做出來的東西鮮香可口，小籠包的皮薄得幾乎透明，沾醬醋最好吃。

米雪給大家每人點了一籠，還給哥哥多點了一碗蟹粉蝦仁餛飩，自己數著錢，給白洛川點了一碗鴨血湯。

米陽知道白洛川不怎麼愛吃鴨血，跟他換了道：「我喜歡吃這個，你吃餛飩吧。」

米雪就眼巴巴看著哥哥把好吃的給了旁邊的人，那人還理所當然地接受了。

程青中午吃過了，就吃兩個小籠包意思一下，見小丫頭吃得香甜，自己也笑了。

白洛川對請客的小朋友還是很客氣的，誇讚了幾句：「這家不錯，我和妳哥以前讀書的時候，經常買這家的東西當宵夜。」

米陽也想起來了，那是高中時候的事了，白洛川有陣子忙得很，請假出去之後，每次回來都會帶點心，這家還真是帶的次數最多的。

白洛川問道：「程阿姨，我下午帶他們去滑雪，您要是不忙就一起去？」

程青笑著搖頭，「不了，我還要回藥房，有你和陽陽陪著我也放心了，小雪跟著哥哥玩得開心點，晚上媽媽給妳做好吃的。」

米雪點頭答應了，她剛剛喝了一碗湯，小臉紅撲撲的都有些冒汗了。

飯後程青要自己走，白洛川不肯，堅持送她過去。他對程青這麼多年一直都當自己長輩一樣尊敬，在長輩面前一貫是好好表現。

米陽等程青下車，又喊住她，把後座那一大捧玫瑰抱起來送過去，笑道：「媽，這是給您的。小雪的生日您也要慶祝，平時都是我爸送，今年他出差不在，我替他給您補上。」

程青有些驚喜，低頭看了笑道：「我剛才就看見了，原來是你買的，我還以為是洛川送他女朋友的。這可比你爸送的氣派多了，他每次都只送一小束，也就夠插在客廳看。這花多，也給你和小雪臥室放一束。」她抱抱米陽，「還是兒子貼心。好了，你們去玩吧。」

白洛川一直等著，見他回來眉頭微微擰起來，遲疑著問道：「你剛跟程阿姨說什麼？」

米陽笑道：「沒什麼，送了一束花給我媽，她沒想到，還以為那是你要送女朋友的。」

白洛川道：「我沒有女朋友。」

他看著米陽，眉梢挑高，意思再明顯不過——男朋友倒是有一個，正好在旁邊坐著。

米陽拍拍他的手臂安撫道：「她開玩笑的，可能覺得你都工作了，應該有女朋友。」

白洛川看他一眼，緩緩道：「程阿姨說的也沒有錯。」

米雪好奇道：「白哥哥談戀愛了嗎？是不是特別漂亮的人？」

白洛川一邊調頭去滑雪場，一邊對她道：「對，是我見過最漂亮的。」

小丫頭「哇」了一聲，她覺得白洛川長得比明星還好看，被他這麼誇獎的，那得多美。

米陽原本計畫也是要帶米雪去滑雪場玩，米雪還邀請了幾個小同學。偌大的滑雪場今天格外安靜，只有幾位教練和米雪邀請來的小夥伴，都是單獨一對一的指導。幾個小丫頭很活潑，湊在一起嘰嘰喳喳特別開心。

白洛川買了兩杯熱咖啡過來，和米陽找了一處安靜的地方倚靠著護欄看著。

米陽喝了兩口，問他道：「今天人也太少了，你是不是包場了？」

白洛川點頭承認。

米陽道：「下次不要這樣了，她們玩不了什麼，太破費了。」

白洛川把皮手套摘下來一隻，溫暖有力的手掌握著米陽的，放在自己的口袋裡，對他道：「我怕人多你會害羞。」

雖然沒有人，米陽的臉還是有點熱，手指在他掌心摳動兩下，笑了一聲。

米雪她們由教練陪同去做纜車，等一下要從半山腰滑下來。米陽的視線追隨著妹妹，忽然手被握緊了一點，轉頭就看到白少爺湊近的臉。他嚇了一跳，向後躲著，笑著推他道：「別鬧，這是在外面。」

白洛川不肯後退，淡然道：「那些花全都給程阿姨了嗎？」

米陽點頭道：「對。」

白洛川道：「我以為我也有份。」

米陽：「……」

他又靠近些，帶著點不樂意的表情等著安撫，米陽只好道：「回去我買給你。」

白洛川想了一下，道：「也要玫瑰。」

米陽笑著點頭應了。

他們正在說話，就聽見不遠處一陣喧譁，有幾個抱著滑雪板的年輕人走了進來，門口的工作人員攔不住，為首的那個年輕人不悅地道：「什麼包場？我今天就要在這裡玩了，我兄弟好不容易從國外回來……你甭跟我說這些，什麼我不認識字？你認不認識我？這滑雪場就是我家開的，還跟我鬧！」

米陽動了兩下，把手抽回來。

白洛川也沒攔著他，他站直了身體，看向入口那邊，眼睛微微瞇起來。要是沒看錯，那邊跟著一起進來的也是熟人。

季柏安原本是閒著無聊跟朋友出來玩，沒想到還有這麼一齣，一時沒什麼心思了，正打算轉身走，看到不遠處站著的人，一下子就樂了，拍拍他朋友的手臂道：「人家工作人員也是盡職盡責，你好好跟人家說話。」他又指了某處道：「那邊的人是不是包場的那位？」

工作人員有些遲疑，還是點頭道：「是。」

季柏安笑道：「那沒事了，那是我表哥，都是一家人。」

他這麼說著，就揮手打招呼。

工作人員見他們確實認識，核對完身分，確認硬闖的是少東家，就放人進去了。

第五章 小乖，我愛你！

跟在季柏安身邊的小開叫做邵義亮，性格大咧咧的，家裡長輩跟季家交好，他媽和季柏安的母親駱江媛關係尤為好。季柏安偶然提了一句最近對滑雪有興趣，他就安排好了等他回國一起來家裡新開的滑雪場玩。都是十來歲的少年，最是愛面子的時候，覺得能把季柏安這個兄弟招待好了自己臉上也有光。

剛才被工作人員攔住時，邵義亮臉都紅了，但是知道輕重，隨著季柏安過去打招呼。

季柏安跟他們這幫人一起玩的時間長，這些少年自然都聽過白洛川的名字。別說現在，擱兩年前他也是別人家孩子的典範，沒少被父母提點著要向白家少爺學習。

他們比白洛川小一兩歲，一幫人玩的時候季柏安是他們裡面的小中心，這會兒季柏安站在白洛川面前規矩問好，後邊跟著的一票人自然也老老實實地喊了一聲「白哥」。

季柏安親親熱熱湊過去，問道：「你們怎麼來了？我那天還說有空一起來滑雪，你們不會是看了我的安排，特意來給我驚喜吧？」

白洛川朝另一邊抬了抬下巴，「不是，幫人過生日。」

邵義亮笑著上前搭話：「白哥，對不住，我剛才脾氣有點急了，之前也說沒聽過有人在這包場，您這是幫誰過生日？」

白洛川道：「給家裡的一個小朋友。」

邵義亮咧嘴道：「女孩子吧？白哥給我個面子，今天的費用全免了，算我的！」

季柏安想了一下，才想起來米陽有一個妹妹，他笑道：「那這樣，晚上我請吧。」他轉身又去問了米陽：「你想吃什麼，上回吃的淮揚菜不錯，我來之前就打聽好了，這次有家老店菜色聽說挺好的，晚上咱們試試去？」

米陽客氣道：「家裡準備了。」

季柏安湊近笑道：「別呀，每次我喊你做什麼都不來，就吃個飯，你老是這麼躲著我幹什麼？我帶著錢了，保管不讓你掏一分錢……」他手臂還沒搭上去，就被白洛川攔住問道：「帶滑雪板了嗎？」

季柏安愣了一下，答道：「帶了。」

白洛川道：「拿出來我看看。等一下先滑雪吧，玩兩把，晚上的事再說。」

季柏安就把帶來的滑雪板拿出來，又讓邵義亮去館裡拿了幾塊好些的滑雪板過來讓米陽挑，躍躍欲試想要教他。

「你還沒玩過這個吧？」季柏安翻找出一副護膝，得意道：「我來教你。去年我玩了一個冬天，特意雇了一輛直升機送到山頂，一路滑下來特別刺激，可惜這邊只能在半室外這麼玩一下，改天等你有空了我帶……」

白洛川接過護膝蹲下身幫米陽佩戴好，打斷他道：「不用，我帶他去。」

季柏安撇嘴，覺得他表哥很沒意思，「我都多大了，交個朋友你怎麼老攔著啊？」

白洛川頭也不抬地幫米陽扣滑雪板的防護帶，「你那邊那麼多朋友，你跟他們玩去。」

季柏安也轉頭看了一眼，邵義亮那幾個人已經自己玩去了。這邊設施很多，他們裡面有幾個還真會兩手，都忙著炫耀呢。他看了兩眼那邊的少年，又回頭看了安靜的米陽，不太樂意道：「我不愛跟他們玩，我就想跟米陽玩。那幫人跟孩子似的，太吵了。」

米陽看他一眼，季柏安趕緊露出大大的笑臉，喊他道：「米陽啊……」

白洛川沉聲道：「沒大沒小，喊哥。」

季柏安還是有點怵這個表哥，畢竟小時候被打怕了，從武力上壓根兒就沒贏過一次，但是心裡多少不服氣，「幹什麼啊，我喊一聲都不行？你不是也這麼叫嗎？」

白洛川當然不是這麼叫的，可那個稱呼更不能讓旁人喊，他擰眉看著表弟，「要麼好好喊人，要麼晚上自己滾回家去。」

季柏安眼珠一轉道：「你這是答應晚上跟我一起吃飯了？好好好，我喊哥，你倆都是我哥，成了吧？」他高興了，原地轉了一圈又問道：「你們這是給米雪過生日吧？等一下我再準備個大一點的蛋糕？」

白洛川道：「不用，你滑你的去吧。」

季柏安想去牽米陽的手，帶他一段，被他表哥黑著臉拍開，被趕到旁邊去做示範了。

季柏安覺得這樣也不錯，還能全方位展示自己的高超技術。他滑到旁邊做了幾個流暢的動作，見米陽在看自己，得意道：「怎麼樣？我的練習還是有成果的吧？」

米陽點頭，還沒開口說話，就聽見白洛川道：「還不錯，就是跟我之前看的不太一樣，我看他們玩得像是滑板一樣。」

季柏安道：「哦，那是單板，得去U型池。」

白洛川問他：「你會不會單板？」

季柏安道：「當然會。你們去U型池那邊等我，我去找塊單板。」他說完興沖沖走了。

白洛川伸手拉著米陽道：「好了，我扶著你，慢慢滑兩步試試，我帶你過去。」

米陽遲疑道：「我晚上得回家，我媽肯定等著了，不能讓她等太晚。」

白洛川伸出手拉著他往前滑行兩步，注意著他的平衡道：「沒事，傍晚我送你回去，不耽誤程阿姨和你們晚上吃飯。」

米陽疑惑道：「那季柏安……」

白洛川笑了一聲，「我答應他一起吃飯，又沒說跟誰一起，我自己去行不行？」

米陽被逗樂了，想著晚上這兄弟倆大眼瞪小眼坐在一起吃飯的樣子就想笑。

白洛川這麼保證了，米陽就放下心來，踏踏實實陪著妹妹在這裡玩了一下午。幾個小丫頭可以自己滑，他這邊是白少爺親自指導，又加上季柏安在一旁輔助，偶爾還秀一下新學的高難度動作。米陽學得還算快，一下午就有很大的進步。

玩了一會兒，米陽見妹妹額頭上有汗，怕她們這些小丫頭感冒，就請她們找地方坐下喝熱飲，買了幾杯薑汁撞奶給她們。

季柏安厚著臉皮也要了一杯這種甜兮兮的玩意兒，但是喝了兩口就丟在一旁跟米陽他們說話去了，倒是白洛川只要了一杯熱茶，捧在手裡略喝兩口潤喉。

米雪這個生日過得高興，坐下後就纏著米陽道：「哥哥，讓我看看寶寶！」

米陽拿出手機來，打開讓她看她的小企鵝寵物。手機裡的「妹妹」結婚了，因為和另外一隻叫「弟弟」的企鵝親密度很高，每天的任務都刷滿，這會兒已經生了寶寶。

小丫頭要看的就是它剛生出來的兩個寵物蛋，上面還散發著淡淡的光芒，米雪喜歡得不得了，看了一會兒又感慨道：「還沒出生呀？」

季柏安好奇道：「什麼寶寶？」

小丫頭就把手機拿給他看，道：「養在我哥哥手機裡的寵物寶寶，特別可愛，對吧？我哥哥可厲害啦，這次生的是雙胞胎呢，兩個寵物蛋，就是現在小寶寶還沒破殼。」

另一個小丫頭吸著奶茶道：「我聽說好像自己孵不出來，需要給別人孵才行。」

米雪道：「自己不能孵化嗎？我還想自己養呢！」

季柏安對這些東西沒什麼興趣，就是見米陽養的才好奇了點，聽她們這麼說就笑道：「要不這樣，我跟妳換吧？我去找個寵物蛋給妳，妳把這個讓給我怎麼樣？」他指了指米陽手機裡的那個問。

米雪有點捨不得。

季柏安閒著沒事，哄小孩玩：「妳看，妳自己孵不出來還不如給它找個好人家。我別的沒有，但是有錢，保管一輩子照顧得好好的。」

米陽忍不住道：「季……」

「不對！」米雪不高興地打斷他道：「錢不是萬能的，就像白哥哥家比我家有錢，我也不會給他家當孩子！還有我哥，他也不會去，對吧，哥哥？」小丫頭嚴肅地向她哥求證。

米陽一口水差點嗆著，「對吧。」

旁邊的白洛川也沒多在意，米陽不來，他過去就是，只要能在一起，這些都是小事。

季柏安沒聽出來，還有一搭沒一搭地逗米雪，「好好，是我的錯，可我是真喜歡呀，妳讓我養好不好？而且我還是妳哥的朋友，妳不信任我，還不信任妳哥哥的選擇嗎？」

米雪猶豫了，還真點頭答應要把那個寵物蛋送給季柏安，還希望他以後能抽時間發幾張小寶寶的圖片過來。

這話季柏安愛聽，立刻答應，含笑道：「沒問題，回頭我一起發給妳哥。妳不知道，我倆關係可好了，經常在網路上一起聊天呢！」

這次輪到米陽去看白洛川，白洛川神色如常，端起茶喝了一口，演技十分出色。

轉讓寵物蛋是米陽操作的，他和季柏安本來就是好友，送起來也方便，「你要哪個？」

擁有雙胞胎的米陽讓他隨便挑一個，沒有心疼的意思，倒是旁邊的白洛川微微皺眉，又問了一遍：「柏安，你真能養好？」

季柏安道：「當然，表哥，你也太看不起我了，一個電子寵物我再養不好，還能幹點什麼啊？」季家少爺大手一揮道：「甭挑了，兩隻都給我，我還養不起了？」

還真養不起，遊戲公司規定一個號只允許養一隻。

季柏安牙疼道：「好吧，我挑左邊這隻。」

米陽轉過去給他，季柏安收下那個寵物蛋，還跟米陽打趣道：「你生得這麼辛苦，我一定會好好照顧的。」

「也不是我哥哥一個人辛苦，白哥哥也幫了很多忙，那隻『弟弟』就是白哥哥養的。」米雪認真解釋道：「我哥哥一個人不行的，需要先給寵物找到配偶，還得買戒指，然後去教堂找凱茜確認求婚，反正結婚這回事很複雜啦！」

季柏安看著她在那邊感慨，笑得不行，轉頭看向自家表哥道：「這樣啊，妳哥哥一個人不行，還得我表哥努力呢！」

白洛川在外面不怎麼跟他們開玩笑，季柏安也只敢調侃一兩句，見好就收。

從滑雪場出來，白洛川送米陽兄妹回去，半路接到季柏安的電話，那邊給了一個地址，還問他們晚上喝不喝酒。

白洛川道：「不喝酒，要開車。」

季柏安笑道：「那你問問米陽，我這邊剛好收了兩瓶不錯的葡萄酒。」

白洛川道：「他也不喝。」

季柏安抱怨：「你管我一個就成了，怎麼把米陽也管得這麼嚴啊？」

白洛川沒再跟他多說，直接把電話掛了。

他送完米陽，正打算自己去赴約，見米陽自己返身回來，趴在窗邊問他：「你晚上開車注意安全，早點回家。」

這話聽到白洛川耳朵裡，就跟新婚小妻子叮囑他「別喝酒早點回家」沒什麼兩樣，他看著米陽，眼神柔和道：「好。」

路上沒什麼人，但畢竟是在外面米陽也不敢亂來，雖然兩個人一天都湊在一起，還是忍不住想再靠近一點。米陽伸手輕輕摸了白洛川的臉頰，看著他笑。

白洛川貼著他掌心蹭了蹭，又握著他的手放在唇邊親了兩下，視線沒離開過他，恨不得把人揣進口袋裡帶走，低聲問他道：「你明天有事嗎？」

「沒什麼事。」米陽道：「小雪要去補習班，我媽上午接送她，我可能要去藥房那邊替她守著。你也別專門跑一趟了，難得有幾天時間可以休息，就在家等著我唄。」

白洛川捏了捏他的手指，問他：「等到什麼時候？」

米陽有點不好意思道：「等我忙完就過去找你，晚上陪你一起吃飯？」

白洛川笑道：「好。」

他這次答應下來比在滑雪場答應和表弟一起吃飯的時候開心多了。

白少爺還想跟米陽多說兩句，米雪在不遠處已經開始喊「哥哥」了。米陽看了一眼，對他道：「我過去了，你路上開慢點。」

白洛川點點頭，瞧著他進了社區裡才開車離開。

晚上程青果然準備了不少拿手菜，全都是他們兄妹兩個喜歡吃的，程青還從冰箱拿了一個蛋糕出來，笑著道：「小雪，這個是爸爸送妳的蛋糕，他不在，讓妳替他多吃點。」

米澤海的電話剛巧打過來，米雪接起來，興奮極了，連喊了幾聲好爸爸。

米澤海疼愛一雙兒女，尤其是嘴甜的小丫頭和他最親，聽見之後笑得合不攏嘴。

米雪像小大人似的跟米澤海說話：「嗯，好吃，喜歡，爸爸最好了！請了呀，我中午請了媽媽和哥哥吃飯，哦，沒有買綠豆糕給爸爸……白哥哥來啦，他吃了好多，錢都花光了！最後五毛錢啊，買了泡泡糖，我和哥哥分著吃啦！」

米澤海簡直要聲淚俱下了，「那爸爸呢？爸爸一塊糖都沒有嗎？」

小丫頭咯咯地笑，開始逃避回答，沒一會兒又嬌氣地拖得長了尾音道：「爸爸什麼時候回來呀？我都想你啦……」

她這麼一說，米澤海心都化了，那點委屈也飛走了，又開始顯擺買了什麼零食給她。

程青在一旁聽著直樂，問米陽道：「是不是聽著這對話挺熟悉的？」

米陽笑道：「跟我小時候一樣。我爸這麼多年也沒點新意，說的話都沒變。」

程青道：「下一句不是果脯就是糕點，不信你聽。」

米雪那邊開著免提，果然沒一會兒就聽到米澤海道：「我還買了一份給妳哥，你們倆分著吃。這個米糕跟咱們那邊的不一樣，特別軟，還加了果仁餡……」

米陽聽著笑了。

飯後米陽跟程青要了藥房的鑰匙。平時寒假米陽只要回家，都會幫程青去藥房守著，尤其是上午的時間。米雪寒假要報才藝班，需要程青接送，這次也是一樣。

程青叮囑道：「那邊樓上都收拾出來了，兩個臥室，小的那間我放了幾箱葡萄糖，你中午要休息就睡那間大臥室。那裡沒什麼人住，你自己收拾一下。」

程青看他現在就要出門，有點奇怪地問道：「晚上就過去？」

米陽在門口一邊換鞋，一邊道：「嗯，晚上想趕個論文，要跟幾個師哥打電話討論，估計會忙到很晚，在那邊方便些。」

米陽帶了筆記型電腦過去，略微收拾藥房的房間之後，就開始寫論文。

他今年大三，不急著就業，現在寫論文只是為了繼續念書做準備。平日的實踐足夠了，但是他論文寫的有些少，幸好陳白微和那幾個師哥對他特別照顧，都願意幫忙，尤其是陳白微，不但用郵件替他通篇修改，還打電話過來跟他細細說了一遍。

陳白微跟在章教授身邊很久，對論文修改比其他幾個師哥拿手，還跟他吹牛道：「行了，這遍改完基本就成了。我跟你說，我這改論文的功力，再替你看三四年論文不成問題。」

米陽笑道：「師哥，你也要繼續留在學校嗎？直博還是碩博連讀？」

陳白微道：「這倆差別不大，直博頂多省一年。我不著急走，留著伺候老爺子吧。」

米陽道：「你對章教授真好。」

陳白微笑道：「老爺子對我也好啊。他們一家都是大好人，我以前吃不上飯的時候，多虧了他們家收留，說起來還是我欠了章家的人情，還一輩子都不虧。」

這是米陽第一次聽他說起這些，有些好奇。

陳白微卻是不再說了，讓他有事打電話給自己就掛了。

米陽還在想著陳白微那兩句話，手機就又響了，這次是白洛川打來的。

「剛才在忙？一直都占線。」

米陽道：「剛跟陳師哥聊論文的事來著。」

白洛川「哦」了一聲，又問他：「你現在……寫完了？」

米陽道：「差不多吧，怎麼了？」

白洛川安靜了半天，才小聲道：「我不想一個人睡，你偷偷開門放我進去好不好？」

米陽愣了一下，道：「你在哪兒？」

白洛川道：「在你家樓下。」

米陽：「……」

白洛川：「我也不知道怎麼的，腿不聽使喚，就往這邊跑。小乖，我就想看看你，我保證什麼都……」他話還沒說話，就聽見米陽道：「我不在那邊啊，我在藥房這裡了。」

白洛川聽見他說，把後半句保證的話咬斷，又問：「就你一個人？」

米陽道：「對啊，我媽在家陪小雪，我自己在守店。」

白洛川道：「你等我半小時，我馬上到。」

路上也順，一路綠燈開過去，比預計的提前了幾分鐘。

白洛川上樓的時候，米陽已經把論文修改好了，穿著格子睡衣幫他開門，笑道：「你這點卡得也準，還真是半小時，沒塞車？」

白洛川道：「沒有。」他視線落在米陽身上，等他倒水過來也不肯好好喝水，拽著他的手臂往自己懷裡帶，抱住了不撒手，還趴在米陽脖子那裡聞來聞去。

米陽被他弄得很癢，躲了一下笑道：「幹什麼呢？」

白洛川啞聲道：「我好久沒抱著你了。」

這話說得倒是沒錯，見面不能牽手，不能說心裡想說的話，視線黏在對方身上越久，越是想要和對方肌膚貼近，才能確定這是屬於自己的。

米陽問他：「晚上吃得好嗎？」

「晚上柏安帶了一個人過來，一個比他大三歲的女生，他介紹說是剛交往的女朋友。他們牽手，互相給對方夾菜，什麼甜言蜜語都能當著所有人的面說出口……小乖，你說可笑不可笑，他們才認識半個月。」白洛川答非所問，抱緊了米陽道：「我坐在那裡特別嫉妒他

們，根本吃不下什麼。」

米陽揉了揉他的頭髮，放軟聲音道：「沒事啊，我不想要那些。」

白洛川抬頭看著他，米陽就湊過去親他，安撫道：「你也別在意那些了，如果你是女生，小時候哭得滿地打滾，我也不會陪你睡覺了。」

白洛川嘴角動了一下。

米陽用手指戳他的臉，「剛偷笑了吧，我都看見了。」

白洛川這才笑了，感覺到那根手指在戳自己的臉頰，也不嫌棄，咬住了手指肚磨了磨牙齒，又舔了一下，「我要是女的，你得娶我。」

米陽點點頭，「男的也要啊！」

白洛川心裡那點陰霾被吹散了，一點都不去想餐廳裡那個情景了，他甚至還有點慶幸，幸虧他們相遇得早，幸虧他們都是男生，所以他可以把米陽早早圈在自己的地盤裡，盯著他一點一點慢慢長大，長成自己最喜歡的樣子。

他晚上沒吃什麼東西，這會兒也餓了。藥房有個小廚房，米陽就去煮麵給他吃。瞧著白洛川吃得香，自己也有點餓了，拿了碗來分吃一點。

藥房比起白家太過狹窄，白洛川完全不在意，吃飽就自覺地跟著去了臥室，想要在這裡留宿。米陽的睡衣他穿不下，湊合著找了一件浴袍給他。白少爺藉著「心裡受傷」的理由還試圖想和米陽一起洗澡，被米陽推進去把門關了，這才老老實實一個人洗了。

換他洗完頂著毛巾出來的時候，就看到白洛川坐在床邊正在看床頭櫃上的照片。

那是他們全家很久以前拍的一張合照，米雪那時正在換牙不敢笑，抿嘴做個小淑女。

米陽看了一眼，「怎麼了？」

白洛川沉吟道：「沒，就看後面好像是個花圃，開的是玫瑰吧？」

米陽笑道：「知道知道，我欠著你一束花，明天就補上。」

白洛川又道：「你以前買花都是給女生，小學的時候搞那次義賣，剩下那幾朵花給了王依依，初中那會兒送花給女同學，高中還買過花給文老師……」

米陽抗議：「初中我沒送過啊，那是全班的提議，要在聖誕節那天送花給咱們班的女生。你自己不參加團體活動，還說我？」

白洛川道：「那甯寧呢？她還送你情書，要不是我當時看得緊，你早就被人拐跑了。還有山海鎮上那誰，叫什麼楊柳？」

米陽道：「楊柳青？」

白洛川更酸了，看著他道：「你還記得她的名字啊？」

米陽心想他當然記得清楚，上輩子楊柳青還差點和白少爺「結婚」了，他還去送了禮金呢，能記得不清楚嗎？但是這話不能說，聽著白洛川坐在床上念叨：「你一見到人家就跟著跑了，從小就喜歡漂亮的吧？」

米陽點點頭道：「我還真喜歡了一個校花好多年。」

白洛川瞇起眼睛道：「誰？」

米陽戳了戳那張合照，自己先笑了，「我媽，漂不漂亮？」

白少爺也笑了，笑過之後就把米陽暴力鎮壓了。

他心裡有多喜歡米陽，就有多擔心外界的誘惑。季柏安那個小兔崽子都換了好幾個女朋友，米陽這麼好，他要是不注意，得有多少人伸手來搶？

他這麼想著，用的力氣難免就有點失控。米陽小聲喊疼，白洛川清醒了一點，被壓在身

下的人抬起手勾著他脖子，一邊親一邊討饒似的小聲喊他的名字，白少爺就心軟了，恨不得把他捧在心尖上去疼去寵著。

弄到一半的時候，米陽忽然掙扎得激烈了些。

白洛川親他哄他都不見好，米陽讓他關燈，他又不捨得，「就開了一個床頭的小燈，不礙事，只給我看啊，誰都看不見……」

米陽推他一下，漲紅了臉也沒能起身，但手臂伸了出來，努力去把床頭櫃上的合照用指尖撥弄翻了。白洛川看過去，咬他耳朵笑道：「我家小乖害羞了？」

米陽覺得太羞恥了，像是在家人面前弄似的，把照片扣上了也覺得緊張。

白洛川低聲在他耳邊笑著，說了些又露骨又安撫的話，幾句下去，米陽身體都繃緊了，狠狠抓了他肩膀，還留了紅印……

另一邊，季柏安在家中研究新搞來的寵物蛋。

從本質上來說，他和他表哥白洛川都是怕麻煩的人，白洛川當初選擇了儲錢，季柏安也是一個資深的課金玩家，砸錢下去，卯足了勁兒讓剛破殼的小企鵝寵物迅速長大。

在金錢的加持下，小寵物開掛般的成長起來，很快就達到了十五級。

季柏安一晚上連女朋友都不理了，看了一晚的小企鵝也看順眼了，覺得這玩意兒還挺可愛的，一邊看它升級一邊查看「我寶寶現在能做什麼了」的攻略。十五級是一個門檻，可以結婚生子了。

季柏安摸著下巴想了一會兒，指揮著自己的那隻小企鵝去跟米陽那隻刷了好感度，並試著求婚。寵物樂園教堂裡的婚禮負責人凱茜露出振奮的表情：「不同代的寶貝需要到二十級才可以買戒指求婚，快快努力長大吧！」

季柏安托著下巴，懶洋洋地動動手指，把小企鵝刷到二十級。

他又去買了戒指，再求一次婚。

教堂的凱茜：「求婚駁回！寵物婚姻法規定，三代以內的直系親屬不可以結婚喔！」

這什麼垃圾遊戲，一個破智障企鵝養成遊戲還牽扯血緣？太嚴格了吧？

季柏安不服，又用小號養了一隻，一鼓作氣刷到了二十級，再次買了戒指，並填寫了米陽的號碼。這次凱茜露出震驚的表情：「天啊，對方已經結婚啦，您來晚了喔！」

季柏安：「……」

第二天早上起床，米陽恍惚著，被白洛川親幾下，閉著眼睛道：「你怎麼還不走……」

白洛川還在親，問他：「你讓我去哪裡？」

米陽清醒過來了，看了床邊擺放的家具，小聲道：「我還以為是在京城。」

白洛川道：「你想的話，我們就回去。」

米陽推他一下，沒讓他趁機再親下去，逗他道：「不行，爺爺他們還在山海鎮等我們。我都跟他說好了，回去要陪他們下棋，大夥兒一起過年才熱鬧。」

白洛川趴在他身上不起來，跟他膩歪了半天才起身，一邊穿衣服，一邊抱怨：「回去之後你又要躲著我了。」

這話說得有點強人所難，米陽也不想躲，但是白少爺仗著白家老宅寬敞房間又多，有好幾回故意抓他進去，也不管是什麼房間，興致來了就不放人，親起來沒完沒了。那會兒他們還沒有這麼親密，現在跟情竇初開的人似的，再被抓進房間多半就沒那麼容易出來了。

米陽能想到，白少爺自然想得到，這會兒故意給他下套。

白洛川問他：「你自己說吧，回去後幾天才見我一回，是不是冷落我了？我也不認識其

他人，你還不陪我？」

米陽沒接他的話，笑著道：「那你跟趙海生他們兄弟兩個一起玩啊，他們今年也回家。白老板今年賺了大錢，是不是應該犒賞部下？紅包得包厚一點。」

白洛川湊過去親他，「也包一個給你。」

米陽笑道：「我又不是你們公司的員工。」

「怎麼不是？現在就是了。過完年我就跟我媽那邊徹底分開了，你還是股東呢。」白少爺鼻尖貼著米陽的蹭了兩下，得意道：「我把咱們家的錢都投進去了，以後你可得照顧好我，不然我就不幫你幹活了。」

昨夜操勞到腰都隱隱痠軟的米陽，為了照顧好給自家打工的這位少爺，早上起來還是親自去做了早餐。白洛川很想幫忙，但是砸了一個碗之後，米陽忍無可忍把他趕了出去，指著客廳道：「拿著這個碗，去那邊坐好了等著吃飯。」

一個口令一個動作，這才讓廚房清靜下來。

託這些年跑步鍛煉的福，米陽身體還不錯，雖然有些累，但是猛一眼看過去也瞧不出什麼，休息一下就好了。他煮了兩碗雞湯麵，端出去和白洛川一起吃。白洛川也沒閒著，他學自由搏擊的時候教他的那個師傅是專門做野外求生訓練的，除了近身搏擊，刀也玩得好，白洛川跟著學了一些，把手上的水果刀甩出了花樣，切了一盤水果出來。

蘋果切得還不錯，獼猴桃略軟了點，不過也夠甜，他挑著最甜的幾塊餵米陽。米陽喜歡吃這兩樣水果，他就記到現在，托著下巴看米陽一口一口吃了，嘴角微微揚起來。

米陽留在藥房幫忙，白洛川就坐在旁邊陪著，不過沒待太久，他那邊來了幾個電話催促幾次，這才起身走了。他嘴上說著不忙，其實還是有不少事等著去處理，休假也就比平時多了喘口氣的功夫，就這樣也不妨礙他抓緊時間溜過來。

另一邊，老戴終於找到了人生的另一半，趕著在今年春節前結婚了。

他和文老師的婚事，讓不少同學都發自內心的喜悅，尤其是白洛川他們那一屆的學生，簡直比自己當了新郎官還自豪，那可是高一二班的文老師呀，他們幫著老戴追了好久，有些女同學還高興得哭了。

這幫孩子用了三年努力做好人好事，和對方班級做兄弟班，把他們最喜歡的兩位老師從講臺上湊到了現實中，如今這兩位老師要牽手走進婚姻殿堂了，簡直要甜死人。

老戴婚禮前還在準備給學生們用的卷子，上面雖然沒有補課的規定，但是他和文老師特別負責，給學生們準備了一些知識大綱和重點，從高一帶著就開始做足了準備。

老戴給學生們送了試題之後，有點不好意思，站在那沒走。

其實他還帶了一些喜糖，他和文老師這次想簡單辦個小婚禮，沒告訴太多人，邀請函更是只發給了親朋好友。學生們倒是有不少打電話來問的，想要參加，他們不想孩子們破費，也有老師這層身分在，便只讓他們口頭祝福，一個都沒請。

不請他們去婚禮，卻可以請他們吃喜糖，老戴清了清喉嚨正準備開口，就聽見班長忽然有了動作，他指揮兩個高個子的男生去把講臺上的投影機打開，又放了布幕。全班齊刷刷坐好一起看著緩緩落下的布幕，等著它播放出畫面。

老戴問道：「這是怎麼了？班長？」

這位班長比之前的白洛川聽話多了，揉揉鼻尖道：「您坐，這有點長，得看很久。」

老戴問他：「這是什麼呀？」

班長道：「是一個學長給的，我們陪您一起看吧。」

「這話說反了吧，應該是我陪你們。」老戴平時跟他們相處得好，當真找了椅子坐下，一邊看一邊笑道：「想看電影了是吧？只讓你們今天看啊，過兩天放假你們在家……」

他還沒說完，螢幕就開始播放了。

一個站在白牆那邊的戴眼鏡年輕男生咧嘴笑著，笑了一會兒才恍然道：「啊？開始錄了？好好，我說了啊！」他扶了扶鼻樑上的眼鏡，樂呵呵道：「戴老師，您還記得我嗎？我是您帶的第一屆學生，我都已經上班了！您看，我當初沒吹牛吧，我真的進中科院了，現在雖然只是個打雜的，但是相信有一天一定會有我的一間實驗室……聽說您要結婚了，我在京城給您送上祝福！祝您新婚快樂，百年好合啊！」

這個人送完祝福，緊接著又是另外一個，背景也換了，是一個溫馨可愛的家庭。這次錄影的也是個年輕男人，他站在那笑著道：「戴老師，我成績不怎麼樣，但是起步快！來來，你們快過來！」他招呼著，自己跑出鏡頭抱著一個白白嫩嫩的小娃娃並摟著自己的老婆過來，同樣一張白白胖胖的臉，一家三口特別像，笑意盈滿螢幕，他得意道：「戴老師，我結婚比您還早呢，你看，我們一家是不是都是特別有福氣的長相？戴老師，您可得抓緊呀，我都當爸爸啦，祝您早生貴子！」

接下來是一對小情侶，站在大學校園門口拍視頻，男生笑著道：「戴老師，您幫我跟文老師說聲抱歉，我一直藉著兩班交流追她們班的小瑜來著。」

女生吐了吐舌頭，俏皮道：「我們沒早戀啊，文老師，我跟他說要先考上同一所大學才答應呢！我們現在都考上政法大學了，沒辜負您和戴老師的期望！」

男生牽著女生的手相視一笑，又一起看鏡頭道：「戴老師、文老師，祝你們新婚快樂！現在我們也想跟老師申請，請批准我們談戀愛！」

幾段祝福之後，米陽的身影出現在了螢幕上，他站在新疆的戈壁某處，笑著道：「我是○三級高一二班的團支書米陽，現就讀於京師大學考古文博院。這裡不是流放我的地方，最新文物出土的地方禁止拍攝，我只能到這裡來了，請大家放心。」他說完又道：「我見過最古老的東西就是愛情，文老師，恭喜妳得到了屬於自己的愛情，祝妳和戴老師新婚快樂！」

替他拍攝的人聲音帶著磁性，道：「不再多說兩句？」

米陽想想又道：「我們當初幫著一班補習兩個月古文知識，沒虧，幫的都是自己人。」

他自始至終笑著說完，笑容很暖，老戴聽到他說最後一句，忍不住跟著笑了，他隱約覺得拍攝那位說話的聲音很熟悉。

米陽說完，白洛川出現了，他的背景和米陽的一樣，只是身上穿著正經了些，雙指併攏在額前敬了個禮，旋即笑道：「○三級高一二班，班長白洛川報到！」

班上的學生紛紛小聲議論，原因無他，有些人天生就是鏡頭的寵兒，剛才的米陽已經是帥哥了，眼前出現的這位白班長更加耀眼。分辯起來，前一位是溫潤如玉的謙謙君子，這位則擁有在陽光下足以閃耀到人臉紅心跳的英俊面孔。

老戴「啊」了一聲，這才想起米陽錄影時說話的人的聲音，笑道：「原來是他。」

「我簡單說一下我的履歷吧，整個高中期間表現良好，負責二班的打掃區域兩年。」白洛川在鏡頭前說著，「對了，二班現在講臺前還有運動會一等獎那個獎盃嗎？」

坐在下面的同學都笑了，有些人跟著起鬨，也不管他在視頻裡能不能聽見，就扯著喉嚨大聲喊道：「有……」

視頻裡的白洛川略微頓了一下，然後得意道：「我猜應該還在。你們記得啊，那年的五千米第一名也是我替二班跑出來的。文老師，我們老戴對您一直很好，您放心，他以後會對您更好。如果他不聽話，您就拿那個獎盃砸他。」

大家都哄笑起來，老戴也笑了。他這個班長不開口還行，一開口說話簡直像是二班的臥底，要不是他攔著，這位當年恨不得搬著桌子投奔二班了。

就像剛才那個學生說的一樣，視頻很長，但是大家有足夠的耐心和時間看下去。

裡面出現了很多人，他們之中有大學生，站在大學校園笑著送上祝福；也有出現在研究所的的身影，穿著工作時的白大褂笑著喊一聲「戴老師恭喜您」。有帥氣的男生，也有漂亮的女生，每個都是老戴熟悉的人，都有著朝氣蓬勃的面孔。

視頻播到最後的畫面是，所有人彙聚成一個小小的方格凝聚成巨大的心形，聲音交雜起來彷彿能聽到天南海北的聲音。他們像是蒲公英的種子一樣，在金秋時節飄散到全國各地，又因為相同的理由，數百人湊到一個視頻裡，只為了說上一聲恭喜。

老戴看著視頻裡一聲聲的「老師」，眼淚都快要掉下來了，視線模糊得看不清楚，只能摘下眼鏡擦了一把，把眼角的淚抹去。

視頻結束，小班長抱著一大束玫瑰花過來，火紅的顏色把他的臉都襯得微紅，他道：「戴老師，祝您新婚快樂！這是我們全班的禮物，請您收下！」

老戴接過花的那一刻，哽咽得說不出話，大家快樂地喊道：「要喜糖！要喜糖！」

老戴大手一揮，眼淚還未乾就咧嘴笑了，「有，每個人都有！」

老戴分完喜糖，換來一張光碟和一束玫瑰花。

婚禮前夕，他站在工作多年的地方，收到了一生中最珍貴的禮物。

過年的時候，米陽提前幾天帶著妹妹回了山海鎮。

程老太太這兩年身體還算硬朗，就是有些慢性疾病一時好不了，斷斷續續吃著藥，年紀

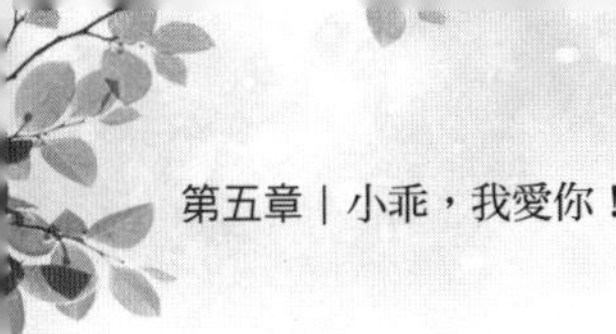

大了只能盡量調養。老太太沒料到米陽兄妹兩個今年提前回來，高興得不得了，又張羅著要去給他們準備吃的，「家裡沒什麼好菜了，我去買些回來。陽陽啊，洛川是不是也回來了？你問他來不來吃飯，我多買些菜。之前他不是說琥珀核桃仁好吃嗎？這次都準備著了！」

米陽把包放下，回道：「他沒回來，得過幾天，他上班挺忙的。」

程老太太很驚訝，「是寒假實習嗎？現在就去啦？」

米陽笑道：「算是吧。姥姥，您要買什麼列個單子給我，我去買回來。」

程老太太就念了幾樣菜，見米陽記下來，便安撫他：「不急，晚幾天去上班挺好的，你多在學校待段時間，出來就累啦，得存錢買房子什麼的，要想的事可多著呢！」

米陽這才明白老太太是怕他見白洛川已經「有工作」自己會著急，就笑著點點頭道：「我知道。姥姥，我出門了，很快就回來，讓小雪陪您。」

小丫頭特別乖巧，抱著老太太甜甜地喊人。

米陽買了菜肉回來，自己套了圍裙不讓老太太忙活，對她道：「姥姥，您就在旁邊指揮，我正好跟著您學點手藝。」

程老太太想了一下，道：「好吧，將來都用得著，現在的女生都喜歡體貼顧家的。」

米陽沒反駁，認真學著，手腳麻利地做了三菜一湯。

程老太太和他們一起吃飯，她其實嘗不太出鹹味，年紀大了口味重些，但是醫生又囑咐了高血壓要少油少鹽，她吃不出，還特意問了米雪好不好吃。

小丫頭是她哥的鐵桿粉絲，一邊點頭一邊豎起大拇指道：「特別好吃！」

對於這樣的誇獎，米陽坦然接受。

白洛川趕在年二十九回山海鎮，回來也沒閒著，瞧著老宅裡空蕩，雖然貼了春聯和福字也還是有些冷清，就自己去庫房找出紅燈籠之類的掛了起來。白老爺子給老宅裡做事的人放年假，讓他們回家團圓去。白洛川回來的時候老宅沒什麼人，他就自己捲起袖子掛了一下午，傍晚的時候還開燈試了試。紅彤彤一片，喜氣洋洋的非常漂亮。

從白老爺子生病開始，他每年都這麼做。剛開始是覺得老爺子生病，去去晦氣，後來就想著過好每一個年，讓大家都高興。

白洛川在花園掛燈籠的時候，米陽正好送東西來給老爺子，瞧見了先過去從下面把燈籠給他托正了，幫了把手。

白洛川手裡一輕，一邊把銅鉤掛好，一邊往下看了一眼，笑道：「你怎麼來了？」

米陽道：「我送點吃的來給白爺爺。」

白洛川從梯子上下來，「都有什麼？」

米陽道：「剛出鍋的紅棗糕、發糕，還有幾個紅糖開花饅頭。」

白少爺挺感興趣的，眼睛瞧著籃子還在問：「有黃米年糕嗎？」

米陽搖頭道：「沒有，那個要今天晚上蒸，明天早上才能吃到，到時我送過來。」

白洛川道：「不用，我過去吃吧。要煎年糕，沾白糖吃的那種。」

米陽答應了，又把那籃吃的送進小樓放下，出來幫著白洛川把燈籠掛完。

天還沒黑，白洛川就忍不住把燈籠都打開來。張燈結綵的，映襯得人臉上都泛著紅暈。

白少爺就喜歡這樣熱鬧的氣氛，覺得這樣才有年味。

米陽忽然問他：「門口這幾個大燈籠去年沒見過，你新買的吧？」

白洛川手臂搭在他肩上，挑眉得意道：「對啊，偷偷塞到庫房裡的，漂亮吧？」

米陽道：「這要是讓白叔知道，又要說你浪費了。」

白洛川道：「不管他，他過他的，我活我的。一輩子那麼多個注意，多沒勁兒。我沒偷沒搶，自己賺錢掛個燈籠都不行？」他說著又皺了一下眉頭，嘲諷道：「而且他已經回來了，今年來得倒是早。」

米陽愣了道：「你怎麼知道的？你看到白叔了？」

白洛川懶洋洋道：「我在這掛了一下午的燈籠，哪兒都沒來得及去，還沒見到他。」

米陽奇怪道：「那你怎麼知道白叔回來了？」

白洛川輕笑一聲，貼近他耳邊道：「平時早都掛好了，也只有他，一個燈籠都管著。」他聲音輕，這話也不用特意放低了說，就是故意做出樣子來，還朝米陽耳朵吹了一口氣。

米陽躲開來，揉著耳朵看他，臉頰微紅道：「別鬧！」

白洛川道：「這算什麼鬧？我跟你說話而已，不然我『鬧』一個試試？」

米陽躲開他兩步，正巧手機響了，他掏出來的時候白洛川瞧見了名字，問他道：「哪個吳小姐？你什麼時候認識了一個吳小姐啊？」

米陽道：「陳師哥介紹的差事，幫著她找文獻資料來著……」

白洛川聽著他接起來，對面那聲音冷冷清清的，他反應了一下才想起來這是吳雙安家裡的那位大小姐吳霜，之前在新疆他們見過一面，這女的還一直跟米陽說話來著。他聽著米陽耐心跟她說話，心裡酸意都湧上來，等米陽說了一句「回學校再詳談」之後，吃醋道：「你跟她有什麼好談的啊？」

米陽道：「她要找幾個玉佩，有些圖案拿不準，需要我從檔案室幫她借閱資料。」

正說著又一條簡訊發來，白洛川眼尖又瞧見吳霜的名字，作勢搶了手機拿起來舉高了不給米陽，「哪有大過年工作的，又是電話又是簡訊，沒完了她？讓她去找陳白微，你把錢退

給她，這差事不接了！」

米陽伸手去抓他手臂，哭笑不得道：「怎麼可能，我都答應人家了啊！」

白少爺特別堅持，「違約金我出，加倍還她！」

「這不是錢的事，你先給我看簡訊……」

樓下花園裡兩個年輕人鬧了一陣，倒是讓樓上的人看了一齣笑話。

白老爺子站在陽臺那笑呵呵的，滿眼的慈愛，瞧著那兩個臭小子鬧騰也只覺得他們感情好，沒有半點嫌棄。

白敬榮陪在老爺子身邊，他幾年來第一次能請到年假，沒在別處多耽擱，立刻就回來探望父親了。他跟著看了一會兒，倒是沒看白洛川，只是瞧見映入眼中的各色深淺不一的紅，略微皺眉道：「爸，這樣是不是有些浪費了？」

白老爺子看他一眼，慢悠悠道：「這些都是前兩年用過的東西，一直放在庫房裡收著。洛川有心了，每年都特意回來整給我這個老頭子看。」

白敬榮道：「也不是不能掛燈籠，我是說，這太多了，裡裡外外幾十個……」

「我倒是覺得這樣很好，人這一輩子啊，生不帶來死不帶去的，也就能多看上兩眼。」白老爺子打斷他的話，拄著拐杖站到玻璃窗前看著外面，一邊看一邊笑道：「可真漂亮，不知道明年還能不能看見？」

白敬榮不敢說話了，他光聽著這句就忍不住眼眶微紅，藉口要做事先出去了。

白老爺子站在那沒動，看著外面天色漸晚，暖融融的燈光照著年輕人。

那兩人跟小時候一樣，做什麼事都愛湊在一處，有商有量地又掛了一串小彩燈。離著太遠聽不見他們說什麼，但是剛才的小矛盾早就過去，兩人又是笑著的了。

白老爺子嘆了一聲，搖頭笑道：「也不知道還能不能看到……」

他的孫子很爭氣，一路跑步向前，比任何人都優秀。是他的身體不行了，這一年來反覆著，撐著這一口氣太久。他覺得累了，但總歸還想多堅持兩年，想再陪陪他們。

至少看著他們長大成人，過上想要的生活。

過年的時候，程老太太這邊最熱鬧，家裡來了很多人，小輩們尤其多。老三程如挨著老太太買的那個房子派上用場，上下三層七八個房間全都準備了新的棉被，姊妹們回來，只管讓她們安心住下。四個姊妹湊在一起說話，說什麼都開心，一肚子說不完的話。

米澤海和程青也回來過年了，他們先去陪著米鴻吃了團圓飯。米鴻性子和之前一樣，飯後都沒讓他們收拾，又趕著他們回去了。

米澤海站在門口道：「爸，您要是不願意我在這邊陪著，那我讓陽陽過來……」

米鴻當著他的面把門關上，「啪」一聲差點打到他。

米澤海揉了鼻尖一下，又喊了他一聲，還想說話，旁邊的程青拉了他衣袖搖搖頭，壓低了聲音道：「你還說？沒看出爸生氣了嗎？」

米澤海苦著臉道：「我也沒做什麼，怎麼每次陽陽來都被誇獎，我來就關門趕我走？」

程青被逗笑了，拽著他往回走，「陽陽來的時候從來不像你這樣多話，別說爸，我聽得耳朵都要起繭子了。翻來覆去就那麼兩句，光問做健檢沒有就問了三遍。」

「我那不是一年沒見到他了嗎？我擔心啊！」

「爸一年到頭還就想圖個清靜呢！」

兩個人一路說著話回到程老太太那邊，春晚剛開始不久，一家人正在一邊包餃子一邊看電視說笑。見他們兩口子回來，程如立刻道：「喲，大姊夫來得正好，擀餃子皮吧，這活兒全家就屬你做得最好了！」

米澤海脫了外套，洗手回來接過擀麵杖，坐在小板凳上開始忙活。人多熱鬧，一人一句說著平日裡有趣的事，米澤海之前的低落情緒很快就被分散了。

米陽要過來幫忙，被程老太太趕走，「這裡有大人在就夠了，你去那邊跟他們玩吧！」她指著旁邊小孩扎堆的地方，也不管米陽現在都念大學了，還拿他當自己的心肝肉疼。

米陽道：「姥姥，我想跟您一起，我洗個碗什麼的都行。」

老太太不依，推著讓他走。

米陽去了孩子堆裡，那邊五個孩子都抬起頭喊了一聲「大表哥」，米雪也跟著喊。米陽被小丫頭逗樂，捏她小臉一下，笑道：「妳跟著喊什麼？我是妳親哥。」

小丫頭咯咯地笑，兩個口袋裝滿了奶糖，不知道是程老太太還是哪個姨給塞的。幾個姨家裡的孩子都比他小一些，米陽拿了副飛行棋出來帶著他們玩。桌上零食多，誰也不急著吃飯，幾個女孩兒更是全神貫注看著春晚，看見自己喜歡的明星特別高興。

大家看著春晚，說著來年的奧運。

程如道：「要我說，咱們全家約個時間買票去看，現場加油才好呢！」她興奮道：「媽，您不是一直說想去京城玩嗎？陽陽讀的大學您還沒看過呢！」

程老太太剛想說年紀大了不想去，聽見後半句硬生生拐了個彎：「去看看也好。」

米澤海立刻道：「那我負責買票。我時間緊，可能跟不上大部隊，我們家就派青兒和小雪當導遊，陽陽當地陪。」

程如道：「那我把住宿包了！」

程春晚了一步，就說：「那咱們統一服裝吧，衣服歸我管。」

程歌笑道：「姊姊多了就是好，我想半天，吃飯就歸我吧，你們可都別跟我搶啊！」說話的功夫，餃子包好了，大鍋煮著餃子，旁邊的小炒鍋也忙個不停。先上四碟涼菜拼盤，緊跟著是幾道炒菜。砂鍋裡有下午就燉好的雞鴨肉湯，魯市人不愛吃蒸魚，但是逢年過節都喜歡弄條大鯉魚應景，尾巴紅得喜慶，做糖醋鯉魚，酸甜可口，孩子們最喜歡了。

一道道菜端上桌，男人們開了酒，米澤海也倒了一小杯給米陽，讓他陪著喝了點，程老太太她們和孩子們則是喝果汁。大過年的，孩子們嘴巴甜得很，揀著好聽的吉祥話說給老太太聽，哄得她笑個不停。

老太太晚上提前先睡了，年紀大了熬不住，不留下陪大家守歲。幾個小的難得能有熬夜的機會，誰都不肯去睡，幾家長輩陸續要回去休息，臨走前叮囑他們就在老太太這邊睡下，不許太吵鬧。

除夕夜陸續有人家放鞭炮和煙花，米陽給了弟妹們一些仙女棒，讓他們拿著出去玩了一會兒，等到半夜又熱鬧了一陣。

零點剛過，米陽就接到白洛川打來的電話，聽著那邊也在放煙花，在一聲聲爆竹聲裡互相跟對方拜年問好，米陽道：「白爺爺睡了吧？幫我問好，明天我再過去跟他拜年。」

「沒呢，他在我身邊，你跟他說吧。」白洛川說著把手機給了白老爺子，自己笑著看他們一老一少寒暄。見他們說了半天都沒有掛斷的意思，也不催促，自己穿了厚外套去院子裡又放了兩串鞭炮，圖個喜氣。

等他回來的時候，白老爺子正和米陽聊到明天的安排：「好好好，我這兩天悶得很，你來吧，陪我說說話。你們家那幾隻小猴子也帶來，這邊地方大，夠他們玩啦。」

白洛川問道：「明天米陽要來？」

白老爺子把手機還給他，心滿意足道：「來，說要來陪我一天。他家裡親戚們都湊一處去了，倒是不用來回跑著去拜年，挺方便的。」

白洛川道：「咱們家的也湊在一處，趕明兒讓小乖好好跟您拜年。」

白老爺子臊他臉皮厚，白洛川倒是不在意，他跟老爺子在一處的時候格外安心。白老爺子早幾年就知道他和米陽的事，還在那討紅包：「我的給了，小乖怎麼也得有一個吧？」

白老爺子噓他，伸手趕他走，「你快滾吧，一家就給一個！」

駱江璟和白敬榮攜手過來，他們手裡拿著兩個紅包，見他們爺孫兩個在笑鬧，只聽到最後一句，駱江璟跟著笑道：「說什麼呢，這麼熱鬧？一家一個什麼？」

白洛川還未開口，白老爺子就說：「一家一個紅包，你們家的洛川領了。」

駱江璟道：「您這邊給了，我們也不能落下。洛川，給你，這是爸媽包的。」她遞了兩個紅包過去，又推了推丈夫，白敬榮就點頭道：「拿著吧，這一年你做得很好，辛苦了。」

白洛川過年心情好，笑著接過來道：「謝謝爸爸媽媽。」

駱江璟又拿了一個遞給他：「還有一個，明天你看見小乖幫我給他。」

白洛川坦然接過來，駱江璟坐著跟他聊了一會兒，十句裡八句都在聊米陽的事，母子倆說笑起來非常輕鬆，倒是旁邊的白敬榮多看了一眼，大概是覺得奇怪，但是看妻子和父親都神色如常地談論著別人家的孩子，他只當米陽特別優秀，沒有多想。

大年初一，登門拜年。

二〇〇八年初還沒有微信，年輕人之間大部分都發簡訊。遠些的親朋好友會卡著時間打電話，近些的人家，晚輩們一大早就起來去各家親戚拜年，圖的就是這份熱鬧。

米陽一早就來向白老爺子拜年，他只帶了米雪過來。白老爺子以前見過她幾次，對小丫頭非常熱情，還包了一個紅包給她。米雪不好意思要，抬頭眼巴巴看著她哥，見米陽點頭，這才接過去，害羞道：「謝謝白爺爺！祝您新年快樂，萬事如意！」

白老爺子笑呵呵道：「說得好，我這邊還真有一個小『如意』。洛川啊，去客廳抓一把給小丫頭，別愣著了。」

白洛川去客廳端了糖盒過來，裡面放著的是金箔紙包著的巧克力，捏成如意的形狀，一個個金燦燦的特別精緻。白洛川抓了一把給米雪，小孩兒口袋小，他手掌又大，這一把下去塞了兩口袋都裝不下。

米陽挑了幾個給她，剩餘的放回去，摸著她的頭道：「回去跟妳幾個姊妹分著吃。」

白老爺子問道：「你家其他幾個小孩呢？沒一起來玩呀？」

米陽道：「我就帶小雪過來跟您拜年，等一下還要回去，小雪她們想去廟會玩。」

白老爺子點頭道：「那邊是熱鬧，去吧，難得過年，好好放鬆一下。」他又敲邊鼓：「洛川啊，你也跟著去吧，年輕人老悶在家裡陪著我幹什麼，你和陽陽一起出去玩啊！」

白洛川應了一聲，拿了外套跟著出去。

也就是剛走到白家門口，幾句話的功夫，就問出了米雪的小心思。

「妳去那邊就為了吃糖葫蘆？」白洛川好笑地看著小丫頭，不過他個子高，居高臨下這麼看著，讓小孩有些緊張。

米雪道：「就是聽表姊說，有草莓串起來的糖葫蘆，不是人工種的那種，是野生的，又酸又甜特別好吃……我想買來給哥哥嘗嘗。」

大概是最後加的這句話討好了白少爺，他破例笑了一下，點頭道：「好吧，那我讓司機送你們過去。今年人太多，妳們自己去我和妳哥肯定都不放心。」

米陽道：「不用這麼麻煩。」

白洛川道：「沒事，總要有個大人跟著去你才放心。」

他這話說得，已經把米陽半路扣下來，換了司機去。

米雪眨巴眨巴眼睛，這時才剛聽出點什麼，「我哥不去啦？」

白洛川理所當然道：「他留下陪我，司機陪你們。」

小丫頭一臉的糾結，想不明白就來拜個年，怎麼把自己哥哥給丟了。

白洛川又道：「去了看見什麼想要的就跟司機叔叔說，買下來帶回家慢慢吃。」

白洛川有一陣子很不喜歡米雪，他覺得這個小丫頭的出生分薄了米陽在父母心中的關愛之情，但是現在不會了，米陽喜歡她，帶著愛屋及烏的心情，白洛川瞧著小丫頭也多了幾分疼愛，總歸覺得她是米陽一手帶大的，身上有幾分米陽的影子，對她也多有照顧。

只是比起能和親哥哥米陽撒嬌，米雪在白洛川這邊都是小心一些的，她覺得白洛川要求很多，比自己哥哥嚴格多了，但是也夠大方。

白洛川在一旁低聲跟米陽商量著，見他點頭答應留下，又道：「那等一下帶烏樂出去跑兩圈，昨晚放鞭炮的人多，沒讓牠出去，牠肯定悶壞了。」

米陽笑道：「好，我也很久沒看到牠了。」

米陽見妹妹仰著小臉看自己，笑著問她：「小雪想去哪裡？和姊姊們去廟會，還是跟哥哥一起遛小馬？」

米雪想了想，自己做了選擇：「我還是去廟會吧。」

白家的小馬一點都不小，比小丫頭高上許多，雖然神駿威武，但米雪見著還是膽怯，也不怎麼敢上去騎馬。她口袋裡還揣著姥姥給的錢呢，可以在廟會買好多小玩意兒。除了草莓糖葫蘆，還有閃閃發亮的貝殼手鏈。一想到這些，小丫頭就美滋滋的，有些迫不及待了。

兄妹兩個分開，一個和表姊妹們坐車去廟會玩，一個留下去遛馬。

白洛川和米陽帶著黑馬出去跑了一圈，烏樂踩著雪，特別開心，時不時打個響鼻。白洛川牽著牠，讓米陽坐在牠背上慢慢走的時候，烏樂似乎有些不太明白小主人為什麼不上來，拿腦袋使勁往他肩上和懷裡蹭，輕輕頂著要他也坐上來。

白洛川拍了拍牠，笑道：「怎麼這麼愛撒嬌？這可不是我教的。」

米陽坐在烏樂背上也不肯認這個罪名，好笑道：「難道是我？」

白洛川騎上來，伸手接過米陽握著的韁繩，把他一起圈在懷裡道：「我瞧著像。」

米陽道：「我一年才見牠幾回，這也能賴到我頭上……」

白洛川跟他咬耳朵道：「那是我的馬聰明，瞧見一會兒就學會了。」

他貼得近，馬背上就這麼大的地方，尤其是他上來之後烏樂明顯就跑得更快了些。米陽被摟著腰，耳邊傳來輕笑聲，「別動，小心掉下去。」

米陽手放在他手臂上，歪頭躲開一點，「那你也老實點。」

白洛川不肯，「前兩年我就想給烏樂找個女朋友，牠骨架太大，一般小母馬矮些，品相好的都捨不得，今年冬天才找到一匹合適的，估計年後就能有小馬駒了。」他又靠近了點，用正經的語氣說著不要臉的話：「讓牠提前學學情侶怎麼相處的，有什麼不對？」

米陽忍不住捏了他一下，白洛川就在他身後笑了。

不過是在外面，頂多就鬧上兩句，白洛川知道米陽臉皮薄，往常在家的時候從臥室裡出來換個地方做都要臉紅半天，他勸了又勸，還要關了燈才肯的。這會兒哪敢真把人惹惱，無非就是見了他就想撩撥，也說不出為什麼，一丁點大的事都恨不得拿出來跟對方分享。

米陽努力轉移注意力，問道：「白爺爺也盼著吧？哪裡的馬場？離著這裡遠嗎？」

白洛川道：「泉城的一家，以前參加馬術比賽的。距離不是問題，就是不一定能成。」

他貼在米陽耳邊又道：「不過想哄爺爺他老人家高興，也有辦法，看你配合不配合。」

米陽道：「什麼？」

白洛川逗他：「不如你生一個？」

米陽無語，「我生不出來。」

白洛川點頭，「不怪你，怪我不夠努力。」

他這麼說著，又扯了一下韁繩，讓黑馬調轉方向疾步跑去。

米陽晃了晃，握著他手臂驚呼一聲：「去哪兒？」

白洛川笑道：「回家。你走得太慢了，我騎馬帶你回去，想快點親親你。」最後一句是貼著米陽說的，又甜又黏，哪怕有冬天的寒風迎面吹來，也讓人心裡熱呼呼的難以自制。

大年初二，白敬榮提前回了部隊。

南方雪災，春運受阻，春晚的新聞都以報導這事為主。除了春節的喜慶，搶險救災牽動著億萬人民的心。大小企業捐款捐物資，子弟兵奮鬥在第一線。一方有難，八方支援。

白老爺子坐在電視機前也在關注著這些，白洛川有時候會陪著他一起看，他忙的時候，米陽就陪著老爺子。偌大的宅院裡，往日人多的時候不覺得，人少了總是冷清得很。

老爺子看完了新聞，晚上八點多就有些疲憊了，在沙發上打瞌睡。

米陽拿來一條毯子，小聲問：「爺爺，您是在這裡睡，還是回房間睡？」

白老爺子眼皮還未睜開就笑道：「還是你說話好聽。前兩年洛川也這麼問我，現在也開始跟他爸媽一樣，囉嗦極了，沙發上也不讓人睡了。」

米陽笑道：「現在條件好了，您不是說過嗎？以前日子苦的時候睡草地睡破廟都有。」

白老爺子道：「對，現在好多啦……」

老爺子這麼說著，聲音慢慢低下去，瞧著睏意上來了。

米陽幫他脫了鞋扶著躺下，拿了枕頭和毯子蓋好，又放了一杯水在旁邊，自己輕手輕腳地上樓去了。

白老爺子時常疼痛，一身硬骨頭，自己忍著不說，有時只有在客廳才睡得著。米陽瞧著也幫不上什麼，只能盡可能讓他過得順心一點。

白洛川在樓上跟駱江璟通電話，看見米陽進來，指了指桌上的熱牛奶對他道：「把這個喝了，今天早上就沒喝完，還是我替你喝的。」他說完又對電話裡道：「沒，不是跟您說了，小乖來了，又不好好喝牛奶，中午還跟爺爺一起挑食，這倆湊一塊，花樣可多了……」

米陽端了熱牛奶捧在手裡慢慢喝著，一邊聽他跟駱江璟談工作的事情。

公司的事情已經上了正軌，白洛川的人生軌跡雖然提前，但是一切如常開啟，拿的是天生贏家的劇本。米陽一直盯著他看，從頭到腳，又挪回到那張英俊的臉上，越發覺得像是當年他認識的白洛川了，卻又多了點不太一樣的地方。像是比以前成熟了不少，又或者他以前從未這麼近距離有耐心地觀察過。

大概是米陽看得太專心，白洛川掛了電話之後，直接走過來捏他鼻尖道：「撒嬌也不成，別想耍賴，自己喝完。」

米陽笑笑，把杯子裡的牛奶喝掉。

白洛川誇讚道：「早這麼乖多好。」

米陽勾著他靠近一點，給了他一個奶香味的親吻。

白洛川跟他親了沒兩下，就被挑逗得不成了。幾天來的意志力在米陽舌尖舔過來時瞬間瓦解，一邊同他接吻，一邊用力把他抱起來，直接去了裡面的臥室。

夜裡還有人在放煙花，遠遠的看不清，但是在空中燃亮，絢爛又美麗。

米陽咬著白洛川的肩膀，努力不發出聲音，眼角餘光看著窗外。

白洛川啞聲道：「想什麼呢，還能分心？看來我的技術還要多練練。」說著動了一下。

米陽咬著他的肩膀悶哼，「你那天也是放這種煙花給我看……」

「什麼？」

米陽小聲道：「你說喜歡我的那天。」

白洛川捏著他的下巴，讓他抬頭跟自己對視，眼神如最初的那一刻。他親他額頭一下，又親他鼻尖，最後落在唇上，「那個時候不好意思說，現在能說了。」

「小乖，我愛你。」

米陽看著他，眼睛濕漉漉的。

白少爺難得正經一下，很快又開始說不正經的話：「這麼喜歡聽啊，我以後每天都說好不好？你要是喜歡，我每天放煙花給你看，然後在床上讓你看……好好，不說了，別這麼緊，我都快忍不住了……」

米陽埋頭回去，牙齒用了點勁兒，慢慢又咬回去。

確立了親密關係，有個人陪在身邊，時間都過得快了許多。

一眨眼，三、四年就過去了。

米陽的二十二歲生日是在校園裡過的，跟往年一樣，剛巧是開學之後不久，白洛川親自送了一個蛋糕過來，讓他在學校裡同大家一起分享。一個閉眼專心地許願，又吹了蠟燭，另一個在旁邊不錯眼地看著他，眼裡含著笑意，寵溺之情溢於言表。

苗良在讀博士，今天吃著蛋糕也在感慨：「明年米陽就畢業了，今年算是咱們最後一起給他過生日。晚上我做東，一起去唱歌怎麼樣？」

陳白微道：「那得先問問米陽了，要打電話問問家長，還是問問你女朋友？」

這話一出口，就引得人都感興趣地看過來。

米陽有「女朋友」的事還是去年傳出來的，系裡新來的小學妹現在已經不喜歡陳白微這款風流浪子，說是什麼現在流行犬系男友，尤其是米陽這樣溫柔型的，一波接一波的小學妹給他送花送情書，米陽拒絕了幾次，最後直接明確說他已經有對象了，而且談了好幾年戀愛，感情十分穩定，這樣才讓小學妹們放棄。

米陽談的這個「女朋友」引起了其他幾位師哥的好奇。

米陽笑著道：「晚上十點前就不用問了，我都沒問題。」

陳白微樂道：「喲，還有門禁啊？你可真聽話！」

米陽道：「他也聽我的話。」

陳白微猝不及防被餵了一嘴狗糧，閃到旁邊吃蛋糕去。苗良挺著小肚子，一點都不怕，他今年就要結婚了，給院裡幾位要好的師兄弟都發了喜帖，其中就有米陽。聽見他說，也笑呵呵道：「這就對了，喜歡是互相的，尊重也是。對了，米陽啊，你不是一直都說奔著結婚去的嗎？現在也到法定婚齡了，注意時間啊，可以現在提前準備了。結婚這事繁瑣著呢，怎麼也要折騰個好幾年……」

他跟米陽談起結婚買房，以及怎麼哄丈母娘開心的事，迫切想跟小師弟交流心得。

米陽聽得認真，白洛川倒是有些走神。

他的視線落在生日蛋糕上，上面的蠟燭拼了二十二的數字。

確實是到法定婚齡了！

提前準備了好幾年的白總，被苗師哥說的話又勾動了內心的那根弦。

晚上的娛樂活動，苗良那幫人沒請成，全讓白總包了。

白洛川這段時間沒有那麼忙了，不論是駱江璟那裡，還是他自己的公司，都已運行上軌道。他不缺錢，光是白老爺子當初給的那些，足夠用一輩子了。做生意無非是自己感興趣，更多的是想試一下挑戰的感覺。

米陽這幾年在京城讀書，白洛川的公司也跟著留在了京城，跟滬市的徹底分開。

米陽不知道他賺了多少錢，但是逢年過節回去，駱江璟會開玩笑喊他「小白總」，聽起來頗有身家。幾次投資恰到好處，賺了幾筆大錢。

米陽對這些不怎麼關心，他家裡沒有多買房子，除了原有的住宅和商鋪，程青給他和妹妹米雪一人買了一個小房子，剩下的錢就留在手裡舒舒服服地過起了小日子。

米陽受家裡的影響大，覺得這樣足夠用了，也樂呵呵地每天上學讀書，跟著章教授學本事，閒暇時間跟白洛川出去度假——這種時間比較少，前幾年白洛川忙，一年能抽出兩三天就不錯了，大部分時間兩個人都是在家裡過的。

白少爺覺得出去就不能牽手，這種日子實在煩透了，還沒有在家裡自在。

米陽都隨他，他也喜歡在家裡，閒了看看書，躺在沙發上一晃就是一天，特別舒心。

晚上聚會的時候，趕巧碰上了院裡的另一波來玩的師兄弟，問過了才知道，原來這幫人是來過「單身派對」的，那人要結婚了，一幫好兄弟請了他出來過單身漢的最後一晚。

那人見了米陽他們也認出來了，笑著道：「對不住，不是故意瞞著不跟大夥兒說，實在是婚禮沒想大操大辦，我和我媳婦都是外地戶口，就想領個證回老家去擺酒席。」

苗良笑道：「跟我們想的一樣，我跟我對象也這麼決定的，不過回頭喜糖可要給我們分些呀，提前跟你們說聲恭喜了。」

那人道：「同喜同喜！剩下的幾位師兄弟也努力努力，白微啊，接下來看你的了！」

陳白微戴著個耳機正在跟人通話，一心二用聽見他說也笑著點頭道：「借你吉言。」

米陽在他們中間算是年紀最小的，幾位師哥也不催他，說幾句話就走了。

白洛川開了這裡最大的一個包廂，寬敞到簡直可以請女團來跳舞，領班還認真推薦了一下他們這裡的駐唱歌手，問要不要請人來唱歌。

白洛川隨意指了排名上的幾位，對領班道：「就是簡單過個生日，別太鬧騰了。」

苗良他們幾個先去點歌唱了一會兒，往常這個時候陳白微都是負責熱場的，但是他一直用手捂著耳機，顧不上跟人說話，還跟大家說了聲「抱歉」，起身出去講電話了。

米陽有些奇怪，問了身邊的人道：「陳師哥怎麼了？」

苗良也覺得怪，搖搖頭道：「不知道，也沒聽說他有女朋友，或許是家裡人找他吧。」

要真說起他家裡的事，大家又都搖頭，表示不清楚。

陳白微這人笑起來對誰都是和風細雨，會的又多，好像什麼事都難不住他，但是他想保密的事情，沒人能撬開他那張嘴，一個字都不往外吐露。大家只知道章教授家裡似乎幫了他很多，另外就是他和章教授的外孫任景年關係親近，其餘的就不太清楚了。

駐場歌手很快就來了，身後還跟著一支樂隊，穿著打扮都很清爽，來了之後唱的歌也都是和生日相關，聲音又甜又輕快，還跟在座的人進行現場互動，邀請了包廂裡的人上臺去合唱，氣氛挺熱鬧的。

白洛川坐在昏暗的角落歪頭看身邊的人，米陽聽得很認真，白洛川看他看得也認真。

晚上熱鬧完了，兩個人回家。

白洛川倚靠在床上翻著一本書，等米陽從浴室出來，難得沒鬧他，還在那認真看著。

米陽坐在床邊回了米雪等人發來的生日祝福簡訊，小丫頭現在長大了，跟這個年紀的小孩一樣都有手機，這次是偷偷帶去學校，趁著晚上自習課之後躲著發了簡訊過來。

白洛川把書頁翻得很響。

米陽問他：「你在看什麼呢？」

白洛川書翻的速度這才慢下來，「就隨便看看，這家米其林餐廳不錯，前陣子有朋友辦婚宴就請了這家的廚師。」

米陽好奇道：「怎麼樣？好吃嗎？」

白洛川皺眉，「不知道，我沒結過婚。」

米陽：「……」

這位話說到這裡，意思再明顯不過了，乾脆不看書了抬頭看米陽。

米陽好笑地道：「你沒結過婚，還不能去吃飯了？」

白洛川道：「味道不一樣吧，心情會影響人的食慾和口感。」他手指略微撫開米陽額頭上的碎髮，順著額頭摸到臉頰，摩挲了一下，「我沒記錯的話，你今年剛好到法定婚齡？」

米陽道：「哪是今年，是今天。」

白洛川道：「那也到了，對吧？從年初開始，你們院裡都有多少人結婚了。」

這話說得米陽沒法反駁，光學校裡關係比較好的師哥們的請柬他就收到好幾張了，章教授這邊帶著的博士生基本已經算是晚婚，今年就有好幾對新人幸福牽手。請柬收到的時候，還會被戲稱是「紅色炸彈」，說這個月的薪資又買了什麼之類的。他們院裡的經費補貼少，但是大家玩笑話說完，都穿戴整齊去參加了，有幾個淚點低的師兄弟還紅了眼眶。

米陽不急，他同床共枕的這位顯然急了。

白少爺把書合上，重申道：「我覺得，什麼年齡就該做什麼事，你說呢？」

米陽一看他這樣，就知道他家少爺開始準備搞事了。

白洛川手指在書本上敲了兩下，等不及他回答，自己說了：「我覺得準備了這麼幾年，也差不多了，我想要個名分。」

米陽問他：「打算跟家裡說嗎？」

「家裡是一方面，我自己也有需求。」

「那你要什麼？」

白洛川看著他，好一會兒才伸手刮了他鼻樑一下，得意道：「想套我的話吧？我就知道不是我一個人著急，不過現在還不能告訴你，等我準備好，再想想怎麼跟你說。」

白洛川志得意滿，摩拳擦掌的樣子太明顯，搞得米陽原本的緊張都沒了。

他們實在是太過熟悉對方，白少爺說上半句他就能在心裡接下半句，只是難得看見他又露出幾分孩子氣的表情，心裡軟了幾分。

米陽等了幾天，自己也做了點準備。

他在學校裡偶爾會有一些經費和獎學金，但都不多，所幸能兼職接些差事。有些時候是章教授推薦去省博幫忙趕些修復的活計，更多時候是師哥師姊們介紹的私活，幫著一些私人藏書愛好者修復他們的心頭好。這些古書在外人看來破舊不值錢，對收藏書籍的人來說，這就是他們千金不換的寶貝。

米陽藉著修書的機會見識了不少好書，有些是他上輩子只聽過名字的，拿到手裡的時候都小心翼翼的。那些送書來修補的人見他這樣，原本提著的心放下許多。他們起先以為學生年紀小會毛毛躁躁地不小心碰壞自己的書，誰知米陽拿到書比他們還愛惜。大家頗有些惺惺相惜起來，打交道的時間長了，給米陽介紹活計的人漸漸多了。

米陽用自己空閒的時間接差事，攢了一小筆私房錢。

他打算去打一對戒指。

白洛川想跟他求婚，他也想跟對方求婚。

雖說白少爺那邊可能會準備戒指，米陽還是想自己也買一對。或許沒對方的那麼名貴，心意卻是一樣的。這是承諾，表示自己願意選這個人，也願意跟他綁定一生。

米陽自己設計圖案，找了幾家店打了模型都覺得不夠好看，只能融了重新磨合。

今天難得的一個禮拜天，他早上剛起來就接到店家發來的照片，顯然還是沒做好。對方態度倒是好，可惜這種一輩子用一次的小東西他難得較真起來，拿出修補書的挑剔和耐心一點一點糾正。講了半天，對方聽懂了，為難道：「您這要求也太高了，首先物件本來就小，上面還要刻那麼細小的符號，時間又緊，我們可能做不到讓您滿意的程度……」

米陽只能安撫道：「再試一次吧，我按開版費給你們。」

他這麼說，對方不好意思了，應了下來，又去出模型了。

其實除了這家以外，米陽還找了其他家，無奈效果都不好，這家相比來說算是做得比較好的了，只是還是達不到他的要求。

他揉了揉眉心，正頭疼的時候，聽見大門那邊有聲音，白洛川從外面走了進來。

米陽有點驚訝，「不是說公司有事去加班嗎？」

白洛川比起他倒是喜氣洋洋的，像是辦成什麼了不起的大事，手臂搭在他肩上笑道：「我去看一眼就沒事了，你怎麼也在家？昨晚不是說要去學校看錦書修復的情況嗎？」

米陽道：「哦，剛給我打電話來著，修復情況不怎麼樣，還得再等等。」

他是找了理由想去看戒指模型，現在又要融了重新做，今天不用去學校「加班」了。

白洛川那邊情況也差不多，不過白少財大氣粗，在公司「加班」幾次就差不多搞定了。

週末在家沒什麼事，白洛川也沒閒著，帶著米陽出去採買一些東西。臨近年末，他們這次說好了要提前兩天回山海鎮去陪幾個長輩過年，難得家裡大人們都來得齊，白洛川準備了不少禮物，比起往年來的都要多，而且這已經不是第一次出來採購了，每一件都和米陽湊在一處商量，親手添置才放心。

米陽攔了兩次，攔不住，就隨他去了。

他還沒想好給兩邊的媽媽買什麼禮物才好，駱江璟什麼都不缺，買衣服和補品都不太合適，米陽總覺得這個冬天會發生點什麼事，提前討好駱姨沒錯，所以選起來格外認真。

白洛川和他想的一樣，他也想討好程青，接觸了這麼多年下來，程阿姨才是米家當家說話拍板的那個人，討好了丈母娘就什麼都不怕了。帶著這種想法，白洛川一路刷卡買下來，因為不好取捨，乾脆見到什麼順眼就買什麼，買的多了，總有幾件能合眼緣。

一個白天都忙這些去了，中午隨便湊合了一口，米陽被他刷卡的架勢弄得彷彿第二天就要跟白少爺大包小包去見父母一樣，緊張得中午都沒吃什麼。

到了晚上，白洛川正想找個浪漫些的餐廳帶米陽去吃，碰巧電話就來了。

打電話來的是吳雙安，他之前和駱氏有些合作，是白洛川出面接洽的，這會兒正巧也在京城，打電話來約他吃飯。

「我今天來參加一個銀行和企業的會議，今天空出些時間，不如出來聚聚？」吳雙安笑呵呵的，「你說巧不巧，我今天剛到，我那寶貝女兒也剛好回國，這餐當作我給她接風洗塵，我對京城不熟，還要請你推薦好吃的餐廳。」

白洛川原本想拒絕，看見旁邊的米陽，話到嘴邊又改了主意，「吳總邀請，一定要去。這樣吧我來安排，稍後發地址給您。」

米陽轉身的時候只聽見他說的最後一句，好奇道：「我們要去哪兒？」

白洛川被他這個「我們」說得心裡高興了不少，湊過去親他一下，道：「等等有個飯局，咱們一起過去。」

米陽躲了一下，即便是在地下停車場燈光稍暗些的地方，也是在外面，趕緊小聲提醒道：「別鬧，小心讓人看到。」

白洛川最近有些膨脹，「我都要結婚了，親老婆一口還不行？」

米陽好笑道：「誰是你老婆？」

白洛川湊過去又親了他臉頰一下，得意道：「我嫁你也行，但是先說好，要寫份保證書給我，每天陪我睡覺，給我做飯，陪我出來應酬，你都不知道有多少人覬覦我的美色。」

米陽推他的臉一下，沒繃住笑了。

吳雙安和他們前後腳到了餐廳，兩邊見了彼此都很熱情，先來了一撥商業互吹，一個說對方是少年才俊，另一個說對方寶刀未老。兩個人正在那寒暄著，米陽站在一旁就瞧見了吳雙安身邊那位安靜站著的女孩。

吳霜這四年沒什麼太大的變化，依舊是長而直的一頭烏黑秀髮，臉上的表情淡淡的，人瞧著成熟了一些，卻仍然是個冰山美人。她這會兒也看見米陽了，有些驚訝。

那邊吳雙安還在寒暄：「哎呀，你不知道，今天實在是湊巧，我也是到了京城才知道霜霜今天的飛機剛落地。這孩子真是的，從國外回來也不跟我這個當爹的說一聲。女兒大了，現在什麼都不跟我這個老頭子打招呼啦……」

米陽眨眨眼，看著吳霜頗為困惑。如果他沒記錯，吳霜這幾個月一直都在京城，光是這個月就來他們學院兩次借閱資料，一次是月初陳白微接待，另一次就是他陪同去的。

吳霜顯然沒想到米陽也在，神情慌亂，對他略微搖了搖頭，求他幫忙掩飾。

米陽還是第一次見她這樣，覺得新奇，不動聲色地點了點頭，沒有說什麼。

吳霜立刻放鬆了不少，唇邊露出一絲感激的笑來。

她和米陽這邊偷著互動，吳雙安那邊寒暄完了，和白洛川他們一同坐下。他跟白洛川坐在一處，帶來的人各自坐在他們身邊，猛一看倒是像兩位家長帶著兩個小孩，尤其是吳雙安對他的獨生女特別愛護，頻頻夾菜。白洛川也同樣對米陽照顧有加，剝蝦殼的動作很俐落。這麼多年他在廚房沒什麼進步，轉了方向改做這些小事，挑魚刺和剝蝦殼就做得非常好。

米陽之前陪著他參加過幾次這樣的聚會，白洛川有意帶他在身邊，一方面從最開始就沒想把他藏起來，另一方面也想讓米陽親眼看看，不管是往他這邊塞人還是介紹對象的，他都直接當面回絕，半點沒有拖泥帶水的意思。

他今天也是這麼想的，吳雙安這隻老狐狸幾次湊局，每次又都不挑明，他乾脆帶了米陽出來。他不好自己開口推拒，但是讓老婆親眼瞧著，表表忠心也是好的。

「自從我妻子離開以後，家裡就剩下一個女兒陪著我了。不是我誇，我這個女兒真是非常好啊，無論是家裡還是外面工作，都特別優秀，今年還成立了自己的珠寶品牌，比我當年強多了。」吳雙安誇讚了吳霜幾句，顯然是真心實意為女兒感到驕傲。

白洛川點點頭，順著說了兩句，又道：「我家小朋友也不錯，還沒跟您介紹吧？這位是米陽，幾年前您見過一次，在新疆的時候。他那個時候就跟著章教授去做項目了，業務能力非常出色，全國都找不出幾個來。」

這兩個人恨不得吹到天上去，吳霜臉上露出些不忍，轉頭去看米陽，那位也是吃得慢吞吞的，有些不太好意思，又硬著頭皮聽人吹自己。

吳霜忽然就沒有那麼窘迫了，她輕笑了一聲。米陽看她一眼，嘴角彎了一下。

那邊的兩位家長吹完了家裡的孩子，又開始聊工作，說的都是地皮和徵稅的事情，話裡話外一邊試探一邊留下三分餘地，說得非常客氣。

老狐狸和小狐狸聊天，提防對方，針鋒相對。

吳霜在旁邊聽著都覺得累，聽了兩句，就拿起手機開始低頭認真發簡訊。

米陽以為大小姐在跟朋友聊天，沒過兩秒鐘，他手機就震動了一下。

米陽拿出來一看，是吳霜發來的簡訊，說的話也言簡意賅，求他幫忙：「我留在京城的事情，麻煩你幫我保密。我是為了一個人，暫時還不能讓我爸爸知道。」

米陽回覆道：「好的。」

吳霜問：「你不好奇是誰？」

米陽道：「男朋友？」

吳霜發了一個握拳奮鬥的表情，「可以這麼說，我追了他半年，勢在必得。」

米陽有些驚訝地抬頭看她，吳霜收起手機，開始優雅用餐，神情淡然自若，彷彿剛才說追別人的不是她一般。米陽眨眨眼，她也眨了一下眼睛，然後笑了。

吳雙安和白洛川他們談生意的事情，吳霜不感興趣，倒是和米陽聊了兩句。

她這邊一開口，白洛川那邊就注意到了，也開始跟她攀談，什麼話都趕在米陽前面，恨不得嚴防死守，只差把家裡的小孩整個藏在羽翼下護起來。

吳雙安有了三分酒意，正是志得意滿的時候，這會兒瞧見小輩們湊在一處說話，視線忍不住在白洛川和自己寶貝女兒身上轉了轉，帶著幾分欣慰，還藉故出去一趟，讓他們年輕人好好交流。吳雙安想得挺好，奈何等他一個電話接完回來，桌上就冷場了。

白洛川和吳霜兩個人倒是互相看著對方，只是眼神都不是那種男女之間的欣賞。白洛川還維持著笑容，他家女兒從頭到尾都沒笑一下。

白洛川冷笑道：「吳小姐口齒伶俐，審美獨特，我這個大俗人實在比不得。」

吳霜也不讓他，冷著臉道：「哪裡哪裡，白總應答如流，想必大學的時候是校內辯論賽的常客吧？有道理的爭論我能理解，現在我看不出您那份設計圖哪一點能打動我。」

白洛川道：「個人審美和大眾審美畢竟不同，妳不是我，怎麼知道我覺得不好看？」

吳霜道：「『美』這種東西是大眾都認可的形式表現，更何況你是拿來送人的，你覺得好看，接受的人呢？我可以推薦你幾本書，或者你讓身邊的這位米陽推薦也可以，我個人覺得他審美比你來的好。」

白洛川的臉黑了。

吳雙安小心坐下問道：「這是怎麼了？」

白洛川盯著吳霜沒有開口，臉色不太好看。

吳霜簡單解釋道：「沒什麼事，只是白總剛才拿出一份戒指的設計稿來給我看。您知道，涉及我所學的專業，我會提些適當的意見。我們交流的時候有些投入，言辭難免激烈。」

何止是激烈，差點就要吵架了。

米陽默默吃著水果，他覺得這兩個人太像了，不論是從家世還是自我和任性的勁兒，宛如一個模子刻出來的。兩把標槍的槍頭閃著寒光，一接觸就火花四濺。

吳雙安聽出來一點端倪，試探道：「戒指？」

白洛川張了張嘴，吳霜又搶了話過去，言語輕快道：「對，白總有一個交往了多年的女朋友，馬上要跟對方求婚了，所以想讓我看一下婚戒的設計圖樣。」

白洛川點頭道：「對，是這樣的。我原本想聽聽吳小姐從專業角度來看有什麼建議，不過想來我們的審美取向不同。」

米陽：「……」

剛才他可是親眼看見的，白少爺哪是徵求人家建議，擺明了就是炫耀。吳霜說他用鑽太多，他就不高興了，兩人為了「主鑽是否過大」吵了起來。

一個是涉及自己的珠寶專業寸步不讓，另一個炫耀不成惱羞成怒，堅持說自己設計的戒指是最好看的，哪會容許別人反駁一句？

吳雙安這會兒也聽明白了，臉上臊得慌，他自己是存了小心思的，怕讓女兒這會兒丟了面子，但是小心觀察，他家大小姐沒有任何失落的樣子，反而伶牙俐齒地還在爭辯。

吳霜道：「白總要是堅持用那麼大顆的方鑽也不是不可以，周圍一圈碎鑽……碎鑽也不去掉？哦，那您做什麼戒指，改做扳指得了。」

白洛川冷笑，「這是男款戒指，妳不懂。」

吳霜淡聲道：「是，我從業這麼多年，第一次跟著您見世面了。」

吳雙安腦仁生疼。

飯局不歡而散，雙方都維持了表面和諧，但瞧著不可能再私下接觸就是了。

吳雙安帶著女兒回到車上，吳霜這次沒有走，面上依舊是淡淡的，跟著吳雙安上車之後也一直安靜著沒有說話。

吳雙安吩咐司機開車，然後問她：「又生爸爸的氣啦？」

吳霜皺眉道：「沒有。」

吳雙安在外面是老狐狸，見了自己的女兒半點架子都沒有，一下就聽出她還在生悶氣，拍了拍她的手道：「是爸爸心急了，妳之前說過，我不是故意不聽，只是這個圈子裡優秀的年輕人太少了，我就想著多認識一下。」

吳霜道：「爸爸，他才多大？」

「他多大……」吳雙安話說到一半又去問了前面的助理，聽助理說是「二十二歲」，自己勉強訕笑道：「女大三，抱金磚嘛，而且就是認識一下，沒有其他意思。」

吳霜冷聲道：「我一點也不喜歡您這樣的安排。」

吳雙安舉手投降，哄她道：「知道知道，你們搞藝術的就是麻煩。當初追妳媽媽的人多了去，我還不是拚到最後的一個？提前認識而已，爸爸尊重妳的意見，不會強迫妳……」

吳霜道：「您要是尊重我，就不會突然帶我過去了。您知道他有交往多年的女朋友了嗎？就算是沒有，也應該先問問我的意見。」

「好好，是爸爸的錯，爸爸以後再也不會這樣了，我跟妳保證。」

吳雙安自己手裡有錢，平時最疼寶貝女兒，他如今年紀大了身體也不是很好，很是擔心將來他離開之後誰來照顧吳霜。不過他再急迫，也不會違拗女兒的心意，帶她過來也不過是愛才心切罷了，既然女兒不喜歡，他不會強求。

吳雙安把人哄了一陣之後，又道：「霜霜，我知道妳眼界高，爸爸也就這一個心願，就想妳找個好對象，陪著妳每天都開開心心的。咱們慢慢來，可以先挑著嘛，人才和感情一樣，都是需要培養的。」

吳霜道：「爸爸，我不喜歡這樣的世家子弟。」

吳雙安斟酌道：「結婚還是需要門當戶對才好。」

吳霜還在堅持：「我覺得出身不重要，自己奮鬥起來的有什麼不好？您不就是這樣？」

「我？這世上有幾個妳老爸這樣的人？」吳雙安都要焦慮了，生怕女兒接觸的環境太單純，耐心教她道：「雖然不是所有人都被出身局限，但那奮鬥出來的鳳毛麟角，妳又怎麼知道他這麼多年來過得怎樣，生活習慣怎樣，跟妳將來有沒有話說？他現在哄妳容易，哄一輩子可就難了。霜霜，爸爸可就妳一個寶貝女兒啊……」

吳霜沉默半天，好一會兒才道：「您放心，他很優秀。」

吳雙安聽出一絲不尋常，趁機問她：「怎麼，有看上眼的小子了？」

吳霜臉紅了一下，吳雙安覺得有戲，還未開口，就聽見他寶貝女兒道：「反正、反正我覺得出身不重要，一個人要看到的是他的事業、健康和愛心，謙和有禮，能包容，也能愛護彼此，我喜歡的人要做到這些才可以。」

吳雙安聽著點點頭，心裡卻不以為然，他是吃苦過來的，根本不捨得女兒吃一點苦，恨不得親自幫她斬斷所有的荊棘。

吳霜也知道跟他隔著幾十年的代溝無法說通彼此，有些疲憊道：「我明天就不陪著您了，我出去辦點事。」

吳雙安道：「妳要去哪兒？」

吳霜道：「我去京師大學文博院，難得章教授在，我有幾個古代著裝配飾的問題想請教。上次跟您說過的，我接了一部戲的配飾，要求比較精細，這次回來也是為這件事。」

吳雙安點點頭，「行，我讓司機送妳。」

吳霜搖頭道：「不用，米陽也在那邊，不用別人陪著。」她爸這邊的司機還兼著保鏢，時時刻刻都跟在身邊，她可不想讓人一直跟著。

吳雙安忽然想到飯局上那個看起來脾氣溫和的年輕人，健康、有愛心，謙和有禮……怎麼想都和寶貝女兒說的能對上號，他眉頭忍不住擰成一個疙瘩，問她道：「霜霜，那個米陽，我剛才聽他說是什麼鎮出來的？」

吳霜倒是知道一些，道：「山海鎮，他跟我說過，怎麼了？」

吳雙安道：「妳說的就是那個窮小子？」

吳霜沒聽懂，但也不妨礙她維護朋友：「您當年也是窮小子啊，說人家幹什麼？」

吳雙安哭笑不得，「我就順口說了一句，沒別的意思，好好，我不說他了，那個叫米陽的是做什麼工作的？」

「京師大學文博院的學生，也是章教授他們研究所的，剛才他介紹的時候，您沒聽清楚嗎？」吳霜不滿，「您也太不尊重知識份子了！」

吳雙安：「……」

吳雙安一路旁敲側擊，想問問女兒是否看上了這個年輕人，一顆心七上八下。吳霜在國外時間長了，心思比較單純，繞著來問不出什麼，直說了她就搖搖頭道：「我不喜歡米陽啊，他是我朋友，我喜歡年紀大些的。」

吳雙安立刻跟著點頭道：「大些的知道疼人，妳選的對，就是遇到喜歡的，一定要帶回來給爸爸看看啊！」他這麼說的時候，還是不放心。

吳霜卻有點心不在焉了，答應了一聲，轉頭去看車窗外的夜色。

吳雙安見她這樣，也只能嘆了口氣。

另一邊的車上，白洛川氣壞了，臭著一張臉自己生了半天悶氣，冷笑道：「就她還開珠寶工作室，還做品牌，有審美觀嗎？我剛說的款式哪裡不好看了？」

米陽看著他，白洛川遲疑道：「你也覺得不好看？」

米陽含糊道：「挺好看的，就是鑽石有點大……」

中間一顆正方形大鑽，周圍鑲嵌了碎鑽，雖然是男戒，但是瞧著也讓人頗有壓力，簡直像是把一棟房子戴到了手指上。米陽一想到這將來是自己要戴的就有些頭大。吳霜有句話說的沒錯，這要是戴出去，不是戒指，簡直是扳指。

白洛川哼了一聲，還是有些不服氣。

不知道是不是被吳霜毫不客氣地打擊了，他回去又認真反思了一下戒指的構思，自己又琢磨去了，難得兩天休息日也沒纏著米陽。

第六章 皮糙肉厚的白少爺準備出櫃啦

米陽生活規律，去的地方不是家裡就是學校，固定三點一線，特別好找。

吳霜來學校的時候，他正好跟在章教授身邊。吳霜和章教授也有長期合作，主要是來諮詢，她對古代珠寶配飾一直非常感興趣，章教授辦的一個工作室中的儀器都是她家捐贈的，也為院裡做了不少貢獻。

按陳白微的話說，就是僅次於白洛川的大主顧。

米陽拿了章教授遞過來的資料回去研讀，沒有留下打擾。

他們學院都是古色古香的小樓，本身就是景點之一，隨便找一處都環境優美，加上人員又少，陳白微經常調侃說他們這兒人丁單薄，但是人少，規矩相對也就少了很多，米陽找了一處有石桌方凳的地方坐著看資料。

北方初冬只要不颳風就沒有多冷，太陽掛在天上暖融融的，曬曬太陽很舒服。

米陽看了沒一會兒，聽見有腳步聲靠近，抬頭就看到了吳霜。

吳霜是來跟他道謝的，同時也有個想求米陽幫個小忙。

吳霜笑道：「我聽陳白微說你最近在找兼職，還要不要再接一份？」

米陽道：「是什麼工作？」

吳霜道：「挺簡單的，我有一個朋友姓詹，他家有個十三歲的女孩，對方想幫她找家教，每天去輔導她兩個小時就夠了。她其實很聰明，只是基礎差了點，很快就能跟上。」她說到這還不忘幫小女孩說兩句好話，又帶著點期待道：「陳白微說你打工多，耐心也好，交給你最放心了，你看行嗎？」

米陽想了一下，搖頭道：「我不太合適。」

吳霜愣著道：「哪裡不合適？是時間太長嗎？其實一個半小時或者一個小時都可以。家教的費用，隨便你開。」

米陽笑道：「錢不是問題，我之前湊得差不多了，還是時間的關係。我每天都得回家，如果去做家教，來回至少一個多小時，再輔導一兩個小時，晚上回去就要超過門禁了。」

吳霜道：「門禁？」

米陽認真點頭，「嗯，我們家規定晚上十點前必須回去。」

其實八點不到家白少爺就會開始查崗了，九點半就在出發去接人的路上，真要是磨蹭到十點回來，還連續幾個月，怕是白洛川會先鬧一場。

米陽看到她一直堅持，想了想就道：「不如介紹陳師哥去？其實陳師哥打工才多，他成績很好的，耐心不錯，人品也信得過，可以放心交給他。」

吳霜搖頭，堅持要他去，她臉紅了一下，對米陽道：「其實我想你去的原因還有一個，我希望你能幫我在那邊打探點消息。」

米陽好奇，「什麼消息？」

吳霜難得緊張，手放在一處搓了一下，想了半天才斟酌著開口：「像是平時的飲食起居，還有那個小孩喜歡吃什麼，有什麼愛好，喜歡什麼樣的人，我是說年長的女性長輩……」

米陽神色古怪地看著她。

吳霜乾脆破罐子破摔，坦白道：「好吧，我和詹先生目前在接觸階段，不可否認，我對他有好感，他有個十三歲的女兒。我已經做好了心理準備，但總要多準備一些才是。」

米陽笑道：「妳請我去當臥底？」

吳霜也笑了，「你願意幫我嗎？」

米陽想了想，點點頭道：「可以，不過時間不能太長，我盡量幫妳一兩個月，剩下的時間我要回來寫論文，也要跟著章教授做其他事情，只能幫妳到這裡。」

這也是白少爺能忍耐的極限，再多估計就要開車來抓人。

吳霜鬆了一口氣，笑道：「一個月就夠了，剩下的我自己來。」

她放下了一樁心事，那天飯局上跟米陽提起這事之後，就把他當成了可以信任的人，現在更多了幾分感激，又對他道：「以後你有什麼事要我幫忙儘管開口。」大概是想起那天飯局的事了，忍不住又帶了點針對的小情緒，「別的或許我幫不到，但是珠寶這些事情上，我絕對可以幫你做更好的選擇。不是我說，你那個朋友白洛川，他的審美真的太糟糕了。我很久沒有見過把那麼漂亮的鑽石用得如此浪費的，一套首飾反而要漂亮些，他全加到同一枚戒指上去，實在是……」她想不出什麼形容詞，可是嘴角抖了抖。

米陽忍俊不禁，「他有些時候比較像小孩，也是想做好，妳要多鼓勵他。」

吳霜道：「我鼓勵不起，那顆鑽石，賣了我的工作室我也買不起，估計還要拿出我爸一年的收益才可以去碰運氣拍賣看看。」

米陽揉了揉鼻尖，被她說得開始心裡打鼓。這玩意兒真送來他絕對不敢戴出去，放家裡的保險箱中鎖一輩子還差不多。

吳霜說的這事，倒也提醒了他，米陽道：「妳這麼一說，我還真有事想要求妳，可以拜託妳也幫我看看設計圖嗎？」

吳霜有些好奇，等米陽把列印好的一疊圖紙拿過來，又翻開手機給她看了那些半成品，她有些驚訝道：「也是戒指？」

米陽點頭，不好意思道：「對，不過都是我自己想的，琢磨了幾個模型，但是瞧著都差了點什麼，現在還沒確定下來。」

吳霜卻是對他這個設計很感興趣，點頭誇讚道：「已經很有天賦了，看得出來你想做的特別一點。這上面的符號是什麼？看起來很精緻。」

米陽道：「哦，這是甲骨文。」

吳霜點頭：「我知道，中國最早的文字對不對？」

說起專業範圍的事，米陽話多了點，笑著道：「其實現在業內還有一種說法，最早出現的應該是距今八千年左右的賈湖文字，不過這個目前還有爭議，有些老教授認為它是刻畫的符號，也有些認為它們是『陶紋』而不是『陶文』，而且出土的字現在尚未破解含義，中央研究院的《古文字與商周文明》這本書裡就曾經引述饒宗頤先生的話……」

米陽很感興趣地跟她探討起來，對面坐著的吳霜卻看著他笑。

米陽停下來問她：「我哪裡說錯了嗎？」文獻好像都對，他剛看過的，還有印象。

吳霜笑著搖搖頭道：「你跟你女朋友也說這些嗎？女孩子聽到這些可是要頭疼了，不如說一下這個符號什麼意思，可能還更浪漫些。」她手指點了點圖紙上面的那個甲骨文。

米陽笑道：「就是我的名字中的『陽』。」

吳霜道：「把自己送給對方嗎？這個主意不錯，而且用這麼古老的文字，古老永恆的事物總是很浪漫。」她看了看米陽畫的圖，點頭道：「可以，以這個圖案為準，我幫你設計並且製作吧，這個我可以完成。」

米陽有些驚喜，原本只是想徵求意見，沒想到吳霜能親自操刀，有她幫忙再好不過。

吳霜也是個行動派，跟他聊了一會兒，就問他：「大概什麼時候要？」

米陽想了一下，「我準備求婚用，年前的時候可以嗎？」

吳霜驚訝道：「已經要結婚了嗎？我都不知道這幾年你身邊除了白洛川之外還有誰，藏得可真夠嚴密的。」

米陽笑笑。

吳霜幫他把圖修改一下，還是忍不住好奇問道：「對方是什麼樣的人？」

米陽道：「他啊，是個特別好的人。性子很單純，對長輩有禮貌，對我很照顧，每次我生病他都會陪著我照顧我。有時候又像是個孩子，有點任性，和其他人的界限畫得特別分明，心裡只有我一個。愛吃醋，但也很可愛……」他一邊想一邊說，眼睛彎起來道：「最重要的是我愛他，他也愛我。」

吳霜點點頭，被他的笑容感染似的唇角揚起來一些，「難怪你這麼喜歡。這麼好的人，改天一定要介紹給我認識。」

米陽：「……」

你們見面絕對會吵起來，昨天飯局上都互看不順眼了！

米陽接了吳霜委託的家教工作，去了之後才發現對方也是認識的人。

眼前的男人看起來頗為年輕，也就三十餘歲，眼角有些細紋，看起來高大英俊，一身的氣度也是在商場中歷練出來的。沒有年輕人的銳利，反而很平和，脾氣很溫和的模樣。

詹先生看著他想了半天，然後先笑了，「原來是你，我們還真是有緣。」

吳霜有些驚訝道：「你們認識？」

米陽只覺得這位詹先生眼熟，一時沒能想起來，「您是？」

詹嶸笑道：「你忘了？之前在滬市的時候，我們有過一面之緣。大概是幾年前的事了，不過你跟之前沒什麼變化，我還記得你。」他提點道：「你那個時候帶你妹妹在打網球，對小孩子非常有耐心，我還問過你能不能教我女兒打球。」

米陽恍然，這才想起來確實有過這麼一回事。那年白洛川腳受傷，還是他扶著一起去的網球場，白少爺沒能下場打球，他和季柏安打了兩局。不過那年冬天記憶最深的是他和白洛川剛剛互相告白，能記得這位先生也是因為他曾經遞了一張名片過來，還是做房地產的。

米陽知道白洛川以後做的就是這個行業，所以才對同樣做房地產的人留了幾分印象。

吳霜笑道：「原來是這樣，沒想到幾年後還是米陽來給小涵輔導功課，真是太巧了。」

都是熟人好說話，詹嶸原先就對米陽印象不錯，這會兒又有吳霜引薦，自然是很高興，帶著他去書房看了環境，又介紹女兒給他認識。

詹雨涵十三歲，個子比其他同齡女生略高，紮著馬尾，看起來頗為乖巧文靜。米陽有段時間沒有見到妹妹米雪了，乍見這麼大的孩子就先多了幾分好感，等到輔導功課的時候，詹雨涵的問題也不是很大。她是身體不太好，落下一些課程，性格內向又不好意思跟老師舉手提問，拖得久了，知識點難免啃不動，米陽教了她兩個小時，對她的進步大為讚揚。

米陽平時帶妹妹習慣了，語氣溫和，詹雨涵本就是內向的性格，被誇獎了就努力做得更好，隨堂測驗比米陽想的好很多。

米陽誇她：「很棒啊，上學期的題目都做對了。這樣的話，我們用一個月的時間就能把落下的趕上，再用一個月的時間提高，對老師有沒有信心？」

詹雨涵抿唇笑了一下，點頭小聲道：「有。」

他問的是自己，沒給小女生壓力，讓她心裡也開始喜歡上這個小老師了。

去詹家補課的時間是固定的，但是每次週末米陽都要空出一天時間回家，對外說的理由是「家中來人」，但是吳霜還在幫他做著戒指，知道他是去陪「女朋友」了，偶爾還會對他眨眨眼睛，讓他放心去，自己會保守這個小祕密。

週末那天的功課，米陽會提前寫好測驗的試卷交給吳霜，讓她親自給小丫頭補習。

吳霜很珍惜這個相處的機會，拿出十足的耐心，兩個人相處得還不錯。

米陽觀察了一段時間，發現吳霜不是一頭熱，詹先生對她也很有好感，兩個人從國際政治聊到經濟趨勢，經常一聊就是一個下午，有說有笑的，絲毫不會冷場。

她在努力用自己的方式一點一點去融入對方的生活，詹家父女兩個也相當和善，雙方在接觸的過程中沒有什麼問題。

閒暇的時候，吳霜來學校找了米陽幾次。

除了給米陽看戒指的進度之外，就是跟他商量詹先生的事。

兩個人分享彼此的祕密之後，雖然還瞞著一些事，但都覺得對方是自己人了，尤其是吳霜，她在國內沒什麼朋友，和詹嶸的事只跟米陽提過，在他面前就放鬆了許多，有些小困擾也會來詢問一下，讓他出出主意。

吳霜眉頭微皺道：「其他的進展還不錯，只是我還不知道怎麼跟我父親提起他。」

米陽問她：「詹先生那邊的長輩怎麼說？其實如果介紹給吳總的話，以詹先生的身分，我想吳總應該會放心。」

吳霜道：「要是這麼簡單就好了，他和我爸要求的不一樣。」

米陽驚訝，「詹總條件還不夠好嗎？」

吳霜搖頭道：「跟他的身家無關，我爸也沒有那麼勢利，我知道他想把一切好的都給我，所以才親自幫我把關。」她用手指畫了一個圈，有些無奈道：「他想把他認可範圍內最好的介紹給我，這裡面也有自己奮鬥的，有些並沒有詹嶸成功，這不是最重要的。我爸這人有一點很固執，可能是我媽離開他比較早的關係，他比我還沒有安全感，一直希望我能嫁到一家比較正常和睦的人家。」

米陽小心道：「那詹總……」

吳霜道：「他是孤兒，長輩聽說只有一位養母，在美國定居多年。」

米陽微微驚訝，「看不太出來，他看起來很成功。」

吳霜點頭道：「他非常努力，為人也謙和，說起小時候提起來的大多都是和養母及其他兄弟姊妹的趣事，並不自卑。我可以保證，他比任何人都要正常，對我也足夠好。我以前有段時間還想找你當模特兒，覺得你外形出眾，但是遇到詹嶸之後，我審美都變成熟了不少，覺得他比你還帥……」

這誇起來沒完了，米陽取笑她道：「妳那天還說我呢，妳這也是情人眼裡出西施。」

吳霜難得臉紅，不過坦然道：「他對我而言，就是最好的。」

然而，對吳雙安來說，詹先生卻不這麼完美。他的出身以及他的年紀，還有離異並帶著一個十來歲的女兒，隨便挑出一樣來都夠吳雙安心臟絞痛的了。

兩個人沉默了一會兒，顯然都是想到了這些。

吳霜嘆了口氣，苦笑道：「走一步算一步吧，我追求愛情，但是也希望能有親人的祝福。爸爸是我唯一的親人，我也很愛他。」

米陽道：「我過年也要跟家裡正式提了，不比妳輕鬆多少，唉……」

吳霜安撫他：「你女朋友脾氣不是挺好的嗎？去了之後見父母的時候多說些好話，嘴甜一點就好了，這個社會對女孩子還是很寬容的。對了，你是不是還要見她的父母？」

米陽點點頭。

吳霜大方道：「討好對方的媽媽最重要，這樣吧，我的工作室剛做了一批新的珠寶，很適合稍微有點年紀的女士，女人怎麼可以少了珠寶的點綴？你挑幾樣送過去，保管好使。」

她手機裡存了幾張珠寶的照片，拿出來給米陽看了，確實特別適合成熟優雅的女人。

米陽抬頭看她，吳霜不打自招了，她對米陽也沒什麼好瞞著的：「我原本打算做兩樣送給詹嶸的養母，聽說她最近要回國了。她是一位非常成功的女士，所以我就特意多做了一些，湊了一個系列。」

米陽點頭道：「妳功課做得比我好。」

吳霜又神采奕奕起來，問了米陽「女朋友」母親的喜好和平日穿戴，指點他挑選珠寶。

米陽挑了一個鑽石胸針和一條同款的手鏈，二者都非常別致。

吳霜誇讚他：「你很有眼光，我也想推薦這兩件，這是我做的最得意的幾件之一了。」

米陽笑道：「妳是誇我還是誇自己呢？我發現吳小姐從談戀愛開始就變得很有自信。」

吳霜微微一笑，歪頭道：「沒辦法，男朋友太寵我了，讓我覺得是世界上最棒的人。」

吳霜來找米陽的次數多了，一次兩次的，院裡的人有些是新生，誤會這就是傳聞中的女朋友，還有人拍了側面照片發到論壇上哭訴自己的青春終結。米陽師哥的「女朋友」是個氣質冷美人的帖子，很快就小火了一把。

白洛川出差幾天，來學校接米陽的時候，正好趕上苗良的現場直播。

苗師哥一邊刷帖子一邊嚴肅地建議米陽：「小師弟啊，你要不要去發個解釋的帖子？你們倆自己知道是朋友，他們可不知道，萬一你女朋友看見論壇……」

白洛川敲敲門，自己走進去笑著問道：「什麼女朋友？」他的視線落在米陽身上，「米陽在學校交女朋友了？」

苗良自豪道：「哪可能啊，我小師弟情比金堅，這麼多年就交那一個。」

白洛川也認識「那一個」，每天起床照鏡子就能看到，論壇上那位倒是他挑高眉梢，「這什麼？這是……吳霜？她的照片怎麼在上面？」

雖然只是並肩走路交談時被偷拍的模糊照片，但白洛川心裡還是吃味得厲害。他以前也擔心過有一天自己這個緋聞男友和米陽太過親密，被人偷拍發到校內論壇上讓米陽為難，現在看見照片裡的人不是他，不知道怎麼回事，內心的小火燒得更旺了。

帖子下面還有跟著留言的，說什麼郎才女貌，白洛川嘖了一聲，瞇起眼睛道：「這是誰發的？整天散布這些不實謠言，學校也不整頓一下？」

米陽道：「等一下我自己發個帖子澄清好了。」

白洛川想了想，點頭道：「也行，我幫你看看。」

苗良笑道：「你們兩人的關係真好，發個戀愛聲明還要一起商量。」

白洛川道：「是，從小就這麼好。」

幾個人正在那聊著，聽見外面有拖動紙箱的動靜，陳白微的聲音跟著傳來：「辦公室有人嗎？來兩個小寶貝幫幫忙，孫教授託人從新疆寄來一箱哈密瓜，幫忙搬進去分著吃呀！」

苗良最喜歡美食，立刻擼袖子道：「我來！我來！」

米陽也要過去，被白洛川攔住。白少爺臉色不好，顯然還記著陳白微剛才那聲「寶貝」，他把外套丟給米陽，起身道：「你在這等著，我過去搬。」

陳白微留了幾個哈蜜瓜在這裡，又抱著兩個最大的去章教授的辦公室。苗良剛好帶了喜糖過來，也跟著陳白微去那邊。研究室裡的人吃完瓜就散了，剩下米陽和白洛川在這裡。

白洛川吃了一小塊，嚼得慢，咬的聲音像啃骨頭一樣脆。

他一邊吃一邊還在拿眼睛看米陽。

米陽見他一副要炸毛的樣子，笑著餵了一塊哈密瓜到他嘴裡，順手推了他一下，「吃你的吧，我誰都沒有，就你一個大寶貝。」

話雖這麼說，還是沒能徹底把人圈住的白總難免有些焦慮了。

他嘴上說看不上吳霜提的意見，到底還是聽進去了，重新設計戒指的樣式，現在還沒改好。除此之外，白洛川總覺得還缺點什麼，想了好幾天都覺得不夠好。

米陽外出幫人補習，平時都是自己過去，白洛川晚上回來得早，會去特意接他。

詹嶸住的社區有個高級會所，來往的車輛不少，白洛川開了輛保時捷停在路邊等米陽。這兩年他也玩過幾部車，都很快就沒興趣了，在市內大部分是這輛保時捷代步，出去就換周通給他倒騰的越野改裝車。

周通大學畢業後學著他哥開始做起了汽車倒賣的生意，他腦筋靈活，和氣生財，生意做得紅火，還喜歡玩改裝車，藉著他哥和白洛川的關係，陸陸續續合作過幾回，彼此也熟悉，拿著白少爺的車當自己的一樣親手改裝，光改造的費用就夠再買一輛新車了。

不過改完多了些實用的功能，白洛川有回來了興趣，帶著米陽半夜開到山上看流星雨。前半夜氣氛還不錯，後半夜他露出一點真面目，想和米陽試試新車的穩定性，被米陽拒絕，最後到底也沒能做成。

白洛川坐在車裡回味了一下，嘖了一聲，嘴角帶著笑意搖了搖頭。

他家小乖太聽話又太乖了，臉皮薄得很，不過未來日子還很長，慢慢來就是了。

他低頭看了眼手錶，今天比平時晚了幾分鐘，大概是米陽老師拖課了。白洛川想著米陽輔導功課的樣子又笑了一聲。他以前抽到的那些專人輔導券都還留著，從小到大的都有。

這麼想著，又抬頭看向路邊，然後看到了熟悉的身影。米陽穿了一件帶牛角釦的風衣外套，特別顯小，像是剛踏進校門的大學生似的，一邊走路一邊發簡訊。白洛川也沒喊他，果然下一刻自己的手機就亮了，米陽的簡訊到了：「我下樓了，馬上到。」

白洛川心裡甜了一下，不過這點甜味很快又變成了酸。

外面發簡訊的人收了手機，四處張望一下，就大步越過白洛川的車去了旁邊一輛跑車那伸手拉開了車門。合該米陽運氣不好，對方還正好在車裡，車門也沒鎖，一下就打開了。他這邊剛說一句「剛下課晚了」，車上坐著的男人愣了，疑惑道：「你是？」

米陽鬧了個大紅臉，看看車又看看他，擺手道：「不好意思，我認錯了，太像了……」

那個男人倒是高興，「沒關係，這也算是緣分。」

白洛川下車走過去，對方都開始追著米陽要手機號碼了。白洛川拽著米陽的手，黑著臉帶他回自己的車上，親手幫他繫安全帶。

瞧著白洛川磨牙的樣兒就知道沒憋著好話，眼瞅著脾氣就要上來。

米陽看他一眼，先開口道：「我就是不小心認錯車了……」

白洛川看著他。

米陽聲音小了點：「他要手機號碼我沒給啊，我怎麼知道他開口就說這個？」

白洛川彈他腦門一下，憤憤道：「兩臺車哪裡像了？」

米陽躲開，「顏色一樣啊，車標也一樣……」

白洛川道：「兩臺的型號不一樣，他那臺是新款的。」

米陽這才聽出少爺生氣的原因，噗哧一聲笑了，見旁邊的人臉還繃著，又收了笑容道：

「我覺得他那臺車沒你的好看，真的，剛才天太黑了，我沒仔細看，走近了一摸把手還覺得

不對勁，真沒咱們家的車好……」

哄了一路，總算把少爺哄好了，但隔天白洛川去了公司，立刻就找了趙海生過來，讓他把這臺車送去周家兄弟的車行，換另一輛新的回來。

白洛川吩咐道：「要今年最新款的，換個高調點的顏色，一眼就能認出來的那種。」

趙海生有些奇怪，「不、不是去年買的？剛開多久就要換啊？」

白洛川跟他們熟得很，懶得找藉口，直接道：「昨天去接米陽的時候，他認錯車了。」

趙海生更懵了，還等著他後話，等半天才茫然道：「沒啦？就、就為這個？」

白洛川沉著臉道：「根本不是車的事！」

趙海生老實聽著。

白洛川想了想，緩緩道：「我覺得他沒以前那麼在意我了。」

趙海生道：「不可能！」他都不結巴了，「說別的我信，米陽絕對把你放第一位！」

白洛川冷聲道：「他連我的車都記不住，是不是以後就記不住我這個人？」

趙海生不說話了，他聽出來了，白總今天就是故意要鬧點什麼才甘心。

果不其然，接下來的抱怨簡直像是在秀恩愛，一點小事都能說上半天。趙海生插不上話了，等白洛川自己說完，他才苦著臉道：「那、那還能咋辦？兩個男的又不能結婚……」

白洛川沉吟一下，點頭道：「你提的意見很好。」

趙海生茫然，「啊？」

白洛川也不跟他說了，打了內線把符旗生叫上來，問他：「戒指的事怎麼樣了？」

符旗生道：「在催著辦了，不過你指名的那位設計師太忙，還需要再等一段時間，包括準備材料和模型，都需要時間……」

白洛川皺眉道：「來不及了，先做方案吧。讓你打聽的琉璃廠那個房子有消息沒？」

符旗生點頭道：「有消息了，原來的房主搬去國外了，不過已經聯絡到他的家人，咱們價格給得高，那邊挺滿意的，這兩天就能敲定合約。」

白洛川這才和緩地道：「好，你再去盯著點，別出什麼岔子。」

符旗生應下出去了，趙海生趕緊跟著一起跑。

符旗生跟他在一起的時候比較放鬆，小聲開玩笑道：「這又是房子又是戒指的，白哥弄得像是要結婚一樣。」

趙海生道：「可、可不是？」

符旗生驚訝道：「真的假的？跟誰結婚啊？」

趙海生道：「這麼多年了，你還沒看出來啊？還能有、有誰，米陽唄！」

符旗生一臉震驚，「米陽不是男的嗎？」

趙海生樂了，「管他男的女的，白哥心裡就、就那一個，換了誰都不好使。」

這話倒是真的。

符旗生沉默下來，不過想想，這麼多年以來，小白總和米陽的相處模式跟男女朋友也沒差什麼了，米陽跟他在一起也正常。想通這點，他很快就接受了這件事。

趙海生比他通透許多，早就琢磨得差不多了。白洛川不點出來，他就不說，不過心裡覺得這兩人再適合不過。

米陽從來沒見過白洛川這麼緊張過，情緒都繃緊了，簡直像是有婚前焦慮症。

不過別人焦慮是逃婚，白少爺是生怕他逃婚。

米陽看著他著急的樣子就想笑，又有點心疼他。這份焦灼帶著甜蜜，雖然有時候會小吵小鬧的，但是比平時更有滋味些了。

白洛川的焦慮在臨近寒假的第一個週末忽然好了。

那天傍晚，他開了新買的跑車去接米陽。顏色是醒目的紅色，這次絕對不會再認錯。

米陽上車後逗他道：「怎麼換新車了？打算帶我去哪兒？」

白洛川道：「去一個地方，到了你就知道了。」

也沒開多壞，在琉璃廠附近轉了一圈，停了車，帶米陽進去找了胡同裡的一家老店。

米陽越走越覺得熟悉，看見門窗忽然想起來，「這不是爺爺讓我找的那個地方嗎？老闆都換人了，上次我們來問過，不是說老闆換了兩三個，不是以前肄三堂那些人了……」

白洛川帶他過去，伸手推開門走了進去。

米陽跟著他走了兩步才低聲問道：「你怎麼知道它開著門？你認識這裡的人嗎？」

白洛川笑了一下，沒有吭聲。

這家店很寬敞，後面還有個小院子，天井種了棵老樹，這會兒初冬時節，雖然落光了葉子，老樹卻屹立不搖，也帶了幾分滄桑。

米陽隔著院牆來看了好幾回，這邊一年前還是一家賣古玩玉器的店，幾經轉手，竟然已經空下來還收拾乾淨了，他都不知道是什麼時候的事。

白洛川咳了一聲，喊他：「米陽。」

他這麼多年還是第一次這麼認真喚了這個名字，米陽就轉頭看著他。

二十來歲的白洛川站在他面前，頭髮精心修飾過，衣服也穿得合身又得體，看他的時候眼神溫柔得像是一汪能溺死人的潭水，幽深又長情，只看著他一個人就能看一輩子似的。

白洛川托著一個小木盒，打開來之後裡面放著的是兩把鑰匙，拴在一個銅圈上，鑰匙環上絞了花紋，很細緻。

「我想了很久，一直在想送你點什麼，雖然有些話我們都知道，不過還是要正式跟你說一遍，不用告訴其他人，我就只跟你一個人說。」白洛川有些緊張，握著米陽的手，給他戴了一個「鑰匙圈」上去，戴好了才鬆了口氣笑道：「還是送這個最合適。明年你就要畢業了，如果你喜歡學校，咱們就繼續念書，不想念了，就來這裡當小老闆。這裡你說了算，賣書或修書都可以，隨你高興。」

「爺爺之前讓你找的那個老書店沒有了，遷了幾個地方，改成了國營的書店，我讓人打聽了很久，找到了以前那家店的後人，他也不知道爺爺要找的人去哪兒了。那人現在不做這些，我就從他手裡買回這個牌子。『肆三堂』沒了，我就再給你開一間。」

「我們找不到爺爺說的那個人，就乾脆在這裡等，如果有緣，那人看見會找來的。」

他握著米陽的手，像是注視又像是有點緊張，問道：「我以後也能來嗎，小老闆？」

米陽鼻子有點酸，笑著道：「當然可以啊！」

他拿起另一把鑰匙，把鑰匙圈戴到白洛川的無名指上，跟他握在一處，彎著眼睛道：「我的就是你的，包括我在內，這一生都和你共用。」

「一輩子可不夠。」白洛川把人拽近親親他，「下輩子、下下輩子都得是我的。」

他一下下親，米陽就一聲聲答應他。

如果是這個人的話，他願意。

⋯⋯

這次寒假回來，米雪明顯感覺到她哥跟以前有些不一樣了。

她也說不出具體什麼地方，像是以前也會在家哼歌，也會做拿手菜給她吃，跟她說話總是笑著的，過生日那天也和白洛川一起陪著……對，就是這裡不一樣了，好像這個寒假她哥和白洛川都沒分開過。白家少爺好幾回都跑來她家，要不是她哥平時會去藥房幫忙，恐怕這位都要搬過來小住一段時間了。

就算這樣，米雪去藥房給她哥送東西的時候，還是會遇到在那邊整理貨架的白少爺。

米雪這兩年見他的次數少，但是一般她哥回家總是能見到幾回，所以對著白洛川沒有太多的拘謹，禮貌問候了一聲：「白哥哥好。」

白洛川點點頭，手裡拿著一瓶止咳糖漿，一邊核對一邊放到貨架上去，旁邊還有一個小籃子，放的都是零散的藥品。

米雪撇撇嘴，這點小事她分分鐘就能做完，一看就是她哥特意找來給這人做的。

小丫頭心裡有點酸，她這麼多年一直都覺得她哥對白洛川比對她還好。她是小孩子，她哥平時讓著她很正常，白洛川都多大了，她哥怎麼也當小孩似的哄著呢？

米陽從樓上下來，手上拿著兩份單子，先跟藥房裡的人核對完，這才看見米雪，招手讓她過來。米雪連忙跑過去，剛站穩還沒說話，就被她哥握住手，問道：「冷不冷？」

米雪搖搖頭，手心裡忽然被放了什麼，低頭就瞧見一顆糖果。

米陽揉揉她的頭，「吃吧，冬天吃糖不用怕變胖。」

米雪剝開糖紙，是她最喜歡的巧克力水果糖。

擺放完藥品的白洛川走了過來，看了米雪一眼。米雪莫名其妙，然後就見比她高了一大截的男人伸手去拉開她哥的口袋，小聲問：「還剩幾顆？」

米雪覺得這個人臉皮好厚啊，這麼大的人了，竟然跟她哥要糖吃？

米陽拍他一下，「還多著呢，樓上那盒你又不是沒看見，小心小雪笑你。」

白洛川看向小丫頭，十來歲的小丫頭果然睜大眼睛望著自己。他也就瞄了一眼，很快又去扒拉米陽的口袋，倒像那些糖都是他的一樣，米陽給了他兩顆讓他拿走才算完。

米雪心情複雜，不過敢念白洛川的也就她哥一個人，她是萬萬不敢的。

白洛川離開她哥十米之外，就是另一種狀態了，別說笑他，想說句玩笑話也得看他大少爺的臉色。他的視線冷淡地掃過來，就讓人目光躲閃，不敢隨便開口。

送完東西，米雪磨蹭了半天，米陽笑著問：「想留下來一起吃午飯嗎？」

米雪眼睛亮了一下，點點頭，又小心地看向白洛川，像是等著兩位家長批准的孩子。

白洛川唇角揚了一下，心情不錯道：「留下吧，中午帶妳出去吃點好的。」

米雪不在意吃什麼，她就是想哥哥了，得了批准，就高興地捲袖子幹活。手腳麻利，一點都不嬌氣，白洛川手邊那一小籃的藥盒她也一力承擔，全都給歸納擺放到貨架上去了。

白洛川坦然地站在一邊看，忽然彎腰對米陽道：「你看她，像不像我們小時候去別人家裡做客的時候？」

米陽正在寫著什麼，抬頭瞥了他一眼，笑道：「你夠了啊，那是我親妹妹，要做客也是你來我家做客。」

白洛川賴在他身旁半步未挪，懶洋洋道：「那天說的話我可都還記著呢，四捨五入咱們就是一家人了，我在自己家做什麼客？」

他坦蕩地站在米陽身邊，比那邊努力表現自己的米雪更有自信。

米陽被他逗得笑起來，字都要寫不下去了。

中午白洛川依約帶米雪去吃了一頓好的，他們常去的一家店剛好出了新菜，叫做水煮澳龍，做得鮮香麻辣，米陽兄妹兩個都挺愛吃的。白洛川要了一份，看著米陽多吃點飯比他自

己吃到還高興許多。

米雪小聲跟哥哥商量起過年回家的事：「媽媽說還是讓咱們先回去，她和爸爸過幾天再回來。年底比較忙，其實我也想留下來幫忙，可是媽媽不同意。」

米陽夾了一塊咕咾肉給她，笑道：「妳的考試成績提高兩個名次，咱媽心裡就很高興了，不用留下來幫忙，藥房人手夠用。」

米雪臉紅了紅，扒兩口飯道：「可是哥哥每次都考第一啊，我只是前五名，還不夠好，而且你一直都在藥房幫忙，晚上都不回家睡，我也想多幫點忙。」

小丫頭聲音小，但是包廂就他們三個人，可以聽得一清二楚。

這次輪到米陽臉上熱了，他咳了一聲，然後安撫道：「沒事，妳、妳現在以課業為主，其他的不急。哥哥是要畢業了也沒什麼事，就留在藥房……」他編不下去了，旁邊的白洛川已經在那邊笑出來，他踩了白洛川一腳，轉移話題道：「咱媽說要準備什麼帶回去沒有？給姥姥的藥都打包好了嗎？」

米雪乖巧地逐一回答，嘰嘰喳喳像是一隻小麻雀，壓根兒沒看出她哥的窘迫來。

吃過午飯，把米雪送走，米陽這才鬆了一口氣。

白洛川還在笑，想抱他，米陽拒絕道：「你怎麼還不走？下午不是還有事要去公司？」

白洛川力氣比他大，膩歪過來把人抱住，「等一下再走，難得有單獨相處的時候。」

米陽看著他，沒吭聲。

白洛川糾正道：「我是說白天。吃飯的時候不給餵，喝水的時候不讓抱，送小雪回去的時候也不讓我牽手。現在就咱倆，關上門還不讓親了？」

米陽道：「你昨天晚上親過了。」

白洛川挑眉道：「你還把我的糖給你妹妹吃了呢！」他湊過去含住米陽的唇瓣，一邊輕咬一邊親他，「說好了的，少一顆賠十顆。」

這簡直就是霸王條款！根本沒有這條規定，白少爺現編了一條。他試圖白日宣淫，嘗試未果，但也親了夠本，美滋滋地去公司幹活了。

他覺得藥房才是他的辦公室，公司那邊三天打魚兩天曬網，心思完全沒在那裡。沒辦法，他剛求婚成功，這個時候是最想跟媳婦兒黏在一起的。

黏了二十幾年的白少爺絲毫沒覺得自己哪裡有錯，去公司的路上就開始想：傍晚回來的時候是帶瓶香檳還是紅酒好？

和往年一樣，過年是米陽他們先回山海鎮。

小鎮上新開了兩家度假飯店，臨近風景區，逢年過節有不少人來這裡過年。米陽路上特意避開米雪，坐了白洛川的車，兩個人商量了一路，還是沒有達成共識。

米陽揉了揉眉心，有些疲憊地道：「我不贊同直接告訴他們，總要有個緩衝時間，尤其是白爺爺那邊……」

白洛川道：「我爺爺？他早就知道了。」

米陽的手一抖，鼻樑上揉出不小心揉出紅痕，他顫聲道：「白爺爺知道了？是什麼時候的事？他怎麼會知道？」

白洛川道：「前幾年的時候，他來京城治療前就知道了。怕嚇著你，才沒跟你說。」

米陽無奈，「你怎麼不怕嚇到他老人家？」

白洛川笑了笑，伸手過去握著他的安撫道：「放心吧，爺爺疼我，更疼你，他不反對我們的事。你要是實在擔心，就等過完年，我和我媽先單獨談談，你也跟程阿姨提上兩句，慢

慢告訴家裡的人。」

米陽嘆了口氣，「也只能這樣了。」

他們路上商量了許多，米陽一顆心慢慢安定下來，看著白洛川神態平靜，他漸漸沒有那麼擔心了。總歸是要走到這一步，當初選了這個人他就做好了準備，只是臨近出櫃，總還是有些焦慮。不過，兩個人一起撐著，比單獨扛著好太多。

然而，計畫趕不上變化，他們剛到鎮上，就得知白老爺子被送去了醫院。

老爺子的病拖了幾年，幾次都是搶救回來的，這次尤其凶險。

白洛川東西都沒放下，立刻開車和米陽一起去了醫院。守了一個晚上之後，才看到被送到加護病房的白老爺子。

老爺子戴著氧氣面罩，閉著眼睛沉睡著，白洛川在外面隔著玻璃看他，一雙眼睛熬得布滿血絲也不敢錯開眼。等醫生和護士出來，忙上前去詢問。

醫生低聲跟白洛川說話：「跟之前一樣，老人家年紀大了，他自己不想再開刀，我們會診的結果是建議做一次穿刺，確定後可以進行標靶治療。現在有一些進口藥的效果不錯，但是也不敢保證……」

米陽還在外面看著白老爺子，他比白洛川沒好到哪裡去，眉心都皺出淺淺的痕跡。

白老爺子還未清醒，家裡的醫生和看護也在這裡陪著，人手足夠，尤其是家庭醫生跟了白老爺子多年，見兩個孩子守著不肯走，硬是把他們趕走：「你們回去洗臉，多少睡一會兒，不要讓老爺子醒了看見還要擔心。」

白洛川答應了一聲，但也只在樓下車裡瞇了一下。

他睡得並不安穩，瞇了一兩個小時就再無睏意，去買了點吃的回來和米陽一起吃，又去了醫院樓上的病房裡。

下午的時候，白老爺子醒了，看起來蒼老許多，說不出什麼話來，呼吸時氧氣罩都浮現出白霧。他張了張嘴，白洛川立刻半蹲下身去湊近道：「爺爺，我在，您要什麼？」

白老爺子抬抬手，白洛川迅速握住，輕聲喊他。

白老爺子又看看米陽，米陽也走過去，彎下腰看他，「白爺爺。」

白老爺子握著孫子和米陽的手，讓他們合在一處，只看著他們，帶著慈愛和期盼，但是他太過虛弱，無法說出一句話，只發出幾聲氣音，喊他們的小名。

白洛川眼眶泛紅，聲音沙啞了。

米陽比他好些，可手也顫抖起來。他強作鎮定，用空著的那隻手從口袋裡掏出一個小盒子啞聲道：「白爺爺，我今年二十二歲了，可以選擇自己要走的路。我們兩個是認真的，這麼多年吵過鬧過，卻從來沒想分開過。雖然有些倉促，但我想請您為我們做個見證……」

他打開那個絨布小盒子，裡面是一對男款戒指，戒面雕刻了暗紋，樸素大氣，一眼就能瞧出是婚戒。

米陽主動給白洛川戴上其中一個戒指，在戒指套入對方無名指的時候，指尖發著抖。

白洛川握著他的手，幫他把戒指戴牢，又拿過另一個戒指給米陽戴上。

門外有腳步聲響起，門被推開，駱江璟走了進來。她也是連夜趕來，剛才在外面同醫生問過得知老爺子甦醒就連忙找了過來，卻怎麼也沒想到會看到這一幕。

她愣了一下，問道：「你們、你們這是……在幹什麼？」

米陽的手動了一下就被白洛川握住，他把戒指推到米陽手指上套緊，低頭看著那個戒指輕聲道：「媽，我找到一輩子喜歡的那個人了，我要跟他結婚。」

駱江璟先是覺得荒唐，後又震驚，但她第一個反應是去看白老爺子，生怕兩個孩子做的事刺激到他，但是老爺子的神情卻十分平靜，甚至帶著些許欣慰。

老爺子看著他們握在一起的手，點點頭，聲音微弱道：「好，爺爺看到了。」

駱江璟心裡驚疑不定，站近了些道：「爸……」

白老爺子眼珠動了動，轉向她道：「他們兩個都是好孩子。」

他呼吸很重，駱江璟眼眶紅了，都不敢高聲說話，更不敢打斷他未說完的話。

白老爺子喘了一會兒才用最後一點力氣把話說完：「好孩子……妳別為難他們。」

駱江璟看到白老爺子這樣，眼淚都要掉下來了。老爺子像是交代最後一點願望似的，拚命維護他們，她又哪裡說得出一句反對的話？老爺子看著她，見她點頭答應，這才鬆了一口氣似的又去看孫子，努力發出聲音問他：「錢夠用嗎？」

白洛川跪在床邊，握著老爺子的手放在自己的臉頰上，哽嗯地應道：「夠用。爺爺，您別說了，等您好了，什麼都聽您的好不好？」

白老爺子手指動了動，像是撫摸他的臉頰。

老爺子太過疲憊，清醒的時間不長，很快又睡著了。

白洛川守在醫院，駱江璟心裡雖然有一肚子的話要問他們，但現在不是時候。她看著兩個孩子守在病房裡不眠不休的樣子，話到嘴邊又嚥了下去。白洛川留在醫院不肯離開半步，米陽就先回去程老太太那邊，做了容易消化的湯水和飯菜帶來。有給白洛川和駱江璟的，也有老爺子的，只盼著老爺子在醒來的第一時間能吃上一口。

米陽把飯菜遞給駱江璟時，喊了她一聲「駱阿姨」。

駱江璟看了他半天，米陽捧著飯盒沒動，她嘆了口氣，還是接了過去。

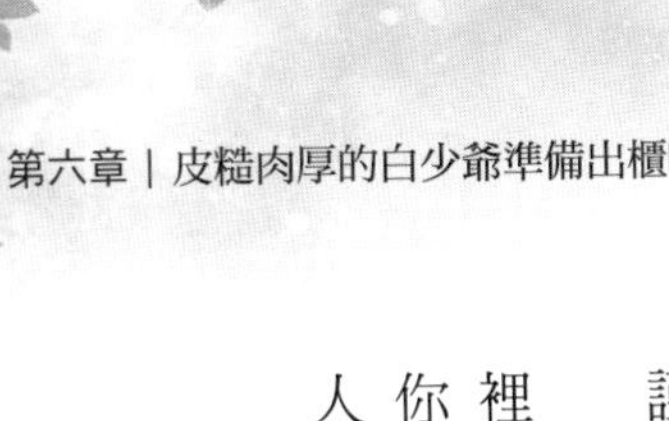

米陽提著的一顆心這才放了下來。

駱江璟只是最初有些不適應，很快對他們的態度就和平時沒什麼兩樣了。她在醫院和白洛川陪護兩天，期間陸續有人來探望。

白洛川只顧著老爺子，自己難得露出憔悴的一面。自己都不顧得打理，手上的戒指自然也是戴著，完全不考慮其他人看見是什麼反應。倒是米陽雖然也戴著戒指，但是會用另一隻手遮擋，把戒指藏在掌心後面。

駱江璟把一切都看在眼中，最後的一點怨氣也消散。她又有什麼理由來指責這兩個孩子呢？尤其是米陽，相較起來，她兒子白洛川才是任性的那一個。要說也只能說是她兒子把米陽帶「壞」了。米陽是她看著長大的，這麼乖巧懂事的孩子，她但凡有個女兒，米陽就是打著燈籠也找不到的良配了。

兒子就兒子吧，他們高興就好。

駱江璟看過來的視線複雜，看的時間太長，米陽察覺到，微微轉頭看向她，帶著一點拘謹，眼神是怯怯的，小聲道：「駱阿姨？」

駱江璟瞧著他那雙眼睛，只覺得這孩子跟小時候一樣，從小到大都沒變過的乖順，她心裡軟了一下，招手讓他過來，從錢包裡抽了幾張錢遞給他道：「我和洛川走不開，還要麻煩你跑一趟，去買些花和盆栽來放在病房。不知道老爺子要住多久，房間裡一水兒的白看著讓人怪不舒服的。」

米陽連忙推開錢道：「我有錢，我這就去買，我知道白爺爺平時喜歡哪些。」

駱江璟沒跟他多客氣，把錢收起來，拍拍他的臂道：「好，那駱阿姨就在這等著。」

米陽對她笑了一下，自己出門去買東西了。

白老爺子喜歡文竹，米陽跑了兩個花市去找了幾盆最好的買來，病房裡多了些綠色果然好了許多。

程青和米澤海要晚回來兩天，聽說了白老爺子的事，急急忙忙就趕來探望。

不過老爺子需要休息，駱江璟就和之前一樣，在外面的小客廳略跟他們說了兩句。大概是知道了白洛川拐了人家的兒子，駱江璟跟他們說話客氣了許多，總歸是帶著幾分歉意。

程青對這事一無所知，只當白老爺子病得重了，她也是為人子女的，長輩這樣，自己先跟著難過起來，一邊安撫駱江璟，一邊紅了眼眶道：「駱姊，我爸當年也是這麼個病。老人家年紀大了，咱們當子女的心裡有個準備吧。能好起來是最好的，要是真做手術什麼的就算了吧。年紀大了，經不起折騰，太遭罪了……」

米澤海聽著她這麼說，忙捏了她的手一下，「也要問問醫生，等白大哥回來，讓他和醫生商量看看吧。」他又問：「白大哥是不是這兩天就回來了？」

駱江璟道：「是，已經在路上了。」

米澤海倒是很能理解，勸慰道：「當兵的就是這樣，能回來就很好了。白大哥的工作就是這樣，他也有難處。」

駱江璟點點頭，眉頭微微皺起來。其實這兩天白老爺子的病情已經穩定下來，比前兩天搶救時好了許多，但是白敬榮回來後，要是發現兒子和米陽的事，恐怕又要折騰了。

駱江璟光是這麼想著，就忍不住頭疼起來。

米陽從房間裡出來，還抱著一盆小的文竹，嫩嫩的根鬚泡在水裡看著非常健碩。枝葉濃綠，一片片葉子伸展開非常漂亮。他把這盆文竹放在外面小客廳的茶几上，跟駱江璟道：「駱阿姨，房間裡的擺好了，剛才白爺爺醒了，說想吃點東西。」

駱江璟道：「好，我這就去。小乖，你在這裡陪著你爸媽，等一下替我送送他們。」

米澤海笑道：「都是一家人，不用送了。」

駱江璟點點頭，匆匆去了裡面的病房。

米陽有幾天沒回去了，只晚上回程老太太那邊熬點湯水。現在白老爺子醒了，這邊有這麼多人照顧著，他就先跟父母回家去了。

米澤海開著他那輛車一路回去，還在唏噓感慨：「妳說有錢又有什麼用，身體還不都是自己的？我想通了，等將來我退休了，你們兄妹倆都能獨立了，我就和你媽開車到處旅行。趁著腿腳好還走得動，我們多看看。」

程青哼道：「我哪兒也不去，我還得給陽陽和小雪攢錢呢。」

米澤海：「什麼錢？」

程青道：「你說什麼錢？陽陽娶媳婦的錢，小雪將來的嫁妝，哪份也不能少。小雪還好，她還小，能等兩年，陽陽明年畢業，馬上就要工作找媳婦，要是人家女生是外地的，就想留在自己家，你難道還強迫人家跟過來？孩子結婚，咱們不忙誰幫啊？」

米陽聽著他們說話，在後座上笑了起來，他把手搭在前面輕輕幫程青捏著肩膀，哄著她道：「媽，他不用咱們家買房。」

程青聽出一點意思來，「嗯？哪個她呀，陽陽，你這是有情況了？」

米陽只笑，沒吭聲。

程青反握著兒子的手，想他多說兩句，手剛放上去就摸到無名指上的戒指，她「哎喲」了一聲，回頭看他，「陽陽，你真找對象了啊？怎麼戒指都戴上了？你們這麼大的事也不跟家裡說一聲，人家會怪咱們家不懂禮數。」

米澤海也激動起來，「兒子，你找的那位是哪裡的人？爸爸見過沒有？」

他也想來看看米陽手上的戒指，被程青喝斥道：「你看路，在開車呢！」

米澤海道：「沒事，我幾十年的老司機了。」

程青嗔道：「那也不成，一家人都在車上呢，能不能注意安全？」

米澤海看不到，但也沒閒著，一個勁兒發問。

米陽認真想了想才對他們道：「過幾天吧，過幾天我讓他到家裡來，我們見一面。」

程青挺高興的，又想起來一件事，有些懊惱道：「你這說得太急了，我都沒準備衣服。不行，等一下我得去買兩件新衣服。」

米澤海笑她：「兒子找對象，又不是妳找，妳買什麼呀？買兩件給陽陽吧。」

程青點點頭，又嘆道：「也帶一套給洛川吧，剛才我在醫院瞧見那孩子，他往常最愛乾淨了，這會兒衣服上沾了咖啡也沒發現，我都心疼了。」

程青還是給自己買了身新衣服，又給米陽和白洛川買了兩件。白家如今老爺子還在醫院住著，他們沒有多去打擾，就讓米陽送去。

程老太太也是看著白洛川長大的，很是心疼他，親自燉了補湯讓米陽順便帶去，「冬天容易乾燥，洛川那孩子又熬了好幾天，喝點冰糖秋梨水不錯。陽陽辛苦點，多跑兩趟。」

米陽道：「不辛苦，我本來也是要過去看看。」

程老太太又問他：「他家老爺子怎麼樣了？好點了沒有？」

米陽道：「好些了，現在已經脫離危險期，醫生說狀況穩定的話，還能回家過年。」

程老太太放心了點，又嘆道：「年紀大了，能熬過來就不容易，你去了代我問聲好。」

白老爺子比之前的情況好了些，雖然還在加護病房，但是清醒的時間多了，用藥什麼的也配合，家人都守在那邊寸步不離，就連白敬榮也趕了回來。

白洛川父子兩個交流不多，兩個人之間似乎又剛因為什麼事起了爭執，白敬榮想跟他談話，白洛川卻幾次避開，米陽來送糖水的時候，他就藉口起身離開了。

白敬榮想過去，被旁邊的駱江璟拉住了，對他道：「他們兩個小輩說話，你過去幹什麼？等等洛川回來了，讓他跟你說吧。」

白敬榮不滿道：「妳剛才聽見了吧，他張口就說要結婚，我多問兩句都不行嗎？」

駱江璟也不大高興，「那也是你，回來看見爸醒來太高興，什麼都提。洛川這麼大的人了不會自己找對象嗎？你在這忙著瞎介紹什麼？」

白敬榮無奈道：「我就是問問他。那天不是正好和羅少將吃飯，他家的女兒……」

白洛川拉著米陽出去，米陽只聽到最後幾句話，他看著白洛川，「少將家的女兒？」

白洛川臉色不好，「你別管他，爺爺都病成這樣了，他還有心思提這些。」他說著又看了米陽，補充了句：「這跟我們的事不一樣，咱們的事爺爺都盼著好幾年了，現在說了爺爺是替咱們高興，他這算什麼？什麼年代了，還不許自由戀愛嗎？」

米陽道：「你這都帶著偏見去看白叔了，我剛聽著好像就是提了一句……」

白洛川不樂意道：「你站誰那邊的？向著誰說話？」

米陽討饒：「我向著你。」

白洛川這才鬆手，找了個地方坐下來把冰糖梨水喝了一些，又吃了幾口梨。他這兩天胃口不好，吃點清淡的正合脾胃，只是心裡還掛念著老爺子，沒多吃幾口就又放下湯匙了。

米陽小聲跟他聊了兩句，把衣服放下了。

白洛川伸手摸了摸，又看了眼米陽身上穿著的那件，兩套是一樣的，不禁露出今天第一個笑容，對他道：「幫我謝謝程阿姨。過兩天爺爺出院了，我就過去看她。」

米陽輕輕握了握他的手，「不急，我等你。」

兩個人手指上的戒指輕微碰撞，白洛川心裡就像是被什麼安撫了似的，焦灼不安的情緒穩定了許多。他忽然很想抱抱眼前的人，剛一抬手，就被米陽略微用力按住手背，微微搖了搖頭，「算了吧，這是在外面。」

白洛川皺眉，還是抱了他一下，手搭在他肩上略微用力，咬著牙道：「我都結婚了，管他們說什麼屁話！」

米陽愣了一下，伸手回抱他，不過很快又分開，這次語氣柔和了許多，勸慰道：「好了，你快回去吧，白爺爺醒了肯定會找你。」

白洛川被順毛安撫好了，脾氣軟了些，乖乖點頭應了。

白家父子上午還沒什麼，白敬榮回家吃了個午飯，下午再來醫院的時候，臉色就變了。他匆匆趕到病房，駱江璟追趕了幾步，想拉他的手都拉不住，一路喊他名字：「敬榮，我們在家裡說好的，你當著這麼多人的面想做什麼？」

白敬榮不聽，他進了病房之後左右張望，視線就落在了坐在病床前伺候老人的白洛川身上。白老爺子正在輸液，已經睡了，病房裡很安靜，白洛川沒有多看進來的人一眼。

白敬榮順著白洛川的手看過去，果然看到兒子手上戴著的那個戒指，他沉了臉色道：「你跟我出來。」

白洛川淡然道：「不去。」

白敬榮怒道：「你說什麼？」

白洛川轉頭看他，又看了旁邊緊張的駱江璟，心裡明白大半。

他嗤笑一聲道：「我說不去。我留在這是陪爺爺的，沒什麼話好跟你解釋。」

白敬榮壓抑著暴怒的情緒，上前兩步，額邊的青筋都鼓了出來。白洛川也站起來，毫不畏懼地看著父親。他現在已經比白敬榮略高，無論是從哪一方面都不再畏懼。

白洛川道：「你當著爺爺的面打啊！你是我爸，我不還手，但我不服！」

白敬榮惱怒道：「你做出這樣的事，還敢這麼跟我說話？」

白洛川笑了一聲，眼睛注視著白老爺子那邊，啞聲道：「我媽和爺爺都不管我，你憑什麼管我？從小到大，你一年才在家待幾天，現在跑來管我的婚事……早幹什麼去了？實話跟你說吧，我們早就在一起了，米陽要是女生，孩子都給我生好幾個了。」

白敬榮臉色鐵青，還要說什麼，卻被駱江環一把拽住，壓低聲音喝斥道：「敬榮，你真要當著爸的面動手嗎？你不怕把咱爸氣死呀？」

白敬榮站在那沒動，駱江環又叫了他一聲，硬是把人先拽了出去。

她在白家老宅跟他說了一些，原本是想先通通氣，略微做個鋪墊，沒想到白敬榮反應還是這麼強烈。她之前雖然默認兩個孩子的事，心裡其實還有點彆扭，現在見丈夫這麼激烈地反對，心中被激起了一些情緒，徹底倒戈幫起了兒子。

駱江環不滿道：「不過就是這麼一件事，孩子長大了，也是考慮過很久才跟我們說，又不是不懂事在這裡瞎胡鬧。」

白敬榮道：「這還不叫胡鬧？這麼多年了，妳看妳把他縱容成個什麼樣子！」

駱江環也惱了，「我縱容又怎麼了？我兒子哪裡沒有做好？他這麼優秀，從小到大沒讓我操心過！在學校成績優異，在公司誰提起來不豎起大拇指稱讚他？這麼好的一個兒子，我憑什麼不能縱容他？」

白敬榮道：「他做出這麼丟臉的事……」

駱江璟陡然怒氣上湧，瞪著他道：「你再說一遍，我兒子哪裡丟臉了？他是一個人，他有自己選擇的權利！」

白敬榮用力呼吸，略微平緩情緒道：「我沒有想控制他的意思，只是他……不對。」

「哪裡有什麼對錯？他樂意，我也樂意！我兒子不就喜歡男人嗎？你至於這麼大驚小怪的？」駱江璟怒極反笑道：「我嫁給你二十幾年，從來沒要求過你什麼。我和兒子出門在外從未打過你的名號，我也從來沒有讓警車開道過。就因為你在部隊，我們比誰都低調，比誰都要小心。這麼多年聚少離多，我一句話都沒跟你抱怨過，那是我敬你愛你，但是今天你這麼說，那我也只能表明自己態度了……」

白敬榮心裡咯噔一下，喊了她一聲，卻被駱江璟伸手揮開，她冷笑道：「我養的兒子我自己負責，你要是接受不了我們母子，我們就先分開，大家都暫時冷靜一下。」

她說就回了病房。

白敬榮愣了片刻，剛才妻子還溫柔地勸他，怎麼眨眼的功夫就要決裂？

病房裡傳來一陣聲響，白敬榮連忙走過去，卻看到駱江璟收拾行李出來。她拎著小行李箱，冷淡地看他一眼，道：「我會去洛川那邊的小樓住，不留著礙你的眼。」

白敬榮喉嚨像是被棉花堵住，明明有一肚子委屈，卻被噎得一句話也說不出來。

駱江璟愛恨分明，對丈夫好的時候一萬份委屈也能品出一絲甜，但她不樂意了，那是雞蛋裡也能找出骨頭。兒子是她的逆鱗，她捧在心尖上養育這麼多年，是她最為得意的一件珍寶，哪裡容得其他人說上半句不好？

哪怕是丈夫也不行。

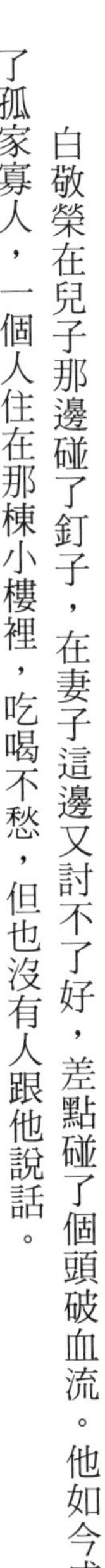

白敬榮在兒子那邊碰了釘子，在妻子這邊又討不了好，差點碰了個頭破血流。他如今成了孤家寡人，一個人住在那棟小樓裡，吃喝不愁，但也沒有人跟他說話。

去了醫院，偶然幾次碰上白老爺子醒著的時候，老爺子也是逕自同孫子說話，而且他在一旁聽著老爺子的意思，似乎也是知道並支持他們的。

白敬榮白天在醫院坐不住，晚上回到老宅睡得也不踏實，沒幾天就熬出了黑眼圈。

這天早上，他正心不在焉地吃著早餐，忽然看到駱江璟走了進來。

駱江璟穿了一身風衣，頭上戴了同款的風帽，就算是在冬季也穿戴得一如既往的優雅時尚。她進來後只小坐片刻，小羊皮手套都未摘下，看著白敬榮道：「我想好了。」

他們夫妻幾天沒說話了，白敬榮見了她心已經先軟了一半，坐在那聽著。

駱江璟保養得很好，皮膚白皙，五官漂亮，只眼角有一點淺淺的笑紋，但此刻她並沒有笑，抬高了下巴對丈夫道：「我駱氏家大業大，也不輸給白家什麼，大不了我這份給兒子。你家就算是有皇位要繼承，難道我家就沒有了嗎？」

白敬榮呆愣了半晌，沒有想到一向溫柔的妻子想了幾天，會想出這麼一個結論來。

駱江璟喝了一口熱茶，老神在在。她的意思再明顯不過，白敬榮能用什麼來威逼利誘她兒子？無非就是功名利祿，而那些東西她都有。

她的兒子從一開始就不用受任何人威脅。

另一邊，白老爺子精神好了些，被白洛川扶起來換個舒服的姿勢靠在床頭跟他說話。

「你知道你爸媽為什麼對你這麼嚴格嗎？因為他們生你養你，就要對你的人生負責，我呢，一個老頭子啦，黃土都埋到脖子了，就想享點天倫之樂。我對你沒有直接責任，所以爺爺怎麼寵著你都成。」老爺子笑笑，摸摸白洛川的頭，眼神慈愛道：「都是一家人，沒有什

麼過不去的坎，你爸現在想不開，過兩年就成了。」

白洛川道：「我不需要他的祝福。」

白老爺子道：「瞎說，那是你親爹。」

白洛川低頭沒吭聲，但也透著倔強。

白老爺子看他這樣，想起當初圍在自己腿邊來回轉悠的那個小不點。白洛川小時候也是這樣，不高興了也不怎麼發脾氣，就是賭氣不吭聲。老爺子想了一會兒，笑著道：「你爸做過最出格的事就是年輕時留了長頭髮，還被我壓著去剪了個禿瓢，一個多月沒好意思出門呢！他啊，一輩子就是太規矩了，自己活成現在這樣，沒經歷過這些，又只有你這麼一個孩子，還事事都跳出掌控之外，你得讓他適應一下呀！」

白洛川忍了忍，還是問道：「我爸留過長頭髮？」

白老爺子挑眉道：「可不是？像小流氓似的，把我氣壞了，追了三條街才抓到呢！」

白洛川神色古怪，完全想像不出來。

白老爺子拍拍他的手，「你和他不一樣，你是好孩子，陽陽也乖，你們有什麼事爺爺絕對站在你們這邊，放一百個心。這日子還是你自己過的，管那麼多幹什麼？你爸爸要是還鬧，爺爺替你出頭。雖然我也盼著他能說句好話，但要是他敢說什麼，我第一個不答應。」

白洛川唇角揚了一下，「爺爺，那我們可說好了，您要快點好起來，咱們提前兩天出院，今年要一起過年。」

白老爺子笑著點頭道：「好。」

雖然當著孫子的面是這麼說的，但是到了兒子和兒媳面前，白老爺子又換了一副面孔。

白老爺子故意板著臉，訓斥了他們一頓。

「你們兩個吵架了吧？」白老爺子看著面前站著的這兩人，視線落在自家兒子身上，「我跟你媽別的不說，但這輩子都沒當著你的面吵過一次架。」

白敬榮額頭冒汗道：「爸，不是你想的那樣……」

「是哪樣？我孫子都嚇著了，你說怎麼樣？」白老爺子聲音大了一點，要不是身體不允許，早就拍桌子了，但就這樣，兒子和兒媳婦也有些提心吊膽。兩個人態度都軟了幾分，駱江璟眼裡都是擔心，白敬榮也小聲喊了聲爸。

白老爺子道：「我以為這次自己不中用了，還想指望你把這個家帶好。咱們家人丁單薄，總共就這麼幾個人，你都能搞成這樣……」他說著又來氣了，半真半假地威脅道：「本來也沒指望你能給什麼，不過就是孩子心善，做什麼都想跟爹媽說一聲，得一句祝福。你不給，那就算了，我不跟你說這些了，過年你還是回部隊去，別在這氣我了。我帶著洛川回老宅去，家裡那些房子和山林地前兩年已經給他了，還剩下些古董什麼的，這次也都給他。我就這麼一個孫子，你們不稀罕，我老頭子自己稀罕。等我百年之後，也沒什麼好可惜的，見了你媽我也能挺起腰桿。」

白敬榮嚇了一跳，慌忙道：「爸，您別這麼說！您身體還好，不急安排這些事啊！」他對錢財不看重，雖然古板些，但是對老父親卻有一顆敬愛之心。

駱江璟跟著道：「是啊，爸，您還年輕呢！」

白老爺子擺擺手，對他們道：「我搞不清楚你們現在這些年輕人的想法，但是我猜你們也是望子成龍，盼著小輩好，那話又說回來，什麼叫好？無非就是證明自己是個有用的人。」

白敬榮乖乖點頭，駱江璟已經聽出老爺子的意思，敲邊鼓道：「是，就是這個道理。」

白老爺子沉吟一下，又開口道：「敬容年輕時想留在部隊做點實事，江璟妳呢，是想回滬市發展，想成就自己的事業，我都懂，年輕人嘛，有自己的打算，但是你們想過沒有，你們自己發展好了，洛川小時候是誰陪著的？」

駱江璟神色暗淡了一下，嘆氣道：「爸，我知道我們虧欠洛川很多，我現在也沒其他的想法，只要他高興就好，我這個當媽的願意支持他。」

白老爺子又看向兒子，見他還擰著眉頭沒轉過彎來，哼了聲道：「我不懂生意的事，但說過來無非就是多賺些錢，用錢來證明成功。我把這些提前都給洛川，你們我是管不了了，我孫子我讓他一輩子高高興興的，半點委屈也不許受，反正我就這個孫子，給他我高興。」

話都說到這個分上，又有駱江璟在旁邊應和，白敬榮沉默一會兒，不敢多說什麼了。他臉上火辣辣的，自己沒啃父親的老本，倒是兒子拿了全部的棺材本，讓他很是羞愧。

白老爺子面上不顯，斜眼瞧了兒子之後，心裡寬慰了幾分。

能有這麼個默許的態度，算是可以了。過幾年兩個孩子穩定下來，時間長了，自然而然就會變成一家人。本來就是相處了二十幾年的時間，剩下的幾十年只會越發熟悉，老爺子對此還是很樂觀的。米陽這麼聽話的孩子，他孫子又天生優秀，誰能不喜歡他們？

白老爺子得意洋洋，越想越覺得是這麼個道理。

大概是多年的心事放下來，沒過幾天，白老爺子的病情就穩定下來。

大年三十的那天下午，白老爺子出院了，回到老宅療養。

這一年，白洛川掛的燈籠特別多，白家老宅從裡到外都透著喜氣，處處張燈結綵。

這年來白家拜年的人也多，特別熱鬧。白敬榮和駱江璟把工作放在一旁，騰出時間來，好好在白家老宅住了一段時間。白老爺子身體還需要療養，只見了幾個親近的家人，其他人都是他們夫妻接待的，而駱江璟留下來的另一個原因就是想等著跟米家一起吃頓飯。

這事她無法像平時一樣給定下來，主要還是看白洛川。

大年初二，所有女婿跟著媳婦一起回娘家的時候，白洛川收拾妥當自己，去程老太太那邊拜年了。

這段時間他在醫院照顧白老爺子，人雖然清減了些許，但是看著依舊英俊，站在那一表人才，年輕有為。他身上穿著程青前些天送來的衣服，外套有些薄，但氣色好很多，只是臉上帶著難得的一絲緊張，在程青幫他開門的時候，那點緊張又變成了眼裡含著的笑意，跟她問好道：「程阿姨，新年快樂。」

程青也沒想到他會這麼早來拜年，拍了拍他的手臂，關切道：「怎麼穿這麼少？冷不冷？快進來坐，家裡人都還好吧？」

她問的多，一邊拉著白洛川進來，一邊跟他說話。

白洛川認真回覆：「還行，不冷，家裡人都好，我爺爺身體也好……」

程家一年裡就屬這天最熱鬧，家裡的四個女兒都回來了，女婿和小輩們也跟著一同來住姥姥家，一進客廳就能聽到歡聲笑語。小孩子們剝了橘子在吃，房間裡的暖氣和橘皮的清香撲面而來，夾雜著糖果的氣息，很有過年的味道。

米陽正端了一盤堅果放在茶几上，他身上穿著和白洛川一樣的衣服，抬頭看見對方，彎著眼睛笑了笑，「來了？」

白洛川看到他，忽然就沒有那麼緊張了，笑著點點頭。

程如道：「喲，這衣服一看就是大姊買的，陽陽和洛川穿著都好看！」

另外兩個妹妹也是習慣性吹捧自家大姊，老二和老四聽了跟著點頭，讚賞道：「大姊挑

的衣服就是好看，這兩個孩子穿著剛好，像親兄弟似的。」

程青頗為得意，笑著道：「那是他們長得好，天生的衣架子，穿什麼都好看！」

程春道：「哪裡，大姊眼光好，再好的衣服也得挑人穿呀！」

程如道：「就是，人靠衣裳馬靠鞍，這兩個孩子穿上出去走一圈，簡直便宜了賣衣服的那家店，給他們家打活廣告呢！」

程歌道：「二姊、三姊說的對。」

姊妹四個說相聲似的，真情實意地誇讚她們家大姊。

程青被逗樂，帶著白洛川他們兩個去了二樓的客房，又遞給他兩件衣服道：「這些你也拿著，你家裡正忙，可能顧不上這些小事。過兩天降溫，記得添兩件衣服。」

白洛川有些驚訝，很珍惜地接過來，「謝謝程阿姨。」

程青笑道：「跟我客氣什麼？還是老規矩，你和陽陽一人一身新衣服。」

白洛川點頭道：「好。」

程青留他說了幾句話，想送他走的時候，白洛川卻還是站在那裡沒有動。他看了一旁跟自己穿著一樣衣服的米陽，視線落在他手指上戴著的戒指，略微定了定心神，對程青道：「程阿姨，米叔在嗎？」

程青只當他們要談工作，「在呀，剛去廚房揉麵團去了，我們打算中午包餃子。你等著，我這就去叫他。你這孩子也真是的，大過年的還工作，要我說，你就應該偷懶兩天，給自己放個假……」

白洛川道：「不是工作，是我有些話想跟您和米叔說。」

程青有點驚訝，把米澤海叫了過來。

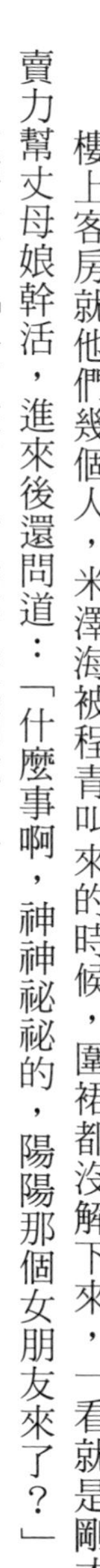

樓上客房就他們幾個人，米澤海被程青叫來的時候，圍裙都沒解下來，一看就是剛才在賣力幫丈母娘幹活，進來後還問道：「什麼事啊，神神祕祕的，陽陽那個女朋友來了？」

程青道：「洛川來了，有話要跟我們說。」

米陽把他們讓到小沙發上，「爸、媽，你們坐。」

米澤海搖頭道：「不用，我還要回去揉麵團擀餃子皮，你那幾個姨夫調好餡兒了……哎，別推我，到底怎麼了？」雖是這麼說著，還是被米陽按著肩膀讓他坐下。米澤海莫名其妙，看著兩個孩子，忽然笑道：「哦，我知道了，一定是有事要求我吧？」

白洛川道：「是，我有事想求程阿姨和米叔叔。」

米澤海：「什麼事？」

白洛川認真道：「我想求你們答應讓我和米陽在一起。我喜歡他，認定他了，這輩子就只要他一個。」

他說得太正式，坐在沙發上的兩個大人愣住了。

程青完全沒反應過來，問道：「什麼你們在一起？」

米澤海懵了一下，眼睛順著他們握在一起的手，看到了他們手上那對戒指。他的反應比程青快上許多，忽地站起來，吼道：「米陽……」

米陽一看狀況不對，他爸一變臉，他立刻拽著白洛川轉身就跑。

米澤海兩三下解開圍裙摔在沙發上，拔腿就要去追他們。程青下意識抓住他的手臂，心裡那點怒氣都衝丈夫去了，「你幹什麼？要打兒子啊？有話不會好好說嗎？」

米澤海惱怒道：「妳沒看見嗎？那個小兔崽子早就換了球鞋，我剛起身，他拽著姓白的就竄出去了，他是早有預謀啊！」

他扳開程青的手追出去，米陽在山海鎮沒什麼能躲的地方，除了程老太太這裡，就只剩下米鴻能給他撐腰。米澤海閉著眼睛也猜得出，一路小跑著就朝香樟林的小木屋奔去。

等他找過去，果不其然，米陽和白洛川兩人都在，正跟米鴻說著什麼。

見他來了，米陽下意識往邊上躲，瞧著還想躲到米鴻身後，他怯怯地道：「爺爺，反正就是這麼回事，我都跟您說了，我爸來了……」

米澤海剛走近就聽見他說了這麼一句，手還跟白洛川握在一起。米陽往後退半步，姓白的小子向前走了一步，雖然沒吭聲，卻是一副護著的樣子，像是他要拆散小情侶似的。

米澤海心裡一陣絞痛，「米陽，你給我過來說清楚，我這個當爹的沒有知情權了嗎？」

米陽往後退了點，半躲在老人家身後，「爺爺，您剛才可是答應幫我啊！」

老伴走了之後，米鴻性格越發孤僻古怪，但是對孫子很好，聽見他說只略微頷首。

米澤海酸得厲害：「爸，您別聽這臭小子的話，他早就有預謀，不知道瞞著家裡多少呢！您看到他們手上的戒指沒有？臭小子說他找了對象，房子都跟人家說好了，我這是娶媳婦還是嫁兒子，而且他們倆張口就說要在一起一輩子，都沒想過兩個男的孩子生不出……」

他說到這句話的時候，米鴻淡淡地瞥了他一眼，道：「跪下。」

米澤海自知說錯話，立刻依言跪了下來。

米陽也有點怕了，膝蓋彎了一下，但還沒跪就被米鴻用手中的竹條輕輕拍了一下，對他點點頭道：「不急，還沒輪到你，一個一個來，你和白家小子先去旁邊等著。」

米陽和白洛川迅速貼著牆根站好，眼睛都不敢多看。

第七章

家有一老，如有法寶

米鴻用手裡的菸斗點了點米澤海的肩膀，問他：「你來這個家的時候才幾歲，瘦得像猴子似的，又黑又醜，餓得哭的力氣都沒有，我和你媽沒有嫌棄過你，你知道是為什麼嗎？」

米澤海低頭跪著，臉色漲紅道：「爸，我錯了，我剛才說錯話了。」

米鴻語氣平淡：「因為是我們決定要收養你，我和你媽命裡沒孩子，你是我的養子。」

米澤海酸澀道：「爸，我就是您的兒子。」

米鴻不理他，自顧自道：「我們收養你不光是為了承諾你家人給你一條活路，也是想要讓自己的婚姻完整。你自己也結婚了，我就不跟你說婚姻是什麼，但是對我來說，婚姻完整也不一定非得要生個孩子。」他語氣加重了幾分，斥責道：「你媽不能生孩子，我就不跟她結婚了，就不跟她過一輩子了？你什麼時候見我跟你媽吵過架紅過臉，你這個態度、這個脾氣，不知道跟誰學的，又臭又硬！我們當初如果像你說的這樣自己不能生就不過了，你早就餓死了，哪裡還有命在這裡說大話！」

米澤海嘴硬道：「爸，我不是這個意思，我的意思是說，他們兩個男的在一起不能照顧自己，結婚證也領不到，也沒個孩子牽絆著，這前十年二十年的還好，等到老了，兩個人一拍兩散可怎麼辦？這是一輩子的事……」

白洛川動了動嘴，剛想說什麼，就被米陽拽住。米陽對他搖搖頭，白洛川就沒吭聲。他其實已經想好了，可以在國外領證，國內大不了多寫幾份房產證，寫他們兩個人的名字，一口氣寫上十本二十份，總能證明他的誠意。

米鴻冷淡道：「我和你媽結婚幾十年，我用一半的時間陪她，剩下一半的時間想她。」

他孤零零一個老頭子站在寒風中，小木屋打掃得乾淨，但是也冷清，只貼了一副春聯應景。隔著玻璃，模糊能看到裡面一桌一椅一床，形單影隻。桌上放著老太太的照片，還有他那把擦拭了多年卻從未再彈起過的三弦琴。

米澤海跟養父母感情深厚，沒出息地先紅了眼眶，大聲地吸了一口氣。

米鴻道：「兩個孩子的事，他們自己跟我說了。不是你想的那樣，考慮得還算周全。」他頓了一下，又嘆了口氣道：「結婚得先找一個喜歡的人，我當初幫你操辦過婚事，也相看過其他家的丫頭。我帶你去提親，你當時跟我去看完那家的丫頭，還跟我說過幾句話……」

米澤海原本是氣勢洶洶過來追打兒子的，這會兒先在米鴻跟前跪下就失了幾分氣勢，聽見老爹這麼說，立刻梗著脖子道：「爸，您可不能亂說，我就喜歡青兒一個！」

米鴻看著他，唇角動了動，眼裡露出一絲笑意，很快又收斂下去，點頭道：「對，你當時站在院子裡告訴我，說就看上程家大丫頭了，就喜歡她一個。陽陽也是一樣的，感情這種東西他就是喜歡了，他有什麼辦法，改不了的。」

米澤海還是不服，但是憋了半天也說不出個什麼道理來，他當年可不就是這樣？就是喜歡程青這個人，換了誰都不成，誰說也不好使。

有他這個先例在，又有米鴻壓陣，米澤海憋屈得一個字都不敢吭。

米鴻又轉頭看著靠牆站著的兩個小輩，對他們道：「你們兩個跟我進來。」

米澤海膝蓋動了動，米鴻眼角餘光掃過來，他立刻又老實跪著不動了。他爸只有一個逆鱗，但凡提起老伴一個字不好，都是要教訓的。

米鴻把兩個孩子叫進去，關了木屋的門，也不管米陽小聲討好地喊「爺爺」，轉身找了一圈，在床頭找到一根略粗的木棍。

他一拿出棍子，白洛川下意識就把米陽擋在自己身後，對他道：「爺爺，您要打就打我，米陽一點錯都沒有，全是我的主意，是我非要他跟我在一起的。」

米陽拽他手臂一下，白洛川護得嚴實，半點也不讓他出來。

米鴻看了他一眼，用棍子在沙發上抽了一下，「米陽，叫。」

米陽愣住，很快頓悟過來。米鴻接下來幾棍子打在沙發上的時候，他就扯著喉嚨開始喊疼。和抽在沙發上沉悶的聲音混在一起，還挺逼真的。

白洛川目瞪口呆。

米鴻只是拿棍子象徵性地抽了那麼幾下，就對他們道：「好了，出去吧。」

米陽趕緊往外走，然後眼睛餘光偷偷看向米澤海，低著頭不敢吭聲，一瘸一拐地走路，埋頭在白洛川肩上努力做出挨過打的樣子。他不敢看還跪在院子裡的親爹，也不讓親爹瞧見自己的臉。白洛川很配合，伸手扶著米陽，把人小心帶出去，還小聲問他疼不疼。

米澤海跪著很沒面子，但是剛才聽見屋裡的動靜了，忍不住看著他們離開的背影。

米鴻平淡地告訴還跪著的這位道：「好了，你們父子都有錯，各打三十大板，你起來吧。下次說話過過腦子，別什麼都張口就來。至於米陽，我打過他了，這事就算過了。」

米澤海扶著膝蓋站起身，起了一半，抬頭去看自己的爹，「啊？就、就完了？可是，爸，米陽和白洛川他們倆……」

米鴻臉色又冷下來：「怎麼，剛才跟你說的話沒聽進去是不是？還想再跪著？」

米澤海額頭都冒冷汗了，連連搖頭道：「沒沒，我不敢，我不是那個意思，我……好吧，就這麼過了。」他已經自暴自棄了，怕再多說兩句，米鴻讓他滾出去，跪的機會也不給。

老頭子一輩子要強，只對老太太一個人好，護得跟眼珠子似的，哪怕是兒子也不許說老太太半句不好，他那句「沒有孩子」真是不敢再提了。

米澤海教訓兒子不成，反被老子收拾了一頓。他向自己親爹跪下不覺得丟人，只當大過年跟父親磕頭拜年，只是跪的時間有點久，他自己磕絆地起來，要不是扶著旁邊的矮牆，差點沒能站起來。米澤海心酸得厲害，他也是四十好幾的人，跪久了，膝蓋頗疼。

一瘸一拐地走在路上，想起挨打的兒子，心裡酸脹得難受。他很寶貝米陽，從來沒打過他，要不是米陽換了球鞋跑路，他也不至於這麼生氣……臭小子，根本就是故意的！

他一邊生氣又一邊擔心米陽挨打受傷的情況，這麼走回去，到了程老太太家門口還不忘了再拍打膝蓋上的土，擔心岳母家的人瞧出來。

米澤海帶著一肚子委屈回到程家，卻沒有在家中看到兒子。

程如對他道：「姊夫，你們這是鬧什麼呢？都快中午了，怎麼就你一個人回來？陽陽呢？咱媽說第一鍋餃子一定要他先吃，老太太偷著包了好些硬幣和糖塊呢！」

米澤海問道：「他沒回來？」

程如比他還驚訝，「沒有啊，我姊說你們出去跑步了，怎麼就你一個人回來？」她機靈活泛，雖然不知道發生什麼事，但瞧著大姊神色不對，還幫著遮掩一二。

程歌也做出一副不明所以的神情道：「姊夫，大家都包完餃子了，你怎麼突然就攆著米陽他們去跑步了，簡直胡來。這身體也不是一天能鍛煉好的，你都從部隊退下多久了，脾氣還這麼大？咱媽都生氣了，這會兒我姊正哄著呢！」

米澤海抖了抖唇角，一句話都說不出來，憋了半天才道：「我去看看。」

二樓的客房裡，程老太太正陪著女兒坐在一處，程青眼眶通紅，顯然是哭過一場了，但是瞧見丈夫的時候，態度也沒好到哪兒去，撇嘴不跟他說話。

程老太太拍拍她的手臂，嘆了口氣，又招手讓門口的米澤海過去。

米澤海有些拘束道：「媽……」

程老太太一臉為難，還是開口道：「陽陽的事我聽你媳婦說了。」

米澤海脊背都挺直了些，張張嘴剛想說什麼，就聽見老太太用為難的語調道：「但是吧，這事不能怪孩子，我覺得你們平時的教育也有點問題。我們陽陽從小就沒給你倆添過什麼麻煩，你們出去上班，把孩子一鎖就是一天，他能有幾個朋友？還不就是白家那小子？兩人從小玩到大，難免……反正吧，我覺得你們當父母的也有錯。」

米澤海愣了半天，才道：「啊？我們有錯？」

老太太說了幾句，覺得沒什麼錯，語氣都肯定了些：「對啊，不過這不算什麼大事，不就是找了個男對象嗎？咱們鎮上以前也有，你們前兩年給鎮東邊那個舅爺家裡還送過一袋米和兩盒茶，他們家就是嘛！」

米澤海原本想要辯駁的話到了嘴邊又嚇了回去，被這個八卦給震驚到了，「那個舅爺家也是？誰是啊？我怎麼沒看出來？」

程老太太笑道：「就是你們那個舅奶啊，看不出來吧？年輕的時候更看不出來，長得比周圍的小媳婦都俊呢！」

程青驚呆了，回想了一下道：「就是那個挺高的舅奶奶？她……不是，她是男的嗎？」

程老太太道：「是啊！」老人家一點都沒覺出什麼，還怪他們兩口子大驚小怪，「不就是過日子嗎？關起門來都一樣，兩人感情好就行了唄！他們倆收養了一個遠房親戚家的孩子，一家人現在不也樂樂呵呵的。現在科技發達了，陽陽他們將來要個小孩什麼的，我瞧著都能做試管什麼的……是叫這個吧？反正不急，他們倆現在自己還是孩子，晚兩年再說不遲。」

程青看看米澤海，米澤海也看看她，兩人已經不去想兒子的事了，小聲問道：「媽，那個舅奶奶比舅爺高大半頭，平時還穿女裝，你們就這麼看著啊？」

程老太太道：「怎麼了？人家樂意穿紅戴花，還犯法了？」

程青搖搖頭道：「沒，我就是沒想到。」

米澤海仔細想了想，腦補了一下米陽或者白洛川兩人隨便一個穿女裝的樣子，心裡一陣排斥，這麼一想，忽然覺得這兩個孩子穿男裝站在一處也沒什麼了，比之前好接受許多。

程青追問起舅爺和舅奶奶的事，原本紅著的眼眶消下去大半，米澤海想插話進去幾次也湊不上，只能摸摸鼻尖，坐在旁邊的椅子上等著。

米陽中午直接躲去了白家，一個是自己有點慫了，另外一個是白洛川堅持護著。

白洛川道：「你現在回去，米叔正在氣頭上，還是算了吧。爺爺不是也說了，過兩天家裡人就想開了，你先躲兩天。」

米陽想了想，點頭答應了。

他上午就換好了球鞋，抱著不挨打不吃虧的打算，躲兩天等他爸媽氣頭過了，估計會好一些。等到中午，米陽偷偷摸摸打電話給程老太太。老太太護著外孫，也是這麼叮囑他：「先躲一天，明天再回來。放心，我跟你爸媽說好了，過年不打孩子。」

米陽道：「那過完年呢？」

程老太太樂了，「你跑呀，過完年就回學校去躲著，你爸那人刀子嘴豆腐心，過陣子見不到你就又覺得你好了。要我說，這也不是什麼大事，長大了談戀愛多正常。」

程老太太認定外孫一萬個好，看不見一絲瑕疵，只除了剛開始有點意外，之後就又開始滿嘴的誇了。米陽有點不好意思，小聲喊姥姥。

程老太太笑道：「喲，多大的人了，還跟姥姥撒嬌呢！你也別太擔心，家裡我都幫你說好啦，我跟他們說你出去逛廟會了，先說服你爸媽，過幾年啊家裡人你們看著辦，想通知就一起吃個飯，不想通知就關起門來過自己的小日子，真沒什麼，你又不違法又不耽誤工作，別總覺得做錯了事！」

白洛川站在旁邊也聽見老太太說了，他看了米陽一眼，兩個人對視一眼都笑了。

米陽點頭道：「我知道了，姥姥，那我明天中午回去吃飯。」

白洛川指了指自己，米陽就又加了一句：「我帶白洛川一起去，行嗎？」

程老太太很高興，「行啊，怎麼不行？以後就當是自己家，他常來我才高興呢！你讓洛川也來吧，明天我親自下廚，做他愛吃的那幾道菜！」

白洛川湊近了話筒喊道：「謝謝姥姥！」

他嘴甜，哄得程老太太更高興了。

中午米陽他們和白老爺子一塊吃飯，駱江璟也在，餐桌上沒有白敬榮的身影。

駱江璟看起來笑盈盈的，不停地轉了家裡廚師做的拿手菜到米陽前面，熱情地讓他多吃一些，「這菜新鮮，是一早買來的魚，蒸的火候也好，你嘗嘗看。」

白老爺子也是笑呵呵的，態度和之前沒什麼太大的區別，飯後還是跟以前一樣，讓米陽陪著下了一盤棋，過了半個小時才去睡午覺。

駱江璟趁著這個時候把兒子叫到書房，母子兩個關上門說話。

駱江璟道：「你年後回去處理一下京城分公司的事情，準備接手我這邊的工作吧，反正早晚都是你分內的事，提前做個準備。」

白洛川除了忙自己的，還管理駱氏一處分公司，聽見她說就點頭答應了，又道：「我那邊的人您別動，都是跟了我幾年的人了，好不容易帶出來幾個有用的。」

「我會搶你的？」駱江璟好笑道：「我這裡人多著呢，有本事的也多，你要是有能耐就挖到你那邊去，我絕對不攔著。我提前跟你打個招呼，你自己也做好心理準備，到時候給了你位置你坐不穩被踢出去，別哭著來找媽媽。」

白洛川歪頭看著她笑，「怎麼會？我可是您教出來的，您對自己沒有信心？」

駱江璟伸手敲了他腦袋一下，「我可沒教你說那些氣人的話，你爸那天可被你氣得不輕，晚上都沒吃飯呢。」

她打得不疼，跟嗔怪似的，白洛川也沒躲開。他和駱江璟親近的多，有什麼話也願意跟她說。他低聲說了自己和米陽的事：「他自己先招惹我的，您那天又不是沒聽見，要不是他張口就讓我過完年去跟人家見一面，我能說出和小乖的事嗎？」

駱江璟道：「這還怪你爸呀？」

白洛川道：「也不算，主要是您把我和小乖教得太好了，我倆從小就跟著您，再看外面其他人哪兒看得上……」

駱江璟推他一把，不聽他亂說了，「好了，你回去休息吧。這次在老家多留幾天，陪陪你爺爺。他替你們撐腰做主，你要謝謝他才是。」

白洛川道：「我知道，我也謝謝您。」

駱江璟看著他，嘆了口氣，「我能有什麼辦法，我就你這麼一個兒子。」

白洛川站在她身旁，已經比駱江璟高出一頭，這會兒環著她的肩膀，擁抱了她一下，親暱道：「我也就您一個親媽。」

駱江璟被他逗樂了，搖搖頭，還是沒忍住笑道：「好了好了，快走吧，別在這煩我啦，我還有一堆事要處理呢。」

白洛川幫她關上門，自己出去了。

一樓平時下棋的那個小廳這會兒沒有人，茶杯也被收走了，瞧著棋已經下完。

白洛川轉身回了二樓的臥室，他這邊也沒收拾出什麼客房，還是之前那個大套房，米陽正坐在小客廳的沙發上在翻看書，手邊兩個抱枕倚著，半躺在那，看著很舒服。

白洛川沒跟他客氣，過去直接把人打橫抱起帶去了臥室。他走得飛快，米陽被他嚇了一跳，手勾著他的脖子才穩下來，抬頭問道：「幹麼去？」

白洛川道：「上床睡覺。」

米陽道：「放我下來，我自己能走。」

白洛川嗤了一聲，「你能走到哪兒去？是去隔壁收拾出一間客房，還是去外面睡沙發？」他把人抱到床上，自己也躺上去，半覆在米陽身上壓著他道：「就在這睡，哪都不許去。」

米陽以前晚上來留宿的時候，兩個人是睡在一張床上的，但白天這還是第一次，他忍不住看了門口一眼。

白洛川捏著他的下巴讓他轉過來看自己，瞇著眼睛道：「我戒指戴了這麼多天，爺爺他們早都看見了，中午吃飯的時候不是還說了嗎？讓你跟著我好好過日子，聽我的話。」

米陽道：「瞎說，白爺爺說的是讓我們以後互相謙讓，別吵架……」

白洛川握著他的手放在嘴邊咬了一口，哼道：「那你現在就讓讓我！」

米陽張口想反駁，還未說出一個字，就被霸道不講理的少爺按著親吻下去，一下接一下的，又深又重，沒一會兒就暈乎乎的，什麼都想不起來了。手指動了動，還是抱住對方一塊加深了這個吻。

「只親一下。」

「嗯。」

「不許脫……脫我衣服……」

回應他的是輕笑聲，白洛川的吻落在他唇邊，卻不輕易應諾了，「小乖，我想你了。」

米陽努力保持清醒，白少爺又親他兩下，小聲說得認真：「特別特別想。」

米陽軍心動搖，堅持了半天，還是忍不住屈服了，慢慢放鬆力氣。白洛川心領神會，笑著一邊親他，一邊伸手下去，低聲喊他的名字，所有的思念都恨不得一股腦兒傳達過去，告訴懷裡的這個人才好。

米陽咬著唇，努力不發出聲音，被弄得迷迷糊糊的時候還想著：不是我軍防線低，真的是敵軍太狡猾了。

米陽在白家老宅住了一天，隔天中午和白洛川一起回了程老太太那邊。

兩家距離不算遠，白洛川還是開車過去，認真挑選了禮物，瞧著比上次去要放鬆些，大概是覺得有家裡長輩護著，已經過了最難的一關。

米陽見他車裡準備的那些禮品，想起自己帶的了，「我還給駱阿姨準備了首飾，晚上你幫我帶給她吧，是一個胸針。」

白洛川一臉驚訝，「你晚上不跟我一起回去？」

米陽含糊道：「我連著兩天過去也不太好。」

白洛川比他乾脆多了，車穩穩停在程家院門口，「那我也不回去，我陪你住在這邊，胸針等你明天過去親自給我媽吧。」

米陽還想勸兩句，這位已婚人士已經毫不猶豫地提著禮物下車了。瞧這模樣，是絕對沒有一個人獨守空房的打算。米陽覺得無奈又好笑，連忙跟上他的腳步，一起踏進家門。

程老太太早就在家等著了，他們兩個到的時候，飯菜剛做好，像昨天說的那樣，特意做了幾道白洛川愛吃的菜。老太太留了他們吃飯，全家對他們都很熱情，有些是不知道怎麼回事，有些是模糊感覺到一點，但是裝作不知道。

一大家子難得聚在一起，過年這兩天，大家就只說開心的事。

程老太太平時就疼愛小輩，尤其是對米陽，更是捧在手心裡護著的，見程青兩口子欲言又止的樣子，老太太怕他們說什麼話刺激到孩子，自己先開口道：「你們這麼多人圍在一起喝酒醺得我頭疼，我不跟你們湊在一處，你們幾家湊一桌吧，我領著孩子們單開一桌，我們好好熱鬧一下，誰都不許來打擾啊！」她說完伸手就把米陽領上，還招呼道：「洛川也過來，坐在我旁邊！」

這護得簡直沒邊了。

米陽一走，剩下的幾個孩子都跟著過去，米雪看椅子不夠，特別自覺地拖了一張顛顛地過去。程家這些小孩跟著大表哥習慣了，做什麼都很有紀律，像小土撥鼠似的，一個跟一個就過去了，最後一個小表弟還多端了一盤拔絲蘋果。

米澤海一句話都還沒來得及說，就瞧著那兩個臭小子被岳母帶走了。

他不敢說什麼，只能自己生悶氣，程青在廚房喊了他兩聲。米澤海站在那看了兒子和白家那小子離開的背影，還是去了廚房。

程青正在廚房裡翻箱倒櫃地找，見他進來就問道：「你剛剛炸年糕的時候看見白糖沒有？你把糖擱哪兒啦？」

米澤海對廚房熟悉多了，這兩天都是他們幾個女婿做的飯，當下從櫃子裡找出來給她，還嘀咕道：「我以後得教教陽陽。」

程青沒聽清楚，問他：「什麼？」

米澤海埋頭幹活，小聲道：「能有什麼，教他做飯，以後去了白家，廚房的活計還不是得他來幹？」他們家疼媳婦的傳統還是得傳下來才是，哪怕娶的是個男媳婦。

程青想了想，贊同道：「也對，回頭你教教他吧。」

另一邊，程老太太領著大家吃了團圓飯，沒出正月都算過年，只要親戚們湊的多，大家在哪兒都開心，尤其是老人家身邊圍著一群孩子，更是笑得合不攏嘴了。

白洛川開了一瓶紅酒，老太太讓他往裡面倒雪碧，他眼睛都沒眨一下，特別聽話的就給兌上了，米陽都忍不住瞄了他一眼。

程老太太笑道：「洛川也喝一杯吧，你和陽陽都是大人了，可以喝啦。」

米陽忙道：「我喝吧，他平時不……」喝這種。

他還沒說完，白洛川伸手就給自己倒好了。看不出來平時對酒那麼挑剔的一個少爺，這會兒好說話得很，估計現在給他倒毒藥，他都能面不改色甘之如飴地喝下去。

白洛川喝了一口，道：「米陽不喝了吧，我們等一下還要出去，他開車。」

程老太太道：「你們要去哪兒呀？」

米陽道：「去我爺爺那邊一趟。」

程老太太立刻道：「我也有陣子沒見親家了，一會兒跟你們過去看看。」

米陽看到她關切的眼神，這才想起來昨天事發匆忙，他還沒來得及告訴老太太他爺爺那邊的態度，程老太太並不知道米鴻已經知道並支持他們的事情。

飯桌上不好說這個，米陽就點頭答應下來：「那咱們一塊過去。」

程老太太知道親家的脾氣，米鴻這古怪性格，帶那些太貴重的禮品是決計不收的，就準備了一些年貨吃食帶過去，過年炸的排骨、酥肉、綠豆丸子一類的準備了很多，她挑了些品相好的和米陽收拾打包在盒子裡，準備帶過去。

米陽趁著只有他們在廚房的時候，跟老太太透了氣。

程老太太還是不太相信，「他真這麼說的？別的一句也沒說你，就答應了？」老人家摸了他手臂一下，擔心道：「沒打你吧？你爸昨天說你被打了，怎麼打的呀？」

米陽笑道：「沒，爺爺是嚇唬我爸呢，拿木棍抽沙發，沒打我。」

程老太太半信半疑，還是堅持跟他們一起過去。

米鴻不願意被旁人打擾，但是程老太太算是例外，她年輕的時候曾經救助過米鴻夫婦，那個動盪年月裡填飽肚子都算是困難的事，誰家都沒多餘的糧食，她咬牙勻出半袋糧食給了米鴻夫婦，這才讓他們熬過剛開始最難的時候。

米鴻見到她都有幾分客氣，把人請進去，倒了茶問道：「是家裡有什麼事讓我幫忙？」

程老太太把東西放下，笑道：「沒什麼事，就是好久沒來走動，正好陽陽他們要過來，我跟著來看看你，沒打擾你清靜吧？」

米鴻搖搖頭，「不妨事。」

他不是能說客氣話的人，和程老太太安靜喝完一杯茶，也沒什麼開口的意思，倒是老太太跟他說了幾句，慢慢打聽出他的意思。

「他們自己的事，跟我沒什麼關係。」米鴻神情平淡，「跟誰都行，只要記住這是自己選的，得學會為自己負責。」

程老太太鬆了口氣，「可不是，我也是這麼跟他們說的。」

白洛川很機靈，站在程老太太身後接了一句：「姥姥，您放心，我一定對他好。」

程老太太道：「兩個人過日子都是互相的，小乖脾氣還行，你呀我也放心，不過時間長了肯定有拌嘴的時候，你們別太過衝動……」她和白洛川說著話，那邊的米鴻看向米陽，對他道：「你跟我來一下，我有事跟你說。」

他們爺孫兩個剛起身，程老太太也不聊天了，視線立刻轉了過去。

米鴻解釋道：「我不為難他，之前聽他說起在京城開了一間修書鋪，有事想問他。」

程老太太這才放心，點頭道：「那行，你們忙吧，我和洛川在這邊等著。」

說到底還是不放心，非要親自陪著才行。

米鴻點點頭道：「好。」

小木屋空間很小，冬天的時候把外面的一間敞開棚子半封閉起來，放了一個箱子在那。米鴻帶著米陽過去搬開，拿了一套工具給他，又問了幾句話。

程老太太在窗邊緊張地看著，模糊聽到他們在說什麼「琉璃廠」、「肆三堂」之類的話。她聽不懂，一旁站著的白洛川跟她解釋道：「是小乖在京城的一家店鋪，主要就是做米爺爺之前那些活計，修修書，倒騰古書什麼的。肆三堂是鋪子的招牌，也是以前米爺爺做事的老店掛過的。現在店裡那些人有些出國去了，有些留下也不做這些了，我們就把招牌給買下來，重新開了一間。」

程老太太點點頭，又問他：「不耽誤念書吧？」

白洛川笑道：「不耽誤，這和他的所學也有關係，畢業了就能直接上班。」

程老太太不太懂這些，因為程青之前是租房子做了多年生意，所以她也以為兩個孩子是租了一間店，心裡想著回去貼補外孫一點才是。

幾個人各有想法，米鴻只跟米陽多聊了兩句，就帶著他回來了。這次不止是那一個木盒裝著的工具，米陽手裡還多了十來本書。

米鴻一邊走一邊道：「放冰箱裡也一樣，冷些之後用刀切下來就是。要注意分寸，前面我已經切好了。」

米陽伸手摸了摸書頁，米鴻修復的是去「舊」。有些書頁太老舊不美觀，又想保留原有的紙張，以前的老手藝人就會用鋒利的刀劈開紙——單頁能劈成三到五份，還張張摸著不薄，與之前變化不大，實在是一門絕活了。

米鴻去的沒那麼多，他大約切了三分之一掉，但摸著的觸感跟之前沒有太大的區別。

「這裡還有一些書，我從別處找來的，也有早些年積累下來的，另外幾箱是白家老宅裡送來修補好了的。」米鴻說到這裡，看了白洛川一眼，倒是把白少爺看得有些緊張，忍不住站直了身體，努力保持恭敬。米鴻只看他一眼，並沒有什麼表情，「這些零零碎碎的等我再整理一兩個月，到時郵寄過去給你。既然你自己有了鋪子，它們也算有一個好去處，放在那或許還能被有緣人瞧上。帶回去擺著，怎麼都比擱在這些木頭箱子裡強。」

米陽點頭答應了，又問：「爺爺，您不跟我過去看看嗎？」

米鴻想了一下，搖搖頭道：「不去了，也沒什麼想見的人。」

他想見的人只有一個，就在這片土地，所以他不會離開。

米鴻說得平淡，米陽心裡有些酸澀，屋子裡一時安靜下來。

白洛川小聲提醒道：「你不是拍了照片？你給爺爺看看招牌，還有那個天井。這麼多年過去了，讓爺爺看看變化大不大。」

米陽愣了一下，這才想起來，趕緊拿出手機翻出照片來給米鴻看。米鴻對這些倒是多了一點興趣，看完有些感慨，又問了他們找到誰買下的牌匾，米陽逐一跟他說了。

「師傅還在的那會兒，留在京城的就很少了，好幾個師哥都回了原籍，找不到也是正常的。」米鴻用手指摸了摸螢幕上的肆三堂牌匾，「你們找的那個人是師傅的一個外甥，他不喜歡學這些，從前就這樣，我聽你們一說就知道是他沒錯，他現在過得好不好？」

米陽道：「挺好的，他退休了，之前在書店上班，現在很清閒，每天種種花養養鳥。」

米鴻聽他這麼說，感到寬慰了些。

米陽還想多跟他說兩句老朋友的事，白洛川找去的時候對方也問起過米鴻，只是他還未開口，米鴻就打斷道：「就這樣吧，既然店鋪都『回來』了，以後你們不用再找那個人了。那個師哥是比我強些，但多少年過去了，你學的東西比我多了，是時候該自己做些事了。」他想了一下，又道：「不用別人教，生活就是你最好的老師，日子久了，慢慢就什麼都會了。」

他叮囑了米陽兩句，就讓他們走了。

米陽不捨得走，一步三回頭地看他。米鴻古怪脾氣這麼多年半點沒變，孫子前腳出門，後腳他就把木門關嚴了，不打算跟任何人親近，彷彿剛才的寒暄用完了一年份的耐心。

米陽前腳剛走，米澤海後腳就來了，他這兩天每天下午都來給米鴻送飯，有時候是四菜兩湯，有時候是五菜一湯，別人家長輩過年吃什麼，米鴻這邊也少不了。

他昨天剛在院子裡跪過，這會兒不敢再招惹父親，把裝著飯菜的保溫盒放在門口，輕輕敲了敲窗櫺，小聲道：「爸，我放門口了啊？」

過了一會兒，略微提高音量：「爸，我放門口，今天就不來打擾您了，過年好！」

這一句「過年好」，米鴻聽他從年二十八一直說到了初三，瞧著還要再多說幾天。

門外面窸窸窣窣的，像是有人跪下磕了一個頭，又起身走了。

米鴻坐在房間裡，聽著外面的車聲響起，由近及遠地走了，只餘下木屋一側的鐵皮爐子劈劈啪啪燒木頭的聲響，上面放著老式黃銅水壺，裡面的水熱了，正在咕嘟咕嘟地翻騰。

米鴻也不管這些，坐在那裡發著呆。

他看著床邊，儘管這麼多年過去了，他有時候一抬頭，恍惚還能瞧見他的桂枝半躺在木床上，腿上蓋著薄被，歪在那兒笑著跟他說話，像幾十年前一樣的年輕漂亮。她笑吟吟地看著他，髮辮烏黑垂在胸前，有些咳嗽，但是聽著永遠跟唱歌似的好聽：「程姊人真好，要是咱們家有孩子，就該娶她家的女兒，一準跟她一樣熱情又爽朗……」

那年他也是個毛頭小子，什麼都不懂，只想滿足她的願望，不願她再受半點委屈。

他問了桂枝，問她想要孩子嗎？

然後，那年秋天，他想辦法賺了一些錢和糧票，領養了一個男孩。

……

三弦琴咿咿呀呀地輕響，米鴻愣了一瞬，低頭去看，這才發現是自己擺弄的收音機發出的一段曲子，音調熟悉，似乎是以前在戲院裡聽過的，卻怎麼都想不起名字來了。

也是，他自始至終也不是去看戲的，他是去看那個人。

米鴻抬頭看著桌上的相框，伸手習慣性地擦拭相片，笑了一下，輕聲道：「桂枝啊，妳當初挑的孩子沒看錯，是個好孩子。」

「他很聽話。」

「家裡一切都好，妳放寬心，再等等我。」

收音機還低低響著，夾著一點雜音，戲裡唱，良辰美景奈何天，便賞心樂事誰家院。只為你如花美眷，似水流年。

……

米陽過完年都沒回滬市，程老太太怕他回去會被打，硬是把他留在自己身邊。

程青其實已經不怎麼反對了，米陽私下找她談過一次，母子兩個沒什麼是說不開的，尤其是米陽從小讓她省心，什麼都做得特別好，略微猶豫就點頭答應了。她自己一鬆口，反而輕鬆了不少，再看見白洛川的時候也覺得比之前更順眼了，畢竟是在自己身邊長大的，二十多年知根知底，做為家庭成員加入比突然來一個什麼人好些。

米澤海還有點糾結性別，但是他出發點也是為了孩子考慮，他們自己都不在意，他也沒什麼好卡著的，尤其家裡兩位老人家都發話了，他不敢再說什麼。

初八上班，兩家大人臨走前坐在一起吃了頓飯。

白老爺子身體不好，他們就沒有出去，在白家吃了家宴。

米陽這邊是程老太太出面，兩家人湊在一塊和和氣氣地吃了飯，席間都沒冷場過，程青怕兒子受委屈，一直在跟駱江璟說話，白家那邊也是一樣，駱江璟比她還客氣熱情，握著她的手跟她說話。米陽把帶來的胸針和手鏈送給兩位媽媽，她們都當場戴上了。一樣的款式，兩個人相視一笑，感情比之前好上許多。

另外的兩位父親，一半是為了兒子，一半是迫於老人家的壓力，也聊了幾句。米澤海和白敬榮是老戰友了，平時關係也好，喝了幾杯酒聊得也算融洽。

米澤海被家裡兩位老人家壓著，半點風浪都掀不起來，老老實實過來陪著吃飯。白敬榮經過這段時間的冷落和反思，態度和緩了許多，席間還送了一份禮物給米陽和白洛川他們，依舊是話不多，但是表達了自己現在的立場。

米陽有些受寵若驚，很珍惜地捧著禮物，真心實意道：「謝謝白叔。」

白老爺子笑道：「喊什麼叔叔，以後你就和洛川一樣，權當家裡的第二個兒子。」

米陽有點不好意思，站在那臉紅了。

白洛川倒是落落大方，站起來向米澤海敬了杯酒，「乾爹，您以後只管放一百二十個心，我哪裡做得不好，也請您多多指教，我一定會努力做好。」

米澤海愣了一下，沒想到會轉到自己這邊來，但是不能不回應，硬著頭皮喝了自己杯子裡的酒，算是認下這個「乾兒子」。

他做了開頭，米陽也有樣學樣地向白敬榮敬酒，喊了一聲「乾爹」。

白敬榮依舊沉默寡言，但是沒什麼猶豫，一口喝乾了杯中的酒，算是認下了米陽。

米雪還小，有些奇怪地小聲問道：「媽媽，以後白哥哥也是咱們家的人了嗎？」

程青摸摸她的頭道：「是啊，以後妳也喊他哥，要拿他當妳親哥哥那樣，知道嗎？」

米雪點點頭，「知道，乾親……也是親戚對不對？」

駱江璟笑著點頭，「小雪很聰明，答對了，以後咱們兩家就是親戚了。」

兩家老人都笑起來，飯桌上的氛圍活絡了許多。

白老爺子年前剛從急診室出來，容易疲憊，大家飯後沒多留就各自回去了。

初九，白敬榮回了部隊。

米澤海和程青也先回滬市，白洛川雖然有事要忙，但是米陽還留在程老太太這兒打算過寒假呢，他也不走，跟駱江璟纏了半天，好歹要了半個月的年假，陪米陽留在了山海鎮。

駱江璟熱情相邀，程青就跟她同坐一輛車。起初有些彆扭，但是畢竟太熟悉彼此了，兩個人互相看了一會兒，忍不住噗哧一聲笑了出來。

程青搖頭道：「我真沒想到他們倆會在一起，他們小的時候，咱們不是還說以後要是巧，這兩個小子可以湊在同一天辦喜事，這真是……人算不如天算呀！」

駱江璟也笑了，雙手交疊放在膝上道：「這不也挺好的嗎？反正從小也沒分開過，我那天回去想了很久，不過覺得也就這樣吧，前二十年沒分開過，後幾十年隨他們去吧。」

程青點頭道：「是，兒孫自有兒孫福，我們就甭跟著操心受累了。他們兩個也算爭氣，洛川這麼優秀，陽陽也聽話，兩人從來都不像外面那些混小子似的亂來，我不擔心他們以後的生活。就是陽陽有時候看著乖，其實脾氣挺倔的，往後他們倆要是吵架鬧到咱們面前了，我絕對幫理不幫親。」

駱江璟附和道：「洛川也是，陽陽要是受委屈了，我先拿他開罰。」

兩個人一路上聊了許多，意外的只聊了一會兒孩子們的事，更多的聊起了當年在軍營的日子，聊過去的記憶，聊回憶裡年輕的自己和那些逝去的青春歲月。有欣慰，也有感慨。

米陽這個寒假在山海鎮過得不錯，程老太太自從知道他和白洛川的關係之後，每天都催著他去白家，非要他陪著白少爺不可。

程老太太說得義正辭嚴：「娶了來也不能放一邊不管呀，你得陪陪人家。想當初你爸媽結婚那會兒，你爸逢年過節都來家裡幫著幹活。」

米陽笑道：「姥姥，現在是新時代，不興舊社會那套了。」

程老太太不答應，他一天不去白家都不行，比他還心急，拿了剛熨燙好的新衣服給米陽換上，催著他出門「談戀愛」去了。都見過家長，絕對是正經對象。

米陽只能去了白家，剛到就看見白洛川在看一張圖紙，手裡還拿著枝筆在圈畫什麼，見

他來了，高興地道：「今天怎麼這麼早？我還想等一下就去找你。來，你瞧這個。」

米陽走近了點，問道：「什麼？」

白洛川一隻手很自然地搭在他肩膀上，親暱道：「後面院子不是空了一大片嗎？之前給補了一塊地，這裡也不能蓋別的，爺爺說閒著太浪費，打算整理好建個網球場什麼的。這不剛找了人來製圖，你瞧這個大小怎麼樣？」他指給米陽看，又點了點旁邊，「這邊還能空出一片來，我打算蓋個玻璃屋，裡面做個游泳池。夏天可以游泳，冬天把溫度調高也能用。」

米陽問道：「不是要給烏樂用嗎？」

白洛川道：「之前聯繫的那家馬場有消息了，說是已經配上小馬，秋天就能接來。烏樂和小馬都在這邊太吵了也跑不開，就另外找了地方給牠們。還有七八個月，時間足夠了。」

他指給米陽看，當初白家老宅搬遷時受到一些損失，也因為他們第一個做了表率，當地部門給了些賠償。白老爺子沒要賠償金，多要了幾塊空地，這會兒正好都用上。

米陽想到一件事，猶豫道：「烏樂牠們的馬場平時也空著吧？可不可以多建設施？」

白洛川欣然道：「當然可以？什麼設施？」

米陽把公共防震的那些跟他說了，馬場裡自帶了消防設備，倒是不用再特意做這些。

白洛川一聽就明白過來，「你是說做震後緊急避難場所？」

米陽點點頭道：「對，如果可以，以後鎮上的學校要演習也可以借用。這裡的位置剛好在鎮中間，離著哪裡都近些，你覺得怎麼樣？」

白洛川道：「行啊，反正平時也是閒置著的。」

他往裡面又加了一條備註，米陽看著他親筆寫上的那句話，心裡踏實不少。山海鎮附近已經劃入旅遊風景區，被相關人員監管，出事的機率很小，但還是做好萬全的準備為好。

他又陪著白洛川看了網球場的部分，聊完正事，白洛川把圖紙放到一旁，轉身將米陽抱到書桌上。米陽嚇了一跳，手撐在他肩上，還沒來得及看他一眼，就被親了一下。

白少爺滿足道：「我一個晚上沒看到你，都想你了。」

米陽歪頭躲開，被他親到耳尖很癢，還努力向旁邊看著，「白爺爺呢？」

白洛川道：「去醫院了，家裡的醫生和保姆陪著去的，現在就咱們倆在這。」

米陽還想說什麼，支支吾吾道：「白天……不好……」

白洛川一邊親他一邊道：「哪兒不好了？不好幹什麼，嗯？」

米陽耳尖泛紅，小聲道：「不好，白日宣淫。」

白洛川好笑地用額頭抵著他的，「你想什麼呢？」

米陽剛鬆一口氣，就被這人一下子抱起來帶著去了二樓，那人不客氣地哼道：「你當我這半個月留在這裡幹嘛？我光明正大地度蜜月，家裡都批准了！」

米陽試圖在白天做個正經人，奈何身邊那位不配合，堅持白天忙活了一番。

米陽無法推拒，也就順從了。滋味還不壞，但是比起夜晚來沒輕鬆到哪裡去。白少爺大概是覺得時間緊迫，沒有多折騰他，只是力度和摩擦都加重了許多，一個小時完成了以前三個小時的「功課」，各項科目全能的優等生米陽同學也沒能輕鬆下來，白少爺的一堂私人課程上下來，腰痠腿疼。

授課的人倒是輕鬆，一邊幫他揉著腰，一邊回想得津津有味，略微有點想拖課的架勢，立刻就被米陽握住了手，「別，真累了……」

白少爺湊到他耳邊問道：「晚上住哪兒？我陪你。」

米陽：「……」

持證上崗之後，他家少爺已經明目張膽地吃了這頓惦記起下頓了。

半個月的蜜月假期很快就過去了，米陽的時間還好，白洛川卻是拖不下去了。駱江璟把他叫了回去，順便補上一份禮物。

兩個孩子出櫃得太匆忙，她沒有提前準備什麼，正好在海南投資了一個飯店，乾脆就把那家飯店送給他們當作結婚禮物。

「之前是一座駐軍島嶼，現在已經空了，準備改作旅遊度假勝地，不過島上不讓改動太多，只能留一個飯店。我瞧著那邊周圍有珊瑚礁，水質不錯，就投資了。」駱江璟道：「以後你們閒了就過去住一段時間，自己家的，也方便一些。」

國內這兩年的風氣比之前開放，但還是會有人用異樣眼光看待同性戀。

駱江璟不捨得兒子受委屈，砸了重金買了一處私人空間給他們。

白洛川半擁著她，笑道：「那我們就不跟您客氣了，謝謝媽。」

程青那邊雖然財力遠遠比不上白駱兩家，但是也做了表示。她和米澤海之前就給孩子們準備好了一棟房子，原先打算留著給米陽工作結婚用，現在直接過戶給了他們。房子不大，但也盡了父母的一份心意。等米陽他們回來，想住哪裡都成，當自己小家一樣。

駱江璟把白洛川扔在外面幾年，看他撲騰的水花足夠了，就把他帶到身邊親自教導。

連名目都想好了，既然已經成家，那麼就應該立業，不然該讓家裡的人笑話了——駱江璟這麼說了，白洛川自然不會退縮，鬥志昂揚地回了滬市。他這幾年沒有浪費半點時間，滬市又有米澤海等人做後盾，做起事來更是毫無顧忌大殺四方，手段相當漂亮。

白洛川和米澤海的關係在公司還沒有人知道，大家只當他們兩家多年來往，卻從未有人敢猜測過還有一層姻親在。有些人打算瞧熱鬧，以為太子爺回來後會有一場奪權紛爭，尤其是米澤海所在的位置至關重要，兩個人之間的矛盾簡直擺到了明面上。

讓眾人跌破眼鏡的是，不但米澤海事事配合，新來的太子爺更是對米澤海態度恭謹，簡直拿著當自家長輩一樣客氣，甚至還有人幾次瞧見太子爺親自為米澤海泡咖啡。

駱氏的人都震驚了，之前有些小心思想挑事的人拿不準這二位有什麼想法，只能靜觀其變。更多人瞧著駱氏要變天，太子爺上位是早晚的事。

白洛川在公司對米澤海小心伺候，晚上還不忘跟米陽邀功。他們現在分隔兩地，除了週末來回奔波著見一面，平時只能靠打電話一解相思。

白洛川洗完澡躺在床上跟米陽通電話，開始賣慘：「這段時間休息的時間特別短，今天能提前回來都不容易。白天傳簡訊給你，你還不回我……瞧見沒有，我黑眼圈都出來了。」他大少爺皮膚好得很，泡過澡後更為細膩。原本皮膚就偏白，這會兒簡直要白得發光了，眼底下更是瞧不出有什麼疲憊的痕跡，但是裝的語氣還挺像那麼回事。

米陽順著他安撫道：「要注意多休息，感冒好點了沒？聽起來好像不嚴重……」

「嚴重啊！」白洛川打斷他，心裡冒著酸水道：「我鼻音都出來了，你沒聽出來？你最近怎麼回事，剛分開幾天就不關心我了？你在學校跟誰忙呢？還幫吳霜去輔導那個孩子？吳霜事怎麼那麼多？不行，我去跟她說，怎麼逮著一個人使喚起來沒完了……」

米陽笑笑，氣息重了些，像是在喘氣。

白洛川疑惑道：「你在幹麼？」

米陽道：「唔，運動一下。」

白洛川不樂意了，「這麼晚了，你在哪兒呢？不會又出去跑步了吧？」

米陽笑道：「沒，爬了會兒樓梯。」

白洛川道：「爬樓梯？哪裡的樓梯？」

「等一下啊，快到了……」米陽那邊收訊不太好，斷斷續續跟他說話，最後還小跑了一段，白洛川聽得眉頭都皺起來，看了眼時間，這都快半夜了，米陽自己出去，他一萬個不放心，越是不肯掛斷電話。

「你發個位置給我，我讓符旗生去找你。」白洛川還沒等到回應就聽見門鈴響了幾聲，只能起來去開門，「有人來了，你別掛斷，聽我的，先把地址給……」

白洛川打開門愣在那裡，連說了一半的話都忘了。

門口出現一個他朝思暮想的人，微微喘著氣，看著他微笑，背著背包，穿戴像是一個剛走出校園的學生，整個人又青澀又甜蜜。

米陽笑道：「我提前交了論文給章教授，學校也沒有要忙的事，就過來陪你兩天。」

白洛川的笑容都要壓抑不住，但還努力板著臉問他：「不做家教了？」

米陽被他逗樂，配合道：「請假了，這個月吳霜自己去教，我主要的任務是陪你，你不是感冒了嗎？病人最大。」

白洛川被這句話說得心裡瞬間舒坦起來，把人拽進房間，連臥室都沒來得及進，先按在門板上狠狠親了半天那張他夢到無數次的小嘴。舌尖靈活得像是一條小蛇，來回遊走，糾纏不休，簡直要把一連數日沒有實踐過只妄想過的那些黃色廢料都試一遍。

米陽微微側頭，喘了口氣道：「我、我去洗澡……」

白洛川不肯鬆開他，趴在他頸窩聞了聞，像確定領地的小狗似的霸占著不讓他走，用鼻音哼道：「一起，不然你就別洗了。」

米陽道：「你不是剛洗過，頭髮還濕著呢。」

白洛川咬了他耳尖一下，半強硬地把人抱起來帶去了臥室，「那就別洗了。」

……

米陽跟白學霸交了一回作業，對方嫌棄米陽功課不夠好，不顧自己「感冒」，帶著米陽同學一起昇華了一回，通宵刷題，拿到高分才心滿意足地讓人睡下。

白洛川原本只是火氣旺，現在媳婦來了，一夜好眠，第二天起床後更是容光煥發，去上班之前更是為米陽做好了早餐，親自端到床上餵他吃，又討了一個吻這才離開。

米陽昨天夜裡累得不行，他不是白洛川那種體能超強的怪物，只睡三四個小時對他來說遠遠不夠，被餵了幾口吃食，趴在床上昏昏沉沉地睡了一上午。

白洛川中午在公司不回來，米陽醒了之後把家裡收拾一下，就去了程青那邊。

程青在藥房工作，見他回來很意外，驚喜得不得了，連忙先帶著兒子回家吃飯，親自下廚做了幾個拿手好菜。

米雪住校，今天沒回來，家裡只有他們母子兩個，一邊吃一邊聊天。

程青問：「畢業之後有什麼打算？」

米陽道：「章教授推薦了幾個單位給我，也有師哥留校，我這次回來也是想商量一下，看看選哪一個。」

程青點頭道：「問問洛川，結了婚就好好在一起過日子，別像我和你爸當初似的，剛結婚的時候一年才見一次面！」

米陽笑著點頭，「好。」

程青又問：「是打算留在滬市？那京城的店還開著嗎？」

米陽想了一下，道：「京城的『肄三堂』就開著吧，那邊有人看著。如果要修書，定期送一趟過來，我在家也能修，這倒是不礙事。」白洛川之前找了專人打理店鋪，做得很好，米陽只要負責技術支援就行，完全可以當個甩手掌櫃，「工作的話，京城和滬市的圖書館和博物館都在招人，章教授說到時候會幫忙寫推薦信，但是他還是希望我留在團隊裡。到時候再說吧，反正幹的活兒跟以前都差不多。」

程青不懂他專業上的這些事，聽他這麼說，跟著點頭道：「你看著辦，我們不懂這些。你跟洛川多商量一下，聽聽他的意見。結婚了，就不是一個人的時候了，想幹什麼想去哪兒都成，得學會兩個人商量著來，知道嗎？」

米陽點頭，「知道了。」

程青看他低頭吃飯，瞧著兒子真的是長大了，心裡又是安慰又有些感慨。

她正跟米陽聊著，就收到了米澤海的簡訊。多少年的習慣了，米澤海晚上如果有應酬一定會跟她說一聲，讓她吃飯不要等他。程青這邊看著簡訊，就見米陽的手機螢幕也亮了，模糊看到白洛川的名字，笑著問：「是不是說晚上有應酬，不回來吃飯了？」

米陽看了一眼，笑道：「還真是，媽，您怎麼知道的？」

程青嗔道：「你爸這段時間一直帶著洛川忙活，應酬都在一起，兩人一前一後發來的簡訊肯定一樣。你爸還問你是不是回來了，也不跟他說一聲。」

米陽有點不好意思道：「昨天晚上的飛機，到家都半夜了，怕吵到你們。」

程青熬了醒酒湯讓米陽帶回去一份，半路的時候米陽擔心白洛川喝不慣這個，又去了一趟藥房，他記得那邊有果醋一類的東西。其實作用也不是很大，無非都是酸些，第二天不至於太過難受，胃口不好。

米陽到了藥房，找了沒多久，白洛川電話就打來了，聲音帶著點醉意，也不在意司機在車上就低聲說想他，問他在哪裡。

米陽拿起一盒果醋，對他道：「我在藥房，等一下就回家……」他這邊還沒說完，就聽見白洛川吩咐司機改了路線，報了藥房的位置。那邊大概是覺得一會兒就能會合，還很自然地把手機掛了。

米陽揉了揉太陽穴，只能先讓店員回去，自己留在這裡等。

白洛川像是喝了不少，待會兒還不知道怎麼折騰，總不好讓外人看笑話。

白家的車很快就到了，白洛川拎著小袋子對司機叮囑兩句就讓他走了，自己走進藥房，眼睛掃過就停留在櫃檯那邊的小老闆身上，眼神都溫柔起來。他走過去把手裡的紙袋邀功一樣遞給米陽，對他道：「路過以前那家麵包店，買了麻團和蝴蝶酥，還有芋泥蛋糕。」

米陽聞到熟悉的香甜味道，還是記憶裡的那種味道。

白洛川手臂搭著一件西裝外套，眼睛裡都是得意，彷彿做了很了不起的事。

米陽伸手捏他的臉一下，「你怎麼知道我想吃這個？做得不錯，等一下有獎勵。」

白洛川問道：「獎勵什麼？」

米陽把找出來的果醋也放到紙袋裡，「給你醒酒湯或者果醋？你晚上吃飽沒有？要不要陪我一起吃點餅乾？」

白洛川瞇著眼睛，視線掃過米陽被衣服勒緊的腰身，接著移到他略微挺翹的臀部上，喉結動了動，「我不用那些醒酒。」

米陽道：「那你……哎，你幹什麼呢？放手！」

白洛川沒鬆手，仗著藥房光線暗，加上也知道這是米陽特意留著等他的一道燈光，心裡底氣十足，軟磨硬泡地求他：「我不用那個醒酒，我……用這個。」

他在後面蹭了一下，動作很輕，暗示十足。

白洛川鼻尖動了動，也不知道是米陽身上還是他自己身上沾染了一點蝴蝶酥的氣味，餅乾香甜的氣味，加上酒精的微醺，讓他恍惚間覺得懷裡抱著的是還在讀書時候的米陽，自己也彷彿回到幾年前，心裡和身體的悸動壓抑不住。

米陽皮膚很白，被激了之後很容易染上一層薄紅，他掰了幾下白洛川的手，身後那人哼了一聲。這麼大的人，不達目的誓不甘休的勁兒不比小時候少多少，簡直難纏得厲害。

米陽略微一點頭，身後的人立刻將他打橫抱起。

米陽抓著他的肩膀，低頭看自己的袋子，「醒酒湯……」

白洛川親他一口，「我拿著。」說完就抱著米陽上樓去了。

二樓這邊分了一半做庫房，另外一半空著，有兩間臥室，米陽放假的時候常過來幫忙，房間裡收拾得也乾淨，但就算這樣，被白洛川變著花樣折騰時還是難免有些羞恥，壓低了聲音不肯輕易發出一點，只偶爾呼吸聲加重，哼出一點鼻音。

白洛川愛慘了他這樣，簡直拿出了數日沒見的補課勁頭去疼他，完全忘了自己昨天已經補過一回了。米陽喊了一回中場休息，喝了幾口水，迷迷糊糊睡了一會兒，但是不知道怎麼的，半夜兩人又親在了一起。

他們在一起的時間不短，白洛川見了他依舊是迷戀得很，宛如吃不夠似的。

白少爺平時傲氣，為了能吃飽一回，什麼話都能說出口，變著法子為自己爭取福利。米陽心軟，縱容下來的結果還得自己承擔。

米陽躺在那聽著門外傳來急匆匆的腳步聲，然後白洛川的聲音就在身邊響起，問道：

「我找到了，用這個吧，我幫你擦藥。」

米陽歪頭看他，「你去樓下櫃子裡拿的？」

白洛川道：「沒，在庫房找的。」

米陽神色略微放鬆，伸出手去，「把藥給我吧。」

白洛川卻握著他的那隻手，自己靠了上去，「我來，你看不到。」

那我也不想給你看啊！

米陽不肯，白洛川就一把抱起他，掐著他的腰，將人箍在懷裡。米陽撐著他的肩膀要起來，很快又咬住唇。

「還好，就是有點腫了，上點藥養兩天應該就能好了。」白洛川動作認真小心，「你再抬起來一點，不好上藥。」

米陽趴在他肩上，紅著臉一聲不吭，聽見捶了他背上一下，那人就低聲笑了。

上了半天藥，米陽人像是從水裡拎出來的一樣，沒力氣反抗了，被白洛川抱著親了好幾下，哄著他入睡。

米陽小聲跟他說了什麼，白洛川不樂意，「為什麼啊？這麼晚了上哪兒找藥房去補買？而且就這麼小一支……」他瞧見米陽的眼神，語氣軟了幾分，試探道：「我拿自己家倉庫裡的一支藥膏也沒什麼吧……那麼多，他們看不出來。」

白少爺試圖爭取自己受寵女婿的權利，「我都結婚了！」

米陽無情拒絕他這個理由，白少爺只能出去買支一樣的藥膏補上，才回了被窩睡覺。

米陽已經睡了，被他身上微涼的氣息觸碰，發出一聲囈語。白洛川霸道地把人圈在了懷裡，很快就暖和起來。米陽沉沉睡在他的臂彎裡，姿勢未變。

六月是畢業季，米陽在學校的事情基本已經處理完畢，最後幾天章教授捨不得他，其他師哥們在組裡有聚餐也會喊他，在學校待著的時間反而比平時還多些。

在學校時間長，留在教室裡的東西也多，米陽趁著空閒收拾了一些出來，準備帶回去。有些大家常用的材料就留給新來的師弟師妹們，只揀了重要的東西裝了一個小紙箱。

陳白微特意來幫忙，兩個人正收拾著，忽然聽見敲門聲，門口站著一個漂亮的女生，帶著點害羞，小聲問道：「請問，苗助教說這邊可以領材料……」

陳白微笑道：「苗良讓妳來的？進來吧，是這裡。看見桌上的東西沒？想用什麼自己拿，妳這位師哥要走了，臨走前發揮餘熱呢。」

苗良今年開始在本科部當助教，也是有留校的打算，熱情高漲，米陽跟他打過招呼之後他就通知自己班上的學生。米陽這裡的材料特別多，他自己買的沒用完，白洛川就又照著清單讓人補上數份備用。東西太重，也不能全部帶走，更何況有些染料和膠一類的也有時效，拿回去不用才是浪費，不如分給有需要的人。

那個女學生進來之後選了幾份材料，各樣都拿了一些，大概覺得有點不好意思，主動留下幫米陽他們裝箱。

她的視線很快就被一套製作精美的工具刀吸引，盒子是透明的，瞧著簡直像水晶一樣，打磨得特別好看。裡面放著的幾把工具刀跟她們自己買的差不多，但是刀從頭到尾都是銀光閃閃的，雕琢著花紋，異常華麗。

年輕女孩都喜歡這些漂亮的小東西，無法抵抗地就伸出手去碰了一下，還沒等拿起來就聽見旁邊那個冷清帥氣的師哥開口道：「別動。」

女學生臉上騰地紅了一下，站在那跟他道歉：「不、不好意思，學長，我不知道怎麼的，就是見它太漂亮了……」

米陽把那套裁紙刀具拿起來，遞了另一個鐵盒給她，「妳用這個吧，這套不外借。」他想了一下，又補充道：「這套刀頭是純銀的，太軟了，切不動紙。」

女學生愣了一下，拿著那個鐵盒，一臉疑惑，想問什麼又不好意思開口。

米陽沒有多留，抱著收拾好的紙箱就出去了。

陳白微打算跟他一起走，女學生猶豫一下，小聲道：「陳老師……」

陳白微笑道：「我就給你們代過兩節課，不用這麼客氣，怎麼了？」

女學生問道：「那個真是銀製刀具嗎？」

陳白微道：「是啊，那是他的生日禮物。」

女學生更加困惑了，「刀頭是銀的太軟了，豈不是又鈍又難用？那個學長看起來很厲害，怎麼還留著這一套擺在最上面呢？」她聽苗助教說過，米陽是優秀的畢業生，院裡的傳奇人物，專業底子極其扎實，怎麼會不知道這種事情？

陳白微笑吟吟道：「不告訴妳。」

女學生：「……」

米陽忙完就去食堂吃在這裡的最後一頓午餐，陳白微跟過去，兩個人並肩坐著。陳白微抬頭就看見箱子最上面放著的那套銀質刀具，笑著搖搖頭，對他道：「下次你跟你家小白總說說，送點好用的，別只買貴的不買對的。」

米陽笑笑，好脾氣道：「挺好看的，工作累了看一眼解乏。」

陳白微道：「那白洛川豈不是更好看？你乾脆辦公桌擺在他旁邊得了，累了就看看他。他先前上財經雜誌的封面，雜誌都能賣脫銷，那張臉不混娛樂圈真是浪費了。」

米陽笑著沒說話。

他在食堂吃過飯，又接到電話，說是有他的包裹。

原本以為郵寄來的東西很小，去了才發現是幾個包裝結實的大紙箱，裡面裝的像是實心的東西，一個人根本抬不動。見他來，送快遞的人對他道：「不然看看能不能借個平板車，我幫忙給裝車上？學校裡我們進不去，也沒法送到宿舍樓下，這幾箱都是書，特別沉。」

米陽看到郵寄來的地址是山海鎮，就知道這是米鴻寄給他的書，當下點頭道：「我有車，麻煩您稍等一下。」

米陽平時用的車是騎了多年的自行車，現在顯然自行車是搬不動的，只能把跑車開了過來。頂著眾人的視線，和快遞員一起搬了那幾大箱子的書進來。跑車前後儲物的空間都小，連座椅上都堆了兩個箱子。

幫他搬箱子的人都有些心疼了，問他：「您這……能直接放嗎？」

米陽道：「沒事，紙箱裡都是書，磕不壞。」

快遞員問的不是紙箱裡的東西，他擔心的是跑車上的真皮座椅。不過米陽都不在意，他也不好多說什麼，交接清楚就離開了。

年前米鴻問起他書店情況的時候，就提過等他安頓好了，把家裡的那些書都寄來給他，這次估計一次清空了庫存，都打包來給米陽了。

米陽開車去了店裡，正好符旗生也在，看見這麼多東西，連忙過來幫著搬進來。

符旗生做事穩妥，力氣又大，米陽原本想跟他一起抬箱子進去，但是符旗生一個人輕輕鬆鬆就搬了兩箱，很快就全都搬完了。

這段時間白洛川怕他忙不過來，讓符旗生過來盯著些。米陽只管學校和修書的事，其餘不用插手。符旗生兄弟兩個現在一個跟在白洛川身邊，另一個跟著米陽。單從身形來說，趙海生那樣鐵塔似的身軀更能唬人，但是憑力氣而論，卻是其貌不揚的符旗生力氣更大。白洛川留了符旗生在這裡，一半是想他幫忙店鋪的事，另一半也有當保鏢的意思。

米陽拆了箱子，把那些書都整理好了，和符旗生一塊放到書架上去。這些書一部分是白家老宅的，另一部分是米鴻多年積累下來的，裡面有不少孤本藏本，都已經修理妥貼。

符旗生看著一片書架都擺滿書，忍不住道：「這麼多啊！」

米陽點點頭，恍惚察覺出什麼，但是那個念頭一閃而過，太快了反而沒抓住。他拿起一本老書翻了翻，笑道：「都留在這裡吧，給它們找個新主人。」

這附近的老教授、學者很多，有些人喜歡這些，平日送來修書的客戶也大多是這些人，米陽跟他們常打交道，成了朋友。他拿到書之後，見有幾本是之前學校裡的教授要找的，就打電話通知一聲。傍晚的時候，只通知了兩三位，來的卻足足有七八位。

有人進來之後還跟米陽道：「這可不怪我啊，是丘老師先跟我們顯擺的，我們聽到才跟他一起過來看看。怎麼樣，還有沒有胭石齋的本子？」

後面跟著的幾個老人家都進來了，米陽這裡地方大，他們哪兒也不去，就擠在那片書架附近，仰著頭，眼睛發亮地去看新到的那些書，口中嘖嘖稱奇：「竟然還有這本，哎喲，老黃要是瞧見了，怕是從病床上爬也爬過來，不過他不在，還是便宜我了，哈哈哈！」

符旗生站在一旁擦拭木桌，眼睛瞟向米陽和那些老教授，米陽正在耐心地跟他們做著介紹。他也說不出具體哪裡好，但是待在米陽身邊的時候，總給他一種還在山海鎮的感覺，特別讓人心安，好像那種熟悉的感覺又回來了，像是夏日浸泡在泉水中一般，很是舒暢。

符旗生耳朵動了動，轉頭看向門口。

沒過一會兒，白洛川帶著趙海生走了進來。

符旗生張口想喊人，被白洛川抬手阻止，道：「你忙你的，我自己看看。」

符旗生點頭，又擦桌子去了。

趙海生看著有些羨慕，他這幾天跟著小白總忙得天昏地暗，哪怕他只是聽命行事，也覺得腦容量不夠，很羨慕能做體力活的。

白洛川站在不遠處看著米陽翻開書跟那些老教授們說話，他沒過去打擾，那是米陽的一個小圈子，他知道他在裡面過得開心就好。

白洛川輕笑了一聲，看了看符旗生，問道：「今天還有要曬的書沒有？我看時間還夠，我幫著拿去後面的院子裡吧。」

符旗生答應了一聲，從櫃檯後面遞給他一個小紙箱，趙海生見了也擼起袖子要幫忙，「還有沒有？我力氣大，我來。」

符旗生搖搖頭道：「哥，你幫我把桌子抬一下，換個位置，這邊過兩天要放兩盆文竹。」

趙海生自然同意，彎腰搬桌子，幹完還不過癮，也要去曬書，被符旗生拽著手臂道：「這個天氣太熱了曬書不好，而且都快晚上了，哪有這個時候曬書的啊！」

趙海生眨眨眼，「那剛才……」

符旗生忍了忍，沒忍住笑，「那是米陽特意找出來給白哥玩的，就那一小箱。」

趙海生明白過來，嘿嘿笑了兩聲，沒再堅持要幹活了。

米鴻把書陸陸續續從山海鎮郵寄過來，等到米陽最後收到一個用樟木小盒子裝起來的工具時，那天接到的還有一通山海鎮打來的電話，米鴻去了。

米鴻長年一個人住在那片香樟林，程家的人和護林隊的工作人員都不放心他獨自在那，會經常去看看，這次就是護林隊的人前去探望，發現的時候人躺在床上，像是在午睡一樣，已經沒了呼吸。

米陽一家人當天趕了回來，程青在路上就哭過，這會兒眼眶還是紅的。米澤海強撐著，白天應酬來祭拜的賓客，晚上靜下來的時候，他才跪在靈前一邊磕頭一邊落淚。這麼大一把年紀的人了，哭得像個孩子。

「都怪我，我上個月就覺得爸不怎麼愛說話，怎麼就沒想到……」程青鬢邊已經有了一絲白髮，這會兒眼睛裡滿是血絲，「我應該早點回來看看的。」

程青這麼哭著，倒是讓一旁勸慰的程老太太嘆了口氣，她拍拍程青的手勸她道：「護林隊打電話來的時候，我們也去看了，人家叫了救護車，我們都是聽見醫生說的，說人走得很安詳，沒什麼痛苦。你們不要太自責了，人活到這麼大的歲數，自己心裡也大概知道該什麼時候走。要我說，能無病無痛地走才是有福氣……而且，他老伴走得早，他被強留下來這麼多年了，也累啦！」

米陽和米雪一起留下燒了三天紙錢，他留了多久，白洛川就陪了多久。

白洛川也不多說什麼安慰的話，只是緊緊握著他的手，偶爾看他，眼睛裡透著緊張。

米陽發現，就輕聲道：「沒事，我不要緊。」這麼說過兩遍之後，也騙不了自己了，小聲加了一句：「就是有點想爺爺了。」

白洛川手放在他肩上，略微猶豫，還是把人抱在了懷裡輕輕拍了拍，道：「以後每年我都陪你回來看他。」

米陽點點頭，擁抱很短，但足夠支撐他走完這段路。

米鴻離開的日子比米陽記憶裡的晚了一年多，但是季節相仿，都是香樟花落初結果的時

候。這個怪老頭沒有像以前那樣生病住院，他走得很平和，像是去赴一場舊約。

他給自己穿了最體面的一套衣服，選了最好的時節，不冷不熱，直到生命的最後都不願給孩子們添一點麻煩。

米澤海留下來守靈七天，送了父親最後一程。

最終章

就想牽著你的手，大步向前走

從山海鎮回來之後，米陽生了一場不大不小的病，不至於嚴重到住院，但是也斷斷續續吃了一個多月的藥才有所好轉。

白洛川不放心他，把書店交給符旗生打理，硬是將米陽留在身邊，帶著他回了滬市。

米陽已經畢業，他手頭還有些積蓄，不急著找工作，乾脆給自己放了個假，待在白洛川身邊休養一陣子。他們兩人現在的關係兩家都已經認可，程青也放心讓他們住在一起。這麼多年下來，她覺得白洛川對她兒子照顧得比她自己還要周到，沒什麼好擔心的。

按照白洛川的想法，恨不得把米陽帶去辦公室，就放在自己眼皮底下吃飯餵藥才放心，可惜米陽有些不好意思，畢竟那邊還有家裡的長輩在，要是被駱江璟看到還好，被米澤海瞧見自己在太子爺的辦公室裡看書打瞌睡，他覺得自家親爹可能又想追打他了。

米陽不肯去，白洛川就努力減少工作，迫不得已要出差，也一定會帶著米陽。

他一路照顧得妥當，米陽又主要是心病，路途上的勞累在他的體貼關照下也不顯得有什麼了，米陽身體也好了許多。

米陽回了滬市，京城裡幫詹雨涵輔導功課的事情就先暫時放下了，那邊原先也跟吳霜說好只輔導一段時間，米陽不在的時候，詹嶸找不到合適的人，吳霜因為這段時間跟他們父女倆都熟悉起來，就自告奮勇親自去當了輔導老師。

吳霜付出一顆真心，她和詹嶸的感情發展順利，和詹雨涵也越來越親近。十來歲的小女生並不是什麼都不懂，在最起初的擔憂中觀察了吳霜一段時間，就小心翼翼地開始接納她。

詹家這位小丫頭釋放出來的這一點善意讓吳霜大為驚訝，很快就轉變成了驚喜。

吳霜感情進展得順利，就想邀請米陽一起出來吃頓飯，表達感謝之意，畢竟當初也是因為米陽幫她才會發展得這麼快。

米陽正巧跟著白洛川來京城開會，吳霜電話打過來的時候，他在京城的肆三堂書鋪裡修書，聽見她一再熱情相邀，不好推辭，就答應下來。

吳霜高興地對他道：「我聽說你最近心情不太好，這邊有個度假飯店，請了米其林廚師來做餐點，還有高爾夫球場，你來了吃點美食，再運動一下，應該會好些。」

米陽有點意外，笑道：「好，多謝妳費心。」

吳霜道：「你跟我有什麼好客氣的？你那位呢？戒指送出去了吧？不帶她一起來嗎？」

米陽想了一下，道：「我跟他說一下，他最近工作比較忙，有時間的話，我也想把他正式介紹給妳認識。」

吳霜笑道：「終於捨得讓我見一見了？這可真是你的心頭寶貝，我要好好期待了！」

米陽笑笑，跟她約定了見面的時間，然後打電話給白洛川。白洛川回京城分公司是有事要處理，這會兒正在開會，米陽打過去是趙海生接的，聽見是米陽，他就要進去找白總。

米陽忙道：「不用，讓他先忙吧，我也沒什麼要緊的事……」

趙海生咧嘴笑道：「白、白總也沒什麼要緊的事，他跟那幫人鬥了一天，也累了，讓他接個電話解解乏。」他說著就敲了會議室的門進去。

趙海生長得人高馬大，穿上西裝板著臉就像打手一樣，他進去之後收斂起笑容，靠近白洛川耳邊低聲說了兩句話，接著把手機遞了過去。

白洛川開了一天的會，被吵得頭疼，一邊揉著眉心，一邊對手機那端說了幾句，也沒提誰，但是態度緩和許多：「是我，這個週末？也不是不行，還有誰……好，那就這麼定了，我讓人去安排車。你跟她說好，最多一天，週一要回滬市。」

白洛川這邊說話，會議室裡的一眾人都豎起耳朵聽著。

他們聽不見白總手機那邊的聲音，卻能聽到一些白總說出的話。訊息量有限，認真觀察則能從他的語氣裡聽出親近之意。

有些人視線在小白總握著手機的手指掃去，落在他戴著的戒指上，不由有些小心思。

從駱氏總部跟著一同過來的那幾位中年男人卻都不以為然，他們雖然也看見白洛川手上的戒指，卻不認為他真的有了妻子——駱氏太子爺找了岳家，難道岳家會這麼低調，一點都不往來？若是比駱氏低，就會多往來，若是和駱氏平起平坐，那自然更要往來。強強合作在商界才是最普遍的存在，哪怕只是互相借個名頭。

米澤海認真翻看手裡的合約，他還真就是這麼低調。

等到白洛川掛了電話，大家猜什麼的都有，有些京城分公司的人甚至在猜是不是駱江璟特意打來幫兒子助陣的，畢竟今天要談的事情太複雜，前後牽扯了太多利益，讓大家都不敢輕易站隊。

白洛川看向眾人，挑眉道：「關於這塊地，大家還有什麼要說的？」

一時間，會議室都安靜了，大家互相看了一下，又把視線凝聚在白洛川左右手的位置。白洛川左手邊坐著的是米澤海，另一邊則是他走之後來接替京城分公司的一位老人物，在這裡已經半年，大家都叫一聲康總，這塊地皮也是他各方面牽線才有了拿下的機會。

康總沉吟一下，笑道：「該說的今天的會議上都說了，京城的地皮不會有空著的時候，我們駱氏集團也不能落於人後，這批別墅專案開發是遲早的事。」

白洛川點點頭，喊了散會。

他起身略等了一下米澤海，除此之外並沒有對其他人額外照顧，走得依舊很快。

康總慢悠悠起身，落後他幾步，並不急著離開。

他身邊的一些親信湊了過來，眉頭微皺道：「康總，我聽著白總的意思，好像並不是很贊成這塊地皮的開發，事情不太好辦。」

另外一個道：「他一個二十歲出頭的毛頭小子懂什麼？」

對方猶豫道：「白洛川年紀輕，還是懂一些的，駱總把他教得很好，之前他在分公司就做得很不錯。」

那人嗤道：「說到底也是沾了新疆那單生意的光，他在京城分公司做的項目都跑到津市去了，哪能跟康總比？這可是正兒八經的大單，康總為了這塊地前前後後忙了大半年，光銀行那邊的關係就不知道跑了多少趟，實在不行，就跟總公司申請，我們自己……」

康總輕咳了一聲，「都是為了公司，既然總公司派他來，我們就聽聽他的意見。」

他身邊態度略微激進的那位還有些不滿，小聲道：「說白了就是駱氏的太子爺，他也只會對駱總負責，能代表全體股東的利益嗎？」

康總沒有對他這句話做出反駁，但眉宇間也沒有什麼憂慮的樣子，瞧著一派輕鬆，顯然已經有了自己的打算。他和眾人出去，上車後吩咐祕書：「去查查白洛川週末要去哪裡。」

祕書答應了一聲，因為是公司派車，沒過多久就打聽到了地點。

「說是去京郊的一個高爾夫度假飯店。」

康總道：「度假飯店？那邊週末有什麼活動？」

祕書跟了他多年，做事妥貼，回道：「只打聽到有一個政府牽頭辦的銀行家和企業家的會議，不少人都要過去，吳雙安和金氏投資的詹嶸詹先生等人都會到場。」

康總手指在皮椅上敲了兩下，有些疑惑，「詹嶸？」

祕書道：「是，他包下了整個飯店，週日似乎要辦一場私人酒宴。」

康總眉頭皺起來，「這個人倒是有些麻煩。」

他在京城任職半年，卻圖謀京城數年，對京城裡近兩年出現的人物有所耳聞，尤其是這個詹嶸。這位詹先生幾年前他在滬市就見過一面，為人機敏，進退有度，駱氏等大企業把持滬市的地產行業，他繞了一圈，目光轉向了京城，生意做得也是風生水起。

聽聞這人從國外歸來，身後有海外資金支持，歸國幾年也一直是以代理人自居，出手非常闊氣，眼光也獨到，和其他一些領域的人多有來往，康總一直試探不出深淺。

駱氏如今在京城的項目遲遲不肯定下，有資金不足的一大半原因在內。康總的關係多在銀行，如果小白總能拉到海外的投資，那他努力了大半年的成果怕是要被摘了果子。

康總沉吟一下，吩咐道：「去問問那位詹先生有什麼愛好沒有，送些合心意的東西過去，爭取跟他搭上關係。」

祕書道：「您週末也要過去？」

康總已經恢復平日的樣子，和氣笑道：「當然要去，我們也去湊湊年輕人的熱鬧。」

祕書答應了一聲，著手去準備了。

詹嶸喜歡逛古玩市場，但是看的多是書籍畫報，挑的年分並不長，都是一些剛建國時的報紙和戲曲社團的海報，他尤其鍾愛京劇一類，這在京城圈子裡一打聽就能知道，因此並不難找到討好他的物件。

祕書在查了幾天之後，忽然發現一件重疊率很高的事，這位詹先生，或者說詹先生背後的那位老人家，喜愛收集「中和戲院」、「吉祥大戲院」兩家的老物件，他也跟著翻找了一些出來，裝訂成冊，打算拿去修理之後送過去。

也是他運氣好，週四的時候還找到了一本當時劇院的演出人員名冊，聽聞那位詹先生也喜歡這些，就一併找人送去修理——沒辦法，都是翻遍舊貨古玩市場找出來的，徽斑不少，不能直接拿去送人。

找來找去，這些東西就送到了肆三堂。

這天傍晚，米陽店裡來了一位戴著眼鏡的年輕男人，急急忙忙拿出幾本破舊的名冊遞到櫃檯上，「老闆，這些週六可以修補好嗎？我可以加錢，價格不是問題。」

米陽正在接待另一位客人，對方要求詳細到龜毛的地步，這會兒冷不丁被打斷，一時惱怒道：「沒看到老闆手裡還有活嗎？排隊！懂不懂規矩？」

一口流利的中文說出來，要是不看對方那頭金髮和碧綠的眼睛，真瞧不出是個外國人。

米陽抬頭看了一眼，溫和道：「麻煩您把冊子先放在那邊，讓店裡的人登記一下，我忙完了手邊的事就去看。」

那個外國青年已經不樂意了，他模樣長得不錯，但是鼻尖微揚就顯出幾分倨傲，一臉不高興道：「我先來的，我還沒修好呢！」說著把書護住幾分，堅持要米陽先修自己的書。

米陽已經跟他在店裡耗了一下午，這人中午頂著大太陽進來之後，就在這裡沒離開過，哪怕米陽說要修書，他也堅持要親眼瞧著，一臉的不放心。米陽被他盯著做了下午的活計，差不多剩下最後一點做完，這會兒也想一口解決，見符旗生過來接手新客人的冊子，他繼續彎腰清理乾淨上面最後一點黴斑。

那個外國青年看得小心翼翼，米陽放開刀的時候，他才鬆了口氣，敢大聲呼吸了。

接著，他拿了一個新的舊海報遞給米陽，期待道：「你修得真好，我見過最好的。那本書先放一邊，最後幾頁先不用修了，我給你錢，修這個。」

米陽：「……」敢情你讓我練手的啊？

米陽揉了手腕，點頭道：「放那邊吧，我晚上修。」

他這個坦然的態度，對方反而有些不好意思，「我不是故意，就是，就是……」

「不太信任我的手藝是吧？」米陽笑了一聲，「沒事，我修給你看，你要覺得不行，我們找別的，我再示範，慢慢修就是了。」

外國青年誇讚道：「你脾氣挺好的。」

米陽道：「開門做生意，講究和氣生財嘛。」

對方咧嘴笑了，點頭道：「你這話我母親也說過，你很不錯。」

這個時候，在旁邊登記完排隊的人也湊過來問道：「老闆，不然你看看我這個冊子，先看一眼能不能修，我時間來不及，這個週六就要，實在不行，我好找下一家。」

米陽過去看了一眼，一邊轉動酸澀的手腕，一邊道：「只是一些黴斑和髒汙，不難，但時間確實有點趕……」他翻看了一下，冷不丁瞧見熟悉的名字，忍不住停下動作。

冊子上是一家戲院的演出人員名單，上面第二排第一個赫然寫著「姜桂芝」。

那是他奶奶的名字，米陽視線落在上面，問道：「您這是要收藏的嗎？」

那個年輕人立刻道：「對對，是專門收藏的！有點不好意思，但能不能麻煩您趕趕時間？我們真的急著要。」

米陽視線還停在那個名字上，看了片刻，轉口道：「週六可以來拿。」

那個外國青年湊過來也看了一眼，最初還有些不屑，結果很快就「咦」了一聲，眼睛發亮道：「這本冊子好，你賣不賣？我出雙倍價格買你這本……」

他還沒說完，對方頭搖得像撥浪鼓似的拒絕了，「這是我們老闆點名要的，我做不了主。您要是需要的話，我可以把收到冊子的店告訴您，這本不賣。」

外國青年眼裡的亮度暗淡幾分，嘴裡嘟囔了幾句，還是問了地址，似乎打算去碰運氣。

米陽接了要修理的海報和戲單冊子，沒半點含糊，加班加點地幫他們修完，又按照對方要求的打磨了邊角，重新做了翻新和殺菌消毒。

他這裡忙，另一邊的白洛川也沒閒著，不過米陽跟他相處時間實在太久，總覺得他家少爺這次是故意裝出忙碌的樣子，實則並不著急。

白洛川確實不急，等到週五晚上，米陽把那些東西修理完畢，放在店鋪裡，白洛川就親自上門來把人抓了回去。

米陽在店裡忙了兩三天，沒白沒黑的不肯回去休息，要不是看他精神確實好了些，白洛川早就把人領回來了。忍了這幾天，瞧著他收工了，這才迫不及待把人抓回家去。

家裡已經擺好一桌飯菜，正冒著熱氣，米陽看到有點驚訝，笑著問：「阿姨剛走？」

白洛川點點頭，他自己不會做飯，勉強就是煮個素麵的水準。他把米陽的外套掛在門口的衣架上，對他道：「你嘗嘗看合不合你的胃口，這兩天你太忙了，都沒好好吃飯。」

米陽洗完手坐下，先喝了幾口湯，「不錯。」

白洛川坐他旁邊，伸手摸了他的腰一把，皺眉道：「瘦了。」

米陽笑道：「怎麼可能，我還覺得胖了一點。一直坐著沒怎麼活動，我在店裡吃的也是家裡送過去的飯……」

白洛川又捏了他的腰一下，米陽就老老實實埋頭吃飯。他多吃一點，白少爺臉色就好看一點，一頓飯吃完，白洛川才舒展開眉頭，還想再餵米陽喝點湯，「雞湯把油都去了，不膩，你再喝一碗？」

米陽搖頭，他對雞湯有陰影，當初上山救人不小心病了幾天，白少爺端著雞湯的身影簡直就是他的惡夢。

白洛川想了想，道：「那再吃一塊排骨？」

米陽看了桌上的菜，「我吃那盤蓮子吧。」

白洛川端過來要幫他剝蓮子，他力氣太大，平時沒伺候過人，掰出來去蓮子芯的時候弄得歪七扭八的，米陽笑壞了，讓他去吃飯，自己掰蓮子出來一邊吃一邊聊天。

白洛川看他吃得香甜，心癢之下也要了一顆嘗嘗，但入口就先皺了眉頭，「苦的。」

米陽舔舔手指，奇怪道：「不苦啊！」

白洛川視線落在他手指上又挪到他唇邊，湊過去親了一口，「我得加點糖。」

米陽笑了笑，包容他的這點小任性，大大方方給糖吃。

兩三天沒見面，白洛川能感覺到米陽心情好了些，像是什麼事情終於放下一樣。米陽沒事，他心裡跟著舒坦了不少。吃過飯回了臥室，米陽以為這人還要胡鬧一場才肯甘休，白洛川卻拿了一本書過來，和他一起躺在床上，大有哄他睡覺自己看書的架勢。

米陽瞄了一眼他手裡的書，是那種大部頭挺正經的金融書。

白洛川捏他下巴，指尖寵溺地摩挲幾下道：「你好好睡一覺，明天帶你出去玩。」

「還要跟吳霜去打球。」米陽躺在他身邊，打了個哈欠，「你不說我差點忘了。」

白洛川巴不得他忘記才好，但是米陽身邊朋友本來就不多，難得有這麼幾個能聊得來，他再不樂意也只能放行，不過暗地裡轉換一下概念還是可以的。

白洛川道：「明天我陪你一起過去，衣服和球杆都準備好了，晚上你要不要泡溫泉？」

米陽回到家裡睡下之後就犯睏，點頭含糊著應了。

白洛川伸出一隻手去撫摸他的頭髮，另一隻手握著書，視線雖然在書上，但是好半天看不進去一個字。他看著身邊已經睡熟的小傢伙，彎腰親了親，聽著對方在睡夢裡發出一聲囈語，埋頭向自己這邊拱了拱，這才彎起唇角笑了。

週末白洛川和米陽一起去了度假飯店，米陽昨夜休息得很好，一整天都非常有活力。放下心結之後，人也開朗許多，又恢復了往日的樣子。

米陽網球打得不錯，但是高爾夫球沒打過，白洛川雖然只打過幾次，但是光看動作很有幾分氣勢。他沒讓教練來教，自己親自手把手教米陽打球。

兩個人身材好，長得還帥，穿戴的從衣服到鞋子都是配套的，換了一男一女早就要被周圍的人起鬨穿情侶裝了。因為他們兩個動作熟稔又坦然，反而像是兄弟一般。白洛川長得很高，略微彎腰就能把米陽攏在懷裡，揮杆的時候，白洛川都有些意猶未盡，湊近了在米陽耳邊道：「再打一杆，剛才做得不夠標準。」

米陽信以為真，認真按照他要求的打了好幾杆，後來還是對方挨挨蹭蹭的動作有些不規矩，他才反應過來，紅著臉離他遠了點，「我學會了，我自己打。」

白洛川雙手插在褲兜裡挑眉看他，示意他來，自己就在旁邊站著看。至於是看球還是看人，明顯是看人的時候居多。

看他贏球的時候開心，看他輸球的時候失望嘆氣，怎麼看怎麼喜歡。

白少爺唇角揚起一點，眼睛裡是藏不住的柔情蜜意。

米陽長得好，打得也不錯，有人過來圍觀，也有人約他打球。這些人裡一大半是年紀較大的男人，另外幾個是女孩，都被白洛川拒絕了，「他家屬管得嚴，頂多讓我陪打。」

那幾個女孩裡有吳霜的朋友，笑著道：「我們又不做別的，只是一起打球。」

白洛川道：「他一個初學者，能陪妳打什麼？」

那女孩咬著唇，吃吃笑道：「那你總不是吧？不然你陪我呀！」

白洛川冷著臉道：「我也是初學者，我們倆一起打，請不要過來打擾我們。」

女孩無語，她是第一次被人這麼乾脆地拒絕，甚至都不屑於找理由。

女孩走到吳霜那邊，一邊喝飲料，一邊看著那兩個年輕男人，小聲抱怨道：「霜霜，妳看他們，我這麼一個大美女站在旁邊他們都不為所動，他們是不是同性戀呀？」

吳霜笑道：「怎麼可能？米陽不是。」

女孩哼道：「我不知道他喜不喜歡男人，但是我看得出那個高個子男人肯定喜歡他！」

吳霜抬頭看過去，高個子說的就是白洛川了，全場也就小白總身材高挑出類拔萃，那張臉有多招女人喜歡，他那張嘴就能說出多讓女人憤怒的話來，她身邊這個女孩就是活生生的「因愛生恨」的例子。之前只是抱著開玩笑的心思去看，聽到朋友這麼說之後，吳霜的眼皮忍不住跳了兩下。

這兩個人好像是過於親密了。

又看了一會兒，等到瞧見白洛川再次藉著指導之名站在米陽身後，帶著他一起揮杆的時候，吳霜坐不住了，她一個外人都覺得小白總這擺明了在吃米陽豆腐。

吳霜擰眉，拿起自己的球杆走過去。

白洛川正貼在米陽耳邊讓他喊自己一聲「老師」，因為說的是不太正經的話，所以壓低了聲音不讓別人聽到，吳霜一走近，他就閉口不說了，可唇邊還有未散去的笑意。他在外不常笑，笑起來風流，頗有世家公子的氣質。

吳霜見過太多這樣的人，白洛川算是其中的佼佼者。她有些焦慮，不知道白洛川是否也會有他們其中某些人的陋習。

有些人並不是為了尋找一份長久的感情而戀愛，只是像捕獵一樣，找來消遣時間。

吳霜站在一旁，沒有急著離開，她看了半天才開口道：「米陽打得不錯，要不要我們比一下？我這裡還有一副鑽石耳環，上次你不是說想要嗎？拿來做彩頭好了。」

米陽有點驚訝，「那副妳不是不賣嗎？」

吳霜點頭道：「不賣，但可以送你，前提是你得贏我。」

米陽和吳霜一起打球，白洛川就讓開了位置，站在旁邊觀戰。

吳霜刻意讓著，米陽以微弱的優勢贏了，她大方道：「耳環在飯店，回去拿給你。我願賭服輸，不過能不能麻煩你幫我拿一杯飲料？或者兩杯，我看白少教你很久，也辛苦了。」

米陽知道她有些大小姐脾氣，只當她輸了之後有些不服，故意要一杯飲料才甘休。

米陽一走，吳霜就看向白洛川，直白地道：「白少還不知道吧，米陽從我這裡買了很多首飾，胸針、手鏈還有那副耳環，他都是特意買來送人的，就連結婚的戒指也是從我這裡訂的，他審美很不錯，我非常欣賞他。」

吳霜字音著重咬在「結婚」兩個字上，白洛川抬抬眉梢，頷首道：「原來是妳做的。」

吳霜道：「對，白少見過？」

白洛川道：「他每天都戴著，怎麼看不到？」

吳霜：「……」這副比米陽還要得意的語氣是怎麼回事？

吳霜沉吟一下，試著迂迴道：「米陽這個人很不錯，說實話，幾年前我剛見到他的時候，就對他非常有好感。」

白洛川果然看向她，帶了幾分防備。

吳霜又開始咬重字音：「只是他有女朋友了，現在也結婚了，做為朋友，我願意祝福他。我覺得一個人能遇到一段感情真的很不容易，米陽非常喜歡對方，也重視對方，那個人也足夠優秀，雖然我沒見過，但是不止一次聽米陽提起過她有多漂亮，有多溫柔體貼，他們真的是郎才女貌的一對……」

白洛川看著她，眼神從銳利變成古怪，好一會兒才道：「說說。」

吳霜愣了一下，「什麼？」

白洛川握著高爾夫球杆，期待道：「他都怎麼跟妳誇他對象好的？說具體點。」

米陽拿飲料過來的時候，就看到白洛川站在那跟吳霜正在說話。一個說一個認真聽著，白洛川臉上竟然還帶了點笑意，難得點頭贊同她說的一樣。

「……對，這點我跟妳想的一樣，那人確實不錯，非常優秀。」白洛川聽完意猶未盡，自己還補了一句。

吳霜看到米陽回來就沒再說了，但是眉宇間有些困惑。

米陽把飲料給她，笑著問道：「在聊什麼呢？」

白洛川伸手把自己那杯礦泉水拿過來，得意道：「沒什麼，就隨便聊了兩句，吳小姐說的話很中肯。」

吳霜點點頭，接過飲料喝了，沒再繼續剛才的話題。她拿米陽當朋友，護著朋友是一回事，絕不會當面給朋友找難堪。話是說給白洛川聽的，也僅止於此。

米陽又跟他們一起打了幾杆，吳霜一直小心地盡量隔開他們兩個人。

白洛川看她一眼，好笑地道：「怎麼，吳小姐是覺得自己打得不錯，要跟我比嗎？」

吳霜這才瞧見自己頂替了米陽，跟白洛川站到前排去了。她經常玩這個，並不推辭，「剛才算是練習，不如我們四人一組，比試一下？」

白洛川剛點頭，吳霜就把米陽拉到自己那組去，又叫了同行的人一起，很快就組好隊。

米陽轉頭去瞧他家少爺的臉，居然還是笑著的，真是奇怪。

白洛川剛才被吹捧得心情很好，沒有一點不耐煩的樣子，這次不止是米陽了，吳霜都覺得有點不可思議。這位少爺脾氣可不怎麼好，她簡直要懷疑自己今天說了什麼好話了。

他們年輕人玩了一整天，詹嶸還有商會的事要忙，抽不出身，要等到下午才能過來。吳霜和他正在熱戀，女為悅己者容，自然要好好打扮一下。

打了一上午，等到休息的時候，吳霜才略微放鬆戒心，自己回休息室補妝了。

白洛川好不容易找到空隙，拽著米陽去了貴賓休息室的隔間裡親了半天。他力氣大，差點留下印子，米陽一個勁兒推他，小聲喊道：「別，還要出去……你怎麼真咬？疼！」

白洛川親了咬紅的皮膚一下，哄他道：「咬在肩膀那裡，別人看不到。」

米陽衣服都亂了，勉強保住體面，不過也不是免費的晚餐，說了一堆好話，白少爺還想讓他割地賠款。白洛川一邊親他，一邊威脅道：「你說啊……」

米陽支吾了一聲，白洛川的手有些不聽使喚，摸了兩下，米陽就求饒了：「我說，我說還不行嗎？晚上一起泡溫泉。」

白洛川輕笑一聲，貼在他耳邊道：「我原話是這麼說的嗎？我說的明明是晚上泡溫泉的時候，你什麼都聽我的，我讓你自己坐上來你就……」

米陽伸手捂住他的嘴巴，耳朵通紅道：「我知道了，你別說了！」

白洛川眼裡還帶著得逞後的笑意，親了親他手心，含糊道：「真乖。」

米陽覺得這人結婚前臉皮就厚，沒想到婚後還能更上一層樓。

他們兩人在貴賓休息室鬧了半天，期間白洛川接了一通電話。

電話是周通打來的，周通這兩年跟他們關係一直不錯，打電話來說得也熱情：「白哥，你在哪裡？我哥回京城了，他讓我問問你有沒有空，想請你吃飯。」

白洛川道：「什麼事？」

他問的是生意，周家的生意一般都給大公子做，周通這個小弟跟著大哥打雜，也不知道那些，他笑道：「我哥沒跟我漏口風，你們生意上那些我可不懂，不過吃飯的地方是我安排的，無非就是喝酒玩樂……對了，最近有部電影要上映，導演和我哥是朋友，找車行借了十幾輛跑車拍片呢，拉著我哥入夥什麼的，我哥也投資了一點。」

白洛川道：「你哥能抽空去忙這些？是你自己喜歡吧？」

周通有點不好意思，「還是白哥了解我，確實是我牽的線。之前我跟幾個朋友開遊艇出去玩的時候，認識了幾個娛樂圈的人，你知道丘嵐吧？就是前陣子上映的那部電影的女主角，人可真是漂亮，多才多藝的，等我們吃飯的時候請她來，她唱歌特好！」

白洛川對這些沒什麼興趣，直接拒絕：「最近忙，我就不去了。」

「哎，白哥你真不來啊？那可是丘嵐啊，最近特別紅的小花！」

米陽去裡面的洗手間整理衣服，出來時剛好聽見他說的這兩句，見白洛川拒絕之後掛了電話，視線還停留在他手機那，猶豫了一會兒，問他：「是不是那個演清宮劇特別出名，現在又拍了電影版的那個丘嵐？」

白洛川抱著他的腰，一臉不樂意道：「管他呢，你看我還不夠？」

米陽半真半假逗他：「我是夠了啊，可是你看上別人怎麼辦？」

白洛川聽出點意思來，撓撓他下巴，笑著道：「怎麼，吃醋了？」

米陽還真點了頭，「明星肯定很漂亮吧？」

白洛川又問他：「你有喜歡的明星沒有？」

米陽立刻搖頭，求生欲特別強烈，「沒有，我只喜歡你。」不怪他提高戒心，這類問題白少爺問過好多回了。以前他說句「喜歡任賢齊」，白少爺都能醋半天。

白洛川果然對這個標準答案相當滿意。

不過說歸說，下午打球的時候，米陽還是趁著休息的空閒用手機查了查丘嵐。最初就是覺得名字熟悉，後來看到臉才確認，這個女演員就是當初白洛川帶來參加聚會的人。不過那個時候她已經改了名字，也比現在有人氣的多，算是流量小花裡排得上號的。

現在回想起來，米陽察覺出一些不對勁來了。

白洛川雖然帶了那個女明星來，但是正常聚會就只第一天帶在身邊和大家一起吃頓飯而已。晚上說好了一塊泡溫泉，但是真正去的只有他和白洛川。那麼大一個池子，他們倆坐在兩端遙遙相望，米陽那時只覺得尷尬，現在想想，他家少爺好像那時眼神就不太對勁，後來還找了理由說泡的時間太久頭暈，讓他半扶半背著回去，晚上還是跟他睡同一個房間……

米陽盯著手機看了半天，想的全是前一世的事，忽然明白了一點什麼。

有點甜，又有些酸澀。

他愣神的功夫，白洛川走了過來。不知道是他動作輕，還是米陽太過專注地回想，白少爺的呼吸都快噴到米陽耳邊了，他站在後面低頭看了看米陽的手機，哼笑道：「你們追星的怎麼回事，一點都不專業啊！你之前不是喜歡任賢齊嗎？怎麼又換成女的了？」

米陽嚇了一跳，手機差點掉到地上。

白洛川伸手接住，拿在手裡也沒客氣，刪了那個網頁，然後拿米陽的手機自拍了一張遞給他道：「拿著，我比她好看多了。」

米陽：「……」

對，他想起來了，當初白少爺也是這麼當著那個丘嵐的面這麼說的，連語氣都沒變，氣得人家女明星一連幾天都沒出過飯店房門，寧可一個人待著。

下午詹嶸他們果然也過來打球，他主要是來陪吳霜的，兩個人說話不多，但很有默契。吳霜在他面前笑得特別開心，只是還有商會的其他人在，尤其是她父親吳雙安也在，吳霜還是相當謹慎的，不敢露出馬腳。

詹嶸也在配合吳霜，不過眼神裡多是包容和寵溺，比起吳霜，他考慮的更多，不過女朋友說的話他也都聽，凡事聽她的。

吳雙安跟詹嶸是剛開始合作，接觸的次數少，他跟白洛川倒是熟悉，見到他很驚喜，「洛川啊，你也在？怎麼剛才酒會沒有見到你人呀？」

白洛川笑著跟他打招呼：「吳總好久不見，我也是給自己放個小假，來活動筋骨。」

吳霜小心碰了碰詹嶸的手臂，詹嶸欣然領悟，過去跟吳雙安和白洛川他們聊起來。他們湊在一起聊的不是金融就是房地產，吳雙安和詹嶸意見有些相同，聊得頗為投緣。

吳霜鬆了一口氣。

晚上吳雙安還有事，晚飯沒吃就先走了，剩下他們幾個年輕人在這裡。吳霜明顯輕鬆許多，小聲跟米陽聊天時感慨了一下，「我什麼時候戀愛、結婚和你一樣順利就好了。」

米陽安慰她：「妳肯定比我還順利。」

吳霜看了他一眼，又看了斜對面坐著跟詹嶸聊天的白洛川，壓低聲音道：「其實你長得挺帥的，你要小心一點。」

米陽困惑，「啊？」

吳霜深深看他一眼，小聲道：「你這個長相好像是他們最喜歡的，我在時尚圈見多了，有些人喜歡男的，也有些男女通吃，反正你自己多注意，保護好自己。」

米陽眨眨眼，「我？」

吳霜認真道：「對，你。」

米陽還是不太理解，「不會吧，我以為白洛川那個長相會更吃香？」

吳霜嗤道：「他就一張臉能看，誰跟他說上三分鐘還不被氣跑，天上都要下紅雨了。」

米陽很想反駁，但是仔細想想，還真反駁不了。

吳霜還想跟他說什麼，旁邊的白洛川等不下去了，他從昨天就開始顧及米陽的身體，還一直吃素呢，好不容易連哄帶騙要了一個「溫泉共浴」的資格，一分鐘也不想浪費，已經結束了和詹嶸的談話，過來這邊催著米陽回去。

米陽順著他慣了，沒覺出什麼，起身對吳霜道：「那我們先回房間休息了，明天見。」

吳霜點點頭，一直看著他們離開。

詹嶸走過來笑著問她：「怎麼了，一直看著那邊？妳要是實在想和朋友一起吃飯，晚上就請他們過來，雖然我個人還是挺想跟妳單獨吃燭光晚餐的。」

吳霜立刻道：「不用，他們有事要忙，我們自己吃就好了。」

她這麼直白，詹嶸反而被她逗笑了。

吳霜挽著他的手臂，跟他一起回去，仰頭問道：「晚上就我們兩個嗎？」

詹嶸點點頭道：「老太太過來了，想看看孩子，孩子這兩天都會在那邊陪著老太太。」

詹嶸口中說的老太太是他的養母，他語氣尊敬又親近，完全當成自己的親生母親一般。

吳霜聽他和小丫頭說過很多次，每週小丫頭和詹老夫人都會通電話，那份喜愛是假不了的。

這次詹老夫人回國，暫時的落腳點就是這個度假飯店，她不愛去打擾孩子們的生活。

吳霜又期待又有點害怕，小聲問道：「她有特別喜歡什麼東西嗎？我提前準備了，但是怕做得不夠好。」

詹嶸握著她的手放在唇邊親了一下，笑道：「不用，她很好相處，妳去就知道了，而且我已經跟母親介紹過妳，她很期待和妳見面。等明天會議結束，還會有一些朋友過來，我先介紹妳給他們認識，至於妳父親那邊，我可以等。」

吳霜鬆了口氣，對他笑了一下。

跟年紀大些的人交往就這一點比較好，總是能夠體貼照顧到女方的心情。

詹嶸看著身旁的傻丫頭輕笑一聲，圈子就這麼大，有什麼事很快就能傳到對方的耳朵裡去。他想給吳霜最好的，但又特別喜歡看她做個倔強逞強的小鴕鳥，有些矛盾又有些天真，讓他覺得很可愛。

詹嶸握著她的手，給她吃了一顆定心丸：「凡事有我，妳不用擔心。」

……

米陽在飯店睡得還沒家裡好，晚上的時候，他認床了。

白洛川拽著他泡了溫泉，仗著自己年輕氣盛，硬是胡天胡地鬧了一番。米陽泡得全身泛紅，呼吸都有些沉重了，白少爺這才鳴金收兵，意猶未盡地帶他回了臥室。

臥室的床很軟，幾萬塊一張的進口床墊也非常舒服，可惜就是缺了點什麼。

米陽睏得眼皮直打架，偏偏意識清醒到睡不著，手在旁邊摸索幾下，摸不到習慣抱著的那樣東西，忍不住翻身想坐起來。

他剛一動，白洛川就醒了，把人摟到懷裡啞聲問：「怎麼了？剛才不是還喊累？」

米陽掰開他的手，含糊道：「我去客廳喝點水。」

白洛川道：「床頭就有，我剛才放了一杯。」

米陽「哦」了一聲，還是要走。

白洛川坐起身來把燈打開，看著他道：「怎麼回事？是不是不舒服了？你讓我看看……」他力氣大，按著米陽就要掀開他身上的睡衣。

米陽拽住了沒讓，臉紅道：「真沒事，我、我就是想去客廳。」

「你要去客廳幹什麼？」白洛川不聽他的，神色緊張起來，「你讓我看看，你哪兒我沒見過？親都親過，你羞什麼？」

米陽推他臉，連最後那點睡意都沒了，說了實話：「我真沒事，就是睡不著。」

白洛川停下動作，看了他一會兒，忽然明白過來，「想要那個破枕頭了？不是吧，我一個大活人在你身邊，哪裡比不上那個破枕頭？你抱著我，過來，抱緊點，等一下就睡著了！」

白少爺臉都黑了，打死不讓米陽去客廳待著，非要他習慣自己。

白洛川跟他耗著，米陽不睡，他也不睡，跟那個破枕頭較上勁兒了。

米陽只能裝作呼吸沉穩一副要睡著的樣子，畢竟現在回家去拿枕頭也不實際，到家天都亮了。也不知道是剛才溫泉池裡運動的倦意上來，還是裝睡太認真，米陽真的睡著了。雖然斷斷續續一直在做夢，但睡得還算沉。

白洛川體力好，瞇一會兒就能解乏，等懷裡的人真的睡著了，他才閉上眼睛。

這麼多年習慣了早起，米陽和白洛川差不多同一時間醒了。

兩人起來洗漱一下，先去周圍跑步，跑完又繞著昨天打球的地方轉了回來。場地很大，即便橫跨一角到飯店也能走上好一陣子。他們兩個人的事業是分開的，平日各自忙各自的，白洛川晚上回家也不怎麼帶公事回去。他在外面忙碌了一天，回到家裡更想和米陽獨處，想多聊一些私人的事。

就像是現在，白洛川就特別願意聽米陽講些他書店裡的事，大部分都是平靜又有趣的小事情，聽起來讓人覺得心都沉澱下來，唇角忍不住想揚起。

白洛川看著米陽嘴巴張張合合，覺得這人說的每一個字都很動聽，連聲音都順著他心意一般。他瞧著左右有樹木遮擋，沒什麼人路過，拽著米陽躲在樹後親了他一下。

一下是肯定不夠的，白少爺還想再親第二下的時候，米陽伸手捂住了他的嘴巴。

白洛川也不惱，挑眉笑著親了親他手心，寵得不得了。

米陽等到回飯店吃早餐的時候，手心彷彿還帶著一點熱度，又癢又麻。

用餐時，米陽遇到了吳霜他們。

吳霜跟他坐在一桌，與米陽聊起今天的活動，又問他：「米陽，你上午有空嗎？」

米陽點點頭，「有，怎麼了？」

吳霜道：「你可真是貴人多忘事，昨天贏了一對鑽石耳環忘了嗎？你昨天晚上沒過來拿，今天總要給你的，不然過陣子大家忙起來，又要幾個月見不到面。」

米陽笑道：「還真是，妳不提醒我又要忘了。」

他們兩個人說說笑笑，白洛川只看了一眼就沒放在心上，與一旁跟過來坐下的詹嶸聊了兩句。詹嶸邀請他參加晚上的酒會，白洛川心情很好，點頭答應：「詹先生下帖子，我一定會準時赴約。」

詹嶸笑道：「只是家宴，你們是霜霜的朋友，請你們來祝福一下。」

白洛川看了吳霜一眼又看向他，笑道：「那真是要提前祝福你們了。詹先生好福氣，吳霜是個很優秀的女生，你們將來一定會很幸福。」

詹嶸端起咖啡杯略微示意，嘴角的笑意遮掩不住，「承你吉言，也祝福你。」

吳霜還要去試禮服，邀請了米陽過去，想先把鑽石耳環給他。白洛川有事要忙，就讓他自己過去了。

吳霜的房間和米陽住的有一段距離，室內沒有溫泉，但是附了一個小游泳池，環境也清幽。她進了房間之後，先看了米陽一會兒，眉頭都皺起來。米陽被她看得莫名其妙，摸了自己的臉一下，問道：「怎麼了，我臉上有什麼東西嗎？」

吳霜神情還是嚴肅的，「我早上看到你和白洛川在球場邊接吻。」

米陽臉紅了一下。

吳霜緊接著問道：「你是不是被威脅的？」

米陽哭笑不得，連忙道：「沒有沒有，真不是。」

「你跟我說實話，我能幫你，我可以確保你現在是安全的。米陽，怎麼，你連我都不信任了嗎？」吳霜說到後面，已經有些焦急了。

米陽心裡感激，還是搖頭道：「妳誤會了，我是自願的。」

「那你先前說的那個女朋友……」

「沒有女朋友，」米陽搖搖頭道：「就是他。」

吳霜愣了一下，她回想了很久，試探道：「他就是你跟我說過的，比我還漂亮，比我還體貼可靠，知冷知熱的人？」

米陽揉了鼻尖一下，學著她的語氣道：「我也沒想到，妳說的那個比我還帥很多，又很浪漫的人會是詹總。」

兩個人大眼瞪小眼，不知道是誰先抖了抖嘴角，另一個也跟著笑了起來。

吳霜笑了一會兒又立刻停下來，臉上帶著紅暈，目光閃爍道：「我就說，他昨天怎麼一直讓我說那些話，還問了好幾遍。」

米陽好奇道：「說什麼？」

吳霜吃痛，哼道：「還能有什麼？我以為他對你有非分之想，去提醒他你有一個特別優秀的『女朋友』，結果搞了半天原來是他自己，他竟然也好意思一直聽著不說破。」

米陽連白少爺聽吹捧時候的表情都能想像，一定是唇邊帶著若有若無的笑意，聽到吹得再厲害，也只是挑挑眉，還故作紳士模樣，讓人家繼續吹下去。

吳霜撇嘴道：「他臉皮可真厚！」

米陽連忙道：「怪我，一直想跟妳介紹來著，但是家裡有事耽擱了。」

吳霜看了他一會兒，忍了忍，把到了嘴邊的話嚥下去，感慨道：「他怎麼就遇到你這麼一個老好人，真是賺了。」

米陽笑道：「我才是。他人很好，相處久了妳就知道了。」

吳霜將信將疑，不過已經不打算再自己湊上去吃狗糧了，昨天那一碗還是她自己上趕著盛的，越回想越撐得慌。

吳霜把鑽石耳環給了米陽，那一對是她原本帶來想給自己搭配衣服的，不過米陽之前就喜歡一個同款的，給了米陽也好，尤其是聽到他說過年時就見過雙方家長的時候，吳霜已經發自內心嫉妒了。

她輕輕嘆了口氣道：「也不知道我今天晚上順利不順利。米陽，你跟我說說吧，一般都要做些什麼？」

米陽道：「啊？」

吳霜一臉期待地看著他，「有什麼特別的禮節沒有？或者你教教我，做什麼事能讓對方的家長特別高興？」

米陽：「……」

他過年的時候什麼也沒做，就換了一雙球鞋，為的是跑快點別被他爸追上挨揍。他看著一臉期待和羞澀的吳小姐，想了想，還是沒傾囊相授，只含糊道：「就有禮貌一些，識時務，關鍵時刻有自己的主意就好了。」

吳霜聽得認真，但是米陽也給不出更多的建議了，便安撫她道：「沒事的，妳不用擔心，我看詹先生人很好，他家人一定也很好相處。」

吳霜點點頭，表情放輕鬆了點。

晚上詹嶸邀請的人不多，但還是有不少人慕名前來，詹嶸在大廳接待，只留了小廳讓老太太和家人坐下聊幾句。

詹老夫人大概七十歲左右的年紀，一頭銀髮燙得微捲，穿了一身絳紫色的絲絨旗袍，只佩戴了幾樣簡單的珍珠首飾。她氣質很好，看得出年輕時是位大美人，坐在那正在跟詹嶸家的小丫頭閒聊，臉上帶著笑意。

詹嶸帶了吳霜進來的時候，老太太正在跟身邊的人說話，她看見吳霜，先露了笑容，聲音慈愛道：「來了？快坐下休息。我跟他說了不用請這麼多人來，這孩子就是不聽。」

吳霜有些緊張，挨著詹老夫人坐下。

詹嶸笑道：「他們聽說您來，都要來看您，我攔也攔不住。外面那些人跟我沒什麼關係，大部分都是大哥大姊他們的朋友。」

詹老夫人搖頭笑道：「得了便宜還賣乖，他們請了人來，還不是想幫襯你。」

吳霜在一旁沒有吭聲，她聽詹嶸說過，詹家這位老夫人一生無兒無女，收養數名孤兒，而且都培養成才，他們年紀差很多，詹嶸算是裡面年紀比較小的。

詹嶸陪她聊天，也是面帶笑容，不是親生母子，卻更勝過親生的。

門外有人敲了兩下，然後迫不及待直接開門走進來。進來的是個金髮碧眼的外國青年，看到詹老夫人，眼睛亮了一下，跟急著想要炫耀的小狗般衝了過來，親熱道：「媽媽，您快看我找到了什麼！果然還是自己來找最放心，這不是您一直想要的那份海報嗎？是這個對吧？喏，上面還有您和其他朋友的合影！」

他來得急，眼裡除了老太太，誰都沒來得及看，捧著辛苦找來的那兩張海報就來獻寶，得意道：「我還特意找人修復了呢，那個師傅手藝特別好！」

詹老夫人拿過來也不急著看，先嗔怪道：「詹毅，你又這麼毛躁，跟你說了多少次要穩重一些，讓人看笑話了吧？快來問好，這是……」

她還未說完，吳霜一緊張就自己先站起來，伸出手道：「吳霜，我叫吳霜。」

那個取了一個中國名字，中文也說得流利的外國青年上下打量她，又看看老太太。

詹老夫人笑道：「是你嶸哥的女朋友。」

詹毅立刻笑顏逐開，握了吳霜的手一下，親切道：「嫂子好！」

吳霜被他喊得臉上有些熱，卻也被他的熱情感染，沒有剛開始那麼拘謹了。

詹毅打過招呼，又期待地看向老太太。他是收養的孩子裡最小的一個，年紀都可以喊詹老夫人一聲奶奶了，但是從小聽著其他哥哥姊姊們喊「媽媽」，發自內心的羨慕，便也哭著鬧著要喊媽媽，詹老夫人就隨便他了。他待在老太太身邊時間最久，感情也最深，老夫人平時沒什麼其他愛好，就喜歡收集一些過去時候梨園裡的老物件。這些孩子們都記在心裡，有空就幫著找，其中詹毅找得最勤快。

詹老夫人把掛在胸前的水晶眼鏡戴在鼻樑上，打開那張泛黃的舊海報打量。海報處理得整潔乾淨，紙張年分久了有些脆，但是邊角修補得妥貼，有幾塊髒汙也都清理過，而且看得出有精心消毒，非常細心。

那是一張老戲班正月裡演出的宣傳單，雖然是一張簡單的戲單，但詹老夫人還是認真看了很久，從上面的演員表一直看到燈光、背景、道具和服裝等。幕後工作人員的名字，她更是一個字一個字地慢慢看，尤其是那張黑白的簡單劇照，她用手指撫過之後，看著它的眼神就像是透過這張紙看到了過去的時光。

「沒想到還能找到這個。」詹老夫人仔細看了時間，「一九五六年三月，我記得這場，是人民委員會主辦的專場，請了戲班過去做演出。」

詹毅開心地問：「媽媽，您也去了嗎？」

詹老夫人點點頭，目光還落在那張海報上，「去啦，大夥兒都去了。」

詹毅又跟吳霜顯擺：「我媽媽以前是劇團的演員，女一號，特別厲害，妳看她現在是不是身材還保持得很好？」

吳霜連忙點頭道：「是，氣質特別好。」

詹老夫人抬起頭笑道：「妳別聽他在那裡亂說，他都沒正兒八經看完過一場戲，我以前唱過兩年老生罷了。」

吳霜道：「您嗓音好，唱得肯定也好。」

詹老夫人道：「劇團裡有一個小桂枝，她的嗓音才叫好呢，老生花臉都能唱，後來調門高了，我父親，哦，也就是劇團團長，特意教她去學旦角，那聲音非得現場聽一遍才能知道什麼叫三月不知肉味。」

吳霜瞥了一眼海報，愣了一下，問道：「您和金大師是？」

「那是我父親，我祖父和外祖父的名字妳或許聽的更多些。」詹老夫人神情坦然，同她說了幾個人名。

吳霜腦海裡閃過一位國寶級京劇大師的名字，很是驚訝，跟著就有些緊張起來。她當初還是為了做一套首飾尋找素材，特意看過一陣子京劇有關的書，但只是翻書，就必定越不過金家班。當初兩岸友好訪問，金家是做為藝術家第一批同行的，在那個年代轟動一時。

至於後來，發生了那場文化運動，很多老藝術家都吃盡了苦頭。

詹老夫人儀態端莊，但是吳霜細心觀察下，這才發現她坐的是一張輪椅，用薄毯遮蓋在膝上，老夫人腰背挺得筆直，無論何時都不曾隨意倦怠。吳霜垂下眼睛沒有多問，視線卻忍不住又看了眼輪椅的一角，心裡嘆息了一聲。

詹老夫人沒有注意到她的目光，她正在誇獎身邊的小兒子：「這海報可真好，得收藏了大半個世紀了。我記得那時候一張票要一元八角，跟現在可不一樣。那會兒一套燒餅油條才一角錢呢，都夠吃頓飽飯了。」她手指撫過海報笑道：「能來看一場戲，很奢侈了，不過依舊一票難求，畢竟場地位置有限，哪能跟現在一樣有那麼大的場館呢。我記得那個時候我師哥有個朋友，為了能弄到一張票真是什麼辦法都用盡了，最後還學了三弦，跑來給我們幫忙，免費幫忙，能讓他坐在一旁聽戲就成。呵呵，這一晃都過去幾十年啦。」

詹毅立刻狗腿道：「媽媽，您依舊年輕漂亮！」

詹老夫人被他逗樂了，輕輕拍了他手臂一下，「多大的人了，瞎說什麼呢？我呀，是想我那些老朋友了，也不知道他們現在好不好。」

詹嶸道：「您這次回來的時間長，我陪您一起找找，總能慢慢問到。」

詹毅也跟著點頭：「對對對，這次我在肆三堂修書的時候，看見那邊還有人拿著一本戲單名冊在……」

詹老夫人忽然抬頭看他，抓緊他的手臂急切道：「你說什麼？」

「啊？我說一本戲單名冊……」

「不是，肆三堂……肆三堂還開著？還有人在嗎？」詹老夫人問得又急又快，「怎麼？怎麼詹嶸之前沒跟我提過這個？」

詹嶸忙道：「那是新開的店，我沒來得及去問。您別急，霜霜認識這家店的小老闆。」

吳霜也道：「對對，他叫米陽，您找他有什麼事嗎？他今天也來了。」

詹老夫人念叨了那個姓氏，忽然笑道：「對對，米鴻，他的孩子可不就姓米嗎？」她熱切地看向吳霜和詹嶸道：「你說米陽來這兒了嗎？那可真是太巧了，快請他進來，我有話要跟他說。別嚇著那個孩子，就說是故人回鄉探親，想跟他說些家常話。說起來，我和他家裡的人可是至交呢！」

詹嶸答應了一聲，和吳霜一起出去找人。

吳霜跟在他身邊，出了小廳，心跳得還是跟打鼓一樣，小聲問了些從剛才開始就有的疑問：「為什麼老太太不姓金呢？」

詹嶸沉默一下，嘆口氣道：「有些原因，母親不願意多談，我們不想讓她傷心。」

吳霜忙道：「對不起。」

詹嶸揉了她腦袋一下，笑道：「妳道歉做什麼，這跟妳沒關係。」

吳霜還在懊惱，「我不知道這些就隨便開口問……」

詹嶸道：「是我沒有特意跟妳說，也不是什麼有趣的回憶，時間過去得久了，慢慢的什麼都會好起來的。」

吳霜點點頭。

他們一路找過去，遇到了詹嶸的一位大哥，之前詹嶸特別把白洛川介紹給對方認識，但是這會兒卻只剩下大哥一個人在這裡，他看見詹嶸也略微驚訝道：「白洛川？他和他帶來的那個人一起走了。好像是說有點事，回家去了。」

詹嶸來晚一步，那邊吳霜已經打電話給米陽，得到的答案也是一樣的，米陽略帶歉意道：「不好意思，家裡有事急著回去一趟，下次我們做東，請妳吃飯。」

吳霜為難地看看詹嶸，又問道：「這樣呀，其實是詹先生的母親想見你。」

米陽道：「啊？」

吳霜道：「她跟你爺爺他們好像認識，我也說不清楚，你稍等一下。」她把手機給詹嶸，由詹嶸解釋，米陽聽完也覺得奇妙，在詹嶸的請求下把自己的手機號碼留了下來，笑道：「原來是爺爺奶奶的老朋友，那我也該喊一聲奶奶了。麻煩你代我問聲好，以後有機會見面，我一定多陪她老人家聊聊。」

詹嶸客氣道：「哪裡，是我們要打擾你了。」

他們簡單說了兩句，就掛了電話，詹嶸回去跟詹老夫人解釋了一下事情原委，詹老夫人明顯有些失望，還是點頭道：「沒事，明天我親自過去看看他。那家肆三堂開在什麼地方，還在琉璃廠附近嗎？」

吳霜去過很多次非常熟悉，點頭道：「對，我知道地址，我寫給您。」她寫了地址，又展開了地圖給詹老夫人看。

老夫人瞧了一會兒，笑道：「我還琢磨在什麼地方，原來還是以前的位置。京城的路修得我都要不認識了，不過那片地我熟，明天帶我去一趟，正好也瞧瞧。」

詹老夫人第二天迫不及待就坐車去了肆三堂，她一路上都在認真看著那些熟悉又陌生的街道和景色，感慨地念叨：「不一樣了，和以前都不一樣了。」

詹嶸和詹毅陪她出來，聽見她這麼說，就特意把車開慢一點，讓老太太多看看，但是慢下來之後，老夫人又忍不住催他們快些去肆三堂，心都已經飛過去了。

肆三堂附近的胡同窄小，車進不去，詹嶸兄弟兩個，一個人拿輪椅，另一個彎腰把老母親抱了出來，小心讓她坐在輪椅上。老夫人的膝蓋一下都不能動，她似乎自己也非常在意這一點，用薄毯遮蓋了那雙細得有些過分的雙腿，維持了自己的體面。

詹嶸推著輪椅走過去，詹老夫人在門口瞧見肆三堂那個牌匾，就露出了笑容，可等到進去之後，他們一行人卻撲了空。

店裡的人道：「小老闆他們有事回家去了，如果你們要修書的話，把書留下就行。在這裡登記一下，半個月內可以修補好。」

詹嶸愣了一下，問道：「回家？他家不是在這裡嗎？」

換了其他人可能就不知道了，但是留在店裡的人剛好是符旗生，所以知道的多一些，他搖頭道：「不是，是回老家去了。」

詹毅張口問道：「他老家在什麼地方？」

符旗生沒有回答，站在那看著對方，已經開始防備起來。

「你是不是不記得我了？上次我還來你們店裡修書，你們老闆幫我修了一下午……」

詹嶸拍拍弟弟的肩膀，笑道：「別誤會，我們和米陽認識，家裡的長輩正好和米陽家長輩是舊交，很想那些老朋友，才一大早著急找過來。」

吳霜也道：「是這樣的，我昨天就打電話給米陽來著，以為他說的『回家』是來這裡，沒想到已經離開京城了。」

符旗生認識吳霜，對她的態度要和氣許多，「小老闆回山海鎮去了，可能還要在那邊待上一段時間，妳要找的話可以去那邊。」

吳霜跟他道謝，又打了電話給米陽，在得知米陽回去是因為家裡老人家的事之後，她們一行人更是堅持要去了。

詹老夫人為此還親自跟米陽講電話，笑呵呵對他道：「你不認識我也是應該的，我和你爺爺奶奶是多年的老朋友，你讓他們接電話，或者告訴他們詹桂芝來了，他們就知道是誰。」

米陽對她的名字有一瞬間的耳熟，但是聽到她說的，這才道：「我爺爺他們不在了。」

詹老夫人沉默了半天，嘆息了一聲，「那我更應該去看看他們。」

米陽把地址告訴老夫人，跟他們約了時間，留在山海鎮等著。

米陽和白洛川這次回來是因為那片香樟林，市裡規劃舊城改造專案啟動，有人看中了這一片樹林，藉著改造的名義想移一部分樟樹出去。正巧趕上程如開車帶著程老太太去市院複診，一看這個情況，老人家急得醫院也不去了。她知道這片樹林對她親家的意義，米鴻剛離開不到一年，她實在不捨得那些人這麼糟蹋這些香樟樹。

程如陪著一起攔下那些人，但是她們攔住了第一次，卻不能一直守在那兒，更何況對方手裡還有批文。

米陽他們趕回來的時候，程如還在憤憤不平：「什麼批文，要真算起來，那片樟樹林還在景點保護區裡面呢！也不知道那些人從哪兒搞這麼一張批文過來，就要挖樹！我看他們就是瞧著這片樟樹成材了，想著倒賣一批出去賺錢呢！」

程老太太也心疼，拉著米陽的手道：「陽陽，那樹都是公家的，要弄哪兒去我也管不著，但是他們半點都不愛惜呀，上機器直接就挖，為了好運走弄斷了好些樹根，這再顛簸幾天，移過去也活不成啦！」

米陽安撫她幾句：「沒事，白爺爺已經讓人攔下來了。三姨說的對，這是風景區的東西，他們那個批文就是唬人的，舊城改造也改不到山海鎮來。」

換成以前，米陽或許還能信，當年的舊城改造項目確實山海鎮也有份，現在整個鎮子都搬遷了，原先的地方變成了旅遊風景區，風景區用什麼改造？那些人無非就是打著幌子，想要貪下那一大片樟樹林。一般的樟樹二十年成材，米鴻守著的那片香樟林遠不止這個年分，有些粗的需要合抱才能圍起。

況且就算是當年，那片香樟林也沒有被人動過。

前一世接手舊城改造項目的人是白洛川，米陽估算了一下時間，現在恰好就是他畢業工作之後，再次遇到白洛川的時候。

米陽想得入神，白洛川從門口進來，他抬頭去看，正好看到他穿著西裝，領口開了兩顆鈕扣，露出鎖骨。因為是背光站著，只能看到他稜角分明的下巴，聲音富有磁性：「我跟那邊核實了，批文是真的，但是效力不夠。您放心我會盯著這事，不會讓人動那些樹……」

米陽愣了一會兒，忽然想到，上輩子白洛川是不是也做過同樣的事？

在他不知道的時候，做了很多這樣的事？

是不屑於說，還是羞惱得不肯先開口？抑或是等著他先發現，帶著感激去道謝的時候，對方也會微微抬起下巴，用得意的神情揚起唇角……

白洛川安撫好了程家人，轉過身來看米陽，奇怪道：「怎麼了？」

米陽握著他的手，認真道：「謝謝你。」

白洛川眨眨眼，咳了一聲，把他的手握緊拽到身邊，嘴角揚起，顯然十分受用，「你放心吧，這件事處理完之前，我哪兒也不去，親自留在這。」他牽著米陽的手走了幾步，「舊城改造項目還沒完全定下來，這樣吧，我讓公司派人過來也參與投標。其實這個專案挺好的，新房源未來發展前景要縮小了，老城區改造是必然的……」

白洛川說了很多，就算壓低了聲音，也掩蓋不住他言語裡的振奮。

好像米陽一句話，他就有了無限的衝勁。

米陽用手指在他掌心輕輕動了動，白洛川習慣性地鬆開一點，他們兩個人的手指就交叉握在了一起，親密又自然。

米陽和白洛川在山海鎮待了幾天，詹家一行人找了過來。

詹老夫人依舊是坐在輪椅上，由詹嶸他們推著走了過來，她上下打量了米陽，努力想在他臉上瞧見一絲故人的影子。往日裡縱橫商場的一位不輕易露出什麼情緒的女強人，在瞧見米陽的時候卻先伸了手出去握著他的手，指尖微微顫抖。

米陽雙手握著她的手指，彎腰靠近一些道：「詹奶奶好。」

詹老夫人看著他道：「陽陽是吧？你也好，要不是這麼多年沒見，我都要抱著你長大了。你奶奶當年和我關係是最好的，說是親姊妹也不為過了。她和你爺爺這麼多年都住在哪裡？你還有沒有其他兄弟姊妹？之前電話裡沒有說清楚，你跟我說說吧。」

米鴻之前住的那個小院已經拆掉了，但是米鴻給他留的樓房還在，他們一路過去，詹老夫人坐在輪椅上聽米陽講家裡那些事，在得知米陽還有一個妹妹的時候，和藹道：「下次帶來讓我瞧瞧吧，我最喜歡小丫頭了。你我也很喜歡，人和氣，不像你爺爺那樣的硬脾氣，倒是像你奶奶一些。」說完又問道：「你奶奶這些年就生養了你父親一個嗎？她當年最喜歡小孩子了，我還以為她會多生幾個呢。」

米陽道：「其實我爸是抱養來的，我奶奶身體不好，一直喝著藥。」

詹老夫人愣了一下，過了半天才搖頭嘆了一聲。

米鴻拆遷留下的樓房很乾淨，他自己只肯住在林邊的小木屋裡，這裡只放了一些米家留下的老家具和一些紀念的物件。走進房間，櫃子上擺放著一個黑瓷花瓶，一旁放著一排米澤海當年讀軍校時念過的書，破損的地方都已經被老父親不知道什麼時候修補好了，妥貼排在一處，除了落點灰塵外，別的沒什麼了。

米陽認真擦拭了一下木質沙發，請他們坐下，又去泡了茶。

米陽跟老人家相處的時間久了，對上詹老夫人也很從容應對。他知道老人家都念舊，便去拿了家中的幾本相冊過來跟詹老夫人一起翻看。老夫人果然很感興趣，一邊看，一邊時不時地問他問題，米陽都一一答了。

在看見米陽爺爺和奶奶的照片時，詹老夫人的視線停留的時間格外長。米鴻留的照片不多，只有零星幾張，大多還都是跟老伴的合影，但是給妻子拍的照片特別多，能看得出是特意去照相館拍的。或站或坐，每一張都生動鮮活，都是笑著的。

詹老夫人手指輕輕觸碰照片上的故人，她眼睛彎彎的，念叨了幾句「這就好」、「這樣

才好」。這麼說著，自己先濕潤了眼眶。

詹嶸他們跟在詹老夫人身邊這麼多年，從未見過養母掉眼淚，即便再困難的時候也沒有示弱過，他們一時有些手足無措。

米陽遞紙巾給老夫人，老夫人接過擦了眼淚，又問：「能不能送我一張他們的照片？」

米陽點點頭道：「當然，您不急著要的話，我就去把家裡的都洗一份給您。老照片需要翻拍，可能要等幾天。」

詹老夫人欣慰道：「不急，我等著。」她像是想起什麼，視線從照片上移開，看著米陽道：「我不白要你的，奶奶拿東西跟你換。」

她拿出一個小盒子，裡面是一個老金戒指，做得很有特色，像是一枚印章似的。她拿出來的時候，詹嶸兄弟兩個互相看了一眼，神情明顯鄭重了許多。

詹老夫人道：「當年我離開的時候，身上的那點家當還是你奶奶借給我的。說是借，她也沒讓我還過，這麼多年下來還剩下一顆金豆子，我把它融了又添了些打了這個戒指。上面有我的私章，你要是有什麼事，只管去金氏找他們隨便一個人，你這些叔叔伯伯們甭管是誰瞧見了，都會幫你。」

這東西太貴重，米陽不肯要，但是詹老夫人要送的東西從來沒有收回來過，硬把戒指放在米陽手心裡，包著他的手握住了，笑道：「奶奶給你，你就拿著。」

米陽推脫不掉，只能收下了。

詹老夫人像放下一件心事一樣，她問了米陽墓地的位置，還想親自去祭拜故人。

米陽自然是陪她一起過去，一路上詹老夫人一改剛才的作風，顯得沉默了許多，只問了米陽一句：「她什麼時候去的？」

米陽回道：「我八歲那年，九六年的時候。」

詹老夫人嘆了口氣道：「都過去這麼多年了呀……」

除此之外，老夫人路上沒有再說什麼了。

快到陵園的時候，白洛川過來了，他走到米陽身邊低聲跟他說了什麼，米陽就搖搖頭，笑著握住了他的手。

詹老夫人看著他們。

米陽大大方方牽著白洛川的手，走上前為她介紹道：「詹奶奶，這是白洛川。」

他沒多說，但是他們相握的手上戴著同樣的戒指就已經說明了一切。他已經帶白洛川見過長眠在這裡的長輩，白洛川對他而言，不是需要藏起來的存在，而是和他並肩同行的人。

詹老夫人點點頭，認真看著他們，笑道：「都是好孩子。」

米陽帶她去了墓碑前，放了鮮花灑了點水，陪了老夫人一會兒就和白洛川先走了。他們還有別的事要做，詹老夫人來這裡卻是為了見故人一面。她坐在輪椅上，看著墓碑上兩位老朋友的名字，上面貼著的是他們兩個年輕時候的照片。

年輕時許下的誓言，到了這個時候才終於全部實現，相守白頭，合墓而葬。

詹老夫人忽然笑道：「我們小桂枝跟了你，也算有福氣。」

老夫人抬起頭來看了陵園另一邊，米陽和白洛川已經走得很遠。她步履蹣跚，而兩位老友卻已經提前離開去往另一個世界。

詹老夫人心裡感慨，但是瞧著身邊的年輕人們，又覺得圓滿了。

她們這一代的人老了，下一代慢慢長大，時間不能治癒那些留下的傷口，卻可以撫平過去的痛楚。她們那些未能完成的夢，是時候留給孩子們來繼續努力了。

她把手裡的花放在墓碑前。

另一邊，米陽和白洛川邊走邊說著悄悄話。

白洛川看了他腳上的鞋子一眼，笑道：「這次怎麼沒提前換了？」

米陽問：「什麼？」

白洛川調侃他：「還有什麼，你的球鞋啊！」

米陽笑了笑，握著他的手道：「不跑了。」

白洛川道：「嗯？」

米陽揉揉鼻尖，「反正該見的長輩咱們都見過了，我留下來，跟你過一輩子唄。」

白洛川握緊他的手，笑道：「一輩子可不夠，我得纏著你，抓住就不會放手了。」

（全文完）

番外篇

之一：小醋怡情

白洛川工作很忙，非去不可的應酬逐漸多了起來。

因為米陽和詹老夫人的關係，詹家那些人對他格外客氣，生意合作往來的多，接觸得也越發頻繁。駱氏其他人有眼紅的，但是換了誰都不好使，詹家只跟小白總一個人打交道，有些時候即便是駱江璟親自出面，都沒有白洛川出馬的效果好。

有些人打聽到了一點消息，也跟風去買一些老派梨園的東西送去給詹嶸，誰知對方收歸收了，也沒見落到什麼好處。

那些人還在撓著頭想不通，有人嗤笑道：「別想那些歪主意了，沒用的，你是沒瞧見京城分公司那位，找得比你用心，送的也比你多，還親自跑了兩趟去拜訪，結果人家詹先生連名字都沒記住。」

京城分公司的負責人是康總，平時自視甚高，沒想到在這裡吃了啞巴虧。送禮的人這麼想想，心裡就舒坦多了，「怎麼，康總也找不到門路？」

「可不是？海外資金鏈那麼多人眼巴巴瞅著，能說服那群鬼佬的能有幾個？詹家那幾個兄弟一個比一個精，算得清楚著呢！不知道咱們這位太子爺給詹家灌了什麼迷湯……」

「你羨慕了？」

「羨慕？何止？你去問問，全公司有幾個不眼紅的啊？」

……

公司裡有什麼消息都傳得快，比起小白總剛來的時候，其他幾位老資歷的人都巴巴地開始算著自己有沒有適齡婚嫁的女兒了，因為白洛川一直都是米澤海帶著的，他們兩人平日裡

瞧著關係也好，還有人偷偷摸摸去問了米澤海：「咱們這位白總有女朋友嗎？」

米澤海嘴角抽了好半天，擠出一句話：「沒有女朋友。」

那人放鬆了表情，「那就好，我家那丫頭今年也來公司實習，看來還有機會。」

米澤海不太樂意道：「你就不擔心人家已經結婚了？」

對方笑呵呵道：「不可能，沒發喜帖呢！再說，他們這個年紀正是愛玩喜歡新鮮的時候，怎麼也得多自由兩年，哪有現在就結婚的？」他還拍了拍米澤海的肩膀，感慨道：「老米啊，你這思想也該進步一下，太落後啦！」

米澤海：「……」

米澤海心想，那小兔崽子打小就喜歡纏著他家乖兒子，也不知道多能忍，從學校畢業之後才跟他們說，但是追到手怎麼也得提前幾年，恐怕高中就看上他們家米陽了。

他倒是想進步，可小白總訂婚的時間比他預想的還早，怎麼不讓那位進步去呀？

米澤海心裡這麼抱怨，面上不敢露出分毫，繃著一張臉，維持鐵面無私，一副我對這事一點都不感興趣的模樣。

舊城改造專案吸引了不少公司的關注，一時間各類交流會也多了起來。

白洛川和米澤海一同出席了一個會議，晚上趕了三個酒場，最後一點喝茶的時間都拿來談生意的事，十分忙碌。

白洛川年輕，精神好，看不出什麼疲憊，米澤海卻是年紀大了，喝了酒有些疲乏，便讓他去跟那些人交流，自己留在旁邊喝功夫茶。

他們去的是一個私人別墅，占地很廣，一半是庭院。

主人的品味非常好，裝潢別具一格，而這個別墅的主人恰好也姓詹。

詹嶸帶著白洛川過去，為他介紹道：「這是我三哥，他回國比較早，做的是古董生意，你在這裡有事可以找他，他認識的人多。」

那位瞧著模樣五十歲上下的詹先生就客氣地同白洛川握了手，笑呵呵道：「對，有事只管找我，母親跟我提過你和米陽，我早就想見你們了。對了，米陽沒有跟你一起來嗎？」

白洛川道：「三叔好，米陽這兩天忙著修些東西，老夫人找到一些舊戲文冊子，交給別人不放心，就拿來讓米陽修補。」

詹三聽他這麼說，臉上的笑容更盛了，再三感謝道：「母親年紀大了，有時候跟老小孩一樣，多謝你們一直不嫌麻煩陪著她。」

白洛川笑道：「三叔哪裡的話，這是應該的。」

詹老夫人從山海鎮離開之後，跟米陽的聯絡沒斷過，拿著他當親生孫子一樣疼愛，送來的東西也五花八門，有時候是名貴的寶石袖釦，有時候卻是紅糖米糕，原因更是簡單，只是老夫人吃早餐的時候覺得味道不錯，就讓人當天送了過來，一定要讓米陽也嘗嘗。

米陽脾氣好，也有耐心，說什麼都溫聲和氣的，跟詹老夫人很是投緣。

詹家以老夫人馬首是瞻，老夫人舒心，他們比什麼都高興。

白洛川和詹家兄弟能聊的多是工作上的事，但是說起米陽和詹老夫人，就像是搭了一座橋樑談家事般，多了幾分人情味在，兩邊都變得和氣許多，幾句話下來彼此印象都很不錯。

白洛川裝作不經意低頭掃過腕上的手錶，覺得今天或許可以提前回飯店去。

他在外面奔波了七八天，今天他實在忍不住偷偷在飯店裡藏了一個人。

剛才發簡訊給米陽的時候，米陽說已經在去飯店的路上了，這會兒應該快到了。想著晚上回去就能跟米陽見面，白少爺唇角就克制不住地想要揚起來，但是很快又瞄了二樓那處喝

茶的小廳。米陽來這裡沒跟米澤海說過，他把人藏在自己的房間裡，不要被發現才好。

畢竟新婚，他實在是想得厲害了。

米陽到了飯店，正在辦入住，就在飯店櫃檯碰到了熟人。

吳霜戴著墨鏡，遮擋住大半張臉，手裡拿著房卡正轉身要走，就和米陽打了個照面。

米陽眨眨眼，看著她笑了一下。

吳霜倒是落落大方，問道：「你來找白洛川？」

米陽點點頭，笑道：「妳來找詹嶸嗎？」

吳霜道：「對，不過我不住在他家，我自己住飯店就好。」

她在一旁等著米陽辦好入住手續，跟他一起上樓。

吳霜拖了一個大旅行箱，手裡還拎著一個半透明的服裝袋，裡面像是一件晚禮服，裙襬很長，她抱著走路不便，米陽就幫她都拿了一起送到房間裡。

吳霜戴著墨鏡，一直到了房間才摘下來。

米陽看了好奇，「現在流行晚上也戴墨鏡了？」

吳霜笑道：「怎麼可能？我是怕人認出來。我爸他們公司也派人來這邊開會了，估計要開好幾天，小心防著點總沒錯。」

米陽點點頭，他挺理解吳霜的，別說她和詹嶸的事還沒告訴吳老總，他和白洛川這都結婚了，分開幾天就追過來也有點不好意思讓家裡人知道。不過他這個月比較清閒，詹老夫人委託的那幾份東西也很容易打理好。白洛川打電話求他過來的時候，他就很乾脆地答應了。

米陽幫她拿了衣服，起身要走，吳霜又喊住他道：「米陽，你等一下，先幫我看看哪件禮服好一些？」她舉起兩件禮服長裙在自己身上比劃，一件是寶石藍色露背長裙，另一件是白色魚尾裙，都很漂亮。

米陽指了指藍色那件道：「這件不錯。」

吳霜當即就去裡面的房間換上，連鞋子都帶了配套的。穿戴打扮後，整個人風情萬種，氣場全開。她拿了一個手包，頭髮上戴了一枚鑽石髮卡，襯托得她容光煥發，挑眉對米陽笑道：「怎麼樣，我這麼穿出去還可以？」

米陽上下打量了她，認真點頭道：「可以，很好看，妳這是要去哪裡？」

吳霜道：「去見詹嶸，他家酒會你去不去？」

米陽搖頭笑道：「不去，我累了，還是在飯店休息好了。妳這見面的裝扮也慎重了，我還以為妳要去參加什麼重要場合，簡直像明星一樣。」

吳霜哼道：「也算是重要場合吧，我打聽到消息，今天晚上還邀請了幾位女明星。」

米陽失笑，「敢情妳這次來不是來看詹先生的，是來比美的啊？不過妳放心，在詹先生眼裡，妳肯定是最漂亮的。」

吳霜擺弄了一下裙襬，認真道：「我可不放心，這次來的那個女明星很漂亮，也特別火，叫什麼丘嵐，跟各種富商的花邊新聞就沒斷過，我還是要親自在一旁盯著才放心。今天晚上我不會給她一點合照的機會，詹先生這麼老實的人，哪裡會應付女明星？」

米陽本來只是聽著，一聽見這位的名字就乾巴巴道：「什麼，丘嵐今天也來了？」

吳霜皺眉道：「對啊，你不會是要告訴我，你是丘嵐的粉絲吧？」

米陽搖搖頭，「不算，不然我跟妳一起過去吧。」

吳霜驚訝道：「真的？怎麼突然要過去了？你剛不是說想休息了？」

米陽支吾道：「也、也不是很累，我陪妳過去吧。」

他對丘嵐的認識可不是從電視上，白洛川前一世帶了一個小明星跟他們聚會，那個人就是丘嵐。算起來，白洛川跟丘嵐的見面也晚了一兩年……米陽神色複雜，忽然也有點危機意識。吳霜只是提防而已，白洛川當年可是跟丘嵐實打實傳過緋聞的。

米陽現在自然是信任白少爺，但心裡總像是有隻小手在撓一樣，想跟過去看看。

吳霜沒有多想，滿意道：「那正好，我需要一位男伴陪同，詹嶸不知道我來呢。」她打量了米陽，又搖頭道：「不過你這身衣服可不行。」

米陽問：「怎麼了？」

吳霜看他一眼，道：「一看你就是沒經驗，這種時候，去參加那種酒宴一定要有戰袍。走吧，我還算經驗豐富，畢竟以前搭配珠寶也要考慮這些東西，我帶來了一些搭配的，只是衣服還是要買新的才行，我們一起出去看看。」

吳霜帶著米陽去買了一身禮服，飯店裡面就有高檔西裝店倒是方便。米陽的身材很好，天生的衣架子，穿什麼都好看。吳霜略微搭配一下，他整個人就從一個陽光開朗的青年，變成一個貴氣十足的公子哥兒，笑起來暖得人心都要化了。

吳霜特別滿意，「就這套吧，時間來不及，不然另外兩套也可以試試，很適合你。」

米陽拿出黑卡刷了付款，又問她：「妳要不要去買點首飾？」

吳霜搖頭道：「不用，我帶著了。」

吳霜隨身帶著的手包簡直像是百寶箱，除了她自己要用的全套首飾，還給米陽搭配了一副鑽石袖釦，非常精緻漂亮。

米陽取笑她道：「妳這樣，像是捲了金銀細軟來私奔的。」

吳霜道：「我不會私奔。」

她把袖釦幫米陽別好，又撫了一下米陽的領帶，神情認真道：「我這輩子就結一次婚，要光明正大站在高處，接受所有人的祝福。」她看著米陽，笑道：「這是我應得的。懂得欣賞和堅持的人，總是能得到最好的，不是嗎？」

米陽笑了一下，伸出手臂作邀請狀，對她道：「是。不知道我有沒有這個榮幸先當一小段時間的護花使者？」

吳霜挽著他的手臂，只是剛走到飯店門口就有些抓狂。

吳霜道：「你別告訴我，你要讓我穿這套禮服坐計程車過去。」

米陽摸了一下鼻尖，沒有吭聲。

吳霜揉著額角，「白洛川沒有留部車給你用？」

米陽含糊道：「他有點不太方便，不過明天就行了。」

他現在過去肯定會撞見米澤海，明天就能光明正大當家屬跟著了。

吳霜頭疼得厲害，「可我明天也不穿禮服出門呀……算了，就這樣吧。」

坐車過去的路上，吳霜幽幽開口：「其實這已經比我想的好多了。」

米陽認真聽著。

吳霜道：「我記得有一次在京城，我也是跟你借車用，你給我一把自行車的鑰匙。」

米陽和吳霜抵達酒會現場，吳霜手裡有詹家的請帖，進去得很順利。

他們剛進去沒走多久，就在一樓大廳見到了那個女明星，真人比螢幕上看起來還要漂亮些，身材玲瓏有致，踩著高跟鞋正站在那裡跟全場最耀眼的幾個人交談，巧笑嫣然。

帶丘嵐來的人正在跟幾位大人物引薦丘嵐，這裡面最顯眼的除了詹家的幾位，就是白洛川和另一家公司的代表。詹家投資了一部電視劇，女主角就是丘嵐，她今天來這裡也是為了

跟投資方打好關係，至於有沒有自己的小主意，就是另一回事了。

丘嵐人長得甜美，看人的時候一雙眼睛像是會說話，看得男人們都忍不住心軟。這裡面詹嶸只是面露微笑，客氣疏離，白洛川表現得更過分，站在那卻在走神，也不知道在想什麼，瞧著百無聊賴的樣子。

米陽還在小心四處看著尋找白洛川，吳霜比他的警戒多了，憑著女人的直覺，幾乎是一瞬間就在人群裡看到了丘嵐，再一轉頭就看到她身邊那幾位男士。

吳霜挽緊了米陽的手臂，壓低聲音道：「看那邊，七點鐘方向。」

米陽跟著章教授他們考古小隊的時候，大家這麼說習慣了，吳霜一開口他就找準位置，緊跟著也反應過來，低聲笑道：「妳說得我以為是跟著老師在幹活，指給我看就行了。」

吳霜視線還在盯著那邊，那個小圈子人多，詹嶸側面對著她還未發現她進來，倒是那個女明星瞧了兩人一眼，視線很快又飄開，臉上的笑容沒變。

吳霜道：「我不能輸。」

米陽道：「啊？」

吳霜披了一件皮草，這會兒把肩膀露出小半來，雖然表情看起來淡淡的，但是那種氣場全開的鬥志隔得老遠都能感覺出來。她帶著米陽大步走過去，視線就沒有離開過詹嶸。

詹嶸有所感應，看到她的時候又驚又喜，迎過來幾步道：「妳怎麼來了？之前不是說要明天一早來……」他一邊說著，一邊順手幫她拉了拉肩膀上的衣服，怕她冷。

吳霜無語，然後道：「到了之後也沒什麼事，我一個人在飯店待著無聊就過來了。」她還想把肩膀露出來，試了一下就被詹嶸不動聲色地按住了。

詹嶸笑道：「淘氣！」

那邊的白洛川也看見米陽了，愣了一下就高興地把人拽到自己身邊，低頭問他道：「你不按計劃行事了？」白少爺說得跟黑話一樣，又指指樓上，含糊道：「米叔在上面喝茶。」

米陽的重點大半都放在丘嵐身上，收回視線，小聲道：「等一下我去跟他說一聲。」

白洛川很高興，「對，這樣咱們白天也能在一起。」

米陽點點頭，應了一聲。

丘嵐有點好奇地看向他，米陽視線跟她撞在一處，也不知道是她今天穿了禮服的關係，還是怎樣，只覺得她比記憶裡的更美一些。丘嵐對他微笑示意，他也笑了一下，但也就只動了動唇角，手臂就被抓得更用力了，一下子清醒過來。

白洛川吃味道：「你看哪兒呢？」

米陽道：「就隨便看看……」

白洛川不樂意了，「我還以為你是來看我的。」

米陽趕緊轉頭去看他家少爺，那位臉已經臭得不行了。

丘嵐和吳霜都是美女，兩個人會互相注意對方甚至暗暗較量也是正常，但是丘嵐萬萬沒有想到，之前她費盡心思想要搭上的那位小白總，整個晚上都不理人，而吳霜和那位模樣英俊的青年進來後，小白總就像吃錯了藥，她說一句什麼，他都會不輕不重說一句反駁的話。她站在那裡，簡直就像是跟他打擂臺進行辯論一樣。

不止話不投機，小白總甚至開始孔雀開屏，藉著她全方位無死角展示自己的優點。從臉到著裝，再到各種話題侃侃而談，儼然成了他的主場。

丘嵐笑得表情僵硬，只覺得腦仁生疼，身心俱疲。

她來這裡只想找個金主，怎麼感覺金主在和她玩「吾與徐公孰美」，評審好像還是那位

叫米陽的先生……女主角丘嵐以一對二，她覺得小白總和吳霜這兩人都在和自己爭奇鬥豔，就連那位評審米陽的視線好像也有點古怪，瞧著也不像是單純的欣賞啊？

詹嶸牽起吳霜的手，毫不掩飾兩人之間的親暱，「霜霜這個戒指是最近拿獎的那個吧？瞧著就是漂亮。」他說著親了吳霜指間那個戒指一下，笑道：「還沒恭喜妳又拿了一個獎，這次來可要給我一個表現的機會。」

白洛川絲毫不落人後，藉著抬手看腕錶的功夫，也露出了自己無名指上的戒指，「詹總說的是，不過今天晚了，不然明天我們再聚。米陽難得過來一趟，人多玩得也開心些。」

詹嶸自然是應允下來，兩個人說得熱切，互相吹捧了幾句，一個說「米陽術業專攻年輕有為」，另一個就客氣道「哪裡哪裡你家吳霜風采出眾才華橫溢」。一旁的詹三爺對他們兩個吹的人也熟悉，一個是他未來的弟媳，另一個是最近詹老夫人身邊的小紅人，滿臉笑意地大大地誇獎了兩句，弄得周圍的人面面相覷，很快跟著附和起來。

一時間，眾人的視線都從丘嵐身上轉移到新來的兩位這裡。明星他們見的多了，但是能讓詹家和這位小白總都這麼看重的人，那才真是少見啊！

丘嵐：「……」

米澤海坐在二樓的小廳，陪著一位熟人喝茶閒聊。

「今天來的人可真不少。」米澤海轉頭還能看到旋轉樓梯連接的一樓大廳那裡，不少年輕人正在聊天說笑，他看了一眼手錶，笑道：「果然已經老了，這個點就有些乏了，跟不上現在年輕人的節奏了。」

坐在他對面喝功夫茶的吳雙安聽見也笑了，他慢悠悠喝了一口茶，「家裡孩子們還沒長大呢，可不敢說老啊！」

米澤海聽了也笑，點點頭應了一聲。

駱氏和這位吳總從新疆接工程的時候就認識，這兩年兩家來往得頗為頻繁，外面傳了好一陣子兩家要聯姻的小道消息，但是米澤海是不信的。他和白洛川在公司共事的時間多，平時和吳雙安只談公事，不談其他，吳家那位大小姐更沒見到過一次。

白洛川身邊出現最多的就是他兒子米陽。

米澤海想到這裡又有點心塞，他接觸這個孩子有二十多年了，親眼看著白洛川長大的，要是有什麼想法早就看出來了，只除了沒料到他看中米陽。

吳雙安也不是瀟灑自在的，他這段時間開會非常疲憊，黑眼圈都出來了，實在沒精力去跟人應酬，只跟詹家那幾位打了招呼，就上來找米澤海坐著一塊喝茶閒聊。

這兩天聊了太多的工作，兩個中年男人沒一會兒就聊起了家人。

吳雙安道：「我沒什麼牽掛，就一個女兒。不是我誇，還是女兒心疼人，特別貼心。」

米澤海也不謙讓，接過話道：「我兒子也不錯，聰明懂事，從小就沒讓我費過心。」

吳雙安得意道：「那不一樣，國內大齡單身青年只會越來越多，不如女孩好找對象。」

米澤海道：「我兒子……」

他把那句「我兒子已經有對象了」嚥下去，端起茶杯喝了一口茶。

吳雙安也陪著喝了一杯，神態怡然，手指在椅背上敲了兩下，哼了一兩句小曲，轉頭往樓下看去，「咱們都老了，現在是年輕人的天下了，這個世界是我們的也是他們的，但歸根結柢還是他們……咦？」他的動作忽然停頓，話都來不及說完，「霜霜怎麼來了？」

米澤海好奇，順著他的視線向樓下看過去，問道：「吳總的女兒嗎？」這一看不打緊，樓下那圍著的一圈人裡也有米澤海認識的，他眨眨眼睛嘀咕了一句：「米陽怎麼也來了？」

吳雙安老婆去得早，身邊的親人就剩下這麼一個寶貝女兒，看著她站在那，周圍有好幾個年輕男人，就有點坐不住了，「不行，我得下去看看。」

米澤海連忙也站起身道：「我也去。吳總，裡面哪個是你女兒？」他冷眼瞅著米陽身邊可是有兩個女孩，他家女婿臉色可不怎麼好看啊！

吳雙安道：「穿藍色衣服的那個。」

他們兩個一邊說一邊下樓來，樓下大廳裡以詹家那幾位先生為中心已經聚集了很多人，這會兒也是聊得頗為熱切。

詹嶸和白洛川互相吹捧起來沒完，白洛川完全是那種家長心態，大有「你詹家誇我米陽聰明，我就誇你家吳霜好看」的架勢。

周圍的人不明所以，跟風說了兩句。

吳雙安和米澤海過來的時候，這幫人還在那邊互誇呢。

「霜霜？」

吳霜聽見下意識回頭，見到自己親爹立刻又把頭縮回去，想往詹嶸身後躲。詹嶸卻握住了她的手，手掌溫暖有力，帶著她站在吳雙安面前笑著問好。

吳雙安神情狐疑，看見他們牽著的手，略微睜大了眼睛，但是他控制得很好。這裡人太多，他自己丟臉沒什麼，影響了女兒就不好了。

詹嶸見狀，眼裡的笑意更濃，只有吳霜沒有察覺出來，緊張得手心冒汗。

米陽也沒能多瞧什麼熱鬧，米澤海過來之後，就把他叫到一邊去了，白洛川立刻抬腿跟了上來，一點見外的意思都沒有。

米澤海：「……」

米澤海現在也不能讓女婿走啊，女婿打小臉皮就薄，一家人都捧著呢。他原本想叫米陽過來問兩句話，這會兒不用問也知道是怎麼回事了。他摸摸鼻尖道：「既然來了，明天就跟著吧，不過中午聚餐就算了，公司人多，你……」他看了旁邊豎著耳朵認真聽的白洛川，含糊著道：「你們兩個自己找地方出去吃，低調一點。」

白洛川搶在前面答應了，又恭敬道：「米叔，您今天累了吧？我們送您回飯店休息。」

米澤海看了一眼大廳的方向。

白洛川笑道：「能談的基本上都談妥了，詹總今晚估計也有事要忙，脫不開身。」

米澤海道：「好吧，我們就先回飯店。」

車上有司機在，米澤海在路上憋了一路沒問，等下了車才小聲問米陽他們：「詹總，我是說詹嶸，他今年多大了？我聽說他好像有個孩子吧？」

白洛川道：「今年三十六了吧？是有個女兒，和米雪差不多大，念初中了。」

米澤海聽了咋舌，「差這麼多啊？」

米陽幫著吳霜多說了兩句：「其實吳霜跟他交往很久了，兩個人感情也穩定，我覺得年長的能照顧人，挺好的。」

白洛川立刻接話道：「是，我也覺得大點好。」

米澤海看著他，這小兔崽子只比米陽大兩個月，還好意思腆著臉顯擺！

米陽見到家長特別老實，一路跟著米澤海走，把人送到房間門口。

米澤海看了這兩個臭小子一眼，哼了一聲，沒多說什麼，刷卡開了門。瞧著米陽站在門口，還說他：「你跟著我幹什麼？你都成家了，跟在父母身邊像什麼話？快走快走！」

米陽就笑了笑，答應道：「爸，那我過去了。」

米澤海揮揮手趕他，自己進去直接關上了門。

白洛川這會兒腳步才輕盈起來，他在走廊上就試著去牽米陽的手，然後笑道：「怎麼樣，我就說米叔人特別好，肯定不會讓咱們倆分開。」

米陽看他一眼。

白洛川小聲道：「他要是真留下你，我就打電話給程阿姨。」

米陽道：「你還真打啊？也不害臊……」

白洛川理直氣壯，「我跟我岳父要人有什麼錯？我跟你說，你快點認清自己的位置，以後陪你幾十年的人可是我，你得對我好一點。」

米陽用手臂撞他，自己也笑了。

白洛川一個禮拜沒見到自家媳婦，回了房間就有些剎不住車。

米陽沒他那麼能忍，偷跑兩回就有點吃不消，開始想躲。

白洛川拽著他的腳踝把人拖回來，一邊哄他，一邊拿了根紅繩過來，「我就知道你今天肯定又要這樣，東西都準備好了，我問過醫生，適度不傷身，而且你也不能每回自己爽完了就不管我了啊！」

米陽覺得這人蠻不講理，他那是正常好嗎？白少爺才是不正常呢！

「你剛才不是也、也挺舒服的？醫生沒告訴你一晚不能好幾回嗎？」米陽抗議。

白少爺捏著他的下巴親兩下，「剛才還不好意思，原來心裡一直數著呢！」

米陽轉身想走，白洛川動作比他快，已經綁上了。

不知道什麼東西，不止是棉繩，還有一絲微涼，米陽打了個激靈，「什麼東西？」

白洛川捂著不讓他看，一邊親他一邊道：「沒什麼，就一個小玩意兒。」

米陽還想說話，但是下一秒就聽見清脆的小銀鈴「叮噹」聲。紅繩上綁了小鈴鐺，動一下響一聲，像計數似的，米陽咬緊了唇不吭聲，耳尖泛紅。

白洛川吸了一口氣，啞聲道：「怎麼突然這麼緊張……你想到什麼了？」

米陽不肯說，抓著他的肩膀穩住身體，討饒道：「你解開它，我不喜歡……太響了。」

「哪裡響了？」白洛川笑了一聲，「這才叫響呢！」

米陽推他一下，惱羞成怒，「你、你再這樣，我也要打電話告狀了！」

白洛川道：「你去打，我才不怕呢！」他靠近一點，在他耳邊哼道：「我還要說你來了不看我，一個勁兒盯著一個破明星看，有什麼好看的？」

米陽道：「我沒看她……」

白洛川道：「嗯？」

米陽臉色通紅，「我是看她一直在看你。」

白洛川估摸一下才聽出味來。

他眼睛發亮，這是米陽第一次親口承認自己吃醋了。

他巴不得讓米陽多吃一會兒醋。

心臟狂跳，又酸又甜，滋味可真不賴。

米陽這句話像是火上澆油，白少爺興致高昂，抓著他非要一起勤加練習不可。小鈴鐺搖晃的節奏有輕有重，鬧騰了一夜，比白洛川自己預計的要晚些才到站。

他覺得自己的剎車壞了，踩了幾次都不好使，根本不聽指揮了。

米陽迷迷糊糊睡著，第二天早上，只覺得身體裡有些異樣，沒等睜眼就明白過來，立刻去推白洛川，「你還來？」

白洛川舔舔唇道：「你數著啊？」

米陽惱了，繼續推他道：「我不來了！」

白洛川咬他耳朵，「數到一千……」

米陽道：「說了不來，你、你出去！」

那人吃吃地笑，一點都沒理他的意思，抱緊了在他耳邊親親，聲音甜如蜜：「小乖，你真好，我最喜歡你了！」

米陽揉了他頭髮一把，憋了好一會兒，才用腦門撞他，低聲催促。

到底也沒捨得真把人推開，誰讓他也最喜歡他家少爺呢！

之二：稚子

米陽剛學會爬的時候，還不能靈活地控制自己的身體，嬰兒的小身板活動起來不是很協調，他想往前，但是一動就變成了倒著爬。

小白洛川拍著手咯咯地笑，圓溜溜的大眼睛看著米陽，就像看自己那個會爬的電動熊貓似的，滿是新奇，尤其喜歡看米陽倒著爬，一爬就樂。

米陽不信邪，又試了一次，結果倒著爬得飛快。

小白洛川又笑起來，米陽趴著的時候，他還「咿咿呀呀」叫兩聲催他。

米陽就這麼試了一個下午，最後不但是小白洛川在那邊看，連兩家的大人都聞風過來圍觀，還嘖嘖稱奇。

程青這個新手媽媽很自豪，米澤海下班後，還讓米陽表演，「我兒子是不是很棒？」

米澤海豎起大拇指，覺得自己也很光榮，「特別棒！」

米陽覺得心累，爬了兩步就偷懶躺著，小手臂小腿動了一天也是累了。

晚上程青也想到這個問題，有些猶豫，給小米陽又多鋪了一條毯子。

米陽沒想明白怎麼回事，只當親媽是在關心自己，還覺得軟乎乎的睡起來特別舒服。他睡覺規律，一到了時間就眼皮打架睜不開，腦袋一點一點地就要睡著，模糊中聽到程青擔憂地說了一句「小孩白天玩累了，晚上是不是會尿床」。米陽很想反駁，但是睏得張開嘴就吐出一個泡泡，小聲「哼唧」了一聲權當抗議。

米澤海伸手指戳戳兒子白胖的小臉，米陽已經睡著了，怎麼看怎麼疼不過來，「尿唄，他尿濕了就再幫他換一條毯子，家裡這麼多呢，我養得起我兒子！」

程青啐了他一口，也笑了。

白洛川家和米陽家都在部隊裡，關係特別好，有時駱江璟給自家寶寶添購衣服的時候，順手就給米陽也帶上兩件。兩個孩子穿著差不多大的小衣服，顏色款式都一樣，跟兩個洋娃娃似的並排坐著，相當賞心悅目。

駱江璟很快就喜歡上了這個打扮孩子的遊戲，她家白洛川剛滿一歲，開始斷斷續續能吐出幾個字來了，尤其是「不」字，說得非常清楚，她要是拿了什麼孩子不喜歡的衣服過來，小少爺就腦袋一轉，斬釘截鐵地吐出一個字：「不！」

駱江璟拿著手裡的小衣服轉了一圈，又哄他：「洛川看，這件多可愛呀，還有小鴨子呢！衣服兜兜上兩個，膝蓋上兩個，咱們穿上好不好？」

小白洛川抱著自己的玩具，看向另一邊：「不！」

駱江璟想了想，就把主意打到旁邊的米陽身上，她擺弄不了自家親兒子，但是米連長家的小孩乖啊，跟麵團似的聽話，穿什麼都行。她從袋子裡拿出一套一樣的小衣服，先幫米陽穿了，哄道：「你瞧，弟弟都穿了，多好看，你跟弟弟穿一樣的好不好？」

被舉著小手臂穿衣服的米陽：「……」

這真是人在家中坐，衣從天上來。

小白洛川果然被吸引了，手裡還拽著那個玩具，但眼睛滴溜溜地在米陽身上來回打轉。過了好一會兒，他才伸出手去摸了摸米陽新衣服上的小鴨子。是繡在衣服上的兩隻，毛茸茸的嫩黃色小鴨子，摸起來特別軟。

小白洛川：「呀？」

駱江璟趕緊哄他：「對對，這是鴨鴨，咱們也有，和弟弟一起穿好不好呀？」

她見兒子沒那麼排斥了，手腳俐落地就幫他換上了。小白洛川看看自己身上的，還轉頭看米陽身上的，穿上之後難得的沒扯。

程青去幫米陽泡奶粉的功夫，一回來就看到米陽換了一套小衣服，不好意思道：「駱姊，您看您，又破費了。不用給米陽買，他衣服夠穿呢！」

駱江璟拿著相機幫他們拍照，笑呵呵道：「沒事，就一身小衣服而已，他們這個年紀穿正好，再大點就不聽話了……哎，洛川不許扯弟弟的衣服！」

白少爺這會兒就不怎麼聽話，他自己衣服口袋上明明就有兩隻小鴨子，卻不看自己的，還伸手摸米陽的，拽著鴨嘴巴往自己這邊拖。他人小但力氣不小，米陽差點歪倒。

程青扶了一把，笑道：「沒事，洛川等會兒跟弟弟玩啊，先讓弟弟喝奶好不好？」

小白洛川鼻尖動了動，他肚子還飽著，對奶瓶沒啥興趣。

程青把奶瓶給了小米陽，米陽自己抱著喝，小白洛川很快就對他口袋上的小黃鴨不感興趣了，轉移到米陽一鼓一鼓的小肚子上，還伸手去摸。

米陽脾氣好，喝奶的時候不跟他計較這些。

程青一直在旁邊看著，米陽雖然看起來性格軟，但是有些事也特別固執，現在喝奶都要自己捧著奶瓶，她只能在旁邊虛扶一把，由著他去了。

駱江璟在念叨兒子：「對對，輕輕地摸。弟弟喝奶呢，不可以打擾。」

大概是大人阻止的次數多了，小白洛川摸了兩下米陽的小肚子，就去摳自己口袋上的小黃鴨去了，自娛自樂的挺開心。

米陽喝了半瓶奶，又玩半天，小白洛川就開始打哈欠揉眼睛，一副睜不開眼的樣子。駱江璟都習慣他這個點睡午覺，便把他放在小床上道：「睏啦？咱們睡覺覺啊！」

程青看得羨慕，她家米陽這會兒最精神，一骨碌爬起來就要往外爬，倒退得很利索。

程青把米陽抱起來也放過去，拍了兩下哄他道：「你看哥哥睡午覺多乖啊，你怎麼每天都不睡覺呢？快點睡，這樣才長得快呀！」

媽媽們把兩小隻放在臥室的床上讓他們躺好，又拿護欄來擋上，哄著他們躺下睡覺。期間米陽試圖翻身幾次，都被無情鎮壓，最後累得躺在那不動了。

駱江璟和程青看了他們一會兒，見都睡著了，這才輕手輕腳去了外面的客廳。兩個人坐在一起打毛衣，駱江璟負責提供新款花樣。程青動手能力強，負責織出來，兩人分工合作，完成得又快又好。

臥室的小床上，小白洛川骨碌一下翻身起來，大眼睛長睫毛，眨巴眨巴的，看起來特別的機靈，一點睏意都沒有。

米陽轉頭就要爬走，他算是服了這個小魔王，怎麼從小就會裝啊？

他之前也喊過大人，把大人叫來的時候，小白洛川就又「睡」了，只剩下他一個睜著眼睛的。程青那次還彈了他腦門一下，說他淘氣。米陽想起來就吐血，這要是狼來了的故事，他才是無辜的小羊好嗎？

小床外圍加了護欄，米陽爬不到哪兒去，一會兒就退到邊角了，被小白洛川堵在那裡。他靠得太近了，米陽就伸手推他，來回兩次，對方又咯咯笑了，以為米陽在和他玩呢。

他們身上還穿著一樣的小衣服和小襪子，白少爺的注意力轉移到它們身上，他剛開始說話，拽著米陽的小衣服說是自己的，又去拽人家的小襪子，也說是自己的，碰到什麼都是他的。這樣圈地盤完了還不算，又去拽米陽的手，小白洛川認真道：「我的！」

米陽憤怒了，「噗！（看打）」

兩隻小的在裡面撲騰的動靜有點大，大人們很快就過來了，見兩隻都沒睡，乾脆拎起來各回各家。這次白少爺再揉眼睛做出裝睡的樣子也沒用了，駱江璟沒縱容他，不久就聽見一串抗議的「不不不」，但沒什麼用處，再傳來的就是哇哇大哭的聲音，這次是真傷心了。

後來他們的家搬到了師部，條件好了許多。

兩隻小團子開始長大了，粉雕玉琢的很可愛，米陽乖巧討人喜歡，小白洛川不說話安靜坐著的時候就像是個小天使，可是眼珠骨碌碌一轉，心裡憋著什麼壞的時候跟小惡魔也沒什麼區別，讓人又愛又恨，然而他認罰的時候，又生不起氣來，頂多訓斥兩句就放了他。

他們跟小時候一樣，兩個人依舊形影不離。

米陽倒是想離開一會兒，奈何他前腳剛走，小白少爺立刻就扔下玩具，來回晃著小腦袋去找他，找不到就特別急，誰哄都不好使。小白洛川性子固執，認準了什麼就一定要圈在自己地盤範圍內才可以，不然就發脾氣。

有時候小朋友多了，好幾個湊在一起玩，米陽個子小被誰碰一下，小白洛川就伸手把對方也推倒，一點都不客氣。

駱江璟沒少為這些事收到投訴，還專門去登門道歉過。教了好久，才把兒子這個霸道的性格改過來一點。

後來到家裡來投訴的人少了，駱江璟還欣慰了好一陣子，以為是自己的教育有了成果，直到很久以後才無意中發現改變的不是她家白洛川，而是師部大院的那幫小孩。這幫孩子從小跟著白洛川都習慣了，哭上幾次爬起來繼續跟著玩。回家告狀的那幾個，白洛川和米陽就不帶他們玩，慢慢的就沒人告狀了。

這其中米參謀貢獻良多，出了很多主意。

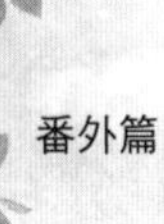

米陽是真的無辜，因為不管白洛川打了張參謀還是劉政委家的孩子，人家小孩哭著告狀的時候，絕對不說白洛川一個人打的，甭管哭得多厲害，永遠都會捎帶上一句「白洛川和米陽打我了」，他這個從犯也非常委屈。實在沒辦法，只能絞盡腦汁想一些小孩們愛玩的遊戲，或者講些故事給他們聽，哄著大家一起建立小團體。

都是一個團體了嘛，哪裡還好意思告狀？

米陽今天又出去當了一天的孩子王，衝鋒陷陣打仗的遊戲玩膩了，大家就起鬨要米陽說故事。有小孩眼睛亮晶晶道：「米副官說一個！要聽昨天那個抓電話大盜的！」

米陽哪會那麼多兒童故事啊，實在想不出來，就把前一世網路上看過的一些詐騙案編成故事說給這幫小孩聽。有時候說電話詐騙的，有時候說拐賣兒童的，也算是給他們提前上了一課。小孩子也好哄，同一個故事都願意多聽幾遍，他也樂得清閒，懶得再編新的，坐在樹蔭下身邊圍著一圈孩子，繼續說昨天那個電話詐騙故事。

一幫小孩聽得津津有味。

有個小孩試圖靠近米陽一點，很快就被小白洛川看了一眼，嚇得趕緊討好笑道：「我、我給副官遞塊石板，坐著舒服點。」

小白洛川點頭允了，但是石板可以遞過來，米陽身邊最近的只能有他一個人。

白洛川這個小霸王平日欺負小朋友，絕大多數都跟米陽有關，地盤圈得相當牢固。

「因為輕信了對方電話裡說的話，路人甲沒有查證就去銀行給對方匯款，丟失了兩百塊錢，事後懊惱萬分。」米陽坐在石板上說完了改編的故事，清了清喉嚨問道：「那麼，最後大家總結一下，如果自己遇到這樣的事應該怎麼辦？」

軍區大院的小朋友們積極發言：「找崗亭的警衛員！」

「找我爸，帶兵去抓他！」

「不對，我爺爺說過，應該送去軍事法庭！」

……

米陽那句「打電話找警察叔叔幫忙」生生就被噎在喉嚨裡說不出來了。

媽蛋啊，為兩百塊錢就送上軍事法庭也太凶殘了吧？

小白洛川是聽過正確答案的，哼了一聲道：「打電話報警！」

米陽立刻道：「對對，應該報警，白洛川說的非常好！」

他帶頭開始鼓掌，一圈小孩撓撓頭，也開始跟著鼓掌，他們心裡都覺得自己的答案沒有錯，不過白司令的權威在那裡，沒人敢反駁。

小白洛川看了米陽一眼，瞧著他鼓掌的聲音最大，眼睛彎著笑了起來。

他就知道，米陽跟他最好啦！

部隊裡過春節特別熱鬧，正月十五的時候雖然不會放假讓人去看燈會，但是師部裡也掛了不少的燈籠，裝點得喜氣洋洋。

米陽小時候最喜歡出去看燈籠，尤其是下雪之後。雪白的地面上一踩就是一個深深的腳印，再把腳拔出來最好玩。聽著踩雪的咯吱咯吱聲，再抬頭看著掛成一排的紅燈籠，那種節日的煙火氣籠罩過來，心裡美滋滋。特別是逢年過節，司務長還會多做一些好菜，罐頭也敞開了吃。程青平時怕小孩吃多了肉罐頭不好好吃飯，每次都只給米陽嘗個味道，今天最好，紅燒肉罐頭、紅燜牛肉罐頭、香酥魚罐頭、午餐肉罐頭，每樣都有，隨便吃呀！

哪怕每樣只吃一小口，米陽也很高興。

當小孩就這點不好，口味清淡，大人管得嚴格，什麼香的辣的都不能吃。

各單位的聚餐家屬是可以參加的，程青是軍嫂，做飯的手藝也好，提前過去幫著炊事班的人給大夥兒包餃子和湯圓。這邊北方兵多，餃子的數量也多些，程青過來幫忙能緩解司務長好大的壓力，他笑著道：「還不快謝謝你們米連長家的嫂子？」

一幫半大小子們就圍在她身邊連聲感謝：「謝謝嫂子！」

程青笑著擺擺手，剛結婚那會兒當軍嫂她還有些不好意思，現在在部隊住習慣了，拿著他們當家裡人一樣，大家都特別親切。

米陽跟著程青，小短腿在食堂裡轉了兩圈，就盯上司務長那個裝罐頭的櫃子。沒喊兩聲叔叔，就騙了一個罐頭和半塊壓縮餅乾，正在那美滋滋地啃著。

程青手裡忙活，看見也沒攔著，小孩長牙之後就貪吃，只是叮囑道：「陽陽只許嘗嘗味道啊，一會兒還得吃飯呢。」

米陽答應了一聲，果然含著一小塊罐頭肉，把其餘的收起來，特別聽話。

司務長今年剛結婚，正是喜歡孩子的時候，見米陽這麼乖，忍不住偷偷給他幾顆糖。其他兵也有樣學樣，哄著米陽說上一句「過年好」，就樂呵呵地在他口袋裡塞糖果，沒多久就把孩子的口袋塞得鼓鼓囊囊的了。

要不是指揮部的人來找，米陽這隻小倉鼠肯定美滋滋地要待到晚上吃飯的時候。

白政委家的警衛員一路找到炊事班時，額頭上都是汗，見了程青趕緊敬禮道：「嫂子，洛川吃錯了東西，現在正鬧著，您讓米陽跟我過去一趟吧，那邊快哄不住了……」

程青嚇了一跳，「吃錯什麼了？」

警衛員支支吾吾，好半天才道：「我們家老爺子放在桌邊的一杯白酒，洛川出去堆雪人，進屋說熱，摸著那杯子是涼的，以為是涼開水，一口氣就喝下去了。」

程青有點傻眼，「那現在怎麼樣啦？」

警衛員道：「沒什麼大事，請了醫生來瞧過。杯子裡就剩下半杯，洛川也吐出來大半，就是這會兒說肚子疼，一定要米陽過去看看他。」

程青略想一下就答應了，又對他道：「要是晚上來不及回來，就讓陽陽住那邊吧，反正明天他爸也要過去做彙報，到時候再一起接回來，不勞煩你跑兩趟了。」

警衛員面露喜色，連忙答應了，帶著米陽就趕了回去。

米陽剛才聽見他說的時候，就覺得有什麼事好像忘了，等到了白家小樓的門口瞧見院子裡那個大雪人的時候才恍然想起來，他前兩天說等下雪了想要個大雪人來著，連那雪人的鼻子都是他提前準備的一顆染色的乒乓球。他當時也就提了一句，沒想到白少爺趕著下雪一口氣給堆好了。

米陽心裡有點愧疚起來，跟著警衛員進去，在玄關換了他的卡通小拖鞋——沒辦法，他來的次數太多了，這些日常用的東西白家也有他的一份，就跟他家裡有白洛川常用的小毛巾一個道理。

米陽一路上了二樓，走到小白洛川的臥室時，還能聽到小孩在那哼唧。

「媽媽，疼呀……」

駱江璟拿了毛巾給他，來回擦著額頭。她也心疼啊，但是醫生已經說沒什麼大事，孩子還小，很可能分不清楚是熱還是疼，肚子不舒服，就哼唧著喊疼。駱江璟也不敢給他再吃什麼了，急得簡直要團團轉。

白少爺還是委屈，看見米陽，那一瞬間的委屈幾乎到了頂峰，眨眨眼睛掉金豆豆。

駱江璟鬆了一口氣，招手讓米陽過來，「陽陽，洛川喝錯了飲料，肚子不舒服，你來陪

陪他啊！我去給你們煮點湯喝，陽陽要喝甜的還是鹹的？」

米陽看了白洛川一眼，到了嘴邊的話又改了：「要甜湯，謝謝駱阿姨。」

床上哼唧的聲音果然小了一點。

駱江璟下去煮湯了，米陽爬到床上去看小白洛川，白少爺這會兒哭得狼狽，用手背揉了眼睛也止不住眼淚，眼眶都紅了，長長的睫毛也被淚水黏濕在一起，看起來楚楚可憐。他伸手去抓米陽的小手，哽咽道：「我肚子疼。」

米陽伸手幫他摸了摸，安撫道：「等一下就不疼了。」

小白洛川哭得打了個嗝兒，「肚子裡熱，我是不是快死了？」

米陽繃著嘴角，把笑憋住了哄他：「怎麼可能，不會死的。」

小白洛川抽抽噎噎，「我剛才跟我媽說了，我要把玩具全都留給你……」

米陽看著他。

床上躺著的小可憐說得一臉認真，像是慎重其事地託付自己的寶貝，「我聽說要一個人走過一條黑黑的走廊，特別黑……」床上的人還在委屈巴巴地說著，米陽彈他腦袋一下，脫了鞋鑽到他的小被子裡，拍了拍他的肩膀哄他：「沒有黑黑的走廊。」

「如果真有呢？」

「那我就抓著你的手，抓緊了，你就不去了唄。」

駱江璟對兒子的教育提前很早，在念幼稚園的時候就開始試著讓他接觸一點探索人生，明白生與死的書籍了。小白洛川翻過身來看著米陽，小臉紅撲撲的，眼角、鼻尖也是紅的，他小聲問道：「真的嗎？」

米陽點頭道：「嗯。」

小白洛川沒有那麼憂慮了，他蜷縮著把米陽的手抱在懷裡，小聲道：「我好睏。」

米陽道：「那就睡一下，睡醒就好了。」

小白洛川又道：「可我想喝甜湯。」

米陽跟他承諾：「等駱阿姨把湯拿過來，我就喊你起來。」

小白少爺這才心滿意足地睡了，他折騰了這麼久，也真的累了。

米陽歪頭看著他，有時候他也會看著小白洛川走神。小白洛川的側臉還帶著小朋友的稚氣，但是眉眼五官卻是跟以前一樣精緻漂亮，幾個小動作小習慣跟以前也是相同，看著側臉的時候覺得他和以前一樣。

很微妙的一種感覺。

米陽都沒想過，他們可以關係這麼好。

晚上米陽睡在白家，小白洛川喝了點酒睡得很熟，駱江璟夫婦和白老爺子都來看過他，大家動作都輕輕的。駱江璟心疼米陽，想讓他起來吃點東西，但她兒子把人家抱得緊，一動就哼唧要哭，米陽自己也不肯起床。駱江璟沒辦法，只能親手餵米陽喝了大半碗甜湯。

米陽下午沒少在食堂吃東西，這會兒也不餓，駱江璟還要餵他吃炒飯，他拒絕了：「駱阿姨，我晚上在這兒睡。」

駱江璟點點頭。

米陽又有點不好意思道：「那我就不起來刷牙啦！」

駱江璟笑了一聲，「今天不刷牙了，駱阿姨特別批准的。」

白老爺子稍晚一點過來的，老爺子心裡很愧疚，孫子難受得厲害，傍晚非要吃冰淇淋，老爺子二話不說親自去買了，找了好幾個地方才找到一點存貨，都給拿了回來。不過他回來

的時候，兩小隻已經呼呼睡得香甜，老爺子站在門口看了好一會兒，才放下心來。

出了臥室的門，白老爺子就跟警衛員叮囑道：「以後把家裡的酒瓶、酒杯都收一收，放在高處，洛川來的時候絕對不允許出現，聽見沒有？」

警衛員很高興，「是！老首長，您這話要是跟張醫生說他才高興呢，他勸了您好久了，聽見您戒酒他最開心了！」

白老爺子抹了一把臉，苦笑道：「有什麼辦法，總不能把大孫子擱在閣樓鎖起來吧？」

白少爺睡了一覺，第二天就好了，身體倍兒棒，吃嘛嘛香。

他昨天晚上沒喝甜湯，早上醒過來肚子咕嚕叫，就跑到一樓來要東西吃了。

白老爺子自然是寵著的，連聲吩咐多上些早點，一邊將大孫子抱到自己跟前上上下下打量了，瞧著他一切都好才放心。

駱江璟心細，瞧見白洛川腳上的鞋有點問題，「洛川，你是不是穿了兩隻左腳？」

白洛川低頭看了一眼，他和米陽的小鞋子都是一樣的，穿錯了鞋都沒感覺出哪裡不對。

駱江璟說了，他就把兩隻對調了一下。

小白洛川低頭看了一眼，還覺得沒錯。

駱江璟道：「不對，還都是左腳的，你把陽陽的鞋穿來了？」

另外一個被迫穿了兩隻右腳的小朋友這會兒正慢吞吞地走下樓來，剛到一樓餐廳就聽見了家裡大人一陣善意的笑聲，駱江璟笑道：「瞧瞧，我就說吧，他倆鞋子肯定穿錯了！」

白老爺子摸了鬍子，笑呵呵地還在那誇：「陽陽這穿得，不愧是洛川教出來的！」

米陽：「……」

米副官心裡苦，但米副官不說。

白少爺吃飽了飯，恢復了精神，又是一個混世小魔王了。

過了兩年無憂無慮的日子，兩小隻很快就到了上幼稚園的年紀。

師部幼稚園裡一大半都是熟人，白少爺在裡面混得如魚得水，連帶著米陽都保留了「米副官」這個鐵打的職務。

每個班級裡都有一排小櫃子，放些玩具和畫本，是讓小朋友們一起玩的，最後也由老師帶領著一起收拾。

教米陽他們班的那個小老師剛開始工作，正是幹勁十足的時候，但是很快她就發現她班上跟其他班不太一樣。其他班小朋友一到活動時間都去搶玩具，她班上只第一天有點亂，第二天就開始自覺排隊，都跟在一個叫白洛川的小朋友身後，等他遛達著選完玩具，其他小朋友才排隊去拿。放學前歸還玩具的時候也不一樣，其他班都是要老師帶著，她班上是由一個叫米陽的小朋友帶著，一件件一樣樣歸納得非常整齊，甚至還自覺排了值日表。

班上就兩樣東西被白洛川這個小霸王牢牢占據著。

一樣是米陽，一樣是米陽喜歡的小紅木馬。

米陽心理上是個大人，哪會喜歡玩什麼玩具，他努力表現出「我就喜歡這個小馬木」，完全是怕白少爺到處給他搶新玩具。

小白洛川穿著罩衫，伸出小手推著小木馬，眼睛亮晶晶地問他：「這個好玩吧？」

騎在小木馬上的米陽：「……」

米陽道：「好玩。」

米陽在心裡忍不住感慨，覺得自己用心良苦。

念幼稚園的時候，他們兩個還是分開了一小段時間。

時間不長，也就是一個禮拜，米澤海終於請到了幾天假期可以帶著老婆孩子回山海鎮探親，就多住了兩天。米陽跟家裡人一起走的時候，還特意去跟白少爺打過招呼，當天對方是答應的，但是第二天一早起來就開始發脾氣，說什麼也不肯去上學。

駱江璟被鬧得頭疼，「洛川，你不可以這樣，昨天是你自己答應的。」

小白洛川不認帳：「沒有！」

駱江璟道：「什麼沒有，我就在旁邊聽著呢，人家陽陽說了要回老家幾天，讓你自己去上學的。不能陽陽一走，你就不去上學了呀！」

白少爺憋著不吭聲，憋出了兩包眼淚。

駱江璟心軟了，「你聽話啊，陽陽過幾天就回來了，咱們先去幼稚園好不好？」

小白洛川用手背揉眼睛，「幾天……到底是幾呀？嗚嗚嗚！」

這個問題駱江璟也回答不上來，她要說個具體數字，白洛川脾氣這麼執拗的孩子，要是那天米陽回來還好，要是人沒回來還不得鬧翻天？

白洛川沒得到自己想要的答案，哭了一場，飯都不肯吃，第一天自然沒能去成幼稚園。

駱江璟不擔心他的功課，她兒子自幼聰穎，學的那些已經比同齡孩子要多很多，她就是怕他性子獨，想他去多跟其他小朋友接觸，之前好好的，米陽一走，混世小魔王就原形畢露了，特別不配合。

米陽走了幾天，白少爺就在家裡鬧了幾天。

自己去上幼稚園什麼的，是不可能去的。

駱江璟被他鬧怕了，硬著頭皮打電話到山海鎮，費了好大的勁兒才聯絡上米陽一家。

白洛川隔著電話已經委屈上了：「你怎麼還不回來？」

米陽哄他：「快了呀，再幾天就回去了。我寫信給你了，你還沒收到嗎？」

小白洛川道：「什麼信？」

米陽道：「就是給你寫的信呀，還放了卡片，留咱們幼稚園的地址。」

小白洛川：「……」

米陽問：「你沒去學校啊？」

白少爺賭氣了，不吭聲，米陽走了之後他壓根兒沒去學校，現在有點後悔了。

米陽樂了，「那你趕緊去學校吧，看看還能不能找到那封信。卡片是變形金剛的唷，可好看了。」

小白洛川點頭，「好！」

白少爺跟他說了一會兒話，等掛了電話之後，就從沙發爬下來，急急忙忙地去找書包，催促道：「媽媽，我要去幼稚園，現在就要去！」

駱江璟驚喜萬分，立刻道：「好好，我這就送你去！」

她路上問了原因，被逗得不行，連連稱讚道：「還是陽陽想得周到，哎呀，可真是個小機靈，我都沒想到這個呢，應該早點打電話問問他。」

小白洛川坐在車上視線盯著前方，一本正經地點頭道：「米陽特別好。」

到了幼稚園，果然找到米陽郵寄給他的那封信。

小白洛川寶貝似的看了又看，美滋滋的。其他小朋友都沒有收到過信，覺得特別神奇，跟著圍觀了好久。白少爺難得大方，把那張變形金剛的卡片拿出來給大家看。這個雖然放在信封裡，但它是一張明信片，上面蓋了三角軍戳。不是信封上的那種郵票，也很漂亮。

在那封信帶來的撫慰快要消退的時候，特別好的米陽終於回來了。

小白洛川當天就背著小書包來了米陽家，跟著一起吃了飯，晚上還留下睡了一覺，兩隻小手緊緊抱著米陽，親得不得了。

米陽逗他：「那封信好玩不？」

小白洛川點頭。

米陽又問：「還要不要信啦？」

這次白少爺使勁兒搖頭，他抱著米陽悶聲道：「不要，我要你。」

米陽就撓他癢癢，小白洛川剛開始憋著，沒一會兒就笑起來，又恢復往日的活潑。

轉眼到了過年，每當這個時候，軍營裡來探親的人也多，有些人還會在軍營裡結婚，在禮堂裡長官講講話，大家一起吃頓飯。年輕人多就特別熱鬧，新郎滿臉紅光，新娘子也抿著嘴害羞地笑，和在家裡辦婚禮一樣開心。

白敬榮手下有個兵要結婚，因為老家是貴州的，來回奔波實在太遠，新娘子跟他是一個寨子裡的，自己帶了衣裳首飾過來給自己辦婚禮。

白敬榮自然是支持的，當兵的找對象不容易，一年到頭顧不上幾天家，既然人家丫頭來了，就不能委屈了人家。他自己對這些不太懂，就找了米澤海一起商量，在師部為這對年輕人辦了婚禮。

新娘子很爽朗，絲毫不扭捏，笑著道：「我瞧著過年日子就好，白首長，也不用給我們挑日子啦，我明天就嫁給他！」

周圍的兵都發出善意的笑聲，還有跟新郎官熟悉的，佯裝嫉妒地推了他兩把，「你這小子運氣可真好，快問問嫂子還有沒有小姊妹，也給咱們介紹一下！」

準新郎官站穩身體，扶了扶頭上的軍帽，眼睛瞧著自家的新娘子，傻笑不已。

小白洛川和米陽也跟著去湊熱鬧，兩個人負責坐喜床。

米陽口袋裡被塞了好多喜餅，他們的任務就是來這裡坐一下，最好再小睡一會兒，添點喜氣，沒什麼其他的事，特別輕鬆。

米陽拿了喜餅出來啃了一塊，他給小白洛川，但白少爺顯然有些猶豫，挑食似的只就著米陽的手吃了一口，就不肯再吃了。

米陽自己啃了大半個喜餅，心滿意足地躺下睡午覺。

白少爺對他們身上蓋著的紅色被子特別好奇，摸了好幾下，「紅色的。」

米陽隨口道：「是呀，好看吧？」

小白洛川認真點頭道：「好看。」他分了一半給米陽，「你也蓋。」

他習慣有什麼好東西都給米陽一半，米陽就跟他裹著紅被子睡了一個甜甜的午覺。

程青晚上來看他們，部隊裡不讓小孩子睡一整晚，等他們睡著抱回去就行了。

米陽他們兩個下午睡了很久，這會兒挺有精神，還好奇地問了新娘子的事。

程青逗他道：「怎麼？陽陽也著急啦？想娶媳婦了嗎？」

米陽小臉通紅，周圍人都笑起來。小白洛川起先也跟著笑，很快就不樂意了，他過去拽著米陽的小手把他叫到一邊，撇嘴道：「娶媳婦有什麼好，跟董青青她們一樣，碰一下就哭，還偷摸你的小木馬……女孩不好，陽陽不娶媳婦。」

米陽：「……」

小白洛川還在加著籌碼：「你要是不娶媳婦，我把我的遊戲機給你玩一個禮拜，就給你一個人玩。」

米陽樂了，「一個遊戲機就換我一個媳婦呀？」

小白洛川愣了一下，「那你要什麼？」

米陽想了想，道：「怎麼也得讓我玩兩個禮拜吧？」

白少爺特別開心，點頭道：「好！」

兩個小朋友手牽手跟在大人身後慢悠悠地走，白少爺還在那邊哼唧道：「你剛才老問娶媳婦幹什麼呀？」

米陽其實想的是貴州那個地方，他以前支教的時候去過一次，還挺懷念的，不過這話不能如實說，只好敷衍道：「我就問問她哪裡人多少歲，聽說到了法定婚齡就能結婚了。」

小白洛川哼道：「不管，米陽只能跟我一起。」

米陽安撫小朋友：「行吧，行吧。」

等回到白家，駱江璟還逗兒子道：「洛川，坐喜床好玩嗎？」

白少爺點點頭，又矜貴地抬高小下巴，「還不錯。」

駱江璟笑道：「那等你以後長大了遇到喜歡的人，也可以結婚。」

小白洛川想一想，道：「我現在就有喜歡的人呀！」

駱江璟好奇道：「誰呀？」

小白洛川像小大人一樣嚴肅道：「我最喜歡我們班的一個小朋友，我以後要跟他結婚，但是不能告訴媽媽，我打算自己先努力。」

駱江璟問：「你怎麼努力呀？」

小白洛川想了一下，掰著手指頭認真數：「我要幫他完成繪圖作業，吃掉不愛吃的點心，幼稚園裡有小朋友欺負他，我就欺負小朋友。」

駱江璟笑壞了，點頭道：「好吧，那你繼續努力。」

以此為努力目標的白少爺認真點頭，抬著小下巴上樓去做老師指派的手工作業。他們班要摺紙飛機，他要做一個飛得最高的給米陽。

直到很多年以後，他們一起長大了，那雙手始終都是緊緊牽在一起的。

只是手上擁有了鐫刻彼此姓名的戒指，以及要並肩度過一生的信心。

之三：花生沙冰

米澤海年前出了一個不大不小的交通事故，車子擦撞，受了點輕傷，住進了醫院。

說起來也不算多嚴重，就是腳上需要打一塊鋼板，穩定骨節，但也正因為傷到的是腳，所以做很多事情都不方便，走路什麼的就別說了，動完手術在床上翻身都不太方便。他被這麼一個小手術困在醫院十來天，整個人都有點暴躁。程青卻不管他這麼多，趁著他不能離開醫院，抓著又做了幾項檢查，讓他調理一下身體。

米陽得到消息的時候，米澤海已經做完手術，程青在電話裡說得輕鬆：「沒什麼事，就碰了一下。你爸開車沒注意後面的便道，後面那人從內側超車，也不規矩，反正就蹭了一下。他受的那傷我都不好意思說，傷著腳趾頭啦。你們也甭回來看了，養幾天就出院，他都催醫生好幾回了。」

米陽道：「不行，我還是回去吧，您一個人也照顧不來。」

米澤海怎麼說也是個一米八的大男人，程青和米雪娘倆在家可搬不動，米陽掛了電話急著去訂票，沒一分鐘程青電話又打過來了，笑道：「你這孩子，脾氣怎麼現在跟洛川一樣急了呀？真沒事，咱們家有人照顧呢！」

米陽道：「您和小雪輪班照顧也不成，太辛苦了。」

程青道：「你堂哥他們來了。」

米陽愣了一下，「堂哥？」

程青笑道：「是啊，你爸他老家那邊來的人，好傢伙，一下子來了三個小夥子呢。我幫你爸換了一個單人房，那邊有兩張空著的床，外面還有個小沙發，他們就睡那邊陪著，現在我就每天負責送點飯過去，一點都不累。」

米陽想了一會才想起來，他爸當年是被米鴻抱養的，按照血緣關係推算起來，還有另外一個老家，不過他爸跟那邊聯絡不多，只是一些書信往來，拿了薪水之後資助過一段時間那邊老家的親人。有時候逢年過節也會收到一些年貨特產，都是那邊的人特意送來的。東西不多貴重，總歸是一份心意。

米澤海跟那邊就這樣不遠不近地聯繫著，要不是這次他車禍受傷，老家的人估計也不會親自跑一趟。說起來，這還是他跟侄子們第一次見面。

米陽記得老家的堂哥，前一世米澤海也是出了小事故，傷了腳比現在嚴重些，他當時剛上班忙得厲害，也是老家的堂哥過來悶不吭聲地幫了一個多月。什麼也不圖，做事老實，醫生說盡量不要讓病人的腳落地，那堂哥就一直背著米澤海這個親叔。那會兒米陽家裡住的老房子還沒有電梯，硬是給背到了五樓，複診時也是全程背著去，一聲苦也不喊。

後來米澤海出院，他們也就來家裡吃了一頓飯，要了兩張米澤海家裡的全家福就走了。程青給什麼禮物都不收，只說有照片回去給爺爺奶奶看看就夠了。

米澤海的親生父母也一直遵守著約定，孩子既然送出去，再想念也沒有多聯繫，尤其是前些年家裡日子過得不好，更是帶著幾分虧欠，現在能幫上忙，才略鬆了口氣。他們都是老實人，最大的奢望，不過是開口要了兩張照片罷了。

米陽記得那幾個堂哥，心裡放心了許多，但還是打算回去看看。

白洛川晚上回來聽到這件事，自然也是要跟他一起回去的。兩個人一路趕回滬市，去了醫院病房，就遇到了米陽的那幾個堂哥。

房裡留了一個收拾床鋪，見到米陽有些拘謹，「小弟推叔叔去外面走走，今天暖和。」

米陽笑道：「天氣是不錯，大堂哥是吧？我留下來陪你收拾，多謝你們這幾天幫忙。」

大堂哥就是以前留下照顧米澤海最久的一位，米陽看著他親切，他跟米陽接觸下來，也覺得這個從未見過的堂弟說話做事如沐春風一般，慢慢放鬆下來，臉上露出笑容，只是對著白洛川的時候還是緊張一些。

白洛川打量著他，見這人長得跟米陽不是很像，米陽輪廓更像母親，清俊些。

大堂哥沒什麼心眼，白洛川略問他幾句，就把什麼都說了。

「我們來了三個，本來家裡打算只讓我來陪床，小嬸和小雪照顧不方便，二弟他們正好來學校，爺爺就讓我們提前過來，一起照顧叔叔。」

「對，二弟他們還在念書，讀研究生了，小弟學的是數學，二弟學的是美術。」

「還要多虧了叔叔前幾年給二弟出了學費，本來他都不打算讀了，現在他們的老師都說好，二弟的學費都是自己賺的。」

……

說起自己的事都是三言兩語，但是誇起幾個弟弟和對米澤海的感激，大堂哥是真心實意的，說了好些話給米陽他們聽。

聊了一會兒，米雪來了，她今年已經讀高中，是個大丫頭了，這次來是替程青來給他們送飯，米澤海的病號飯是單獨放著的——不是為了好吃，而是比其他人的都差些，因為醫生說他血脂血糖有些高，程青母女倆盯緊了菜單，每天都想法子多加一些粗糧進去。

米雪瞧見哥哥很開心，蹦蹦跳跳過去抱著米陽的手臂撒嬌，「哥，你回來啦！」

米陽摸摸她的頭，笑著道：「嗯，回來住幾天。」

小丫頭特別開心，米陽點了點她，又指著旁邊道：「小雪，喊人。」

米雪吐了一下舌頭，這才喊了一聲：「白哥哥好。」

白洛川略略點頭，對她的態度從小就沒怎麼變過，或者說他除了對米陽以外的人都不怎麼熱情，對米雪算是好的了，起碼有個回應。

米澤海坐著輪椅放風回來，瞧見他的病房多了不少人，他跟米陽他們聊了一下，就擺擺手讓他們先走，「不用留下陪著，這麼多人，你大堂哥還睡沙發呢，再來真睡不下啦！」

白洛川笑了一聲，起身過去道：「那行，我們先回去，明天再來看您。」

米澤海道：「明天也不用來了，你事情忙，駱總前陣子說的那個項目還要盯著才是。你正好回來，也該去公司看看。」

他們兩個工作狂湊在一起三句話離不開公司的事，那幾個堂哥也沒有打擾的意思，各司其職，有的洗水果，有的去放輪椅，做事井井有條。

米陽站在一邊看著，發現這裡確實不用他留下照顧，他的視線又落在他爸那條傷著的腳上，看著不是很嚴重。

米雪戳了戳她哥哥的手臂，米陽低頭看她，「怎麼了？」

米雪小聲問他：「哥，你這次回家住嗎？」

米陽笑了一下，沒有吭聲。

小丫頭就明白了，撇嘴道：「又去他家呀？」

米陽「嗯」了一聲，補充道：「不過要在滬市多待幾天，這邊不是剛開了『肄三堂』的分店嗎？我留下來盯幾天，妳有空可以來找我，我帶妳去吃大餐好不好？」

米雪特別好哄，聽見還能去找哥哥立刻就笑起來，點頭道：「好呀，我明天就去找你！咱們說好了，帶我去吃大餐！哥，我想吃……」小丫頭報了一串菜名，還形容了一下，「那

邊好多餐廳，可好吃啦！」

米澤海咳了一聲，問道：「小雪，妳有那麼多想吃的，怎麼不想想爸爸啊？」

米陽兄妹兩個轉頭，看到米澤海已經打開自己的餐盒，裡面放著的愛心午餐簡直讓人落淚，一份素炒青菜，一份蒸玉米和紅薯，還有一點蛋炒飯，不放火腿放好多菜的那種，綠油油的，看著就讓人不忍落筷。

米雪做了個鬼臉，自己先笑了，「下面還有一層呀，爸爸你看。」

米澤海打開，眼淚都要掉下來了。

最後一層放進去的是一盒優酪乳，一眼就能看出是米雪偷著孝敬親爹的。

米澤海這裡有人照顧，白洛川就道：「那我和小乖先回去了。」

米澤海點頭，叮囑米陽：「別帶你妹妹去吃辣的，她喉嚨剛好，前兩天有點咳嗽。」

米陽答應了。

米雪覺得親爹背叛了自己，嘟著嘴巴跟著哥哥走了。她平時跟爸爸特別好，但是哥哥來了之後，小丫頭第一選擇肯定是哥哥米陽。

米澤海喝著優酪乳，心裡都酸得像顆檸檬了。

大堂哥在一旁撓撓頭，有點奇怪道：「叔，那個人喊『小乖』是喊誰啊？」

米澤海道：「他喊陽陽呢！」

大堂哥呆呆道：「我以為喊的是小雪，聽著可親了。」

米澤海搖搖頭，笑了一下，沒也覺出哪裡不對來。

小乖就是個稱呼，沒有什麼其他含義，他岳母程老太太喊了二十多年，心肝肉什麼也喊過不少，他都聽習慣了，再者，白洛川和駱江璟也喊這麼多年，他聽著一點反應都沒有。

他們兩家現在可不就是特別親近？

米陽和白洛川出了醫院，先去了一趟程青那邊的藥房，把妹妹米雪送回去，又留下陪著程青說了一會兒的話。

程青也是有段時間沒瞧見他了，見到他們倆挺開心的，「來得正好，陽陽先別走，幫我收拾一下庫房。店裡之前雇的人有點事，三四天沒來了，我和小雪都搬不動那些箱子，一直擱在那橫著占位置呢！」

米陽自然是答應的，白洛川也脫了外套，捲起袖子幫著幹活。

他們兩個力氣大，尤其是白洛川，原本兩個人一起搬的箱子，白洛川輕輕鬆鬆一個人就能搬走，面色如常地問道：「放哪？這裡嗎？」

米陽指揮著他放好，瞧著他長年健身的好身體，有些眼熱。

他也一直跟著白少爺健身來著，之前去過一次健身房。不過是跑步，白洛川就黑著臉不讓他去了，回頭自己在家裡折騰出一處健身的房間，親自帶著他做。當時給的理由也特別義正辭嚴，說那邊的教練意圖不軌，瞧著眼神就不正經。

但是親自帶著他運動的白少爺也正經不到哪去啊，他一個人在家裡健身還好，如果他們兩個一起運動，多半就變成另外一項「運動」了。

米陽正想著，忽然聽見白洛川喊他，下意識抬頭差點親到對方。

白洛川站在他面前笑了一聲，靠得極近，「這麼想我？」

米陽歪頭想躲，奈何對方太熟悉他了，湊過來調整了一下角度，就結結實實親吻上來。唇瓣貼合廝磨，舌尖挑開一點縫隙就鑽了進來，空氣都熱了似的帶著甜膩的氣息。

米陽被他推在庫房的牆上，腰部被手指碰到，抖了一下，小聲道：「小雪要來……」

白洛川「嗯」了一聲。

米陽要拽他的手出來，白洛川手臂硬得像是鐵，沒有絲毫的撼動，一邊親他一邊順便用腳踢了兩個箱子堆在門口，含糊道：「行了，她進不來了。」

你這叫自欺欺人好嗎？

米陽道：「你以前……」

白洛川又親他一下，「以前怎麼了？」

米陽瞇著眼睛，喘了口氣道：「你以前還知道要關門反鎖的。」

白洛川笑道：「嗯，我現在放兩個箱子，你妹也進不來。」

米陽猶豫一下，道：「只能親一會兒，還要出去呢。」

白洛川哼道：「不行，我還要摸一下。」

米陽：「……」

他白少爺最大，米陽已經懶得抗拒了，拖時間拖到後面吃虧的也是他自己。白洛川如今臉皮很厚，覺得「結婚」這兩個字可以擋在他前面解決一切事，他還不如抓緊時間配合，好快點繼續幹活。

他們兩個躲在庫房裡親親，米雪果然就找來了。

白洛川咬米陽的耳朵，手也沒放開他，「你這妹妹怎麼跟安了雷達一樣，離著她五十米以內怎麼都能找到你啊？」

米陽身體抖了一下，手撐在他肩上，咬著唇沒吭聲。

白洛川還在逗弄他，手輕輕動著，故意貼近了問他：「要不要我幫忙堵著你的嘴？」

米陽別開頭。

白洛川悶笑了一聲，還是用力親了上去，同時手也加重了力道。

……

米雪喊了他一陣子，見沒人應又走了。

等米陽他們忙完——私事和公事都忙完，並收拾好自己出來的時候，米雪才蹦蹦跳跳走上前道：「哥，剛才你們去哪兒啦？我找你們都找不到。」

米陽含糊道：「去閣樓拿了兩個紙箱放東西，怎麼了？」

米雪當真了，「難怪我敲門你們都聽不到，沒什麼呀，我剛去買花生沙冰啦，現在有點化了，但是也特別好吃，哥，你快嘗嘗呀！」

小丫頭拿了一杯沙冰過來，走近了才有點心虛，她又把白哥哥給忘了，只記得自己親哥的那份，「那個，我只買了一杯。」

白洛川心情很好道：「沒事，我和你哥吃一杯就好。」

然後理所當然地坐在那裡等著米陽投餵。

米雪看著他哥餵了兩口就不管那個人了，心裡舒服許多。只餵了兩口，比以前好多啦。那麼剩下的沙冰都是她哥一個人吃的了，美滋滋！

米陽知道白洛川吃東西挑剔，雖然喜歡吃甜，但是不愛吃花生沙冰，只餵了兩口就自己吃完剩下的。白洛川剛才在庫房已經「吃」得心滿意足，一點都不在意這些小事，還跟米陽嘀咕著說一些有趣的事，自己都能說著說著笑起來，看起來心情愉快。

白少爺心情好，連帶著對米雪都客氣不少，許諾等明天她過來帶她去吃大餐：「明天我和妳哥帶妳去吃飯，妳想吃什麼，只管跟我說。」

米雪眼睛亮晶晶道：「真的啊？白哥哥，我想吃美食指數排名第一的酸辣粉！」

白洛川錯愕，「啊？」

米雪道：「酸辣粉呀！還有一家的肉夾饃聽說也不錯，哦，對了，還有梅乾菜餅、雞公煲我也想吃，多加一份土豆行嗎？」

白洛川道：「不是，妳吃過好東西沒有？」

米雪怒道：「你才沒吃過好東西呢，這些多好吃！」

米陽在旁邊聽著差點笑出來，聽著他們兩個這麼對話才覺得是對的，像回到過去一樣，一點都沒變。

他記得米雪剛出生的時候，他和白洛川已經八歲了，他對這個妹妹很期待，但是白洛川卻臭著一張臉，一點都不喜歡。

觀察了一段時間，白少爺發現在米家反而是米陽更受喜愛，略微緩和了些。

米陽心態成熟，不在意這些，有時候看著父母笨拙又努力的樣子，還覺得有意思。

白洛川還是覺得多了米雪爭奪寵愛，對這個小丫頭有些敵意，也是米陽負責開導他，拉著他的手安慰道：「他們也是第一次當爸媽，沒經驗呀！」

白少爺臭著臉，「那你當小孩有經驗嗎？」

米陽心想，他還真有一點。

白洛川那時候畢竟也是孩子，米陽開導他一段時間，他就沒有那麼討厭米雪了。

只是有時候白少爺會隔著窗戶去看米陽，看他在家裡有沒有被欺負。

等到很多年以後，小丫頭長大了，米陽領著她能一起去上學的時候，白少爺依舊會習慣性坐在車裡，隔著車窗多看他們一會兒，像是再確認一遍他是最重要的。

米陽把最後一口花生沙冰吃掉，嘴裡涼絲絲的甜味化在舌尖。他把杯子放下，跟以前做

過無數遍一樣，起身攔在白洛川和米雪中間，打圓場道：「好了，時間不早了。小雪，我們先走，等媽回來，妳幫我跟她說一聲。」

米雪眼巴巴地看著他問：「哥，你還要去白哥哥家呀？」

米陽彎腰揉了她的頭，笑道：「對啊！」

米雪抱著他的手臂撒嬌：「那要去多久呢？」

米陽想了想，點了一下她的小鼻子，「要去很久。」

他和白洛川要在一起很久很久。

之四：同遊

白洛川坐在會議室裡，表情很不耐煩。

他這幾年裡已經接手駱氏，駱江璟雖然還在，但是權力基本已經下放給他，太子爺的位置實打實坐穩了，就看他哪天登基而已。

今天的會議全部結束，偏偏還有一個人不肯走。

京城分公司的康總還在堅持自己的想法，不肯輕易放棄：「白總，開局最難，既然都打開了市場，為什麼不一鼓作氣拿下這個項目？我想不明白，這幾年難道我做的還不夠多，不夠好嗎？我康某自認對公司竭盡全力……」

白洛川打斷他道：「康總做的是不錯，但是你忘了我們最初的目的，我只要對方背走銀行的一部分貸款就行，至於銀行方面我談好了，駱氏需要資金周轉，我的目的是套現。」

康總愣了一下。

他自然是沒有忘記，但是這幾年來，京城別墅的項目像是一塊肉骨頭天天懸在他眼前，令他迷失了心智，只想著憑藉這個項目徹底翻身。他手下的人也在吹捧，他康某人有自己的主意和本事，為何不能在京城大展拳腳，開闢第二戰場？

說到底，康總是想單幹的。

他萬萬沒想到自己拚了幾年拿到的地，全變成了太子爺的工具，雷厲風行之下變成了大批資金又匯入了駱氏。他幾年做的嫁衣，硬生生被白洛川拿去當了筏子，到了最後，大家也只會稱讚太子爺，根本沒有他姓康的一點好處。

想到這幾年被使喚得團團轉，康總眼眶都紅了。

事到如今，他無力回天。

併購案裡的詹嶸和銀行都是難啃的骨頭，但再難啃的硬骨頭，白洛川也拿下了。

白洛川看了他一眼，起身道：「散會。」

康總坐在那裡，心裡的憤怒變成了一頭冷汗。

他無數次自大地認為，行政總裁的寶座非他莫屬，從能力和對駱氏的貢獻上來說，他都當之無愧，可是自從太子爺來了之後就都變了。駱總不止一次表示，在適當時候會把這個位置讓出來，安心當她的董事主席，只是讓出來，接手的人只有一位，已是鐵板釘釘的事實。

駱氏的太子爺已經不是那個初出茅廬的小夥子。

他如今爪牙長全，還是一副鐵齒鋼牙，再也無懼任何人。

從公司出來的白洛川卻沒有心情管這些事，他如今接手駱氏，能自由支配的時間少了，要是他出差還好，能軟磨硬泡地帶上米陽，可米陽有時候會跟著以前的教授和師哥們出差，這一走就是半個月，他被困在鋼筋水泥的城市裡寸步難行，心裡簡直要焦躁了。

白洛川坐車的時候就忍不住查看了數次手機，臉一次比一次黑，他今天從早上開始，還沒有收到米陽的簡訊。

大概是這心情影響了他，跑了兩處地方之後，白洛川忽然發現自己把一份資料忘在家中了，只能揉了額角一下，吩咐司機道：「先回家，我拿點東西。」

司機大氣不敢喘，應了一聲立刻調頭回去。

白洛川讓司機在樓下等著，自己上去拿東西，他剛開了門就覺得有些不對勁。

房間裡還是那些東西，但是和他臨出門時擺放的位置略微不同，茶几上的杯子裡還多了小半杯水，而門口的鞋也多了一雙，帶著風塵僕僕的氣息。

白洛川的心跳了一下，顧不得找文件了，快步去了臥室。

臥室裡窗簾虛掩，床上躺著一個人。

大概是旅途疲勞，已經沉沉入睡，頭髮微濕，趴在那抱著什麼，睡顏沉靜動人。

白洛川最初看到米陽懷裡的那一抹白色，以為那是米陽最寶貝的那個小枕頭，再仔細看了一眼，發現那是自己的襯衫。

還是昨天脫下來，隨意擱在浴室門口的。

想來是米陽回來之後去浴室洗澡的時候看到的，然後就偷偷帶著回了床上。

白洛川眼神暗了幾分，他站在門口盯著床上的人，抬起手解開領帶，緊接著是鈕扣，喉結劇烈滾動幾下，向床邊走過去。

……

米陽是被一陣劇烈的動作弄醒的，起初身體裡那點微微的酸意不算什麼了，現在才算是狂風暴雨，快得讓人喘不過氣。

米陽抓著床單，好一會兒視野才清晰起來，啞聲道：「白、白洛川？」

白洛川的動作不減慢半分，低頭叼住米陽後脖頸磨了磨牙齒，努力把那點想用力咬下去的想衝動壓下去，「是我。」

米陽還在努力跟他說話：「你怎麼……現在就回來了？不上班了……啊……」

白洛川道：「不去了，上你。」

米陽：「……」

這是什麼亂七八糟的話，米陽聽得耳朵快要燒起來，卻被按著無法離開半分，更過分的是，對方還抓著他，小聲又強勢地問：「這是我的衣服吧？我剛才進來的時候，看到你抱著我的襯衫睡覺。」

「我比小枕頭好，對不對？」

「你是不是想我想得厲害，才抱著它睡的？」

「抱著衣服的時候，還想什麼了？」

「你自己弄給我看，讓我看看你有多想我。」

……

米陽被翻來覆去折騰了一遍，尤其是面對面被盯著看的時候，忍不住渾身發熱。他這幾年，抱著小枕頭睡的機會也少了，更多的是貼著白洛川的胸膛入睡。也是他做了一晚上飛機，上午回來之後鬼迷心竅，這才拿了白洛川一件襯衫。

米陽不想聽這人貼著耳朵胡說八道，拽著他低下頭，親上去堵住那張使壞的嘴。

慢慢的，米陽覺得有點不對勁了。

他推著白洛川，擰眉道：「有什麼東西，你……剛才放什麼進去了……」

白洛川親他，「沒什麼，就一個小玩意兒，現在都融化了，別怕啊！」

米陽不肯讓他再靠近，還想要自己去看，但是真的已經像白洛川說的一樣，指尖觸摸到的都是融化的帶著油性的水。

白洛川哄他：「對身體好的，你放心。」

米陽道：「到底是什麼東西？」

白洛川笑道：「就上次去檢查身體的時候，我不是順便讓人給你測了血樣嗎？正好我一個堂弟開了一家製藥公司，我讓他那邊專門做了一點適合你用的東西……」他說得含糊，「就做了點潤滑成分的固體棒。」

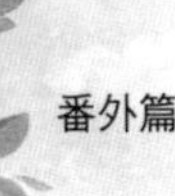

米陽惱羞成怒，「你之前讓我體檢就為了這個？」

「不是，」白洛川啞聲，「怕你過敏，太嬌氣了。」

米陽剛想反駁，之前融化了的小東西就開始發揮作用。他臉色通紅，耳尖也紅得像滴血般，推拒的手猶豫片刻，變成了使勁摟住的動作。

米陽臉埋在白洛川胸前，咬了他一口。

司機在樓下等了兩個多小時，只接到小白總一通電話，說是今天不去公司了。

司機如蒙大赦，開車走了。

他給小白總開車有段時間了，知道這位最近心情不好。通常那位先生不在的時候，他們家太子爺的心情都好不到哪兒去，陰晴不定的，今天可是一直憋著沒發火，這會兒讓他走，他立刻就麻溜走人了。

白洛川在臥室又接著忙活了一小時。

米陽最後手指都懶得動了，泡在浴缸裡昏昏欲睡，收拾乾淨回到床上都跟夢遊一樣，半夢半醒的。他提前趕回來本就累得厲害，躺下就睜不開眼睛，沾著床就睡了。白洛川摟著他的腰翻身貼著一起睡，心裡那塊空了的地方終於被填滿，熱呼呼的又重新跳動了一般，抱著米陽補了個覺。

米陽不在家的這些天，他一個人也沒怎麼睡好，現在人終於回來了，他也可以踏踏實實地放鬆下來了。

兩個人再醒過來的時候天已經黑了，米陽動了一下，身後的人就跟著打了個哈欠，蹭過來親親他，「醒了？餓不餓？我去做點吃的。」

米陽閉著眼睛都笑了，「你做飯嗎？那算了吧，你還是坐在餐廳等著吃好了。」

白洛川也笑了，輕輕咬他耳朵，「看不起誰呢，我最起碼能煮個麵啊！」

米陽笑笑沒理他，披了衣服起來去廚房做飯。上回白少爺也是這麼說的，要大展拳腳，結果連煮個泡麵都能糊成一團，他實在是不敢輕信這人的話了。

再者，做飯也不麻煩，米陽還挺喜歡自己在家做點飯菜的。平時這邊會有阿姨來做飯收拾，但是晚上的飯一般都是他自己做。簡單炒了兩個菜，又蒸了米飯，瞧見冰箱裡還有點水果，就拿出來洗了擱在那，吃完飯切了吃剛好。

白洛川吃得很香，他瞧見米陽吃飯都來勁兒。

米陽吃了半碗，就聽到對面白洛川對他道：「小乖，這個週末有時間沒有？」

米陽道：「有，怎麼了？」

白洛川道：「我堂哥，就是之前在京城念書那個白斌堂哥，他要過來開會，招商引資什麼的吧，難得見一次，週末我們一起吃飯？」

米陽點頭道：「好。」

飯後白洛川去洗碗，說是洗也就是動動手扔進洗碗機裡。大少爺十指不沾陽春水，能做到這樣已經很不錯了，要是讓駱江璟看到，免不得又要誇獎一番。

米陽是看習慣了的，他們兩個在外面瞧著好像是米陽在照顧白少爺一樣，但其實真要說起照顧來，米陽才是被照顧的那一個。

米陽拿了這次出去的照片給白洛川看，跟他說一路上發生的趣事。白洛川發現一張陌生的面孔，忍不住翻回去多看了兩眼，「這是誰？」

米陽順著他的指尖看過去，道：「哦，這是小任，任景年，是章教授的外孫，這次特意過來幫忙的。」

白洛川又問：「多大了？幹什麼的？怎麼以前沒見過，現在就來了？」

米陽抬頭看他。

白洛川挑眉，「不能隨便聊聊？」

米陽失笑，「你聊小任幹什麼，他有對象了。」

白洛川半信半疑，盯著這人不放。誰叫這一隊人裡，老的老小的小，也就陳白微和這人長得還不錯，尤其是這人眉眼疏離冷淡，只側身站在他們後面無意中入鏡，都能隔著螢幕看到那份英氣。

米陽收起相機，「你怎麼老看小任？他真有對象了，陳師哥跟我說的。」

白洛川冷笑，「陳白微的話你也信？他嘴裡就沒一句真話。」

米陽反駁：「陳師哥說的至少一大半是真的啊，而且他說的時候，小任就在旁邊。小任不怎麼愛說話的，這次來也是因為章教授身體不太好。我們教授就是責任感太強了，前幾個月剛住院治療，說是顱內血管有一小片陰影，醫生本來是想勸他靜養，但是章教授不肯，他說時間本來就不多了，如果有剩餘的時間，他更應該拿來做最重要的事。」

米陽說著語氣都低了下去，嘆了一聲。

白洛川捏捏他的耳垂，擰眉道：「下次如果章教授還需要幫忙，你也帶我去吧。」

米陽笑了一聲，點頭說好。

到了週末，白洛川和米陽去接白斌，等來的卻不是白斌一個人，白斌還帶著一個人，也是眼熟，大老遠就揮手熱情地招呼米陽了。

米陽看了也意外，笑著道：「丁浩，你也來了啊！」

丁浩穿著一件軍綠色長款棉服，下面牛仔褲搭配馬丁靴，穿著隨意又帥氣，跟大學生似的青春洋溢。機場裡暖氣足，他也沒好好穿衣服，棉服敞開披著，都快把肩膀露出來，裡面那件毛衣都是故意做舊帶漏洞的那種，而他身邊的白斌推著行李箱，一身穿戴周正而嚴謹。兩個人看起來風格不同，一個活潑，另一個卻像是世家公子，舉手投足都帶著規矩。

白洛川過去幫白斌推行李，低聲跟他說話。在這個堂哥面前，他一貫維持聽話的樣子。

丁浩特別自來熟地湊過來，勾著米陽的肩膀笑道：「又見面啦！上回咱們在京城分開後，有段時間沒見了吧？」

米陽點點頭，「是，兩年多沒見了。」

丁浩撓了撓臉，估計也沒想到這麼久，打哈哈道：「這麼久了嗎？我還以為就幾個月呢，看著你就特別親切。哎，等一下我送你一樣禮物，特別好，有錢都買不到的那種。」

白洛川停下腳步，看了他們一眼，視線落在丁浩手上，略微皺眉。

白斌也看見了，咳了一聲道：「浩浩，手放下來，好好走路。」

丁浩聳聳肩，和米陽並排走路，一路小聲跟他說話。

到了機場門口，白斌又叮囑：「衣服的拉鍊拉好。」

丁浩隨手弄了，白斌不滿意，親自過去檢查了一遍，把帽子也給他扣上，「室外溫差大，小心感冒。」

丁浩往後仰著不太想戴帽子，「我都多大了，這才剛初冬，我穿個羽絨外套意思意思就得了，哪有戴帽子的啊？白斌，你看這一圈誰戴了？」

他們旁邊一家三口走過去，被爸爸抱在懷裡急匆匆趕路的小孩頭上就帶著一頂針織帽，帽頂還有一顆毛球一晃一晃的。他咬著手指頭好奇地看著丁浩，很快就被抱著走遠了。

丁浩：「……」

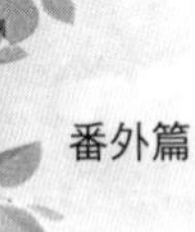

白斌輕笑了一聲，「你聽話一點，如果感冒了，回去會傳染的。」

丁浩想起什麼似的，立刻自己戴上了帽子，一點都不反抗了，神色又得意起來，「對對，家裡還有孩子呢，可不能傳染給小寶貝。」

白洛川開兩輛車過來，留了一輛車和司機給白斌他們，是特意給他們這段時間在滬市用的，他和米陽開了平時的那輛跑車。他發動車子，問道：「那個丁浩剛才跟你說什麼了？」

米陽笑道：「說家裡的孩子來著。」

白洛川有點驚訝，「他結婚了？」

米陽搖搖頭道：「不知道，我還沒問，就聽他一直說來著。」

白洛川嘖嘖道：「他話是不少，還說什麼了？」

米陽道：「說他家小孩長得特別可愛。」

白洛川哼了一聲，不置可否。

孩子好看是自己吹出來的嗎？這得擺事實講道理，讓大家評論好不好？

儘管不以為然，但白洛川總覺得古怪，這心情一直到了晚上一起吃飯時到了頂峰。

包廂裡沒有外人，丁浩特別熱情地送了米陽一份小禮物，「來來，米陽給你看我家小寶貝的照片。這張就送給你了，小孩最近剛拍的，特別好看對不對？有錢都買不到啊，這可是內部限定，不是親朋好友一般人都拿不到。」

白洛川沒想到這人臉皮這麼厚，送禮都送自己家小孩的照片。本有些不屑，但是瞥了一眼之後神色詭異起來。

原因無他，丁浩家這個小孩，長得實在太像他堂哥白斌了。

白洛川看了照片，又抬頭去看他堂哥和丁浩，尤其是視線在丁浩那邊多看了一會兒，他現在甚至都點懷疑：難道這孩子是丁浩給他哥生的？

白斌喝了茶，緩聲道：「是白傑家的小孩，認我們兩個做乾爹。」

白洛川恍然大悟，白斌和白傑是親兄弟，白傑年紀和他相仿，他要喊一聲堂弟。

米陽沒聽明白，白洛川小聲對他道：「就是上回做體檢的時候帶你見的那個人，他開了一家藥品公司，抽了你血樣，還專門做了一些固……嘶！」

米陽手在他腿上擰了一下，小白總收聲，但沒忍住嘴邊的那一絲笑意。

他家小乖擰得一點都不疼，虛張聲勢嚇唬人的樣子真是太招人喜歡了。

丁浩得意起來沒完，一個勁兒誇自家乾兒子：「哎喲，你不知道，孩子開始學說話了，特別乖，吃飯自己戴圍兜，學說話也快，我抱著出去走一圈，嘖嘖，遇到好幾個人都問要不要拍奶粉廣告……我現在算是明白了，養孩子真的很有意思，不過現在跟你們說了你們也不懂，孩子還得親自養了才知道裡面的樂趣。」

白洛川沒有，自然就不服，「又不是你親生的。」

丁浩不以為意，擺手道：「就說你還年輕不懂吧？不是親生，勝似親生啊！」

白洛川：「……」

他搞不懂的是丁浩這膨脹的自信心，這人由內而外散發的自信到底哪兒來的啊？說起來這孩子還姓白，好歹和他是親戚呢！

丁浩一張嘴誇出了花兒，白洛川聽著都替他臊得慌，忍不住轉頭去瞧他堂哥的反應。他家這位堂哥倒是神色如常，聽著還面帶微笑起來。

換了別的事，白洛川從來不輸給旁人，但是關於孩子，他還真跟丁浩比不了。

小白總吹不過他，心裡不痛快。

晚上送他們去飯店的時候，白洛川難免就用挑剔的目光上下打量著丁浩，更是拿著他跟旁邊人比較了一番，然後就有點看不上丁浩。也不能怪白洛川，他身邊站著的不是白斌就是米陽，這兩位都是打高分的存在，丁浩一沒有白斌那種氣度，二沒有米陽聽話懂事，仗著那副好皮相，小白總給他打個及格線的分數就很客氣了。

中途出了一點小意外。

白洛川忘了點東西，折返回去拿的時候，瞧見他堂哥和丁浩在走廊邊上接吻。

白洛川了然，「哦……」

對面兩人：「……」

白洛川拿了自己的東西，對他們點點頭道：「打擾了，堂哥，我把另外一個房間退了，你們好好休息，明天見。」

丁浩用手遮著半張臉，支支吾吾，倒是白斌依舊彬彬有禮道：「明天見。」

白洛川琢磨著這事大概是他堂哥起的頭。

他們老白家的人，一般都是主動出擊，而且瞧著剛才丁浩被抓到後滿臉通紅的樣子，主動權儼然是在他堂哥手上的。

白洛川和米陽回去，路上跟米陽提了兩句，米陽反應比他平淡些，點點頭道：「我說怎麼每次都是他們兩個人一起過來，原來是這樣。」

白洛川覺得很不可思議，「他們兩個人怎麼就在一起了呢？」

米陽笑道：「我看著挺般配的啊，都很帥，丁浩也好玩，跟他在一起不悶。」

白洛川道：「我堂哥那個人……太優秀了，我總覺得他應該找個更好的人。」

米陽逗他：「要你這麼說，你是不是也該找個更好的？最好和你一樣的人中龍鳳？」

白洛川握著他的手放在唇邊親了一下，「不，我已經有最好的了。」

米陽笑道：「你堂哥肯定也這麼想的。」

白洛川點頭道：「應該吧。」

話雖這麼說，但是第二天再湊到一起玩的時候，白洛川還是忍不住用眼角餘光去觀察丁浩。滬市娛樂多，白洛川不願意讓米陽去太複雜的地方。

白斌和他想到了一處，比起白洛川來，他把保護範圍劃分得更加細緻，除了一些娛樂場所，就連有點危險的運動項目他也沒打算讓丁浩玩。

找來找去，最後去了一家馬場，幾個人一起騎馬。

白斌馬術不錯，丁浩運動神經也好，他們一個人教一個人學，玩得還挺開心，沒多久就可以小跑一圈了，還像模像樣的。

因為一直在山海鎮養著烏樂，白洛川和米陽對馬並不陌生，尤其這兩年老家還多了幾匹小馬，都是和烏樂一樣的小黑馬，活潑極了。白洛川經常和白老爺子通過視頻看牠們，馬術自然也不必多說，騎馬對他已經是家常便飯了。

米陽拿了胡蘿蔔餵馬場裡的小馬，嘴角帶笑跟牠們小聲說話。

白洛川湊過去一點，拿了米陽手裡那根胡蘿蔔道：「想家裡那幾個小的了？」

米陽點點頭，「嗯，爺爺傳了好多視頻來，烏樂還偷吃小馬的糖。」

白洛川笑了一聲，「一點都沒當爸爸的樣子！」

白老爺子度過危險期之後，身體慢慢調理，堅持了幾年好了許多，現在跟著與時俱進，也學會用微信了，經常拍些烏樂和小馬們的視頻發給他們。老爺子在山海鎮的日子過得很舒服，大概心情好，氣色跟著好了許多。

白洛川這幾年和米陽私下相處的時候，都已經習慣彼此間的一些小動作，這會兒跟米陽說話，看見他胸前落了根草，順手就幫他拿了下來，小聲念叨：「我瞧不出那個丁浩哪裡好，怎麼我堂哥那麼縱容。他騎馬的姿勢是現學的，一看平時就不怎麼運動，臨時抱佛腳……」

米陽笑道：「我倒是覺得他很好玩。」

白洛川不服，「哪好了？」

米陽想了一下，「運氣特別好吧。」

白洛川道：「這倒是，不然怎麼能遇到我堂哥這麼優秀的人。我只是有點不明白，他們倆看起來實在不像是一路人。」堂哥太優秀，白洛川之前也是被帶過兩年的，心裡存著敬畏，越是這樣，越是覺得沒人配得上白斌。

米陽道：「我和你看著也不太像一路人啊！」

「誰說的？」白洛川靠近了點，捏著米陽的臉哄他：「你不跟我一路，跟誰一路？」

耳邊傳來馬蹄聲，白洛川轉頭去看，這次輪到丁浩騎在馬背上居高臨下看他們。

丁浩眨眨眼，笑著拖長了音：「哦……是不是我打擾你們了？」

白洛川：「……」

中午吃飯聚在一起的時候，輪到大家正式介紹了身邊的人。

白斌握著丁浩的手道：「這是我的戀人丁浩，我們已經結婚幾年了。」

白洛川沉默一下，「那很巧，我們也是。」他倒了一杯水給堂哥，露出手上的戒指，「我和米陽也結婚了，爺爺他們都知道。」

因為這一層的關係，他們幾個人的感情迅速拉近。白斌送了一份禮物給他們，白洛川也

和米陽商量著回送一份。米陽心細，挑了一份嬰兒用品回贈。小白總有點眼紅，好幾天都積極「造人」，還喜歡用手去摸米陽的肚子，故意問他有沒有。

米陽的回應就是咬他肩膀或者胸膛，有時候氣急了也咬他喉嚨，第二天起來都是米陽自己看見那些痕跡不好意思，小白總倒是不在乎，恨不得明晃晃亮在外面才好。

白家兄弟都屬於工作狂，碰到了沒兩句就談起工作的事，丁浩就拉著米陽一塊玩。他們還要在滬市待幾天，白斌工作忙，丁浩去找米陽他也比較放心。

比起白斌，白洛川就有些不放心了，生怕丁浩把米陽拐出去學壞了似的，一天三通電話打來詢問他們去了哪裡，要不是他工作也忙，估計都想親自當司機盯著了。

米陽沒覺出什麼，丁浩卻是咋舌，「你家這位管得好嚴啊！」

米陽正在發簡訊，一邊打字一邊道：「還行。」

丁浩眼珠轉了轉，笑道：「老去騎馬挺沒勁兒的，米陽，這附近是不是有個酒吧街，還有個商場上面一層都是遊戲機？」

米陽有點驚訝，「對，去年剛開的，你來過？」

丁浩眨眨眼睛道：「我知道的可多了，年輕時玩過一陣子……咳，我是說前幾年。」

米陽更奇怪了，「前幾年你不是在京城？」

丁浩撓撓頭，「哎，你別管這些了，反正就是年輕時的荒唐歲月，現在年紀大了就開始養生，那些地方不怎麼去了。你不知道，我今年過生日白斌都買了一對保溫杯送我。」他唏噓感慨了一陣，又道：「我們今天出去玩吧？我知道一個地方不錯，我帶你去找樂子。」

他說一陣是一陣，跟白斌那邊打了招呼，就要拽著米陽出去。換了平時白斌肯定要讓人跟著，但是米陽也在，他略一猶豫就應了，還叮囑道：「別亂跑，有什麼事打電話給我。」

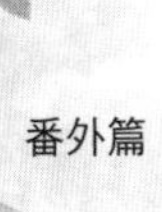

白洛川那邊也回了簡訊，言簡意賅：「我下午和堂哥有點事，忙完了去接你。」

丁浩這皮猴子得了批准，簡直像打開了封印似的，帶著米陽就出去撒野了。

丁浩說的那個找樂子的地方不太好找，小路七扭八拐地找了好久，找到了的那個地方，米陽在滬市待了這麼久都沒來過。旁邊招牌燈紅酒綠，米陽瞇了一下眼睛，猶豫道：「真的要進去嗎？不然算了，我還有點事……」

丁浩眼疾手快地拉住他，「來都來了，進來唄。我跟你說，那師傅手藝可好了！」

米陽被他拽著走過去，這才瞧見丁浩要去的不是那些花花綠綠的娛樂場所，是在旁邊小巷子裡的一家店。上面沒什麼特別的招牌，一共四個字：剃頭修腳。

丁浩道：「來來，我跟你說，這裡請的是一位揚州的老師傅，手藝特別好！順帶還能捏肩鬆背，包你全身舒爽！」

米陽：「……」

米陽是第一次來這種地方，推門進去像是回到八〇年代初期那種老店，裝修的風格也非常樸素，師傅熱情地端了水來讓他們泡腳，緊跟著就開始抖毛巾，俐落地給他們披在肩上，啪啪啪幾下敲下去，大聲問道：「力道可以嗎？小哥，這個力道撐得住吧？」

捏肩鬆背還是挺舒服的，等到捏腳的時候，米陽有些不適應，他腳底板最怕癢，捏一下就抽回來憋得臉都紅了。

旁邊的丁浩舒服地閉上眼睛，安慰他：「沒事沒事，適應就好了！」

米陽窘迫地乾脆閉上眼睛，努力放鬆，雖然還是癢，但穴道按下來還是很解乏的。

丁浩飲料都沒要冷飲，和米陽一人一杯紅棗枸杞茶，可以說特別養生了。

只是這場養生之旅剛結束，白家兄弟就上門來抓人了。

白斌站在門口沒等進來，就聽見丁浩在小隔間裡跟米陽吹牛：「是不是覺得自己狀態特別好，連著熬夜也特別精神？我就跟你說了這位揚州師傅特別好了吧？走走，攢足了勁兒，等一下咱們去喝酒。你會跳舞嗎？不會我……」

白斌揉了揉額角，有點頭疼，他伸手敲了兩下木門，丁浩到了嘴邊的話立刻變了：「其實我也不會，我都沒去過，真的。」

白洛川站在門口臉都黑了。

白斌把丁浩接走，白洛川則走進來，彎下腰親自幫米陽穿襪子。

米陽躲了一下，笑道：「我自己來，我怕癢。」

白洛川不樂意道：「怕癢還讓別人碰？」

米陽道：「其實挺舒服的，你要不要試試？」

白洛川哼了一聲，「試什麼，喝酒嗎？要是我不來，你是不是就跟他去酒吧玩？」

米陽捏了他家少爺吃醋的俊臉，笑道：「不去。」

白洛川抬頭看他，神色依舊不好。

米陽安撫技術一流，一句話就把人哄回來：「我等著你來，跟你去。」

白洛川心裡的小火苗瞬間就熄滅了，像三伏天吃了冰一樣舒坦，但心裡還是豎起了一道警戒線。丁浩屬於危險份子，可不能讓他帶壞了自家小乖。

另一邊，丁浩回去後被白斌小懲大誡，也沒罰別的，晚飯就多點了炒胡蘿蔔絲。

丁浩最怕吃這個，臉變成了苦瓜，他胡亂塞了幾口胡蘿蔔絲，起身就要走。

白斌叫住他：「回來。」

丁浩站在那不動，「嗯？」

白斌捏他的臉，道：「嚼碎了，嚥下去。」

丁浩：「……」

丁浩抗議：「白斌，你這是故意的，我不吃胡蘿蔔……」

白斌笑道：「補充維生素，對身體好，這樣連著熬夜都有精神。」

丁浩覺得自己太委屈了，他就捏了個腳順便喝了點枸杞茶，還什麼都沒幹呢，就被懲罰了。被餵著吃了半盤胡蘿蔔絲之後，丁浩那嘴也沒閒著，「冷漠、虛偽，是道德的淪喪，還是人性的泯滅？到底是經歷了什麼，才讓你變成現在的你？白斌，你變了，你知道嗎？」

白斌道：「對，因為你不聽話。」

特別聽話的米陽被小白總親自帶著回山海鎮騎小馬去了，而特別不聽話的丁浩，則吃了半個月的胡蘿蔔。

之五：相伴一生

米陽小的時候，因為淘氣也挨過打，那不是他想主動淘氣的，而是小白洛川想要放飛自我，非要拽著他一起去「探險」。米陽承認撿松塔餵小松鼠什麼的挺有意思，但是回來晚了屁股上挨了一巴掌也很丟臉就是了。

小白洛川比他好一點，白家不怎麼體罰，讓他面壁思過了半個小時。

第二天，米陽聽他說起來時都帶著羨慕。

他也想面壁思過，這可比被老爸抱起來放膝蓋上打屁股好多了。

小白洛川問他：「你受罰了沒有？」言語裡都帶著擔憂。

米陽硬撐著道：「沒有啊，就跟平時一樣。」

這次輪到白少爺羨慕他了，真心實意感嘆道：「真好，我是你家的小孩就好了。」

米陽聽樂了，「那可不行，你家就你一個呢，你跟我跑了算怎麼回事呀？」

小白洛川撇撇嘴，坐在高大的椅子上踢著兩隻小腳悶悶不樂道：「我一個人在家可沒意思了，每天就想來找你玩，最好咱們天天都在一起。」

他說著就伸手去抱米陽，對這個從小就在一起的小夥伴特別珍惜。

後來上了小學，開始有考試，米陽自然是不怕這些試卷，簡直閉著眼睛都能做完。第一次摸底考試之後，他身後坐著的那個小胖子考了個不及格，小胖子還沒覺出什麼來，依舊笑嘻嘻的，米陽忍不住問道：「你不怕回去加菜？」

小胖子求知欲旺盛，問他：「加什麼菜？」

米陽指了指他的試卷，「一般考這個分數，回家可能要加一道『竹筍炒肉絲』。」

另一個同學聽見當真了，興高采烈道：「什麼肉絲？考完試，你家還加餐啊？」

米陽道：「唔，看情況吧。」他瞥了眼那同學的試卷，祖國山河一片紅，也是相當慘烈，在一片紅色大叉中勉強及格。米陽同情地看著他，委婉道：「你晚上回去表現好點吧。」

兩人信以為真，高高興興回家去了。不及格的小胖子被揍了一頓，小胖子他爸一看到試卷，火氣蹭蹭就上來，擼起袖子道：「我讓你吃個夠！來，把竹條給我拿來！」

小胖子眼見情況不對，撒腿就想跑，但還是被抓回來「加餐」，而且還是男女混合接力，只得哭著保證好好念書才被放過。

另外那個男孩回家去也鬧著要加餐，「爸，米陽說我能吃竹筍肉絲！」

他爸看了試卷，心頭小火就開始往外冒，對他道：「也成，你讓我醞釀一下。」

男孩還在迷糊，睜大了眼睛瞧著他爸。

他爸道：「去，把你的作業拿來。」

他爸輔導他寫作業，怒氣值沒兩分鐘就攢夠了，痛快賞了一頓「竹筍炒肉絲」。

因為一直有米陽這個「別人家的孩子」對比著，班上的小朋友都叫苦連天，後來等著米陽和小白洛川相繼跳級後，大家才終於逃出「那個特別優秀的米陽小朋友」的陰影。

再大一點，整個軍區大院的小孩們都喜歡扎堆玩，小白洛川成了「白司令」，米陽被他們喊成了「米副官」。米副官很無奈，但也只能打起精神來陪著大家一起玩。

米副官也有不在場的時候，逢年過節偶爾也要回老家去探親，這個時候白司令的心情都不會多好，整天懶洋洋地托著下巴，最喜歡的打仗遊戲也不樂意玩了，坐在那裡盼著自己家的小副官快回來。

有個小朋友問道：「米陽不回來，你為啥不去找他啊？」

小白洛川看他一眼，小孩明明比他還大，卻嚇得結巴：「我、我就隨口說說……」

小白洛川摸著下巴道：「他說過兩天就回來，今天過了，還有一天就回來了。」

白司令此時還不知道「過兩天」是一個虛詞，是他家米副官說的客氣話，等掰著手指頭算著兩天過去了，還沒見米陽回來的時候，小白洛川終於慌了。他去米陽家找了一圈，瞧見大門緊鎖，紅著眼眶回了自己家，難過得晚飯都沒吃。

駱江璟怎麼哄都不好使，白司令這樣低落的情緒一直維持到米副官回來，但是也氣鼓鼓的，抬高了下巴別開頭不去看對方。

米陽笑呵呵地把帶來的特產送到駱江璟手邊，得了一句誇讚之後，又提著一個小袋子放在小白洛川面前，拿出兩顆糖山楂道：「吃吃看，這個可好吃了，我姥姥自己炒的，上面的糖還裹了芝麻，山楂也是自己摘的，酸甜酸甜的，都去了籽，咬一口……哎呀，不得了，我口水都要流下來了！」

小白洛川偷偷嚥了一下口水，瞥了一眼糖山楂，很快視線又落在米陽的手指上，擰起眉頭道：「你的手怎麼了？」

米陽右手食指包起來，他不在意道：「沒啥，就姥姥家有個爐子，我沒注意蹭到了一下，燙出了個水泡。」

白洛川就不跟他生氣了，認真看了一下，又幫他吹了吹，「還疼嗎？」

米陽搖搖頭笑了。

兩個人又和好了，坐在那一起吃了糖山楂，果然是酸甜酸甜的口感。外面的芝麻炒過，被糖黏在上面脆脆的，咬著特別香甜。

等悠閒地讀完小學，開始讀初中的時候，米陽就開始冒出點存錢的想法了。

他其實存不了多少，就是想辦法提醒自家父母。每當米澤海笑呵呵喊他小財迷的時候，米陽就會故意嘆口氣道：「唉，沒辦法，將來要娶媳婦總得有房子，不然住在哪裡呢？」

米澤海道：「臭小子才幾歲就想娶媳婦了？」

米陽道：「不是，爸，重點是房子……」

米澤海道：「哈哈哈！」

米陽：「……」

米陽沒辦法，只能努力以身作則，不過他媽倒是很支持，也開始存以後買房的儲備基金了，這讓米陽很欣慰。

米陽初中參加各種比賽和演出的時候，經常會有小獎品，有些時候送的是雕塑紀念品，有些時候是相冊一類的小東西。

米陽拿到第三個相冊時，看見旁邊一個同學羨慕的眼神，沒多猶豫，轉手賣了出去。

他旁邊一個抱著鐵笛的女孩特別震驚，睜大了眼睛看著這個剛從舞臺上一起下來的小夥伴，「米陽，你、你怎麼把相冊給賣了呀？」

米陽眨眨眼，「怎麼了，老師沒說不可以吧？」

女孩痛心疾首道：「這怎麼能賣呢，這是榮譽啊！」

米陽想了一下，轉頭對那個喜孜孜拿著他相冊的小同學道：「她說的對，得再加兩塊錢，這是榮譽的象徵。」

女孩：「……」

那個小同學就特別痛快地付錢，捧著榮譽就走了。

女孩很鬱悶，她覺得米陽不要榮譽和夢想了。

米陽樂了，對她道：「我有夢想啊！」

女孩抬頭看他。

米陽想了一會兒，他也不好說夢想是將來有房有車，舒舒服服地過小日子，只能含糊地道：「人呢有夢想是好的，但同時也是一件很累的事情，因為夢想而累。」

女孩試著道：「如果一開始就換個小的夢想呢？大夢想累，小夢想就好了嘛！」

米陽心裡呵呵了一聲，心說那是妳不知道以後的房價有多貴，不趁早買個大房子，買小房子是不行的啊！

他手裡拿著長笛，擺擺手笑道：「不說了，走了。」

女孩看著他的背影，叫了兩聲，但是米陽沒停下腳步，一直走到門口去見了一個臉色特別臭的男孩。女孩認出來了，那是白洛川。如果說米陽是校草，那麼白洛川也算是一樣級別的小帥哥，只是他脾氣沒米陽好，所以受歡迎的程度來說，還是米陽人氣最高。

白洛川皺著眉頭等他過來，看了後面一眼，不滿道：「那是誰？」

米陽道：「剛才一起演出的同學。」

白洛川又問：「叫什麼名字？」

米陽撓了撓鼻尖，笑道：「我還真不知道，人太多了，沒有記住。」

白洛川就高興了一點，眉宇舒展開，帶著米陽一起回去，「晚上去我家吃飯，你剛才的表演，我讓人錄下來了，等回去我要再看一遍。」

米陽有些無奈，「不用了吧，少爺，我剛才笛子也沒吹好。」

白洛川道：「我聽著挺好的。」

門口人多，白洛川伸了手過來牽著他，跟小時候一樣，走在前面為他遮擋著，米陽只要

跟在他身後，順著他的腳步走就可以了。

他們這樣相處，一下就是十數年。

等到長大了，白洛川進了公司，米陽也從學校畢業工作之後，也沒有怎麼變。只是有些時候，白洛川要出差，兩個人分隔兩地，即便是有電話聯繫，小白總也每次都會心煩氣躁，有一回他提前一天回來，從開始啟程就不停打電話給米陽，讓他也回家。

等回來之後，白洛川看到米陽坐在家中地毯上看書，那點火氣又冒了上來，黑著臉過去道：「你是來陪我的，還是來看書的啊？每天就捧著書，要看書乾脆就別在家，去圖書館！」

米陽被搶了書也不惱，轉身趴在他膝蓋上，抬頭看他道：「當然是來陪你的啊！」

「那你還……」白洛川生氣，劈手搶了他的書。

米陽看了一眼，「你拿好了，裡面沒書籤，我等一下還看那一頁呢。」

白洛川特別生氣，臉色難看，就要撕了那本破書，不過這次還沒等發作，米陽就靠了過去，仰頭湊近他身下用臉頰蹭了蹭。

白洛川猝不及防，被他推著坐在了紅木沙發上。

米陽埋頭下去，用嘴幫了他。

白洛川倒吸了一口氣，手指捏著書，骨節都發白了，另一隻手攥緊了，力氣特別大，渾身都繃緊，但是這些跟席捲而來的銷魂蝕骨的快感根本沒法比，像是瞬間進入了一個濕熱緊致的所在，光是這個感觸就讓人頭皮發麻。

米陽含糊道：「拿好了書……別弄亂了……」

白洛川已經要被他說話時候微微亂動的小舌頭弄瘋了，呼吸都粗重起來。

等到米陽戲弄他似的一吸的時候，他只覺得自己的魂也被吸沒了。

他低頭看著那人，眼裡滿滿都是慾望，他伸手過去輕輕撫摸了賣力討好自己的戀人。原本就是為他而特意趕回來，這人隨便說兩句好話，他就心情轉好，何況現在呢？情事結束，米陽那本書還是沒能看成。

白洛川有些失控，把人抱到沙發上又施展雄風，事後那書被弄髒了。

米陽起身第一件事就是去看書，滿臉的可惜。白洛川雖然老大不樂意，但畢竟剛吃飽，帶著些饜足的意思，抱著人進去清洗，很快就陪著出門再買了一本。

米陽站在書架前仰頭認真挑書，他就站在旁邊看他的側臉，看到對方嘴角帶笑的模樣，自己也忍不住跟著勾了勾唇角，心情都變好了。

明明他家小乖只是穿著一身顏色素淨的衣服，卻比周圍所有的人都耀眼，像是經過歲月洗禮的溫潤寶石，光華難掩。

白洛川一時也說不出他好，但就覺得這人讓他看一輩子都看不夠。

後記

很高興《回檔１９８８》出版啦，謝謝各位小夥伴的支持，不論是網路上追連載的還是購書的，都非常感謝大家的捧場。

時隔很久又寫了一次重生類的小說，果然還是從小養成最開心了。其實也說不好誰養成了誰，米陽和白洛川兩個人大概都覺得是自己養大了對方吧？哈哈。

養成的最大樂趣就在於，兩個人一起長大，熟悉彼此又能每天認識到對方更有魅力的一面，大概就是「我陪著你長大，長成你最喜歡的樣子」。

兩小隻在一起摸爬滾打，從幼稚園扮家家酒的遊戲到牽手寫作業，再一點點長大，帶著迫切的心情想變成了不起的大人，給予對方最溫暖的未來。這是我能想到最甜的事，也希望大家可以在這個故事裡，一起度過甜甜的時光。

剛開始寫的時候，原計劃是寫四十萬字，沒控制住，一下就超了小一倍，大概也是太久沒寫重生文，寫到自己都嗨起來。

八〇年代末距離現在很遙遠了，選這個年代也是想感受一下在沒有網路的時候，大家都過著怎麼樣的生活。文裡經歷了一遍，就假裝自己也跟著生活了一次，還是很有趣的。

先前寫了都市三部曲《合約夫夫》、《薑餅先生》和《小情人》，這次的回檔系列也是一樣的，大概有個三部到四部的計畫，畢竟全職寫作，幹勁滿滿，迫不及待想講新故事給大家聽。一九八八算是開篇第一本，接下來還會有其他年代和性格各異的人物跟大家見面，不過最乖的還是米陽小朋友。做為第一本書的男主，我對米陽有些偏愛，畢竟愛笑的男生運氣總不會太差，除了白少爺，大家都喜歡呀！

另外想提一下的還有爺爺和奶奶的故事，米鴻是一個非常固執自我的人，他有自己這輩子最強烈的堅持，這份堅持成就了他的愛情，但是也毀了他自己。他在二十幾歲的時候見了到最喜歡的人，守著她、保護她，經歷了種種之後終於得償所願，兩個人攜手邁入人生，從此他不再孤單，但是她卻開始擔心起將來。

那是一個她隨時都可能提前來開的「將來」。

桂枝奶奶看得清楚，她溫柔善良，但是心如明鏡，比任何人都知道她自己的身體無法支撐一個完整的家。

她的心目中，「家」可以互相牽絆住對方，可以阻攔米鴻去尋找自己。

人生如一場旅途，她要提前離開了，這是她的路，但是她不想米鴻也放棄自己後半段的人生旅程追隨自己而去。

她想了很多，也做了最好的安排，給了他最深也是最溫柔的鎖鏈，用親情牽絆住他的腳步，這樣她走得也安心了。但是她算完了全部，一定沒有想到對方對她的愛有多深，用二十年相遇，用二十年相守，再用最後二十年來思念她，最後微笑赴約。

米爺爺換了自己最喜歡的一身新衣服，閉上眼睛的那一刻，他是放鬆的。

他來遲了，可是他換了新衣服呢，老伴一定不會怪他。

再見面的時候，願我們還是彼此眼中年輕的模樣。她有一頭烏黑的長髮，一顰一笑都是戲院裡最引人注目的名角，而他還是那個傻小子，看到她就走不動路，不錯眼地看著，滿心滿眼只她一個人。

天堂有你，所以不必為我悲傷。

我去赴一場舊約，那裡有我想了一輩子的人。

是我最親愛的人。

比起老一輩，年輕的一代要幸運的多。

米陽在人生最早的時刻遇到了白洛川，所有的一切都還來得及開始。他們有大把的時間可以去觀察對方，重新認識一遍對方。直到有一天，水到渠成般忽然頓悟：「啊，就是他，這就是我喜歡的人！」

所以，在有限的時間裡，他們牽住最愛的那個人的手，並肩而行。

這是回檔系列的第一部，接下來還有在連載的《回檔1995》。有機會的話，大家下本書再見啦，愛你們！

綺思館042

回檔1988 3（完）

國家圖書館出版品預行編目資料

回檔1988 / 愛看天著. -- 初版. -- 臺北市 : 晴空,
城邦文化出版 : 家庭傳媒城邦分公司發行,
2019.10
冊 ; 公分. --（綺思館042）

ISBN 978-957-9063-45-6（第3冊：平裝）

857.7 108010476

城邦讀書花園
www.cite.com.tw

作者 愛看天
封面繪圖 子葉
責任編輯 施雅棠
國際版權 吳玲瑋
行銷 巫維真 蘇莞婷
業務 李再星 陳紫晴 陳美燕 馮逸華
編輯總監 劉麗真
總經理 陳逸瑛
發行人 涂玉雲
出版 晴空
城邦文化事業股份有限公司
104台北市中山區民生東路二段141號5樓
電話：（886）2-2500-7696 傳真：（886）2-2500-1966
發行 英屬蓋曼群島商家庭傳媒股份有限公司城邦分公司
104台北市中山區民生東路二段141號2樓
書虫客服服務專線：(886)2-2500-7718；2500-7719
24小時傳真服務：(886)2-2500-1990；2500-1991
服務時間：週一至週五09:30-12:00；13:30-17:00
郵撥帳號：19863813 戶名：書虫股份有限公司
讀者服務信箱E-mail：service@readingclub.com.tw
晴空部落格 http://sky.ryefield.com.tw
香港發行所 城邦（香港）出版集團有限公司
香港灣仔駱克道193號東超商業中心1樓
電話：852-2508-6231 傳真：852-2578-9337
E-mail：hkcite@biznetvigator.com
馬新發行所 城邦（馬新）出版集團【Cite(M)Sdn. Bhd.(45832U)】
411, Jalan 30D/146, Desa Tasik,Sungai Besi, 57000 Kuala Lumpur, Malaysia.
電話：(603) 9057-8822 傳真：(603) 9057-6622
Email：cite@cite.com.my
美術設計 洸譜創意設計股份有限公司
印刷 沐春行銷創意有限公司
初版一刷 2019年09月26日
定價 399元
ISBN 978-957-9063-45-6

原著書名：《回档1988》，由北京晉江原創網絡科技有限公司授權出版。